THILO WINTER

Der Stich

AF108159

Weitere Titel des Autors:

Der Riss

DER STICH

THRILLER

THILO WINTER

Lübbe

Die Bastei Lübbe AG verfolgt eine nachhaltige Buchproduktion. Wir verwenden Papiere aus nachhaltiger Forstwirtschaft und verzichten darauf, Bücher einzeln in Folie zu verpacken. Wir stellen unsere Bücher in Deutschland und Europa (EU) her und arbeiten mit den Druckereien kontinuierlich an einer positiven Ökobilanz.

FSC www.fsc.org
MIX
Papier | Fördert gute Waldnutzung
FSC® C014496

Originalausgabe

Copyright © 2024 by
Bastei Lübbe AG, Schanzenstraße 6–20, 51063 Köln

Vervielfältigungen dieses Werkes für das
Text- und Data-Mining bleiben vorbehalten.

Textredaktion: Susanne George, Bergisch Gladbach
Umschlaggestaltung: Kristin Pang
Einband-/Umschlagmotiv: © Piman Khrutmuang/AdobeStock
Satz: hanseatenSatz-bremen, Bremen
Gesetzt aus der Adobe Garamond Pro
Druck und Verarbeitung: GGP Media GmbH, Pößneck

Printed in Germany
ISBN 978-3-7577-0004-1

5 4 3 2 1

Sie finden uns im Internet unter luebbe.de
Bitte beachten Sie auch: lesejury.de

Die folgende Geschichte ist ein Werk der Fiktion. Ähnlichkeiten mit lebenden oder toten Personen sowie real existierenden Institutionen sind rein zufällig und nicht beabsichtigt.

Für Chuck und Brianne

TEIL

1

Kapitel 1

»Wir werden kentern!« Es ist nicht Inéz, die das ruft, die einzige Frau an Bord der »Dios con nosotros«, sondern der riesenhafte Mann, der gern damit angibt, ihr Liebhaber zu sein. Diego Calavera klammert sich an seinen Platz auf der Holzpritsche neben Inéz und brüllt ihr ins Ohr. Der Wind über der Floridastraße zwischen Kuba und den USA presst den acht Menschen die nasse Kleidung gegen die Haut und massiert ihre Gesichter. Er rauscht in allem, was rauschen kann, und zeichnet weiße Adern auf die Dünung. Mein Gott, wir sitzen nicht mal in einem richtigen Boot, denkt Inéz. Der Mann, dem die Flüchtenden ihre Ersparnisse für die Überfahrt auf der neunzig Seemeilen langen Strecke gegeben haben, hat sie überrascht mit etwas, das er zwar als Boot bezeichnete, das aber nichts weiter ist als ein aus alten Latten gezimmertes Gerüst, in dessen Zwischenräumen Platten aus Styropor stecken – eine Ausgeburt des Irrsinns. Ständig läuft Wasser herein, bisweilen versinken die vor Kälte und Angst zitternden Passagiere bis zu den Hüften im Meer, doch immer wieder bekommt das Fahrzeug Auftrieb durch das Styropor und springt wie ein Korken an die Meeresoberfläche zurück. Wer mit ungelenker Schrift und weißer Farbe »Dios con nosotros«, Gott mit uns, auf eine Planke der schäbigen Außenbordwand gepinselt hat, weiß Inéz nicht, aber sie ist sich sicher, dass an diesem Abend jeder der Passagiere betet.

Einen Vorteil hat die absurde Konstruktion gezeigt: Die kubanische Küstenwache hat die Verfolgung schnell aufgegeben. Die Guarda Fronteras hielten es offenbar nicht für nötig, dem halb versunkenen Vehikel in einen aufziehenden Sturm hinterherzufahren, weil sie wussten, dass das Meer ihnen die Arbeit abnehmen würde. Salzwasser sprüht Inéz ins Gesicht. So wie es aussieht, werden die Grenzpolizisten recht behalten.

Das Segel aus olivgrünen Lastwagenplanen knallt im Wind. Zwei Männer, Gustavo und Ernesto, schöpfen mit Blecheimern Wasser aus dem Boot, bis die Kraft sie verlässt und sie die Eimer an ihre Sitznachbarn weiterreichen. Als Nächster ist Diego an der Reihe. Erst will er sich nicht von Inéz wegbewegen, aber sie versucht ihm durch das Tosen des Windes, das Klatschen der Wellen und das Knattern des Segels verständlich zu machen, dass ihrer aller Überleben von seiner Kraft abhängt. Schließlich erhebt er sich. Sein Bauch hängt über den Rand der klatschnassen Hose, seine mächtigen Arme quellen aus den kurzen Ärmeln seines Hemds, und in seinem Gesicht mit den vollen, aber kleinen Lippen zeichnet sich Entschlossenheit ab, eine Entschlossenheit, wie sie nur Menschen an den Tag legen können, denen im Leben noch nie etwas geschenkt worden ist.

Kaum ist Diego von ihrer Seite gewichen, fühlt sich Inéz frei. Diese Empfindung und das merkwürdige Verhältnis zu ihrem Begleiter passen zu dem Wahnsinn auf diesem Boot, denkt sie, während sie die wasserdichte Verpackung ihres Rucksacks prüft. Durch die Ablenkung lässt das Zittern ihrer Hände nach. Sie kann es schaffen, ihre Furcht vor den entfesselten Elementen zu zügeln, nicht aber vor der Unberechenbarkeit Diego Calaveras.

Er nimmt einen Eimer von Gustavo entgegen und reißt Ernesto einen weiteren aus den Händen. Nun kann er sich nirgendwo mehr festhalten, deshalb stemmt er die Füße gegen die Bootswände und beginnt die Arme wie Schiffsschrauben zu bewegen. Wasser schwappt in mächtigen Schwallen über den

Bootsrand und wird dem Meer zurückgegeben, aber das Meer schiebt es wieder zurück. Inéz sieht dem Kampf Mann gegen Ozean zu und weiß, dass nicht einmal Diego ihn gewinnen kann.

Ihr wird schwindelig, als sie die wirbelnden Eimer beobachtet, deshalb heftet sie den Blick auf den Horizont, eine schwach erkennbare Linie im Norden, irgendwo zwischen dem Blaugrau des Himmels und dem Graublau des Wassers. Sie schlingt die Arme um den Mast und betet. Unter all dem Lärm ist plötzlich ein Geräusch wie das Sirren eines Insekts zu hören, ein viel zu feiner Laut in einem tropischen Sturm. Woher kommt er?

Das Boot sinkt, bekommt Auftrieb, sinkt wieder, jedes Mal ein Stückchen tiefer. Das kalte Wasser macht die Beine taub. Der Gedanke ans Ertrinken nimmt immer mehr Raum in Inéz' Kopf ein. Diego arbeitet schneller, wilder. Für einige Sekunden hebt eine Welle den Bug des Bootes in die Luft, lange genug, um das Wasser ablaufen zu lassen, dann prallt der Rumpf unter dem Geräusch brechenden Holzes wieder auf.

Nur eine Planke ist gebrochen. Noch hält die Konstruktion, denn das Styropor macht das Boot flexibel. Ein Hoffnungsschimmer für die Passagiere. Bembe ruft lachend dem Wind etwas zu, zeigt die Ruinen seiner Zähne und schüttelt eine Faust. Wenn das so weitergeht, werden wir noch alle verrückt, denkt Inéz.

Dann kommt der Hai über das Dollbord. Er spült einfach hinein und beginnt, als er seine Gefangenschaft bemerkt, wild mit der Schwanzflosse zu schlagen. Inéz schreit und zieht die Beine an. Gustavo wird von dem panischen Tier getroffen und geht über Bord. Der Hai ist nicht groß, ein kleiner Mako, aber er hat Angst, schlägt und schnappt.

Alle versuchen, auf die Sitzbänke zu gelangen. Antonio springt über Bord, ob vor Entsetzen oder um Gustavo zu helfen, kann Inéz nicht erkennen, denn jetzt baut sich Diego schützend vor ihr auf. Seine Beine stehen wie Pfosten im Wasser, der Hai erwischt ihn mit der Flosse, aber Diego wankt nicht. Immer noch hält er die Henkel der Eimer gepackt, jetzt setzt sich der Motor seiner mächtigen Arme wieder in Gang, und die Blecheimer sausen wie Fallbeile auf den Hai nieder. Der Raubfisch weicht aus, wird aber an einer Flanke getroffen. Ein Geräusch ist zu hören, es klingt wie ein Schrei. Diego hält in der Bewegung inne. Er lässt die Eimer fallen. Seine Hände stoßen herab, er packt das Tier an der Schwanzflosse. Der Leib zuckt, der Mako windet sich, und seine Flossen klatschen gegen Diegos Bauch. Für einen Moment ringen die beiden miteinander. Dann zieht Diego den Hai in Richtung Bordwand und schleudert ihn ins Meer. Der Fisch verschwindet. Doch nun gerät Diego aus dem Gleichgewicht. Es ist Inéz' Hand, die ihn festhält, die ihn zurück in die Mitte des Bootes zieht. Als er wieder neben ihr auf dem Brett sitzt, wischt er sich das Salzwasser aus den Augen. »Dem ging es wie allen hier«, ruft er durch das Tosen des Windes. »Er wollte nur seine Freiheit.«

Da ist das Sirren wieder, wird lauter, entfernt sich, kommt und geht wie die Dünung des Meeres. Das Geräusch einer Mücke. Es gehört nicht hierher. Es gibt keine Mücken auf dem Meer.

Inéz wird übel. Sie will sich am Bootsrand festhalten, aber der ist plötzlich verschwunden. Sie kippt weg und fällt mit dem Gesicht auf etwas Weiches. Sie riecht Gras. Es fühlt sich an wie Gras. Als sie die Augen aufschlägt, ist alles grün.

Sie hat geschlafen, und was sie erlebt hat, war ein Traum und doch wahr. Langsam dringt die Wirklichkeit in ihr Bewusstsein. Sie ist in Key West. Das Boot hat es bis an die Küste Floridas geschafft. Ohne Gustavo und Antonio, doch die anderen haben überlebt.

Sie will aufstehen, aber die Übelkeit überkommt sie, sodass sie es nur auf alle viere schafft. Ihre Rechte juckt, auf dem Handrücken sieht sie die Schwellung eines Mückenstichs. Das Insekt aus ihrem Traum hat zugestochen. Das letzte Bild, das sie von der »Dios con nosotros« in Erinnerung hat, sind die von Rissen durchzogenen Styroporplatten, auf die sie gestarrt hat, während die amerikanischen Grenzpolizisten das Boot an Land gezogen haben.

Wo ist der Rucksack? Er ist ihre Zukunft. Die Vorstellung, ihn verloren zu haben, pumpt Adrenalin durch ihre Adern. Die Übelkeit verschwindet. Aber der Rucksack hängt vor ihrer Brust, so, wie sie ihn aufgesetzt hat, die Taschenöffnungen an ihren Körper gepresst. Es ist unwahrscheinlich, dass sich einer der anderen daran zu schaffen gemacht hat, ohne dass sie es bemerkt hat, aber trotzdem …

»Inéz«, ruft jemand.

»Sie ist wach«, kommt die Antwort. »Inéz, gleich ist es so weit.«

Sie weiß, dass der Moment von Bedeutung ist, aber zunächst muss sie nach dem Inhalt des Rucksacks schauen. Das hat sie zuletzt am Abend zuvor getan. Zwölf Stunden ist das her.

Sie steht auf, setzt sich auf den Rand eines Feldbetts und wirft einen misstrauischen Blick in die Runde. Über ihr, wo gerade noch das grüne Segel war, bauscht sich das Dach eines weißen Leinenpavillons im Wind – dem sanften Wind eines Landes, das ihre Zuflucht werden soll. Sechs weitere Feldbetten sind unter dem provisorischen Wetterschutz aufgebaut, auf jedem liegt oder sitzt einer ihrer Leidensgenossen. Einzig Diego liegt auf dem Boden, denn das leichte Aluminiumgestänge mit dem Polyesterbezug hätte seinem Gewicht nicht standgehalten.

Aufgebaut ist die Notunterkunft im Garten des Barracuda Processing Center, das vom US-Heimatschutzministerium betrieben wird. Seit fünf Tagen, seit dem 10. Mai, leben die Geflüchteten schon im Innenhof der Behörde und warten darauf, dass über ihre Situation entschieden wird. An diesem Montag soll es so weit sein, hat man ihnen gesagt.

»Ich bin gleich fertig.« Inéz streift die Riemen des Rucksacks von den Schultern, zieht den Reißverschluss auf und schaut hinein. Das mit Plastikfolie umwickelte Holzkästchen ist noch da, die Gummibänder sind kreuzweise um den Deckel geschlungen. Niemand hat den Inhalt angerührt, trotzdem ist Inéz erst beruhigt, nachdem sie den Deckel geöffnet und die Zigarren gesehen hat. Sie legt die Hand auf die trockenen Tabakblätter und schließt die Augen, spürt, wie sie ihre Zukunft berührt, und verstaut die Kiste wieder, bevor zu viel Wärme und Feuchtigkeit an die Zigarren gelangen.

Das Feldbett wackelt, als Bembe sich neben sie setzt. Bembe war von Anfang an dagegen, dass Inéz mitkommt. Doch sein Aberglaube, dass Frauen auf See Unglück bringen, hat sich nicht bestätigt, und jetzt ist er noch mehr gegen Inéz eingenommen, weil sie ihn durch ihre bloße Anwesenheit als Hasenfuß entlarvt hat.

»Nun wird sich zeigen, ob wir dir zu Recht vertraut haben oder ob du uns alle in den Untergang führen wirst.« Bembe ist ausgemergelt von seiner Zeit im Gefängnis von Santiago, und sollte er nach Kuba zurückgeschickt werden, wird er seine Zelle wohl nicht noch einmal verlassen.

Inéz schließt rasch den Rucksack und setzt ihn wieder auf. »Du weißt so gut wie ich, dass die Einwanderungsbehörde unsere einzige Chance ist.« Sie deutet auf das hohe weiße Gebäude im karibischen Stil, in dem gerade die Fenster aufgestoßen werden, um Morgenluft hereinzulassen.

»Und du weißt, dass wir hätten gehen können. Einfach gehen.« Seine vernarbte Rechte mit den vier Fingern zeigt auf den

Garten ringsum. »Es gibt keine Mauern, nicht mal einen Zaun. Am Wochenende war kaum jemand hier. Wie einfach wäre das gewesen.«

Inéz wirft Diego einen Hilfe suchenden Blick zu, aber ihr Begleiter schläft. Also muss sie allein mit Bembe fertigwerden. »Das ist genau das, was die Einwanderungsbehörde von uns erwartet. Ich habe es euch doch erklärt. Wenn wir losgezogen wären, einfach in die USA hinein, wären wir illegale Einwanderer. Dann hätten sie einen Grund gehabt, uns zurückzuschicken. Dadurch, dass wir noch immer hier sind, haben wir gezeigt, dass wir die Gesetze dieses Landes respektieren. Wir werden Asyl erhalten. Wir haben guten Willen gezeigt.«

»Der gute Wille ist der schwache Wille. Wir sind Dummköpfe. Wir könnten längst irgendwo in Miami untergetaucht sein. Niemand würde uns finden.«

Auf der Rückseite des Processing Center öffnet sich eine Tür, und ein Mann in der Uniform eines Bürokraten – schwarze Schuhe, helle Hose und hellblaues Hemd – schaut hinaus.

Inéz blickt Bembe ernst an. »Ich zwinge dich ja nicht zum Hierbleiben. Du kannst immer noch verschwinden und das Gesetz des Landes brechen, das dir helfen soll. Aber wenn wir uns irgendwann wiedersehen, werde ich in einem kleinen Haus leben, mit Kindern, die in den USA geboren wurden und die amerikanische Staatsbürgerschaft haben, und du wirst das Leben eines Kriminellen führen, ständig auf der Flucht vor der Polizei.«

»Ein kleines Haus mit Kindern? Wer soll denn der Ehemann in dieser Idylle sein? Diego? Du weißt, was an seiner Seite aus dir werden wird.« Bembe schaut sie hämisch an, und Inéz hasst ihn dafür, dass sie nicht widersprechen kann. »Glaub an die Götter, Bembe. Sie beschützen uns.«

Von der Hintertür her nähert sich der Mann im hellblauen Hemd. Der Bogen Papier in seiner Hand flattert in der Morgenbrise. Während er über den Rasen geht, schaut er immer wieder auf das Blatt, und mit einem Schlag ist Inéz' Hoffnung dahin. Sie ahnt, dass darauf kein Text steht, den er nicht längst im Kopf hätte. Das Papier ist einzig und allein dazu da, den Blick nicht auf die Geflüchteten richten zu müssen, während er ihnen die niederschmetternde Nachricht überbringt.

Inéz wird heiß. Sie steht auf, richtet ihr nach hinten gebundenes Haar, das von zwei Knoten zusammengehalten wird. Sie zieht die Säume ihrer Jeans über die Schuhe und zupft an dem verwaschenen schwarzen T-Shirt mit der kleinen US-Flagge darauf. »Diego«, sagt sie und weiß, ohne sich umzusehen, dass Diego im nächsten Moment neben ihr sein wird, so wie immer, wenn sie seinen Namen ausspricht.

Der Mann von der Einwanderungsbehörde bleibt in einiger Entfernung zum Pavillon stehen, nah genug, um verstanden zu werden, aber weit genug weg, um sich sicher zu fühlen. Da wird Inéz' Ahnung zur Gewissheit, und die nun folgende Verkündung ist nur mehr eine Bestätigung.

»Guten Morgen«, sagt der Mann und stellt sich als Max Aitchinson vor, Mitarbeiter der Einwanderungsbehörde. Ihn haben die Geflüchteten noch nicht kennengelernt, die Asylanträge hatte eine Frau entgegengenommen, zu essen und zu trinken haben sie wiederum von anderen Leuten bekommen, jeden Tag neue Gesichter. So können keine Sympathien entstehen.

»Wir haben Ihre Anträge geprüft.« Aitchinson hält sich die Faust vor den Mund und räuspert sich. »Wir sind Ihren Angaben nachgegangen und haben versucht herauszufinden, ob Ihnen in Ihrer Heimat Repressalien drohen, wenn Sie dorthin zurückkehren.«

»Das ist nicht mehr unsere Heimat«, ruft Bembe.

Max Aitchinson nickt und lächelt. »Wir haben keinerlei Hinweise dieser Art.«

»Was heißt das?«, fragt Bembe.

»Wir werden abgeschoben«, fasst Inéz zusammen. Aber so einfach will sie es dem Überbringer der schlechten Nachricht nicht machen. »Welche Informationen haben Sie denn aus Kuba erhalten?«, fragt sie. »Von welcher Stelle? Lassen die uns in Ruhe, wenn wir zurückkehren? Haben Sie Garantien?«

Aitchinson verlagert sein Gewicht von einem Bein auf das andere. »So etwas gibt es nicht, jedenfalls nicht von der kubanischen Regierung.«

»Dann schicken Sie uns in den Tod«, ruft Camillo. Es sind die ersten Worte, die Inéz von dem Sechzehnjährigen hört, seit er mit einem Gebet auf den Lippen in das Boot gestiegen ist.

Diego will auf Aitchinson loswalzen, aber Inéz hält ihn mit einer Berührung am Unterarm zurück. »Was ist mit ›Trockene Füße, nasse Füße‹?«, fragt sie den Behördenmitarbeiter. »Geflüchtete dürfen nur dann zurückgeschickt werden, wenn sie noch keinen Fuß auf amerikanischen Boden gesetzt haben. Danach darf man bleiben.«

»Das stimmt doch, oder nicht?«, schaltet sich Diego mit Drohen in der Stimme ein.

»Diese Regelung ist seit der Amtszeit von Präsident Obama abgeschafft«, teilt der Beamte mit und gibt vor, von dem Blatt Papier abzulesen. Die Worte klingen wie ein Urteil. Darunter mischt sich das Schlagen von Autotüren. An der Straße steigen Polizisten in schwarzer Uniform aus einem Transporter mit Drahtgittern vor den Fenstern.

»Unsere Götter haben wohl keine Macht in diesem Land«, zischt Bembe Inéz ins Ohr.

Die Polizisten, es sind ausschließlich kräftige Männer, kommen über den Rasen auf den Pavillon zu. Sie sehen aus wie eine Mauer, an der die Träume der sechs Kubaner zerschellen werden.

Ausgerechnet jetzt kehrt das Sirren zurück. Ein Stechen

zuckt durch Inéz' rechte Hand. Sie erschlägt die Mücke und sieht gerade noch, dass Diego den Cops entgegengeht. Einige greifen nach ihren Pistolentaschen, andere zücken Schlagstöcke. Mit einem Mal fühlt sich Inéz wie in Santiago, wo sie versucht hat, mit Parolen die Welt zu verändern. Diesmal bleiben ihr die Worte im Hals stecken.

Bembe läuft an ihr vorbei, dicht gefolgt von Camillo. »Inéz!«, ruft der Junge. »Lauf!«

Kapitel 2

Key West, Monroe County Courthouse

Das Sirren sägt durch den Gerichtssaal. Es kommt näher, wird lauter, ein grelles Geräusch wie ein Warnsignal. Erst ist es an Quitos linkem Ohr, dann am rechten. Aufs Geratewohl schlägt er nach der Mücke, zerteilt aber nur die Luft. Der Angriff lenkt seine Aufmerksamkeit von der dunkelhaarigen Frau in der schwarzen Robe ab, die sich am Richtertisch leise mit seinem Anwalt bespricht.

Es ist heiß im Gericht von Key West, und es ist gerade mal Mitte Mai. Die Morgensonne brennt durch die hohen Fenster und malt die Schatten der Fensterkreuze auf den Fliesenboden. Jetzt ist Quito froh, dass er Bermudas zu seinem hellen Sportsakko trägt – trotzdem fühlt er sich unwohl in dem Aufzug, ruckelt mit den Schultern und zupft an dem dünnen Jackett. Dadurch verrutscht das steife Hemd, und nun muss er dessen Sitz ebenfalls korrigieren. Er verändert seine Haltung auf dem kleinen Holzstuhl und wünscht sich seine gewohnte Kleidung, ein T-Shirt und Flipflops.

Das Sirren verstummt. An der rechten Wade kribbelt Quitos Haut. Er schlägt zu. Das Klatschen explodiert im Saal und trägt ihm einen tadelnden Blick von Richterin van Beuren ein. Er hebt die Hand, um nachzusehen, ob er den Quälgeist erwischt hat, aber es ist kein zermalmtes Insekt zu entdecken und auch nicht die verräterische Rötung eines Einstichs an seinem Bein.

In diesem Augenblick wiederholt sich das Klatschen. Josh Mangiardi, Quitos Anwalt, reibt sich den Hals, schaut prüfend in seine Handfläche und wischt sich die Finger an der Krawatte ab. Unbeeindruckt redet er weiter auf Richterin van Beuren ein.

An ihrem Gesichtsausdruck versucht Quito zu erkennen, wie die Richterin seinem Anliegen gegenüber eingestellt ist: ob sie dafür sorgen wird, dass er das Stipendium zurückbekommt, das die Bennerley-Stiftung ihm gestrichen hat.

Weil er etwas Gerechtes getan hat!

Erneut durchflutet ihn Empörung, als er daran denkt, was DNArtists vorhaben. Jemand musste etwas dagegen unternehmen, und da weder der Gouverneur des Staates Florida noch die Polizei von Monroe County auf seine Hinweise reagiert haben, blieb ihm nichts anderes übrig, als die Angelegenheit selbst in die Hand zu nehmen.

»Dauert die Besprechung da vorne noch lange?« Rechtsanwalt Melvin Ross, der die Stiftung vertritt, schiebt seinen Stuhl zurück und schaut demonstrativ auf seine protzige Armbanduhr. »Sonst bestelle ich mir schon mal einen Lunch hierher.«

Van Beuren sieht an Josh Mangiardi vorbei. »Dies ist kein Schnellimbiss. Wir nehmen uns Zeit für alle Einwände«, weist sie Ross zurecht. Während Josh leise weiterspricht, wandert ihr Blick scheinbar ziellos umher. Das ist kein gutes Zeichen, denkt Quito. Die Richterin ist unkonzentriert – vermutlich, weil sie längst zu einer Entscheidung gekommen ist und ihr Urteil gefällt hat. Sie schiebt den linken Ärmel ihrer Robe hoch, schaut auf die dunkle Haut ihres Arms und fährt mit der rechten Hand darüber. Ein Juckreiz am langen Arm des Gesetzes, Quito kann ein Schmunzeln nicht unterdrücken. Josh redet unterdessen weiter. Van Beuren schüttelt den Kopf, wischt an ihrem Gesicht entlang und prustet wie jemand, der ein Haar von seinen Lippen wegblasen will. Während ihr Blick nun auf dem Tisch vor ihr ruht, streckt sie die Hand nach dem Richterhammer aus. Langsam hebt sie das allmächtige Werkzeug des US-amerikanischen Rechtswesens.

Quito vergeht das Schmunzeln. Was hat sie vor? Verkündet sie ihre Entscheidung, ohne noch einmal das Wort an ihn zu richten? Hat Josh vergeblich versucht …?

Einen Moment zögert Van Beuren, dann schlägt sie zu. Der Hammer knallt auf den Resonanzblock. Ein Lächeln breitet sich auf ihrem Gesicht aus, als sie das kreisrunde Holzstück hochhebt und Josh präsentiert.

»Erwischt!«, stellt die Richterin fest. »So geht man mit Gewalttätern um.« Sie kramt ein Taschentuch aus ihrer Robe hervor und wischt das Holz ab, ein kleiner roter Fleck verschmiert darauf.

»Todesstrafe mit sofortiger Exekution«, pflichtet Josh bei. Erstaunlicherweise trifft der geschmacklose Scherz den Humor von Richterin van Beuren, und beide lachen in lautstarkem Einvernehmen.

Die Mücke ist tot.

»Nichts anderes habe ich getan«, ruft Quito. Er steht auf.

»Sie bleiben sitzen, bis das Hohe Gericht Sie aufruft«, verlangt einer der Gerichtsdiener neben der Tür. Bis auf die beiden Uniformierten, Quito, die Richterin und die Anwälte ist der Saal leer.

Das Lachen in Richterin van Beurens Gesicht erlischt. Sie legt den Hammer beiseite. »Mister Mantezza«, sagt sie in vorwurfsvollem Ton zu Quito, »Sie haben nicht ein einzelnes Insekt getötet, sondern Zehntausende, indem Sie das Wasser aus den Brutbehältern haben ablaufen lassen, sodass die Larven vertrocknet sind. Diese Larven waren das Eigentum von jemand anderem. Sie haben es zerstört, und dafür sind Sie bestraft worden. Die Bennerley-Stiftung hat Ihr Stipendium gestrichen, und ich sehe keine Veranlassung, Ihren Widerspruch gegen diese Entscheidung anzuerkennen.«

Abgelehnt. Quito fühlt sich wie die Mücke unter van Beurens Hammer. Als er einen Schritt zurückweicht, stößt er gegen den Stuhl und wirft ihn um. Das Poltern klingt wie der Donner in seinem Herzen, wie die Fäuste, die er jetzt gern auf den Richtertisch schlagen würde. »Verstehen Sie nicht?«, ruft er. »Hat Mister Mangiardi denn nicht ausführlich erklärt, warum diese Larven nicht schlüpfen durften? Josh!«

Aber nun ist die Reihe an dem Anwalt, unaufmerksam zu sein. Mangiardi verzieht das Gesicht und hält sich den Hals. Als er die Hand wegnimmt, ist da eine Schwellung von der Größe eines Taubeneis zu erkennen. Die Haut glänzt in Schlammfarbe.

»Es ist die Tat, die das Gericht zu beurteilen hat, weniger das Motiv, das dazu führte«, belehrt ihn Richterin van Beuren. Auf ihrem Gesicht glänzt Schweiß. Sie rutscht auf ihrem Stuhl hin und her, scheint sich in dem Talar ebenso unwohl zu fühlen wie Quito in seinem Aufzug.

Er hat genug von dieser Farce, öffnet den Knopf seines Jacketts und zieht es aus. Augenblicklich fühlt er sich freier. Er wird sich nicht geschlagen geben. Er steht vor genau der Instanz, die DNArtists noch Einhalt gebieten kann. Alles, was er tun muss, ist, Richterin van Beuren auf seine Seite zu ziehen. Jetzt geht es nicht mehr nur um sein Stipendium, jetzt geht es um mehr.

»Hohes Gericht«, Quito räuspert sich und streicht sich die Haare nach hinten, spürt ihre Wellen an der Innenfläche der Hand. »DNArtists ist im Begriff, die Natur unserer Heimat zu zerstören.«

»Quito, nicht!« Josh kommt auf ihn zu, mit verzogenem Gesicht, vermutlich will er seinen Mandanten beruhigen. Doch dazu ist es zu spät. Quito drückt ihm das Jackett in die Hand und redet weiter. »Diese Leute setzen gentechnisch veränderte Lebewesen in freier Wildbahn aus, und das zu fragwürdigen Zwecken. Niemand kann abschätzen, was das nach sich zieht, niemand weiß …«

Der Hammer knallt, zermalmt seine Worte. »Mister Mantezza«, blafft die Richterin, »ich rufe Sie zur Ordnung. Dies ist ein ordentliches Gericht der Vereinigten Staaten von Amerika. Wir sind hier nicht auf Kuba. Merken Sie sich das.«

Etwas in Quito wird zu Beton. Gleichzeitig spürt er das Blut seiner Vorfahren in sich rauschen, kubanisches Blut, damit haben seine Großeltern einen hohen Preis für ihren Kampf gegen die Kommunisten gezahlt. »Ich bin amerikanischer Staatsbürger«, bringt er hervor, »ich dachte, vor dem Gesetz dieses Landes seien alle gleich.«

Van Beuren lehnt sich zurück und lächelt süffisant. »Ich hätte nicht gedacht, dass mich ein junger Mann wie Sie über meine Arbeit belehren muss. Offenbar habe ich mich geirrt.« Jetzt funkelt sie ihn an. »Bis das amerikanische Rechtssystem zulässt, dass der Angeklagte die Verhandlung führt, handeln wir nach dem, was am heutigen Tag Recht und Gesetz ist. Und das vertrete in diesem Fall ich.« Sie stützt die Ellbogen auf den Tisch und lehnt sich nach vorn, dabei verliert sie den Halt auf ihrem linken Arm und knickt ein wenig zur Seite weg. »Quito Mantezza«, sagt sie, darum bemüht, den Lapsus zu überspielen, »ich lehne Ihren Widerspruch ab. Die Bennerley-Stiftung hat Ihr Stipendium zu Recht beendet. Sie können von Glück reden, dass DNArtists Sie nicht auf Schadensersatz verklagen, denn das hätte ich getan.«

Der Beton in Quitos Innerem bekommt Risse, daraus quillt etwas hervor. »Mein Name wird *Kito* ausgesprochen, *K-I-T-O*, nicht *Kwito*. Und Sie sollten Ihr Rechtsverständnis noch einmal überdenken«, er spricht jetzt lauter, »denn nach den Gesetzen der Natur sind wir mittlerweile alle Verbrecher.« Plötzlich findet er sich vor dem Richtertisch wieder.

Van Beuren ruft nach den Gerichtsdienern, Josh fasst nach seinem Arm, doch Quito befreit sich aus dem laschen Griff und stößt den Anwalt zurück. Im nächsten Moment liegt Mangiardi am Boden, und der Schatten des Fensterkreuzes malt sich auf seinem Körper ab.

»Hilfe!« Van Beurens Stimme ist schrill.

Hände fassen nach Quitos Schultern, ein Arm, breit wie ein Oberschenkel, legt sich um seine Kehle, zieht ihn nach hinten und drückt ihm die Luft ab. Quito versucht sich zu befreien. Die Gerichtsdiener bellen Befehle, aber er versteht die Worte nicht, denn er kann den Blick nicht von seinem Anwalt nehmen.

Josh Mangiardi liegt mit durchgedrücktem Rücken auf den Fliesen und paddelt mit den Füßen, dabei versucht er, Luft durch seinen aufgerissenen Mund einzusaugen. Seine Augen sind geweitet, er schüttelt den Kopf in einer Geste ohnmächtigen Widerstands.

Der Arm um Quitos Hals und die Panzerfinger an seinen Schultern sind plötzlich weg, weil die beiden Gerichtsdiener auf den zuckenden Mann zustürzen, der gerade noch ein eleganter Anwalt war. Quito mustert seine rechte Hand. Hat er Josh damit zu Fall gebracht, und ist dieser dabei so unglücklich gestürzt, dass …?

»Er erstickt«, ruft einer der Gerichtsdiener. »Wir brauchen ein Messer. Luftröhrenschnitt.«

Es gibt keine Messer in Gerichtssälen. Jeder der Anwesenden weiß das. Aber vielleicht kann der Hausmeister helfen oder der Pförtner.

Quito rennt zur Tür. Als er sie aufreißt, stößt er mit zwei weiteren Gerichtsdienern zusammen. Hinter ihnen sind Männer und Frauen in Anzügen und Kostümen zu sehen, entlang des breiten Korridors stehen die Türen zu den Büros offen, der Lärm im Gerichtssaal hat alle in dem sonst stillen Gebäude alarmiert. Hälse werden gereckt, jemand hebt ein Mobiltelefon über die Köpfe.

»Hat hier jemand ein Messer?«, brüllt Quito. »Rufen Sie die Ambulanz!« Noch während er spricht, wird er zurück in den Gerichtssaal geschoben. Dort haben Joshs Beinbewegungen aufgehört. Die uniformierten Helfer verstellen den Blick auf den Anwalt, aber Richterin van Beuren ist deutlich zu erkennen. Sie hat sich vom Richtertisch erhoben und steigt von dem Podest herunter, schwankend presst sie mit der Linken ein Telefon ans Ohr, dabei rutscht der Ärmel ihrer Robe nach unten. Auf dem Unterarm ist eine Beule zu sehen, in Form und Farbe der an Joshs Hals ähnlich. Eine helle Flüssigkeit sickert daraus hervor. In diesem Augenblick fällt ihr das Telefon aus der Hand. Der Apparat schlägt auf dem Fliesenboden auf, und das Display zerplatzt mit einem reißenden Geräusch. Seufzend sinkt van Beuren in die Knie, tastet nach dem Gerät, fasst sich an die Brust und kippt zur Seite.

Weitere Männer in Uniform drängen in den Saal. Jemand brüllt: »Das ist Anthrax! Ich kenne die Symptome!« Die Rufe im Korridor werden lauter. »Wir müssen hier raus!«, schreit eine Frau, irgendwo schlagen Türen.

Quito verspürt mit einem Mal eine besinnungslose Angst. Seine Beine wollen hinaus auf den Korridor, den anderen folgen und aus dem Gerichtsgebäude fliehen, aber sein Verstand befiehlt ihm, zu bleiben und Hilfe zu leisten. Er läuft zu Richterin van Beuren, die in einem Haufen schwarzen Stoffes zusammengesunken ist. Sie keucht. Als er die Robe zurückschlägt, sieht er, dass die Geschwulst an ihrem Arm aufgeplatzt ist. Die Haut am Rand schillert grün, und dort, wo sie sich gelöst hat, ist das Gewebe zu sehen. Quito zögert keine Sekunde. Er kennt sich medizinisch zwar nur bei Meeresschildkröten aus, aber es ist offensichtlich, was hier zu tun ist. Mit einer fließenden Bewegung zieht er das Hemd über den Kopf, reißt einen Streifen Stoff heraus und bindet den Arm über dem Ellbogen ab. Was auch immer diese Wunde hervorgerufen hat, es darf auf keinen Fall über den Blutkreislauf in andere Teile des Körpers gelangen. Nun schaut er der Richterin ins Gesicht und stellt erleichtert fest, dass sie frei atmen kann. Ihr Fall liegt anders als der von Josh, vielleicht weil bei ihm die Geschwulst am Hals aufgetaucht ist. Trotzdem sind ihre Augen glasig und verdreht. Sie hat einen Schock erlitten. Quito rüttelt an ihren Schultern und spricht sie an. Als er zwei Finger an ihren Hals legt, um nach der Schlagader zu tasten, erhält er einen Stoß. »Zur Seite«, ruft eine Stimme mit einer Autorität, wie sie nur ein Arzt ausstrahlt. Ein Mann in einem blauen Poloshirt und mit ebenso blauer Gesichtsmaske stellt einen Erste-Hilfe-Koffer neben van Beuren ab. Ein ähnlich Gekleideter macht sich am Kopf der Richterin zu schaffen. Keine fünf Meter entfernt wird Josh Mangiardi von zwei Helfern auf eine Trage gehoben, sein rechter Arm hängt schlaff über den Rand, bis eine Sanitäterin in Rettungsweste ihn an der Trage befestigt. Jemand öffnet die Fenster, und warme Luft strömt herein.

»Was ist hier passiert?«, ruft der Notarzt, während er eine Atemmaske auf das Gesicht von Richterin van Beuren presst. Eine weitere Trage wird hereingebracht. Die Gerichtsdiener reden durcheinander. Ihre Gesichter sind schweißbedeckt, ihre Worte überschlagen sich, verhaken sich ineinander, ergeben keinen Sinn. Einer der Männer schaut immer wieder zu Quito hinüber.

Zeit zu verschwinden, bevor es noch Ärger gibt. Der Korridor ist voller Menschen, die versuchen, aus dem Gebäude zu entkommen. Quito taucht in die Menge ein. Obwohl er halb nackt ist, zieht er keine Blicke auf sich, als er die Freitreppe erreicht, dafür herrscht zu viel Aufruhr in der Fleming Street. Am Rand der Straße ist eine Gruppe Touristen stehen geblieben, einige filmen das Geschehen mit ihren Telefonen. Wenn er sich dorthin wendet, wird er noch an diesem Abend auf allen bekannten Onlinekanälen zu sehen sein. Also hält er sich nach rechts, Richtung Whitehead Street, aber von dort kommen ihm Streifenwagen entgegen. Geh einfach weiter, befiehlt er sich selbst, du hast nichts Unrechtes getan. Im nächsten Moment findet er sich auf dem Boden wieder, neben ihm liegt ein schwarzer Rucksack, darüber ist er gestolpert. Jemand muss ihn fallen gelassen haben. Quito kommt auf die Beine und sieht sich um, doch niemand schenkt ihm oder dem Gepäckstück Beachtung. Um das Hindernis aus dem Weg zu räumen, hebt er den Rucksack auf.

Kapitel 3

Key West, Town Center

Inéz rennt los. Sie lässt das Processing Center hinter sich, folgt Bembe und Camillo. Die beiden sind schnell. Sie alle wissen: Die Verfolger werden sich auf die Langsamste der Gruppe konzentrieren, und die anderen haben eine Chance zu entkommen.

Sie hört das Keuchen ihrer Gefährten, sie hört die Rufe der Polizisten, die sie zum Stehenbleiben auffordern. Werden sie schießen? Auf Kuba wäre das längst geschehen.

Inéz' Schuhe sind zum Laufen kaum noch geeignet, billige Converse-Imitate. An den Rändern ist der Leinenstoff ausgefranst, schon seit der Überfahrt scheuert sie sich darin die Knöchel wund. Jetzt versucht sie, nicht an ihre Füße zu denken, sondern nur ans Entkommen.

Sie ist kleiner als die Männer vor ihr, aber leichter und schneller. Als sie aufschließt, stößt Bembe ihr den Ellbogen gegen die Rippen, jedenfalls versucht er das, doch der Rucksack fängt den Stoß ab. Inéz taumelt nach links und nutzt den Schwung, um in eine Seitenstraße abzubiegen. Camillo rennt weiter geradeaus, Bembe bleibt an ihrer Seite, verliert durch das Manöver jedoch an Boden und fällt zurück. Sie spürt ein Ziehen an den Tragegurten des Rucksacks, Bembe hat sie gepackt und versucht sie zu Fall zu bringen. Als sie nach hinten ausschlägt, kommt sie frei.

Mit ihrem Landsmann und den Rufen der Polizisten im Rücken wird Inéz auf ein hohes Gebäude aus rotem Backstein zugetrieben. Über einer Freitreppe mit weißen Säulen leuchtet ein Dreiecksgiebel mit einem Relief und der Inschrift »Monroe County Courthouse«. Ausgerechnet auf ein Gericht hält sie zu! Besser können es die Verfolger nicht treffen. Vermutlich lachen sie schon darüber, dass das Wild von selbst in die Falle gehen wird. Aus dem Gerichtsgebäude strömen Menschen. Einige rufen etwas, alle haben es eilig wegzukommen, dabei stoßen sie gegeneinander, eine junge Frau im Hosenanzug stürzt die Freitreppe hinab. Ein junger Mann mit bloßem Oberkörper hilft ihr auf. Inéz steuert auf die Leute zu. Es gelingt ihr, zwischen Schultern, Rücken und Bäuchen unterzutauchen. Was ist hier überhaupt los?, fragt sie sich, während sie vorwärtsdrängt. Sie hört Hilferufe, die Leute haben Angst. Gegen den Strom bewegt sie sich auf etwas zu, von dem alle anderen wegkommen wollen.

Eine an einem behaarten Arm befestigte Armbanduhr kratzt durch ihr Gesicht. Für einen Moment ist sie zwischen Sakkos und Kostümjacken eingezwängt, kommt nicht mehr vom Fleck. Sie stößt mit den Schultern, schiebt mit Fäusten und gelangt schließlich zu der Freitreppe. Ein Blick zurück verrät ihr, dass die Polizisten, die sie gerade noch verfolgten, nun alle Hände voll damit zu tun haben, die Leute zu beruhigen und den Aufruhr in den Griff zu bekommen. Sie hat etwas Zeit gewonnen, sie wird sie nutzen.

Weiter links lädt eine kleine Straße dazu ein, entlang den weißen Häusern mit den prachtvollen Veranden zu verschwinden. Inéz läuft los, da durchströmt sie ein Schreck wie ein Schluck zu starker Cafecito. Sie schaut an sich herab. Der Rucksack ist weg. Obwohl ihre Augen die Katastrophe bereits gemeldet haben, tasten ihre Hände Oberkörper und Schultern ab. Wie konnte das geschehen? Vorhin hat Bembe an dem Rucksack gerissen, aber danach hat sie ihn noch getragen, hatte ihren größten Schatz, ihre Zukunft, ihr Leben geschultert.

Sie kehrt um. Ohne die Zigarren ist ihre Flucht nur eine Anekdote, die sie ihren Freiern hinter der rosa gestrichenen Tür eines Bordellzimmers erzählen kann, in dem sie enden wird.

Sirenen heulen, und eine Megafonstimme verkündet, dass es für Panik keinen Grund gebe. Inéz lacht auf, obwohl ihr zum Weinen zumute ist. Die Menschenmenge beginnt, sich zu zerstreuen. Wo gerade noch Bäuche gegen Rücken, wo Oberschenkel gegen Gesäße drückten, entsteht Raum. Eine Frau sinkt am Stamm einer Palme zu Boden und hält sich die Hände vors Gesicht. Zwei Sanitäter laufen mit medizinischem Gerät in das Gericht hinein. Hat es einen Anschlag gegeben? Die Polizisten sind von einem halben Dutzend Männern in Anzügen umringt, die durcheinanderreden. Wo ist der Rucksack? Inéz sucht mit Blicken den Rasen und die Sträucher um das Gerichtsgebäude ab. Sie versucht, den Weg zu erkennen, den sie gekommen ist.

Jemand fasst sie an der Schulter, sie schrickt zusammen. »Entschuldigung«, sagt ein Mann in forstgrünem Hemd, »wir sind von Key TV und versuchen herauszufinden, was hier los ist. Waren Sie im Gerichtsgebäude? Können Sie uns sagen, was dort drinnen passiert ist?«

Voller Entsetzen schaut Inéz in das Auge einer Kamera, die der Begleiter des Journalisten auf sie gerichtet hat, und die Linse starrt erbarmungslos zurück. »Ich war da nicht drin«, sagt sie, »ich suche nach meinem Rucksack. Er ist schwarz und etwa so groß.« Sie breitet die Hände aus, spürt die Luft dazwischen schwer werden.

»Ist es der dort?« Der Kameramann schwenkt sein Aufnahmegerät in Richtung eines weiß blühenden Plumeriabusches. Davor steht der Mann mit dem bloßen Oberkörper und macht sich an ihrem Rucksack zu schaffen.

»Das ist meiner!«, ruft Inéz so laut sie kann. Sie erreicht den Dieb in dem Augenblick, als er die Hand in den Rucksack steckt. Sie will ihm das Gepäckstück entreißen, aber er schlingt beide Arme darum.

»Gib ihn her!« Inéz muss sich zwingen, nicht zu schreien, und schaut sich nervös nach den Polizisten um. Die sind zum Glück noch mit den Anzugträgern beschäftigt. Leiser sagt sie: »Er gehört mir.«

»Das kann jeder behaupten«, erwidert der Kerl. Er hat dunkles, gewelltes Haar, die Schatten unter seinen pinienholzfarbenen Augen schimmern violett. Seine Haut, von der viel zu sehen ist, hat die Farbe und den Glanz von Baumharz. »Vielleicht bin ja nicht ich der Dieb, sondern du.«

Inéz' Hand schießt vor, doch der junge Mann bringt den Rucksack hinter seinem Rücken außer Reichweite. »Wenn du ihn mir nicht gibst, rufe ich die Polizei«, droht sie.

»Gut«, sagt er und streckt einen Arm in Richtung ihrer Verfolger aus. »Da vorn stehen die Kollegen meines Vaters. Er ist der stellvertretende Polizeichef von Key West.«

Sie lacht. Die Männer auf Kuba haben ihr schon die unglaublichsten Lügen erzählt, aber nie war eine so blöd wie diese.

»Wenn du mir verrätst, was drin ist, gebe ich ihn dir. Ganz einfach, oder?«

»Schmutzige Wäsche ist drin«, sagt sie. »Ich bin unterwegs zum Waschsalon.« Vielleicht wird ihn das davon abhalten, in den Rucksack zu schauen.

Er weicht einige Schritte zurück und zieht den Reißverschluss weiter auf. Mit einer Hand hält er Inéz auf Distanz, mit der anderen holt er die Holzschachtel hervor.

»Da sind Zigarren drin«, sagt sie schnell. »Lass die Finger davon!«

Sie versucht, ruhig zu bleiben, während er mit der Schachtel hantiert. Wenn er den Wert der Cohibas erkennt, wird er ihr den Rucksack niemals zurückgeben. Inéz überlegt, ob sie sich auf ihn stürzen soll, da nickt er zufrieden und hält ihr das Gepäckstück hin.

»Das hättest du gleich sagen können.« Er zuckt zusammen angesichts der Heftigkeit, mit der Inéz ihm den Rucksack abnimmt. Sie zieht den Reißverschluss zu und will ihn sich wieder umhängen, aber der linke Gurt ist aus der Naht gerissen.

Mit einem Mal wird Inéz alles zu viel: der Schreck über den Verlust der Zigarren, die Angst vor ihren Verfolgern, die Ungewissheit über jeden ihrer Schritte – all das baut sich in ihrem Innern zu einer riesigen Welle auf, die über sie hereinzubrechen droht.

Der Fremde streckt eine Hand aus. »Zeig mal her, das kriegen wir schon wieder hin.«

Sie lässt zu, dass er ihren linken Arm hebt und sich an dem Rucksack zu schaffen macht, den sie mit dem anderen Arm umklammert hält. Verwundert schaut sie zu, wie er das lose Ende des Gurts durch eine Schlaufe zieht und verknotet, dasselbe dann auf der anderen Seite wiederholt. »Ich bin Quito«, murmelt er, während er prüfend an dem Gurt ruckt. »Und du bist …« Als Inéz ihren Namen nicht nennt, schaut er sie fragend an, in seinem Blick funkelt etwas, das sie nicht deuten kann. »… eine junge Frau mit einer Menge teurer Zigarren, die mit der Polizei lieber nichts zu tun haben möchte. Ich würde sagen, du gehörst zu der Gruppe kubanischer Geflüchteter, die im Garten des Processing Center kampiert. Und die Zigarren …«, er deutet auf den Rucksack, »… willst du verkaufen, damit du Startkapital in den USA hast. Das ist klug. Wenn du Geld mitgenommen hättest, hätte es dir der Bootsführer abgenommen.«

Inéz fällt auf, dass er sie nicht nach einer Bestätigung für seine Vermutungen fragt. Er fasst ihre Situation mit der Selbstverständlichkeit des Unverschämten zusammen, und ihr bleibt nichts anderes übrig, als ihn anzustarren. Empörung kocht in ihr hoch. Sie hat alles dafür getan, hierherzukommen, alles, um so unauffällig wie möglich zu sein, alles, um bleiben zu können, und jetzt muss sie sich dafür verspotten lassen. »Woher weißt du das?«

»Von den Geflüchteten? Ich hab doch schon gesagt, mein Vater ist der stellvertretende Polizeichef. Er erzählt solche Dinge beim Abendessen.«

Inéz wendet sich ab. Sie hat keine Zeit für diesen Unsinn. Sie muss weiter. Noch stehen Schaulustige herum und beobachten die Arbeit der Einsatzkräfte, noch ist sie nur eine unter vielen. Wo war noch die Straße, in die sie vorhin verschwinden wollte?

»Warte!«, ruft er hinter ihr her. Dann ist er neben ihr, und sie spürt seinen muskulösen Arm um ihre Schultern. Seine Körperwärme dringt durch ihr T-Shirt, er zieht sie an sich.

»Was fällt dir …«, weiter kommt sie nicht.

»Hallo, Mike!«, ruft er, und jetzt bemerkt Inéz den Polizisten in schwarzer Uniform, der auf sie zugelaufen kommt, einen großen, durchtrainierten Mann, dem man ansieht, dass er sich hauptsächlich von Proteinen ernährt.

»Quito?« Der Polizist bleibt stehen. Seine Blicke fliegen von Inéz zu dem Mann an ihrer Seite und wieder zurück. »Alles in Ordnung bei dir?« Er dreht den Polizeiknüppel in der Hand.

»Wir haben nur einen Schreck bekommen wegen der Aufregung hier«, sagt Quito. »Besser wir verschwinden und stehen dir bei der Arbeit nicht im Weg.« Er hebt eine Hand, geht los und zieht sie mit sich.

Inéz muss sich nicht umschauen, um zu wissen, dass der Cop ihr mit seinen Blicken Löcher in den Rücken brennt, dass er sie erkannt hat, dass es nicht sein kann, dass Quitos Freundin zufällig der flüchtigen Kubanerin aus dem Processing Center ähnlich sieht. Sie versucht die Zweifel zu zerstreuen, indem sie einen Arm um Quitos Taille legt. Als sie sich noch einmal umdreht, hat sich der Polizist abgewandt, er hilft einem Sanitäter dabei, ein kleines Mädchen zu beruhigen, das weinend auf dem Boden sitzt und einen Hund in den Armen hält. Das Kind erdrückt das Tier beinahe. Der Hund kläfft und japst, und die Männer haben alle Mühe, dafür zu sorgen, dass beide unversehrt bleiben.

Nachdem sie außer Sichtweite des Polizisten sind, nimmt Quito seinen Arm von ihren Schultern. Die Anspannung fällt von Inéz ab. Die kleine Straße wirkt nach dem Chaos vor dem Gericht wie eine andere Welt. »Du bist wirklich der Sohn des Polizeichefs«, stellt sie fest. »Warum hast du mir geholfen?«

»Meine Eltern waren auch Bootsflüchtlinge aus Kuba«, sagt er. »Wenn man sie zurückgeschickt hätte, wäre ich jetzt nicht hier.«

»Dein Vater ist vom Bootsflüchtling zum Polizeichef aufgestiegen?«

Er breitet die Arme aus. Sie sind lang und sehnig, kräftig genug, um damit die Welt zu umarmen. »Du bist in Amerika, schon vergessen? Hier ist alles möglich.«

Inéz ist es auf einmal egal, ob Quito die Wahrheit sagt. Wichtig ist einzig und allein die Erkenntnis, dass er in der Lage ist, ihr zu helfen. »Gibt es hier einen Ort, an dem ich mich eine Weile verstecken kann, bis sich die Aufregung gelegt hat?«

»Ich kenne den perfekten Ort, aber ich bringe dich nur unter einer Bedingung dorthin.« Da ist wieder dieses Flackern in seinen Augen, und Inéz mag die Unsicherheit nicht, die es in ihr hervorruft.

»Was für eine Bedingung?«

»Du verrätst mir deinen Namen.«

*

Diego ist groß und schwer, und im Weglaufen war er noch nie gut. Deshalb musste er lernen zuzuschlagen. Als die Polizisten das Camp stürmen, ringt er zwei nieder, damit Inéz entkommen kann. Dann rennt er hinter ihr her, ruft nach ihr, einmal, zweimal, schließlich bleibt ihm die Luft weg.

Einer der Polizisten heftet sich an seine Fersen.

Diego biegt in eine Straße ein und prallt gegen einen Mann mit einem Pappbecher in der Hand. Er nimmt ihm den Becher ab, dreht sich um und schüttet dem Polizisten den Inhalt ins Gesicht. Das verschafft ihm einen Vorsprung. Er läuft die Straße hinauf, eine Bar reiht sich an die andere. In vielen sitzen schon um diese Uhrzeit Gäste, saugen an Strohhalmen und kauen an schwerem Essen. Von irgendwoher ist Gitarrenmusik zu hören, zu der jemand singt. Diego läuft Slalom durch die Passanten und zieht eine Spur der Empörung hinter sich her.

Wo ist Inéz? Sie muss in der Nähe sein. Der Gedanke, dass die Polizisten sie überwältigen, ihr die Arme auf den Rücken drehen und ihr wehtun könnten, lässt Diego noch schneller laufen. Die Polizei hat Inéz auf Kuba verfolgt, und dasselbe geschieht nun auch hier. Er muss sie finden, danach mit ihr untertauchen und sich durchschlagen nach Miami, wie Bembe es geplant hatte. Vielleicht treffen sie ihn und die anderen dort im kubanischen Viertel wieder. So leben wie auf Kuba, das möchte Diego, aber in Freiheit, vor allem Inéz soll sagen und singen können, was sie will. Er hat geglaubt, das ginge hier, in diesem Land, in dem jeder eine Chance bekommen soll. Genau die braucht er: eine Chance.

Er kommt an einem Schaufenster vorbei, nimmt ein buntes Flimmern aus dem Augenwinkel wahr, sieht genauer hin. Das Schaufenster ist voller Computer und Monitore, alle Bildschirme zeigen dasselbe: eine junge Frau, die aussieht wie Inéz in ihrem schwarzen T-Shirt mit der Flagge darauf, und neben ihr ein junger Mann. Er ist halbnackt und hält sie im Arm.

Diego ist schon an dem Fenster vorbei, als ihm bewusst wird, was er da gerade gesehen hat. Das war keine Fernsehserie, kein Spielfilm, nicht mal eine Übertragung aus einem anderen Teil der USA. Das war Inéz, und dieser Kerl macht sich über sie her.

Diego kehrt um. Er muss alles sehen. Er muss wissen, wo Inéz ist, damit er ihr helfen kann. Er vergisst den Polizisten, er nimmt auch dessen Kollegen auf der anderen Straßenseite nicht wahr. Alles, was Diego sieht, sind die Monitore. Die Kamera schwenkt über Krankenwagen, erfasst Passanten, Polizisten und Sanitäter, und jetzt schiebt sich ein Mann mit einem Mikrofon ins Bild.

»Stehen bleiben!«, ruft eine befehlsgewohnte Stimme.

Diego hat ohnehin nicht vor wegzulaufen, nicht, bevor er Inéz noch einmal gesehen hat. Tatsächlich kommt sie wieder ins Bild, am hinteren Rand des Ausschnitts, nicht im unmittelbaren Interesse des Kameramanns, aber noch Teil des Geschehens. Der halbnackte Kerl hat weiterhin einen Arm um sie gelegt und führt sie in eine Seitenstraße. Diego schlägt mit den Fäusten gegen das Schaufenster. Bevor sich die Polizisten auf ihn stürzen, erkennt er auf den Bildschirmen noch ein rotes Backsteingebäude mit Säulen und Freitreppe. Dann schlingen sich Arme um ihn und drücken ihn zu Boden. Ein Knie presst sich auf seinen Rücken, er spürt es kaum, denn seine Knochen und Nerven sind von einem Panzer aus Fettgewebe ummantelt, und außerdem kann er nur noch an Inéz denken, Inéz, die jetzt irgendwo in dieser Stadt einem zudringlichen Amerikaner ausgeliefert ist.

Angestachelt von dieser Vorstellung, gelingt es Diego, den Polizisten von seinem Rücken abzuwerfen und einem anderen die Faust ans Kinn zu dreschen. Dann sprüht ihm jemand etwas ins Gesicht, und seine Augen füllen sich mit Tränen, sodass er nichts mehr sehen kann. Seine Lungen brennen, er hustet, bekommt keine Luft.

»Er erstickt«, sagt einer der Polizisten. »Der spielt uns nur was vor«, meint ein anderer. Sie drehen ihm die Handgelenke auf den Rücken und fesseln ihn mit etwas, das sich wie Kabelbinder anfühlt. Dann ziehen sie ihn auf die Beine. Obwohl seine Augen verquollen sind, reißt er sie auf, um einen letzten Blick auf die Monitore zu werfen. Verschwommen erkennt er, dass die Szene noch übertragen wird.

»Das Haus da im Fernsehen«, krächzt er. »Wo ist das?«

»Was hat er gesagt?«, fragt einer der Cops und stößt ihn in den Rücken. Diego taumelt vorwärts.

Ein anderer Polizist lacht. »Ich glaube, er will wissen, wo das Gericht ist.« Nun fallen die anderen in das Gelächter ein. »Dahin bringen wir dich noch früh genug. Jetzt geht es erst mal in die Zelle.«

Aber so weit kommt es nicht, denn im nächsten Moment sinkt einer der Polizisten auf die Knie. Diego blinzelt, er bekommt den Blick frei und erkennt, dass der Cop, dem er den Kaffee ins Gesicht geschüttet hat, eine Hand auf seinen ausrasierten Nacken presst und das Gesicht verzieht. Die anderen beiden scheinen unschlüssig zu sein, ob sie ihm helfen sollen, denn dazu müssten sie Diego loslassen. Aber als der Kniende endgültig zusammenbricht, gibt es buchstäblich kein Halten mehr. Überrascht verfolgt Diego, wie sich einer der Polizisten um seinen Kollegen kümmert, während der andere auf einem Telefon herumtippt.

Die Götter sind mit ihm. Diego läuft los. Er wird das Gericht finden und von dort aus Inéz.

Kapitel 4

Santiago de Cuba

In der Schule war Inéz unter den Schwächsten ihrer Klasse. Das zeigte sich vor allem im Mathematikunterricht. Schon als Señora Echevarria zum ersten Mal Zahlen an die verschrammte Schiefertafel schrieb, fürchtete Inéz, dass sie den Sinn dahinter niemals würde verstehen können. Arabische Zahlen nannte die Lehrerin diese Zeichen, die Inéz erschienen wie aus einer anderen Welt, fremd und fern.

Nur eine Zahl gab es, deren Wert sie erfasste, und das war die Null. Cero – so groß waren ihre Chancen, aus ihrem Leben etwas machen zu können. Das jedenfalls sagten ihre Mitschülerinnen der Alameda-Grundschule, denn sie wussten: Inéz gehörte nicht nur zu den schlechtesten Schülerinnen, sondern stammte auch aus einer der ärmsten Familien. Ihre Eltern waren Landarbeiter und wurden von Inéz' Großmutter Floramaria unterstützt. Deren verstorbener Ehemann hatte mit einer Zigarrenfabrikation ein Auskommen gehabt. Floramaria war es, die ihr riet, nicht so wie die anderen Kinder davon zu träumen, möglichst viele Nullen zu sammeln, um diese dann mit einer Ziffer davor und einem Dollarzeichen dahinter zu versehen. Glück im Leben finde man nicht durch Hirngespinste, erklärte die Großmutter, sondern weil man im richtigen Moment mit beiden Händen zupackte. Anfangs teilte Inéz diese Einschätzung nicht, aber als sie zwölf war, erkannte sie, dass sie statt der Sprache der Mathematik die der Musik verstehen konnte. Sie entzifferte Noten und ließ daraus Töne auf dem alten blauen Klavier ihrer Großmutter entstehen. Schon vom ersten Augenblick an liebte sie das Gefühl der ausgeleierten Tasten unter ihren schmalen Fingern. Und das Beste war: In der Welt der Töne gab es keine Null.

Zunächst lächelte Floramaria über das ungelenke Klimpern der Enkelin, nach einigen Wochen hörte sie mit einem grüblerischen Ausdruck auf dem Gesicht zu, dann rief sie nach Inéz' Mutter und der großen Schwester Guillerma. Die drei Frauen waren sich einig: Inéz sollte Unterricht erhalten. Zu ihrem Lehrer wurde Señor Labrada auserkoren, ein alter Freund Floramarias aus den Tagen der Revolution, der sie fortan für wenig Geld ausbildete, ihr allerdings nur die alten Lieder beibrachte: über tapfere Streiter, die mit geschultertem Gewehr dem Sieg entgegenmarschieren, über die Gleichberechtigung aller Menschen und die Errungenschaften des Kommunismus. Zunächst war sie von dieser Musik begeistert, denn die Töne waren einfach zu spielen, und die Großmutter, eine glühende Anhängerin von Fidel Castro, hörte mit leuchtenden Augen zu. Bald jedoch erkannte Inéz, dass die Musik der Revolutionäre schlicht war, und sie begann, die simplen Melodien zu hinterfragen. Sie stieß auf Wiederholungen in den Harmonien, nicht nur innerhalb eines Liedes, auch die Stücke ähnelten sich. Diese Art Musik folgte stets demselben einfachen Rezept. Als sie das Señor Labrada sagte, drohte der, ihre Finger unter dem Klavierdeckel zu brechen, sollte sie noch einmal etwas Derartiges äußern.

Inéz war fünfzehn, als sie ihre Großmutter bat, einen anderen Klavierlehrer für sie zu finden. Stattdessen lud Floramaria Señor Labrada zum Kaffee ein und fragte ihn über Inéz' Karrieremöglichkeiten aus. Sie selbst saß dabei und musste mit anhören, wie er ihr Talent »in den höchsten Tönen« lobte – das war ein Wortspiel, mit dem er Floramaria zum Lachen brachte. Die beiden malten sich zwischen zwei Schlucken Cafecito aus, wie Inéz bei einer Kundgebung der Kommunistischen Partei Kubas im Orchester sitzen würde. Der Lehrer schien zu spüren, dass seine Weiterbeschäftigung davon abhing, wie viel Glück er dem Mädchen prophezeite, denn als Nächstes verkündete er, die Schülerin bei Sonanda Viva angemeldet zu haben, dem Wettbewerb für die Musik der revolutionären Garden. In diesem Moment wurde Inéz klar, dass sie zu Tanzmusik oder Kampfliedern verurteilt sein würde, wenn sie weiter Klavier spielen wollte – es sei denn, sie nahm die Dinge selbst in die Hand.

Zu dieser Zeit begann Inéz zu erblühen. Ihre Brüste wuchsen – nur ein wenig, ihr war klar, dass sie niemals so vollbusig sein würde wie ihre Schwester –, die Brustspitzen wurden dunkler, ihr Gesicht verlor die Rundlichkeit, ihre Lippen bekamen einen Schwung, und ihre Augenbrauen wurden dichter. Die Behaarung an anderen Körperstellen hatte schon einige Zeit zuvor eingesetzt und schien kein Ende nehmen zu wollen, sehr zu ihrer Besorgnis. Sie fürchtete, dass sie beim Klavierspielen Haare auf den Fingern entdecken würde, und schwor sich, in diesem Fall Señor Labrada darum zu bitten, die Drohung mit dem Klavierdeckel in die Tat umzusetzen.

Doch statt Haaren bekamen ihre Finger Kraft und Eleganz. Durch das beständige Üben an den Tasten entwickelte Inéz Muskeln an Händen und Armen, und Adern zogen sich dicht unter ihrer Haut entlang, um das Kraftwerk darunter mit Energie zu versorgen. Eines Nachmittags, weindunkle Schatten lagen in den Winkeln des Raums, spürte sie die Blicke von Señor Labrada auf ihren Händen so stark, dass sie ihr wie Berührungen erschienen. Und mit einem Mal wusste sie, wie sie sich des Lehrers und seiner verknöcherten Auffassung von Musik entledigen konnte.

Vor der nächsten Unterrichtsstunde machte sich Inéz zurecht. Zum ersten Mal putzte sie sich für einen Mann heraus, für einen Achtzigjährigen. Um dem Erfolg bei ihrem Vorhaben den Weg so breit wie möglich zu ebnen, vertraute sie sich ihrer Schwester an, verriet ihr allerdings nur, sie wolle einem Mann den Kopf verdrehen. Um wen es sich handelte, verschwieg sie, und Guillerma schien auch nicht sonderlich daran interessiert zu sein. Die große Schwester setzte das Mädchen vor den Frisiertisch in ihrem Zimmer, begann damit, Unreinheiten auf ihrer Haut zu verdecken, trug eine getönte Gesichtscreme und einen Puder auf, von dem sie behauptete, er helfe, die Schminke zu fixieren. Dann sah Inéz im Spiegel zu, wie sie sich unter den Händen von Guillerma verwandelte. Lidschatten in einem schimmernden Grün hob ihre Augen hervor, und ein pfirsichfarbenes Rouge betonte ihre Wangen. Für den Mund verwendete Guillerma einen Lippenstift in einem hellen Rot und betonte die Kontur mit einem dunkleren Ton. Derart gerüstet fühlte sich Inéz, als schwebte sie zur Klavierstunde, statt wie sonst mit schweren Schritten im Takt der Lustlosigkeit in das Zimmer mit dem blauen Klavier zu stapfen.

Die Wirkung ihrer Verwandlung stand Señor Labrada ins Gesicht geschrieben. Inéz erklärte ihm ihr Aussehen damit, dass sie ihn um seine Meinung bitten wollte: War sie präsentabel für den Auftritt bei Sonanda Viva?

Zuvor hatte sie sich gefragt, was sie wohl alles anstellen müsste, um den alten Lehrer in Verlegenheit zu bringen, doch wie sich herausstellte, war dazu gar nicht viel nötig. Labrada verlangte, wie immer, dass sie »Hasta siempre, Comandante« spielte, und sie gehorchte, gab dem einfachen Rhythmus einen ungewohnten Schwung und streifte während der Passagen in den hohen Registern Labrada wie zufällig mit dem bloßen Unterarm. Im Verlauf dieser denkwürdigen Unterrichtsstunde war sie überhaupt nicht störrisch, und ihr Schmollmund schien den Lehrer diesmal nicht zu provozieren, sondern vielmehr seine Aufmerksamkeit zu erregen. Inéz fiel auf, dass Labrada verdrießlich neben ihr auf der Klavierbank herumruckte. Schließlich erhob er sich und erklärte den Unterricht für beendet – zum ersten Mal zehn Minuten vor der Zeit.

Inéz wusste, dass sie gewonnen hatte, obwohl sich der Erfolg ihrer Bemühungen erst nach zwei weiteren Unterrichtsstunden einstellte. Jedes Mal verwandelte Guillerma sie in einen Schmetterling, kein einziges Mal stellte die Schwester Fragen, und Inéz liebte sie dafür. Señor Labrada verlor endgültig die Nerven, als seine Schülerin ihn in einem weißen Kleid erwartete. Es war das Kleid, das ihre Großmutter für das Konzert genäht hatte, mit einem geraden Schnitt und einem asymmetrischen Dekolleté, das eine Schulter entblößte. Das Kleid hatte nur einen langen Ärmel mit einem Volant am Ende, der die Hand bedeckte. Eine Brosche in Form einer Rose war an der Schulter befestigt und bildete einen zarten Kontrast zu dem weißen Stoff. Niemand hätte vermutet, dass es aus dem Stoff eines alten Vorhangs geschneidert war, am allerwenigsten Señor Labrada.

»Wie finden Sie es?«, fragte Inéz und lächelte, nur ein wenig, damit das Make-up über ihren Pubertätspickeln keinen Schaden nahm. Sie verbeugte sich in seine Sprachlosigkeit hinein.

Irgendwie gelang es dem Klavierlehrer, diese letzte gemeinsame Stunde mit Würde hinter sich zu bringen. Unablässig studierte er die Noten und sah Inéz nicht ein einziges Mal an. Nachdem der letzte Ton verklungen war, ging er und kam nie mehr wieder. Großmutter Floramaria erklärte er, er habe der Enkelin alles beigebracht, sie sei ein Naturtalent und bestens gerüstet für alles, was vor ihr liege.

Inéz war frei. In der Zwischenzeit hatte sie das professionelle Klavierspiel zu ihrem Lebensziel erklärt und sich an der Musikhochschule, dem Conservatorio de Esteban Salas, die Unterlagen für die Einschreibung abgeholt. Die Erfüllung ihres Traums war zum Greifen nah. Ein Jahr Schulzeit trennte sie noch davon, und sie würde jeden Tag zum Üben nutzen. Zu Hause versteckte sie die Papiere unter der Matratze. Bevor sie ihrer Familie die Pläne offenbarte, wollte sie Großmutter, Mutter, Vater und Guillerma erst beim Konzert von ihren Fähigkeiten überzeugen.

Aber dann ging alles schief.

Das Festival Sonanda Viva fand in einem verrauchten Saal mit großer Bühne und Tanzfläche statt. An den Wänden hingen Plakate und Fotos berühmter Musiker, die dort einst ihr Debüt gegeben hatten. Als Inéz sich an den Flügel setzte, den Volant über ihrer Hand zurechtzog und das Kleid glatt strich, musterte sie die Porträts und spürte, wie sie ein Gefühl von Triumph überkam. Niemals würde sie Musik spielen, um andere dazu anzutreiben, den Karren des Kommunismus aus dem Dreck zu ziehen.

Das Orchester setzte ein, es spielte »Canción de harapos« in einer Version für Streicher, Piano und Blechbläser. Inéz hatte keine Probleme, ihren Teil beizutragen. Auch »El necio« begleitete sie unaufgeregt und verzierte es mit einem bescheidenen Solo. Dann war »Hasta siempre, Comandante« an der Reihe. Die ersten Takte sollte Inéz allein auf dem Klavier spielen und dazu singen, doch sobald der Abschiedsbrief von Che Guevara in den Versen zitiert würde, sollte das Orchester einsetzen, um die Worte des Nationalhelden mit Pathos zu unterstreichen.

Sie verabscheute das Stück. Es war die Hymne ihrer persönlichen Unterdrückung durch Señor Labrada. Saß er im Publikum? Sie hoffte es, denn dann würde er zu hören bekommen, dass mehr in ihr steckte als ein Musikpüppchen im Keuschheitsgürtel der Revolution.

Sie spielte das Lied einen halben Ton höher als notiert. Einige der Musiker warfen ihr verstörte Blicke zu. Alle anderen waren zu schockiert, um zu reagieren, als die junge Frau am Flügel zu singen begann. Inéz hatte die Worte verändert. Statt »Wir lernten dich zu lieben, seit dem historischen Höhepunkt, wo die Sonne deiner Tapferkeit dem Tode einen Glorienschein verlieh« sang sie »Wir lernten zu gehorchen, und unser schönster Tag wird der sein, an dem wir frei sein werden und unsere eigenen Entscheidungen fällen können«.

Das hatte sie getan, um auf ihre Situation aufmerksam zu machen, um sich freizusingen von Zucht und Ordnung. Natürlich hatte sie gewusst, dass ihre Zeilen auch als Kritik an der Regierung verstanden werden konnten, ein wenig hatte sie das sogar gehofft, damit sie nie wieder jemand auffordern würde, ein Regierungslied zu spielen. Aber mit dem, was folgte, hatte sie nicht gerechnet.

Zunächst setzte die Hälfte des Orchesters noch an vorgeschriebener Stelle ein, doch wegen der höheren Tonart kamen vor allem die Blechbläser nicht mit. Elefantöses Tröten zerriss die Hymne für Che Guevara, und Inéz katapultierte das Stück in die Gefilde moderner Musik, indem sie die tiefen Töne wie Bomben und die hohen wie die Schreie der Unterdrückten klingen ließ. An jenem Abend auf der Bühne feierte sie an den Tasten das Fest ihrer Freiheit.

Als Señor Labrada auf sie zustürzte, trotz seines hohen Alters flink wie ein Kolibri, gelang es ihr gerade noch, die Finger von den Tasten zu nehmen, bevor er den Deckel des Flügels zuschlug.

Es gab keine Strafe. Weder wurde Inéz verhört, noch musste sie eine Geldbuße bezahlen. Aber ihre Eltern hatten von nun an Schwierigkeiten, als Landarbeiter Beschäftigung zu finden, da kein Bauer ins Visier der Regierung geraten wollte, weil er vermeintliche Aufrührer auf seinen Feldern arbeiten ließ. Inéz'

Bewerbung am Konservatorium wurde abgelehnt. Jedenfalls glaubte sie das, denn sie erhielt nach dem Einreichen der Unterlagen niemals eine Antwort. Am meisten litt sie darunter, dass die Familie ihr fortan die Schuld an allem Unglück gab: Als Guillerma von ihrem Verlobten Pablo verlassen wurde, war Inéz der Grund, als die Großmutter auf einem Auge erblindete, lag das daran, dass sie sich noch immer über Inéz' Auftritt ärgerte, als ein karibischer Sturm das Dach des baufälligen Hauses zur Hälfte abdeckte, war das die gerechte Strafe der Götter für Inéz' Verhalten.

Vielleicht wäre es dabei geblieben. Inéz streifte sich das Fell des schwarzen Schafs der Familie über und war bereit, diese Rolle zu akzeptieren. Aber dann begegnete ihr das Schicksal in einer Bar: Sie fand einen neuen Weg zur Musik, und sie traf Diego Calavera – und alles in ihrem Leben veränderte sich.

Kapitel 5

Key West, Lower Keys Medical Center

Der Wartebereich des Lower Keys Medical Center erinnert an eine Hotellobby. Jedes Mal wenn Deputy Chief Roberto Mantezza das Krankenhaus betritt, fühlt er sich wie der Teilnehmer eines luxuriösen Wellnessprogramms, der darauf wartet, dass eine gut aussehende Trainerin erscheint, um ihn in die Geheimnisse ihrer Kunst einzuweihen.

Doch gerade muss er sich mit der Gesellschaft seines Kollegen Randy Ferris begnügen. Er ist der zweite stellvertretende Polizeichef in Monroe County und lümmelt in einem grauen Ledersessel, während Roberto den Wartebereich mit langen Schritten ausmisst und sich mit dem Gedanken tröstet: Nächstes Jahr gehe ich endlich in Rente.

»Du glaubst doch wohl nicht an den Quatsch von einem Anschlag?«, fragt Ferris. Er hat einen dicken Hals und ein Kinn wie ein Motorblock. Sein irisches Blut hat ihm helle Haut beschert, und eine unglückliche Fügung hat seine Vorfahren ausgerechnet auf die Florida Keys verschlagen, wo die karibische Sonne seither ein ungesundes Ziegelrot in den milchigen Teint der Ferris-Familie brennt. Er streicht sich über das streichholzkurze rote Haar, das unter der Berührung zu knistern scheint, aber kaum nachgibt.

Wie das Haar, so der Mensch, denkt Roberto und wünscht

sich den Ruhestand noch rascher herbei. Fünf Jahre hat er es jetzt mit Ferris ausgehalten. Damals wurde die Polizeibehörde neu organisiert, und Chief Dotson ernannte Roberto zum Leiter des Operations Bureau, zuständig für die Organisation des Streifendienstes, der Verkehrskontrolle und des Notfallmanagements. Ferris übernahm das Administrative Bureau und war fortan für Personal, Finanzen und Ausrüstung zuständig. Seither liegen sich die beiden Deputy Chiefs in den Haaren – in den roten des Iren und den schwarzen des Kubaners. Will Roberto die Straßenkontrollen ausweiten, weil die Zahl der Verkehrstoten zugenommen hat, kürzt Ferris das Budget für die Streifenwagen. Verlangt Ferris, dass die Polizisten häufiger am Schießstand üben, teilt Roberto sie zum Streifendienst ein, sodass niemand Zeit für etwas anderes hat.

Mit Wehmut denkt Roberto an die vergangenen Wochen zurück, als er freie Hand im Revier hatte, weil Ferris vom Dienst suspendiert war. Sein Kollege hatte Polizisten dazu eingesetzt, ihm beim Umzug in sein neues Domizil im angesagten Stadtviertel The Meadows zu helfen – und zwar während der Dienstzeit. Roberto hatte davon erfahren, war mit eingeschalteter Sirene vor Ferris' neuer Adresse vorgefahren und hatte per Megafon allen Anwesenden mit der Kürzung des Gehalts und dem Verlust von Beförderungschancen gedroht. Daraufhin war Randy Ferris allein vor einem halb ausgeräumten Möbelwagen zurückgeblieben. Dass die Angelegenheit anschließend dem Chief bekannt wurde, ging zwar nicht auf Robertos Konto, aber Ferris wurde für vier Wochen freigestellt, was ihm vermutlich nur recht war, denn dadurch fand er Zeit, sein Haus einzurichten. Aber seine Ehre und die seiner Familie hatten einen Kratzer bekommen, und das lastete Ferris natürlich Roberto an. Selbstverständlich hätte er beteuern können, Ferris nicht beim Chief angeschwärzt zu haben, aber zum einen hätte ihm sein Rivale nicht geglaubt, und zum anderen war es ihm egal, was Ferris von ihm dachte. In Ruhe lassen würde er ihn ohnehin erst dann, wenn er zum Chief aufgestiegen war und nicht länger auf einer Stufe mit einem Immigranten arbeiten musste.

So, wie es im Moment aussieht, werden sie ihren Vorgesetzten jedoch erst mal gemeinsam vertreten müssen, denn Chief Dotson ist unter den Opfern der Ereignisse im Stadtzentrum. An mehreren Orten sind Menschen zusammengebrochen: Den Polizeichef hat es bei einem Termin im Rathaus erwischt, zwei Personen im Gerichtsgebäude und weitere in Privathäusern. Die Fälle ähneln sich, von merkwürdigen Geschwüren ist die Rede, mehr wissen Ferris und Roberto nicht.

»Vielleicht ist es ein Anschlag, vielleicht ein Virus, vielleicht etwas völlig anderes«, sagt Roberto, setzt seine Runden fort und steigt über die ausgestreckten Beine von Randy Ferris hinweg. »Das werden wir ja gleich hören, wenn der Arzt endlich kommt.« Er atmet tief ein, schmeckt das stechende Krankenhausaroma, eine Mischung aus bitterer Medizin, Reinigungsmittel und etwas, dessen Quelle er lieber nicht ergründen will. »Bis wir mehr erfahren, sollten wir darüber nachdenken, wie wir die Bevölkerung warnen können.«

»Das entscheidet wohl besser der Chief, Bobby.« Ferris grinst ihn aus dem engen Kragen seines schwarzen, kurzärmeligen Polizeihemds an.

Roberto hasst es, wenn Ferris ihn Bobby nennt, so als wären sie gemeinsam auf der Highschool gewesen. Und Ferris weiß das. Aber hier geht es nicht um die Sticheleien zwischen den beiden stellvertretenden Polizeichefs, hier geht es darum, schnell Entscheidungen zu treffen – und zwar die richtigen Entscheidungen.

Zischend öffnet sich die Schiebetür des Wartebereichs, und Doktor Mankowitz kommt herein. An seinem weißen Kittel ist sein Namensschild befestigt und durch den Zusatz »junior« ergänzt, was seltsam erscheint, denn Mankowitz sieht so alt aus, wie es die beiden Deputy Chiefs zusammen sind. Die Falten in seinem Gesicht erzählen von der Erfahrung des Ambulanzarztes und dem Stress des Nothelfers.

»Roberto. Randy.« Mankowitz begrüßt die Polizisten. Roberto schüttelt dem Arzt die Hand. Ferris nickt ihm zu, ohne sich zu erheben, und verlangt: »Die gute Nachricht zuerst, Doc.«

»Chief Dotson wird es überleben«, teilt der Arzt mit.

»Und die schlechte?«, fragt Roberto zögernd.

»Er wird nicht mehr dienstfähig sein. Er leidet an nekrotisierender Fasziitis, so wie die anderen Patienten mit seinen Symptomen auch.«

»Was soll das sein«, fragt Ferris, »ein Virus?«

Aber Roberto fährt dazwischen mit einer Frage, die ihm drängender erscheint als alle Erklärungen: »Wie geht es den anderen Opfern?«

Mankowitz lässt sich in den Sessel neben Ferris fallen. Er sieht erschöpft aus, seine Haut ist so grau wie das Leder des Sitzbezugs, und seine Augen liegen tief in den Höhlen. Das ist nicht nur das Gesicht eines überarbeiteten Arztes, sondern auch das eines Mannes, der sich Sorgen macht. »Seit heute Vormittag sind acht Patienten mit denselben Symptomen eingeliefert worden. Bei fünfen konnten wir rechtzeitig operieren, für drei kam jede Hilfe zu spät. Und selbst diejenigen, die es überstanden haben, werden … Wir mussten großflächig Gewebe entfernen.«

»Sprechen Sie von Amputation?«, fragt Ferris.

Roberto durchfährt es heiß. Bill Dotson ist nicht nur sein Chef, sondern auch sein Freund – und der Patenonkel seines Sohnes.

Mankowitz nickt. »Chief Dotson hat ein Bein verloren. Bei den anderen war es ähnlich. Ein Zehnjähriger hat einen Finger eingebüßt, und da hatte er noch Glück.«

»Glück?« Das Wort schmeckt verdorben auf Robertos Zunge.

Der Arzt erhebt sich wieder, und auch Ferris steht aus seinem Sessel auf. Er überragt die beiden anderen Männer um einen Kopf. »Reden Sie Klartext, Doc. Was haben die Leute sich eingefangen? Werden wir von den Chinesen angegriffen? Oder von Kuba?« Er lacht unterdrückt, offenbar angesichts der Vorstellung, die Kommunisten könnten die Vereinigten Staaten von Amerika angreifen.

Mankowitz bleibt ernst, seine Miene wird noch düsterer als zuvor. »Die nekrotisierende Fasziitis wird nicht durch ein Virus verursacht, sondern durch Bakterien, manchmal durch Streptokokken oder, wie in diesem Fall, durch Vibrionen.«

Ferris wirft die Arme in die Luft. »Viren. Bakterien. Das ist doch alles dasselbe. Winzige Viecher, die uns in jede Körperöffnung kriechen und unser Immunsystem lahmlegen.«

»Nun, also«, setzt Mankowitz wieder an und streicht über das Stethoskop, das ihm aus der Brusttasche ragt, »so ähnlich vielleicht.«

Roberto fordert den Arzt auf, alles in Ruhe zu erklären.

»Diese Bakterien sind ungefährlich, solange sie nicht in den Blutkreislauf gelangen«, fährt der Mediziner fort. »Selbst wenn wir sie mit der Nahrung aufnehmen, können sie in unserem Verdauungssystem kaum Schaden anrichten. Dann wandern sie durch uns hindurch, und wir merken nicht mal, dass sie zu Gast waren.«

»Aber …?«, fragt Roberto.

»Aber wenn sie in die Blutbahn gelangen, wird es dramatisch. Durch die Adern rauschen sie wie auf einem Highway am Samstagabend in unsere Muskeln. Und wie jemand, der einen langen Weg hinter sich hat, sind sie hungrig.« Der Arzt leckt sich die Lippen. Roberto geht zum Wasserspender, füllt einen Becher und reicht ihn Mankowitz, der einen Schluck trinkt.

»Machen Sie es nicht so spannend, Doc«, verlangt Ferris. »Was heißt das: Diese Bakterien sind hungrig?«

»Man nennt sie auch ›fleischfressende Bakterien‹, weil sie sich über unser Gewebe hermachen wie ein Trucker über einen Burger. Natürlich fressen Vibrionen und Streptokokken nichts, sie haben keine Vorrichtungen, um Nahrung aufzunehmen, und keine Organe, um sie zu verarbeiten, sie sind keine Mikromonster. Das ist nur ein Bild, um deutlich zu machen, was sie anrichten: Sie produzieren ein Enzym, das Gewebe zersetzt.«

»Sie meinen, man wird von innen heraus aufgelöst?« Auf Ferris' Gesicht spiegelt sich Ekel.

»Ja, aber da ist noch mehr. Die Bakterien bilden Giftstoffe, Toxine. Die gelangen ebenfalls in die Blutbahn und rufen eine Blutvergiftung hervor, eine Sepsis. Wenn sie nicht sehr schnell behandelt wird, verhindert sie, dass das Gewebe durchblutet wird. Dann können lebenswichtige Organe nicht mehr richtig funktionieren, und in ihnen setzen sich dann wiederum Bakterien fest, weil das Immunsystem sie nicht bekämpfen kann.«

Roberto verspürt den Drang, sich überall am Körper zu kratzen. »Und da hilft nur Amputation?«

»Vorausgesetzt, man handelt rechtzeitig. Die Bakterien rasen durch die Blutbahnen, sie erreichen auch das Gehirn sehr schnell. Und dort können wir nicht amputieren. Deshalb zählt bei einer Infektion jede Sekunde. Wenn wir solch einen Fall in die Notaufnahme bekommen, lassen wir alles andere stehen und liegen, um überhaupt eine Chance zu haben. Es ist nur so …« In seinem Blick liegt etwas, das Roberto nicht gefällt. »… normalerweise taucht höchstens einmal im Monat so ein Fall bei uns auf. Heute waren es acht innerhalb weniger Stunden.«

»Also doch ein Anschlag«, mutmaßt Ferris. Seine Haut ist eine Spur blasser geworden. »Oder diese Flüchtlinge im Processing Center haben es eingeschleppt.« Er wirft Roberto einen herausfordernden Blick zu.

Mankowitz hebt abwehrend die Hände. »So einfach ist das nicht. Schauen Sie, die Bakterien sind eigentlich nichts Ungewöhnliches. Es gibt sie überall. Sie kommen in Süß- und Salzwasser vor, in Flussmündungen, in Brackwassertümpeln, in Meeresfrüchten. Wir tragen sie sogar auf der Haut.«

»Warum sind dann nicht alle krank?«, blafft Ferris. »Oder immun?«

»Wie ich schon sagte«, fährt der Arzt fort, »werden Vibrionen und Streptokokken erst in der Blutbahn gefährlich. Haben Sie schon mal davon gehört, dass man einen Insektenstich nicht aufkratzen soll?«

Ferris nickt. »Weil sich die Wunde entzünden könnte.«

»Nicht nur. Vor allem, weil man sich die Bakterien dabei von der Haut ins Blut reiben könnte.«

Roberto mischt sich ein. »Ich halte es für unwahrscheinlich, dass innerhalb weniger Stunden acht Menschen in Key West ihre Mückenstiche aufkratzen und sich damit eine seltene Infektion zuziehen. Außerdem sollen die Leute umgefallen sein wie die Fliegen.«

»Sehen Sie?«, sagt Mankowitz. »Genau das ist es, was mir Sorge bereitet.«

Kapitel 6

Key West Garden Club

»Wie lange hast du das schon?« Quito deutet auf Inéz' Handrücken. Zwischen dem Geflecht der Adern sind zwei geschwollene rote Punkte zu erkennen.

»Das sind nur Mückenstiche.« Sie winkt ab. »Heute Morgen haben mich die Biester erwischt. Wieso siehst du mich denn so an?«

Sie stehen vor dem West Martello Tower, einem merkwürdigerweise flachen Bau. Von dem ehemaligen Verteidigungsturm sind nur Reste erhalten. Innerhalb der Backsteinmauern verbirgt sich die Gartenanlage, in der Quito als Freiwilliger arbeitet. Er ist heute zum Gießen der Pflanzen eingeteilt, für Besucher ist der tropische Garten montags geschlossen. Bis zum nächsten Morgen wird Inéz hier unterkommen können.

Vor der Festung liegt Higgs Beach, Quitos Lieblingsort in Key West. Unter Leuten in Badeklamotten fühlt er sich wohl. Außerdem ist dort alles perfekt – weißer Sand, blauer Himmel, türkisfarbenes Wasser –, und trotzdem kommen nur wenige Menschen her. Die meisten Touristen wollen lieber das Treiben zwischen Kneipen und Geschäften in der berühmten Duval Street erleben, und die Einheimischen haben nicht viel Zeit fürs Strandleben. Auch an diesem Nachmittag rekeln sich höchstens ein Dutzend Sonnenbadende auf ihren Handtüchern oder ziehen Bahnen im seichten Wasser. Bis hierher, in den Süden der Stadt, haben Inéz und er es geschafft, ohne noch einmal einem Polizisten zu begegnen.

In der Ferne heulen Sirenen. Quito fragt sich, was sein Vater gerade macht und was er als stellvertretender Polizeichef wohl dazu sagen würde, dass sein Sohn nicht nur in den Tumult im Gerichtsgebäude verwickelt war, sondern nun auch noch im Begriff ist, einer flüchtigen Kubanerin Unterschlupf zu verschaffen. Die Bilder aus dem Gerichtssaal kommen ihm in den Sinn – Sanitäter tragen den reglosen Josh Mangiardi auf einer Trage davon, Richterin van Beuren droht zu ersticken, Panik macht sich breit. Die Schwellung am Hals des Anwalts sah genauso aus wie die Beule am Arm der Richterin.

Und mittendrin war ein Einstich zu sehen.

Quito zögert, Inéz zu erzählen, was er im Gericht erlebt hat. Sie hat schon genug Sorgen. Überdies sehen die Stiche auf ihrer Hand normal aus, weder haben sie sich dunkel verfärbt, noch sind sie stark angeschwollen.

»Wir sind da!«, sagt er stattdessen und führt sie an der Außenmauer des Turms entlang. »Im Garden Club bist du erst mal vor der Polizei sicher.«

Wie das Gericht ist auch die alte Befestigungsanlage aus rotem Backstein gebaut, jedenfalls soweit sie noch vorhanden ist. Quito weist Inéz den Weg unter den Bögen hindurch, an denen Kletterpflanzen ranken. Wo Mitte des neunzehnten Jahrhunderts Soldaten patrouillierten, begrüßen heute Hakenlilien und Bromelien in riesigen Töpfen die Gäste. Vor einem schmiedeeisernen Tor macht Quito Halt, tastet in einem Wandteppich aus grünen Blättern herum, bis er den Schlüssel gefunden hat, und sperrt auf. Mit einer gespielt galanten Geste bittet er Inéz einzutreten.

Sie rührt sich nicht. Deutlich ist das Misstrauen in ihrem Blick zu erkennen.

Quito begreift, was nicht stimmt. Natürlich folgt sie einem wildfremden Mann nicht einfach in ein abgelegenes Gebäude. Er hält ihr den Schlüssel hin. »Wenn du willst«, sagt er, »kannst du allein hineingehen. Aber es wäre besser, wenn ich mitkomme, um dir alles zu zeigen.«

Inéz nimmt den altmodischen Schlüssel mit dem quadratischen Bart entgegen, dreht ihn zwischen ihren langen Fingern, scheint abzuschätzen, wie weit sie ihrem Begleiter trauen kann.

»Vamos, Chico«, sagt sie schließlich, geht an ihm vorbei, passiert das Gittertor und lässt es offen stehen. Quito folgt ihr.

Hinter dem Eingang liegt der Raum mit der Kasse und dem kleinen Souvenirshop, an der Decke laufen die Backsteine in Gewölbebögen zusammen. Quito greift sich ein T-Shirt aus dem Regal und zieht es sich über den Kopf. Der Stoff schmiegt sich kühl an seine Haut. Laut liest Inéz den Aufdruck: »Key West Garden Club. Kann ich auch eins haben?«

Quito schaut sie kurz an und holt ein rotes Shirt in Größe S hervor. Sie entfaltet und mustert es. »Willst du mir nun das Versteck zeigen?«, fragt sie.

»Das hier war mal eine Festung«, erklärt Quito, als sie aus dem Eingangsbereich ins Innere der Anlage gehen. Das ursprünglich militärische Bollwerk zum Schutz der Küste ist kaum noch erkennbar. Erhalten sind die Außenmauern bis zu einer Höhe von drei Metern, aber das Dach ist der Himmel, sodass die Sonne ungehindert hereinscheinen kann. Überall grünen und blühen Pflanzen.

Wie jedes Mal, wenn er herkommt, bleibt Quito stehen und atmet tief ein. Er riecht Rosen, das Ananasaroma der Frangipani und den cremigen Geruch von weißem Pfirsich, den der Spanische Jasmin ausströmt. Es gibt haushohe Farne und Palmen, zwischen denen sich Wege hindurchschlängeln, und über alles senkt sich der Zitrusduft der Orchideen, die als Luftwurzler an den Ästen der Bäume über den Köpfen der Besucher wachsen.

»Siehst du die Ziegel der alten Mauern zwischen den Pflanzen?«, fragt er, und Inéz nickt. »Heute sind sie das Bett der Natur. Die Kletterpflanzen halten sich daran fest, und anderen Gewächsen bieten sie Schatten. Außerdem speichern die Steine die Wärme des Tages. Wenn es in den Nächten kühl werden sollte, geben sie sie wieder ab. So haben es die Pflanzen stets warm, wie in einem Treibhaus ohne Dach.«

»Hast du dir das ausgedacht?«, fragt Inéz.

Quito schüttelt den Kopf. »Den Garten gibt es schon seit über siebzig Jahren. Einige der Pflanzen stammen sogar noch von damals. Wir pflegen sie mit einer Gruppe von ehrenamtlichen Helfern und finanzieren alles durch die Eintrittsgelder.«

»Dann bist du ein Gärtner?«, fragt sie erstaunt und steuert auf einen Himmelsblütenstrauch zu.

»Eigentlich studiere ich Biologie am Florida Keys Community College. Meeresbiologie, um genau zu sein.« Er bricht abrupt ab. Das Thema Studium bringt ihn auf unangenehme Gedanken, und er ist froh, dass sich Inéz mehr für den Strauch als für seine Karriere interessiert. Sie streicht mit den Fingern über die violettblauen Blüten mit den weißen Rändern. »Was ist das für ein Geruch?«, fragt sie und nähert sich der Pflanze, bis ihre Nasenspitze gegen einen Stempel im Blütenkelch stößt.

»Jeder Mensch verbindet damit etwas anderes«, sagt Quito und riecht nun ebenfalls an einer Blüte. »Was meinst du, was es ist?«

Inéz schließt die Augen. »Schokolade. Lavendel. Und Vanille.« Sie schaut die kleine Blüte verwundert an. »Das ist ja eine ganze Parfümerie.«

»Oder eine Eisdiele«, sagt Quito und bringt Inéz damit zum

Lachen. Sie entfaltet das T-Shirt noch einmal und hält es hoch. »Was hat es eigentlich mit diesem Spruch auf sich?«

»Sexy shrubs in sandy soil – Verführerische Sträucher in sandigem Boden« ist auf den Stoff gedruckt, und darunter ist das Bild einer Canna-Lilie zu sehen – es ist die Rückseite des T-Shirts. Seins sieht genauso aus. Er lächelt sie an. »Sieh dich einfach um, dann findest du die Antwort.«

Sie setzt den Rucksack ab, kehrt Quito den Rücken zu, zieht ihr schwarzes T-Shirt aus und das neue über, dann dreht sie sich zu ihm um. Nur allmählich verblasst das Bild ihres Rückens mit der schwarzen Unterwäsche auf seiner Netzhaut und macht dem von Inéz in roter Baumwolle Platz.

Eine halbe Stunde später hat er ihr die gesamte Anlage gezeigt, den kleinen Friedenspark mit Labyrinth, den Schmetterlingsgarten, den grünen und den weißen Pavillon, den Autogrammbaum und die Bonsais. Er erklärt ihr, dass sich ein einfacher Schlafplatz einrichten lasse, außerdem ständen ihr die Toiletten und Waschräume zur Verfügung.

Inéz dreht sich um die eigene Achse. »Ich hoffe, die anderen sind auch der Polizei entkommen und begegnen jemandem, der ihnen hilft. Als wir von Kuba aufgebrochen sind, habe ich allen im Boot Mut gemacht, ich habe ihnen versichert, dass wir ins Paradies fahren. Da wusste ich aber noch nicht, dass es das hier wirklich gibt.«

»Fehlen noch Milch und Honig«, stellt Quito fest. »Ich werde dir etwas zu essen und zu trinken bringen. Wenn du vorher durstig bist, kannst du zum Strand gehen, da steht ein Getränkeautomat. Hast du Geld?«

»Geld?« In ihrem Blick leuchtet etwas auf. »Ich habe nur das, was ich am Leib trage, meinen Rucksack und, dank dir, einen Platz zum Schlafen. Das ist alles. Damit muss ich versuchen klarzukommen und mir ein Leben aufzubauen.«

Sie deutet auf den Springbrunnen zwischen der Zwerg-Ixora und der Sitzgruppe mit dem kleinen Tisch. »Wasser ist ja schon mal da.«

Quito geht zum Brunnen, öffnet eine Klappe im Sockel und drückt einen Knopf. Die Fontäne fällt in sich zusammen. Nachdem er einen Schalter umgelegt hat, läuft das Wasser aus dem Becken ab, plätschert auf den Weg und verschwindet zwischen den Gitterstäben eines Abflusses.

Inéz stemmt die Hände in die Hüften. »Auch wenn das kein Trinkwasser ist, hätte ich mich immerhin damit waschen können.«

Quito geht zu einer Reihe von Gießkannen aus buntem Kunststoff. Nach und nach lässt er das Wasser auf die umliegenden Beete und Pflanzentöpfe rieseln, dann stellt er die Kannen so hin, dass die Sonne hineinscheint und sie trocknet. »Zu gefährlich«, sagt er. »Stehendes Wasser lockt Mücken an. Die Weibchen legen ihre Eier darin ab.«

»Na und?«, entgegnet sie. »Ich bin mit sieben Wahnsinnigen und einem Hai im Boot über das Meer gefahren. Da werde ich mit ein paar Insekten schon zurechtkommen.«

Quito hält inne. Inéz muss erfahren, was los ist, damit sie sich richtig verhalten kann. Andernfalls wäre sie in einer Gefängniszelle sicherer aufgehoben. »Hör zu«, sagt er und lehnt sich gegen den Rand des Brunnens. »Hier geschehen merkwürdige Dinge.«

Kapitel 7

Key West Garden Club

»Vorhin im Gericht …« Quito ringt die Hände, sucht nach den richtigen Worten. Wo soll er anfangen?

»Du hast gesagt, dort ist jemand zusammengebrochen. Und die Menschen hatten Angst.« Inéz setzt sich auf den Rand des Brunnens. »Warum?«

»Wegen einer Mücke«, eröffnet Quito. »Aber das wussten sie nicht.« Es ist alles so verworren.

Inéz sieht ihn an wie eine Erstklässlerin eine Gleichung Algebra.

Wenn er ihr verständlich machen will, was geschehen ist, dann kann er nicht mit den heutigen Vorfällen im Gericht beginnen.

»Mücken«, sagt er, »sind die gefährlichsten Tiere der Welt.« Bevor Inéz etwas einwenden kann, redet er weiter, lässt sich neben ihr auf den Brunnensteinen nieder und erzählt, dass Mücken jedes Jahr weltweit achthunderttausend Menschen umbringen. »Indem sie Krankheiten übertragen. Kein anderes Lebewesen ist so tödlich.«

Inéz schaut auf die Stiche an ihrer Hand.

»Malaria, Gelbfieber, West-Nil-Virus, Dengue-Fieber, Zika-Virus, Chikungunya-Fieber – ihnen steht ein ganzes Arsenal an Erregern zur Verfügung, um Menschen zu töten.«

»Aber wir haben Insektenschutzmittel und das hier.« Inéz klatscht in die Hände.

»Das reicht nur im Normalfall als Schutz«, erwidert Quito. »Und wir erleben gerade etwas, das über den Normalfall weit hinausgeht.«

»Ist das der Grund, warum du so besorgt bist? Weil mich eine Mücke mit Gelbfieber infizieren könnte?«

»Nein. Die Chancen sind gering«, sagt er. »Bei uns auf den Inseln trifft es in einem Jahr etwa siebzig Leute. Die meisten überstehen die Infektion. Das Problem liegt woanders.« Er reibt sich den Hinterkopf, das lockige Haar fühlt sich verschwitzt an. »Vor zwei Jahren tauchten Vertreter einer Firma für Biotechnologie im Rathaus von Key West auf. Das Unternehmen nennt sich DNArtists. Sie verdienen ihr Geld damit, Pflanzen in der Landwirtschaft gegen Schädlinge resistent zu machen, indem sie das Erbgut, zum Beispiel von Mais, verändern.«

»Von so etwas habe ich schon gehört«, sagt Inéz. »Es soll helfen, den Hunger in der Welt zu bekämpfen.«

»Vor allem hilft es DNArtists dabei, Profit zu machen«, blafft Quito und ärgert sich darüber, dass ihn dieses Thema so schnell aus der Fassung bringt. »Ich habe nichts gegen Gentechnologie«, fährt er fort, »aber ich halte es für unverantwortlich, veränderte Pflanzen und Tiere, also künstlich erzeugte Lebewesen, auf die Natur loszulassen. Niemand kann abschätzen, was geschieht, wenn sie sich mit ihren wilden Artgenossen kreuzen.«

»Tiere?«, fragt Inéz. »Du meinst …«

Quito nickt. »DNArtists haben sich über das Erbgut jener Mückenart hergemacht, die den Erreger für Gelbfieber überträgt: *Aedes aegypti*. Im Labor ist es ihnen gelungen, das Erbgut dieses Insekts zu manipulieren und eine neue Variante zu züchten. Den Politikern und der Verwaltung von Monroe County haben die Gentechniker versprochen, dass sie damit das Gelbfieber von den Keys verbannen werden.«

»Da müssen sie aber tief in den Chemiebaukasten gegriffen haben«, wendet Inéz ein.

»Stimmt. Die Mücken aus dem Genlabor haben eine besondere Fähigkeit: Sie verhindern, dass sich ihre Artgenossen vermehren können.«

»Wie soll das funktionieren?«

»Bei den Mücken gibt es Männchen und Weibchen. Wie fast überall.« Quito spürt, dass ihm das Thema nicht so leicht über die Lippen geht wie bei einem Referat am College. »Die Männchen befruchten die Weibchen, die legen dann Eier, und daraus entwickeln sich Larven und schließlich neue Mücken. Diesen Kreislauf will DNArtists durchbrechen. Sie verändern die Männchen, sodass die bei der Paarung ein spezielles Gen an die Weibchen weitergeben. Das neue künstlich veränderte Erbgut soll dafür sorgen, dass der Nachwuchs schon im Larvenstadium stirbt.«

»Gruselig.« Inéz reibt sich die Arme. »Aber gleichzeitig klingt es nach einer effektiven Methode.«

»Die Krankheitsüberträger sollen ausgerottet werden. Das ist ein Konzept, das auf den ersten Blick natürlich überzeugt. Aber niemand bedenkt die Risiken dieses brutalen Eingriffs in die Natur. DNArtists haben die gentechnisch veränderten Insekten hier in Key West und auf einigen Nachbarinseln in freier Wildbahn ausgesetzt.«

»Die Florida Keys dienen denen als Genlabor?«, fragt sie ungläubig.

Quito nickt. »Sie haben zweihunderttausend Mücken auf die Keys losgelassen, und das ist erst der Anfang. Es gab Proteste. Etwa die Hälfte der Einwohner hat sich gewehrt und versucht, das Experiment zu verhindern. Erfolglos. Die Umweltschutzbehörde hat den Versuch genehmigt, aber ich glaube nicht, dass es dabei mit rechten Dingen zugegangen ist.«

»Eins verstehe ich nicht«, sagt Inéz. »Warum der ganze Aufwand, wenn es hier im Jahr nur siebzig Fälle von Gelbfieber gibt? Warum setzen DNArtists ihre Mücken nicht in Afrika ein, um Malaria einzudämmen?«

»Das sind genau die Fragen, hinter denen die Wahrheit aufleuchtet.« Quito bückt sich, liest Steine vom Boden auf und legt sie in einer Reihe auf den Brunnenrand. »Stell dir vor, das da sind die Keys, eine Reihe von Inseln an der Südspitze Floridas. Für DNArtists bieten sie einen einzigartigen Vorteil: Sie sind nur über eine einzige Straße mit dem Festland verbunden.« Er fährt mit dem Zeigefinger über die Steine. »Wenn bei dem Freilandversuch etwas schiefgehen sollte, können sich die Mücken nicht auf dem Festland ausbreiten. Sie fliegen nicht über das Meer, verstehst du? Das ist meiner Meinung nach der wirkliche Grund dafür, warum diese Tiere hier bei uns ausgesetzt werden. Die Firmenleitung weiß ganz genau, dass ihr Projekt nicht sicher ist. Man muss ihre Argumente nur hinterfragen, dann wird die Scheinheiligkeit offenbar.«

»Was könnte denn schiefgehen?«

Quito hebt eine Augenbraue. Er hat die Argumente gegen DNArtists schon Dutzende Male vorgetragen, und als die wissenschaftlichen Erklärungen nicht ausreichten, hat er mit düsteren Farben Szenarien auf die Leinwand der Fantasie gepinselt. All das hat nichts genutzt. »Wenn sich die Gen-Mücken mit den wilden Insekten paaren, können neue Arten entstehen.«

»Aber du hast gesagt, Fortpflanzung wäre nicht möglich.«

»Nicht ich habe das gesagt, sondern DNArtists«, betont Quito. »Tatsächlich können wilde und künstliche Mücken immer noch Nachkommen zeugen, aber nur unter einer Bedingung. Der Kniff an dem Experiment ist, dass die Larven, nachdem sie geschlüpft sind, ein Antibiotikum brauchen, um zu überleben. Dieses Antibiotikum heißt Tetrazyklin. Da es das in der Natur nicht gibt, sterben sie. Aber«, er macht eine Pause, »es wird in der Landwirtschaft verwendet, um bessere Erträge zu erwirtschaften.«

»Und von den Feldern gelangt es ins Wasser und landet in den Tümpeln, in denen die Mücken ihre Larven ablegen.« Inéz streift mit den Händen an den Tragriemen ihres Rucksacks entlang.

Quito nickt. »Auf diese Weise können sich Gen-Mücken mit wilden Mücken fortpflanzen. Es entstehen neue Arten, und niemand kann vorhersehen, welche Eigenschaften sie entwickeln. Vermutlich sind sie widerstandsfähig gegen herkömmliche Insektenschutzmittel. Aber ich fürchte, das ist nicht alles.«

Inéz nimmt einen der Steine und dreht ihn in der Hand. »Konnte wirklich niemand etwas gegen diesen Versuch unternehmen?«

»Nichts, was mit dem Gesetz in Einklang zu bringen wäre. DNArtists haben die offizielle Erlaubnis, ihre kleinen Ungeheuer auf den Keys zu verbreiten.« Quito wirft die restlichen Steine wieder auf den Boden, einen nach dem anderen. »Also habe ich die Sache selbst in die Hand genommen und die Brutbehälter zerstört.«

»Du hast … was?« Inéz' Augen weiten sich.

»Was blieb mir anderes übrig?« Er klopft sich den Staub von den Händen. »DNArtists haben Behälter mit Mückeneiern auf vier Inseln aufgestellt. Die Tiere sollten sich entwickeln, die Behälter verlassen und sich mit den wilden Mücken paaren. Alles, was ich tun musste, war, das Wasser ablaufen zu lassen.«

Inéz schaut in den Brunnen hinein. Die Sonne hat bereits die letzten feuchten Stellen getrocknet. »Also sind die Eier verdorrt.«

»Jedenfalls einige«, sagt Quito. »Bevor ich alle Behälter erreichen konnte, hat mich eine Polizeistreife erwischt.«

»Warst du deshalb im Gericht?«

»Nicht direkt. Die Bennerly-Stiftung, die mein Studium mitfinanziert, hat mir nach dieser Sache das Stipendium gestrichen. Dagegen wollte ich vorgehen. DNArtists haben mich nicht verklagt. Aber sie haben ihre Großzügigkeit an die große Glocke gehängt, die Geschichte ging durch die Presse, und die Firma konnte sich ein Image der Toleranz und Nachsicht schaffen, mit meiner Hilfe.« Er schlägt mit der Faust in die offene Handfläche. »Sie haben einfach neue Behälter mit Eiern gefüllt. Das ist jetzt sechs Wochen her. Genau die Zeit, die Mückenlarven brauchen, um zu schlüpfen und sich wieder zu paaren. Eine neue Generation kann entstanden sein, eine neue Art vielleicht, ich habe die Katastrophe nur hinausgezögert. Und das ist, glaube ich, die Erklärung für das, was heute Morgen im Gericht geschehen ist.«

»Was genau ist denn nun dort passiert?«, will Inéz wissen.

Als Quito schildert, wie der Anwalt und die Richterin nacheinander zusammengebrochen sind, springt Inéz auf. »Warum hast du nicht längst deinem Vater, dem Polizeichef, von all dem erzählt?«

»Er ist der Stellvertreter«, stellt Quito klar. »Und er weiß alles, was ich dir gerade erzählt habe, aber er glaubt mir nicht. Für ihn ist das Gesetz der Vereinigten Staaten von Amerika heiliger als jeder Bibeltext. Weil der Freilandversuch genehmigt worden ist, wagt er ihn nicht zu hinterfragen.«

»Jetzt vielleicht doch. Wenn deine Theorie stimmt und die Mücken tatsächlich etwas Schlimmes mit den Menschen anstellen, dann ist doch niemand mehr sicher.« Sie blickt sich um. »Auch wir nicht.«

Quito schaut in die Höhe. Die Blätter eines Kapokbaumes

zerteilen das Sonnenlicht. »Das ist leider richtig, deshalb werden wir dir für die Nacht einen Moskitoschutz bauen.«

Über die verschlungenen Wege des Gartens gehen sie zum Geräteschuppen. »Hier finden wir bestimmt etwas, das sich zum Moskitonetz umfunktionieren lässt.« Quito öffnet die Tür zu der Holzhütte. Staub flirrt durch die hineinfallenden Sonnenstrahlen, es riecht nach Kompost, geöltem Werkzeug und altem Holz. Sie ziehen die Türen eines Hängeschranks auf, klappen den Deckel einer Kiste hoch, schauen hinter aufgehängte Gummischürzen und wühlen durch einen Haufen Pappkartons, bevor sie zwischen Gießkannen, Schubkarren und Heckenscheren finden, was sie suchen: ein Schattierungsnetz, wie es zum Schutz für lichtempfindliche Pflanzen aufgespannt wird. Es ist nicht so engmaschig wie ein Insektennetz, aber immerhin etwas, das sie gebrauchen können.

Eine halbe Stunde später überspannt das Netz einen Bereich, der zwischen Souvenirshop und Garten liegt und in dem sich Inéz ihr Lager einrichten will. Der dunkle Stoff trennt eine Steinbank von den üppigen Topfpflanzen, die in dem Gemäuer wuchern. Quito zieht drei große, nostalgisch verzierte Vogelkäfige heran, die zwischen den Blumen, Bäumen und Sträuchern aufgestellt sind, und fixiert das Netz damit.

»Die stehen hier hoffentlich nur zur Dekoration.« Inéz deutet nach oben. »Es gibt kein Dach. Vögel fliegen hier frei herum, und das ist auch gut so.«

»Genau«, sagt Quito. »Siehst du dort vorne die Rotkardinale? Sie sind deine Beschützer, denn sie ernähren sich von Mücken. Hast du eigentlich Hunger?«

Inéz schüttelt den Kopf. »Noch nicht.«

»Ich werde gleich zu meinen Eltern gehen und für dich etwas zu essen organisieren«, sagt Quito. »Am Abend komme ich wieder zu dir. Aber zuvor holen wir uns noch ein bisschen mehr

Hilfe aus der Natur. Komm mit!« Er führt sie zu den Liebesperlensträuchern nahe des Brunnens, knickt einen der dünnen Äste ab, zerreibt die Blätter zwischen den Fingern und streicht sich mit der öligen Substanz Hals und Stirn ein. »In dieser Pflanze ist ein Wirkstoff enthalten, der Mücken die Orientierung verlieren lässt. Der wird auch in Insektenschutzmitteln verwendet. Mach es wie ich.«

Inéz greift nach den violetten Beeren, aber Quito erklärt ihr, dass nur die Blätter den Wirkstoff enthalten. Daraufhin zerreibt sie eins und hält es sich an die Nase. »Wie in einer Eisdiele riecht das aber nicht«, beschwert sie sich, als sie den Saft auf ihrer Haut verteilt. »Wirkt das Zeug auch gegen Gen-Mücken?«

»Das«, sagt Quito, »müssen wir erst noch herausfinden.«

Kapitel 8

Key West, Town Center

Ist er wirklich nur neunzig Seemeilen von zu Hause entfernt? Diego würde sich nicht weniger fremd vorkommen, wenn er gerade über den Mond spazierte. Key West sieht nicht aus wie eine Stadt, sondern wie eine Mischung aus tropischem Garten und Vergnügungspark, die Häuser ducken sich hinter mächtigen farbigen Pflanzen oder großen grellen Werbeschildern, Blüten und Lichterketten blinken allerorten, auch mitten am Nachmittag. Die Sonne brennt auf sein drahtiges Kraushaar, und sogar die Hitze ist merkwürdig: Sie bringt ihn auf eine ihm unbekannte Art ins Schwitzen – oder liegt das an der Sorge um Inéz, einer Angst, die auf hoher Flamme in seinen Eingeweiden kocht?

Die Polizisten hat er abgeschüttelt. Weil seine Hände gefesselt waren, musste er einen von ihnen mit dem Kopf zu Boden stoßen, und nun brummt ihm der Schädel, aber das ist nicht wichtig. Der andere Uniformierte hat eine solche Angst vor ihm bekommen, dass er lieber seinem ohnmächtigen Kollegen geholfen hat, als sich noch einmal mit Diego anzulegen. Danach hat er sich eine Weile zwischen Spanholzkisten im Hinterhof eines kleinen Lebensmittelgeschäfts versteckt und dann begonnen, das Gericht zu suchen. Wie sich herausstellte, sprechen viele Menschen in Key West Spanisch, so konnte er sich durchfragen.

Den Kabelbinder ist er rasch losgeworden. Es hat ihn kaum

Mühe gekostet, die Plastikfessel zu zerreißen. Nur rote Striemen an seinen Handgelenken sind geblieben. Was haben die amerikanischen Polizisten eigentlich geglaubt, mit wem sie es zu tun haben? Er ist Diego Calavera, nach der Überfahrt von Kuba haben ihn seine Gefährten El Tiburón getauft: der Hai. Das gefällt ihm. Und wenn der Hai ein Ziel ins Auge gefasst hat, dann ruht er nicht eher, bis er die Beute zwischen seinen Zähnen zermalmen kann.

Jetzt steht er im Schatten einer Palme vor dem ziegelroten Justizgebäude. Von den Sanitätern, Polizisten und den vielen anderen Menschen, die er auf den Fernsehmonitoren gesehen hat, ist niemand mehr da. Aber Diego muss auch nicht wissen, was hier vorgefallen ist. Er muss Inéz finden.

Drei Straßen verlaufen neben dem Gebäude und führen in Richtung Süden. In welcher ist Inéz verschwunden? Diego reibt sich die Stirn. War es die linke mit dem umgeknickten Straßenschild oder die kleine auf der rechten Seite? Da er sich nicht entscheiden kann, wählt er die mittlere, an der viele Autos geparkt sind. Er wischt sich die Hände an seinem dunkelblauen Baumwollhemd ab, beugt sich zu seinen Ledersandalen hinunter und zieht die Riemen straff. Dann geht er los.

Schon nach wenigen Metern beginnt er zu schnaufen. Wohin könnte der Kerl Inéz gebracht haben? In eins der Häuser? Die sehen ganz anders aus als in Kuba, sind mit Holz verkleidet und weiß gestrichen. Um die oberen Stockwerke laufen Außenbalkone, an deren Decken Ventilatoren träge die Hitze verwirbeln. Neben den hohen Fenstern sind in grellen Farben gestrichene Blendläden angebracht. Zwischen zweien in Flamingo-Rosa nimmt Diego eine Bewegung wahr. Er ruft Inéz' Namen, aber das Gesicht, das hinter der Scheibe auftaucht, kennt er nicht.

Autos rauschen vorbei. Zwischen dem Brummen der Motoren kräht ein Hahn, kurz darauf schreitet das Tier über die

Straße, es sieht in seinem prachtvollen Kleid aus wie ein König. Zwischen den Stühlen eines Cafés läuft noch mehr Federvieh herum, am Straßenrand bringt eine Glucke ihren Küken Scharren und Picken bei. Auf Kuba wären die Tiere längst im Kochtopf gelandet. Aber hier haben anscheinend alle so viel zu essen, dass sie die Festtagsbraten auf dem heißen Asphalt spazieren gehen lassen.

Als Diego wieder nach vorne schaut, sieht er Inéz' Entführer auf sich zukommen. Zwar trägt der jetzt ein T-Shirt, aber Diego erkennt das gewellte Haar und das Gesicht mit den dunklen Augen wieder, die seltsam glänzen. Er geht auf den Kerl zu, hält dann aber inne.

Er ist kein guter Läufer. Der andere hingegen ist schlank, und aus seinen Bermudas ragen muskulöse Beine hervor. Wenn der Typ zu früh bemerkt, dass El Tiburón auf ihn zugewalzt kommt, wird er sich davonmachen. Und dann wird Diego Inéz niemals finden.

Ein roter Camaro steht am Straßenrand, und Diego gibt vor, sich für den alten Sportwagen zu interessieren. Er lugt durch die Fensterscheibe an der Fahrerseite und legt beide Hände gegen das Glas, sodass sein Gesicht verdeckt ist. Da fällt ihm ein, dass er sich überhaupt nicht zu verstecken braucht. Er hat zwar den anderen dabei beobachtet, wie der sich mit Inéz davongemacht hat, aber das war auf einem Bildschirm. Der Typ kennt ihn nicht, weiß nicht, wie Inéz' Beschützer aussieht, vermutlich ahnt er nicht einmal, dass es ihn gibt.

Diego tritt von dem Camaro zurück. Auf der anderen Straßenseite öffnet sich eine Haustür, und zwei Männer schleppen ein Sofa heraus. Diego steht da wie versteinert, als Inéz' Entführer an ihm vorübergeht.

Was hat dieser Bursche mit ihr angestellt?

In Diegos Adern grollt es, und seine Zunge presst sich hart

gegen seine Schneidezähne. Er fährt herum und folgt dem Entführer in einiger Entfernung. Kaum einer in dieser Stadt scheint zu Fuß zu gehen. Abgesehen von den Autos fahren vierrädrige Vehikel vorbei, wie sie auf Golfplätzen eingesetzt werden. »EasyGo« steht auf der Seite, und unter dem Verdeck winken ihm junge Leute zu, vermutlich verspotten sie ihn, weil er zu Fuß unterwegs ist. Diego schaut weg, ein Knurren entfährt ihm, worauf eine auf einer Mauer schlafende Katze die Flucht ergreift.

Nachdem der andere zweimal abgebogen ist – auf dem letzten Straßenschild stand Johnson Street –, stößt er ein niedriges Holztor auf, durchquert einen halb verwilderten Garten, sprintet eine Außentreppe zu einem Balkon im ersten Stock hinauf und verschwindet im Haus. Das Gebäude wirkt zwischen den prachtvollen Bauten ringsum gedrungen. Hinter dem hüfthohen Zaun erspäht Diego eine ausrangierte Badewanne. Sie ist zur Hälfte mit Wasser gefüllt, darin wachsen allerlei Pflanzen, und zwei Schildkröten kriechen über den emaillierten Boden.

Hinter einem Strauch verborgen, versucht Diego etwas in den Fenstern zu erkennen. Ist Inéz da drin? Er könnte die Außentreppe hinaufstürmen und es feststellen. Während er nachdenkt, hält er sich an einem Zweig fest und bricht ihn ab. Ein Schild ist an dem Geländer befestigt, darauf steht »Ab hier: Bekleidung optional«. Er ahnt, dass das nur ein Scherz ist, aber ihm steht gerade nicht der Sinn nach dieser Art von Humor.

Das Gartentor schwingt nach innen, gut geölt in den Angeln, auf dem Weg dahinter knirscht der Kies unter Diegos Sandalen. Die Treppe mit dem Schild ist aus Holz und weiß gestrichen. Er vergewissert sich, dass sich oben nichts rührt, dann setzt er einen Fuß auf die unterste Stufe. Das Holz knarrt.

Im nächsten Moment schlägt hinter ihm eine Autotür. »Kann ich dir helfen, Sohn?«, fragt eine dunkle Stimme, und Diego weiß, dass sie zu einem Polizisten gehört, noch bevor er sich umdreht.

An der Straße steht ein Mann in schwarzer Uniform. An seinem Hemd sind mehr Abzeichen zu sehen als auf denen der Cops, die Diego durch die Straßen gejagt haben. Seine Hautfarbe ähnelt dem Deckblatt einer Zigarre, und sein Haar und sein Schnauzbart sind grau wie Asche. Er kneift die Augen zusammen wie ein Schütze auf einem Schießstand, doch in seiner Hand liegt nur ein Autoschlüssel.

Diego zögert. Hat der Polizist angehalten, weil er weiß, dass er einer der Geflohenen ist? Nein, dann hätte er längst seine Pistole gezückt.

»Sprichst du kein Englisch?«, fragt der Cop und wiederholt es auf Spanisch. Er spricht ohne Akzent. In diesem Moment wird Diego klar, dass er vor einem Landsmann steht.

»Pizzalieferung«, platzt es, ebenfalls auf Spanisch, aus ihm heraus. »Habe ich oben abgegeben.« Er wendet sich von der Treppe ab. Einem plötzlichen Einfall folgend, beugt er sich im Vorbeigehen über die Badewanne im Vorgarten und plätschert mit einer Hand im Wasser herum. Die Schildkröten rühren sich nicht. »Ruhige Nachbarschaft«, sagt er augenzwinkernd und geht an dem Polizisten vorbei. Auf dem Schild über dessen Brusttasche steht »Dept. Chief Mantezza«.

Diego spürt die Blicke des Cops in seinem Rücken. »Pizzadienst, Pizzadienst«, murmelt er vor sich hin. Wenn er jetzt zu Fuß verschwindet, wird Mantezza wissen, dass etwas nicht mit rechten Dingen zugeht. Also hält er auf ein limettengrünes Auto am Straßenrand zu. Vor der Fahrertür bleibt er stehen und streicht mit einer Hand über das Wagendach. Auf der anderen Seite steht noch immer Mantezza und schaut ihm zu. Wenn er nicht einsteigt, wird das hier noch in einer Katastrophe enden, und was wird dann aus Inéz?

»Warte mal!«, ruft Mantezza. Anscheinend überwiegt nun doch sein Misstrauen.

Diego bückt sich und nestelt an den Riemen seiner Sandalen, um aus dem Blickfeld des Polizisten zu gelangen und um Zeit zu gewinnen. Einfach losrennen kann er nicht, gegen den Cop und dessen Auto hat er keine Chance. Er wird sich der Situation stellen müssen. Vorsichtig späht er um sich herum, auf der Straße ist sonst niemand zu sehen, er hört eine Frauenstimme, eine Insektenschutztür quietscht in den Angeln, aber bis jemand aus einem der Nachbarhäuser herauskommt … Wenn er nah genug an den Cop herankommt, bevor der seine Waffe zieht, kann Diego ihn vielleicht überwältigen. Und dann? Das wird sich zeigen. Er richtet sich auf und sammelt Kraft für den Angriff.

Der Knall einer Insektenschutztür, die zufällt, lässt Diego zusammenfahren. Vor dem Haus steht niemand mehr. Der Polizist ist verschwunden.

Kapitel 9

Key West, Town Center

Quito hört die Küsse, als er die Treppe hinuntergeht. Können die beiden denn niemals voneinander lassen? Es ist immer dasselbe: Wenn sein Vater vom Dienst nach Hause kommt, benehmen sich seine Eltern, als seien sie gerade erst über das Meer geflohen und müssten nun ihr Überleben feiern, indem sie übereinander herfallen.

Quito wartet am Fuß der Treppe, bis die Geräusche verklungen sind, dann ruft er: »Achtung, ich komme jetzt rein. Zieht euch wieder an.« In der Küche riecht es nach Meeresfrüchten, und aus dem Topf auf dem Gasherd steigt Dampf auf. »Hallo, Papá«, sagte Quito. Niemals würde er seinen Vater »Dad« nennen. Zum einen haben einsilbige Worte keine Eleganz, zum anderen sind die Mantezzas eine Familie von Kubanern, und Quito möchte, dass das so bleibt.

Sein Vater steht in Uniform hinter dem Stuhl am Kopf des Esstisches und nickt ihm augenzwinkernd zu, seine Mutter kramt im Kühlschrank. Gerade will er sie begrüßen und seinen Vater mit Fragen zu dem Chaos im Gericht löchern, sich nach dem Zustand der beiden Kollabierten erkundigen und die Gen-Mücken als mögliche Verursacher der Vorfälle ins Spiel bringen, da dreht sich seine Mutter zu ihm um. Es sind nicht die drei Dosen Coors in ihren Händen, die ihn verstummen lassen, auch nicht das neue Sommerkleid mit den aufgedruckten Zitronenfaltern, weder liegt es an Mariposas verschwenderisch sonnigem Lächeln noch an dem Lidstrich, den sie sonst nicht trägt. Es ist ihr Haar, das Quito die Augen zusammenkneifen lässt.

»Wie findest du es?«, fragt Mariposa und legt vorsichtig die Hände an den Kopf. »Deinem Vater gefällt meine neue Frisur.«

Roberto lässt sich auf den Stuhl nieder und ermuntert seine Frau mit einer Geste dazu, sich um die eigene Achse zu drehen. Lächelnd kommt sie der Aufforderung nach.

Quito schluckt. Er versucht, etwas Nettes zu sagen, denn er weiß, was es seiner Mutter bedeutet, wie eine Amerikanerin auszusehen. Als er an diesem Morgen das Haus verlassen hat, war ihr Haar noch lang und schwarz. Schon geraume Zeit hat sie sich darüber beklagt, dass es seine Seidenglätte verloren habe, und sie hat versucht, die grauen Strähnen mit dunklem Haarfärbemittel zu kaschieren. Wie es scheint, hat sie sich nun für eine andere Variante entschieden.

Mariposas Haar ist nur noch halblang – und blond.

Quito öffnet den Mund und schließt ihn wieder.

»Sag schon!« Ihre Hände tupfen gegen die Spitzen und Wellen der neuen Frisur.

»Du warst beim Friseur.«

Ihr strahlendes Lächeln fällt in sich zusammen.

»Es ist wunderschön«, geht sein Vater dazwischen. »Du siehst zwanzig Jahre jünger aus.«

Für Quito ist das zu viel. »Meine Mutter hat es nicht nötig, zwanzig Jahre jünger auszusehen. Sie ist eine Schönheit. Weil sie eine Kubanerin ist, keine Amerikanerin.« Er bedauert die Worte, kaum dass sie heraus sind, aber dieses Weizenblond ist für ihn nichts anderes als ein Versuch, die Natur zu manipulieren. Statt Grazie offenbart es Verzagtheit, und er will nicht, dass seine Mutter verzweifelt ist. Sie soll glücklich sein.

Roberto hebt die Hand, um damit auf den Tisch zu schlagen, hält dann aber inne und legt sie betont langsam auf das gewachste Tischtuch mit dem Muster aus bunten Geckos. »Du könntest etwas netter zu deiner Mutter sein«, presst er hervor.

Quito ist dankbar, dass sein Vater den drohenden Streit nicht hochkochen lässt. Das wäre typisch, aber zugleich das Schlimmste für Mariposa, und das wissen die beiden Männer. Also zieht Quito einen Stuhl hervor und lässt sich an der Tafel nieder. »Tut mir leid, Mamacita«, sagt er, »ich war nur etwas überrascht. Die Farbe steht dir wirklich gut.« Er setzt nun seinerseits ein Lächeln auf, er hat es von seiner Mutter geerbt, und wenn sie es sieht, kann sie ihm nicht böse sein. Sie stellt vor jeden der Männer einen Teller Conch Chowder auf den Tisch – ein Friedensangebot, das beide annehmen.

Der Meeresschneckeneintopf ist eine Spezialität der Florida Keys, und im Garten der Mantezzas wächst neben Kräutern und dem nötigen Gemüse die Scotch Bonnet, eine der schärfsten Chilisorten, an einem kräftigen Strauch. Roberto langt zu, bevor sich Mariposa überhaupt hingesetzt hat. Quito wartet, bis seine Mutter Platz genommen hat, dann nimmt auch er einen Löffel des deftigen Gerichts. Im ersten Moment hat es einen milden salzigen Geschmack und offenbart die Süße der Conch. Dann erst kommt die Schärfe hervor. Quito kennt niemanden, der diesen Eintopf so perfekt kocht wie seine Mutter. Wenig später ist sein Teller leer, und er findet sich vor dem Herd wieder, die Suppenkelle in der Hand, während er darüber nachdenkt, wie er Inéz eine Portion bringen könnte, ohne dass seine Eltern etwas merken.

»Du hast recht, Quito.« Mariposa ist ebenfalls aufgestanden und reicht ihm Robertos Teller für einen Nachschlag. »Wir sind keine Amerikaner, und wir sollten auch nicht versuchen, wie sie zu sein. Aber ich lasse mich gern von ihnen inspirieren.«

»Du hattest doch schon Pizza«, sagt Roberto. »Wo lässt du all das Essen?«

Mariposa legt ihrem Mann eine Hand auf die Schulter und serviert ihm die nächste Portion. »Als du in seinem Alter warst, hast du doppelt so viel gegessen und warst trotzdem schlank.«

»Das lag daran, dass wir damals den ganzen Tag Sex hatten«, stichelt Roberto, und Quito seufzt. Prüderie liegt ihm fern, aber sich die eigenen Eltern vorzustellen, wie sie … Er stutzt. »Wie kommst du darauf, dass ich Pizza gegessen habe?«

Roberto erzählt von dem Pizzaboten, den er vor der Tür getroffen hat. Kopfschüttelnd versichert Quito, dass er nichts bestellt habe und niemand bei ihm im oberen Stockwerk gewesen sei.

»Das ist merkwürdig«, sagt sein Vater. »Es war ein ziemlich massiger Typ, ein junger Mann mit dunklem, krausem Haar. Vielleicht einer deiner Freunde, der dich besuchen wollte?«

»Warum sollte er dann behaupten, er sei Pizzabote?«

»Vielleicht war es jemand, der hier einbrechen wollte«, mutmaßt Mariposa.

»Am helllichten Tag?« Roberto winkt ab. »So was gibt es in Key West nicht. Und das bleibt hoffentlich auch so, ich habe schon genug Sorgen.«

Mariposa fasst nach seiner wedelnden Hand. »Was war denn los heute? Ich habe Sirenen gehört, und Sally Reynolds hat allerhand Gerüchte aufgeschnappt. Mitten in der Stadt soll eine Massenpanik ausgebrochen sein.«

Endlich, denkt Quito, wird Roberto von den Ereignissen des Tages berichten. Das ist ein Ritual bei den Mantezzas, es hilft dem stellvertretenden Polizeichef, ruhiger zu werden, und üblicherweise nimmt er das Angebot, sich den Ärger und die Sorgen von der Seele reden zu können, sofort an. Diesmal rührt er lange schweigend in dem Rest seines Eintopfs.

»Die Kubaner vom Processing Center sind geflohen. Ihre Aufenthaltsanträge wurden abgelehnt, da haben sie das Weite gesucht. Wir hatten einen Transporter hingeschickt. Die Kollegen sind hinter ihnen her, erwischt haben sie aber nur zwei. Die anderen sind entkommen, vermutlich sind sie schon auf dem Weg nach Miami, um dort unterzutauchen.«

Quito denkt an Inéz. Was würde wohl geschehen, wenn sein Vater erführe, dass sein eigener Sohn eine illegale Einwanderin versteckt hält? Quito schweigt in der Hoffnung, dass das Thema schnell vom Tisch ist. Aber dieser Wunsch erfüllt sich nicht.

»Die armen Leute.« Mariposa greift nach ihrer Halskette, an der ein Amulett der Barmherzigen Jungfrau von Cobre hängt, ein Glücksbringer, den viele Kubaner tragen, wenn sie göttliche Hilfe benötigen, etwa wenn sie über das Meer in die Vereinigten Staaten fahren. Der Anhänger zeigt Maria mit dem Jesuskind und zu ihren Füßen ein Boot mit drei Menschen darin.

»Konntest du ihnen denn nicht helfen?« Mariposa leert ihre Dose Bier und reicht sie Roberto, der sie mit drei geübten Griffen zu einem flachen Stück Aluminium zusammendrückt. Auch das ist eines der Familienrituale, so eingeschliffen in den Ablauf der gemeinsamen Abende, dass es kaum noch jemand zur Kenntnis nimmt. Für Quito ist es ein Zeichen dafür, wie eng die Seelen seiner Eltern miteinander verbunden sind, jede Geste des einen ist dem anderen vertraut, und so verhält es sich auch mit ihren Gedanken, jedenfalls dann, wenn sich die beiden einig sind.

»Mari!«, sagt Roberto mit mahnendem Ton. »Ich bin der stellvertretende Polizeichef, ich darf das Gesetz nicht einfach brechen, weil ich anderer Meinung bin als die Justiz. Überdies stimme ich dem Gesetz zu: Wir können nicht jeden hier aufnehmen, nur weil er glaubt, in den Vereinigten Staaten angenehm leben zu können.«

»Du bist selbst ein Geflüchteter«, erinnert Mariposa und öffnet eine weitere Dose mit einem Zischen. Dabei achtet sie darauf, den Verschluss in Quitos Richtung zu halten, sodass er von einer Ladung Kohlensäure besprüht wird. Quito prustet und wischt sich den Nebel vom Gesicht.

»Das ist zwanzig Jahre her«, setzt sich Roberto zur Wehr. »Damals herrschten andere Zeiten. Das Leben auf Kuba war viel gefährlicher als heutzutage.«

Jetzt kann Quito nicht länger an sich halten. »Die Überfahrt ist heute genauso riskant wie damals, und wenn du die Boote siehst, mit denen die Leute in See stechen, würde ich sagen: Wir sind seinerzeit mit einem regelrechten Kreuzfahrtschiff übergesetzt. Die letzten Geflüchteten sind mit einer Konstruktion aus Holz und Styropor gekommen. Wie viel Angst muss ein Mensch in seiner Heimat haben, um so etwas auf sich zu nehmen?«

»Woher weißt du von diesem Boot?«, fragt Roberto.

Quito beißt sich auf die Zunge. Sein Vater ist es als Polizist gewohnt, Ausreden und Lügen sofort zu erkennen. »Ich habe Mike Haskell getroffen«, versucht er es trotzdem, denn das ist streng genommen die Wahrheit: Es war Mike, der am Gericht auf Inéz und ihn zukam. Von dem Boot hat der Kollege seines Vaters zwar nichts erzählt, aber das behauptet Quito ja auch gar nicht.

»Mike?«, fragt Roberto, und schon bevor er die nächste Frage stellt, weiß Quito, dass er in Schwierigkeiten steckt. Mehr und mehr entwickelt sich das Abendessen zum Verhör. »Mike hat die Kubaner verfolgt. Wo hast du ihn denn getroffen?«

»Vor dem Gericht. Heute war meine Verhandlung. Vielleicht erinnerst du dich.« Quito setzt auf ein Ablenkungsmanöver. Es ist gleichgültig, ob Väter Amerikaner sind oder Kubaner, Chinesen oder Franzosen, über ihre Arbeit vergessen sie sogar die Belange ihrer Familie. In der Regel ärgert er sich darüber, doch diesmal hilft ihm dieser Umstand dabei, das Thema zu wechseln.

»Lo siento, tut mir leid«, murmelt Roberto. »Heute war einfach zu viel los. Erst die Flucht dieser Leute vom Processing Center, dann diese seltsamen Zusammenbrüche im Rathaus und im Gericht.« Er stutzt. »Warst du zu der Zeit etwa in dem Gebäude?«

Quito nickt. »Ja, ich habe gesehen, wie die Richterin und Josh Mangiardi zusammengebrochen sind. Wie steht es um die beiden?«

Jetzt bekommt Robertos Blick den Glanz von Metall. Er lehnt sich zurück, einen Moment lang ist es still. »Josh ist tot.« Der Satz hängt im Raum. Die Familie kennt Josh, seit sie zu dritt in den USA angekommen sind, denn er hat sie damals bei den Anträgen unterstützt. »Diese merkwürdige Krankheit ist bei Josh am Hals ausgebrochen«, sagt Roberto, »da konnten die Ärzte nichts tun. Patricia van Beuren lebt, aber sie hat einen Arm verloren. Insgesamt gibt es acht Fälle, darunter Chief Dotson. Er war zur fraglichen Zeit im Rathaus. Auch dort hat es diese Vorfälle gegeben. Die Ärzte mussten ihm ein Bein abnehmen. Er wird es überstehen, aber seine Zeit als Polizeichef ist vorbei.«

Mariposa hält sich eine Hand vor den Mund. In ihren aufgerissenen Augen schimmern Tränen. »Ay bendito!«, kommt es dumpf zwischen den Fingern hervor.

Auch Quito spürt ein Kratzen im Gemüt. Er kennt Bill Dotson, seit er klein ist, er ist Quitos Patenonkel.

»Was ist denn überhaupt geschehen?«, will Mariposa wissen.

»Wir haben acht Fälle einer Krankheit namens …«, Roberto zupft einen Zettel aus der Brusttasche seines Hemds, faltet ihn auseinander und liest laut: »Nekrotisierende Fasziitis. Jedenfalls nannte es Doc Mankowitz im Medical Center so. Dabei gelangen Bakterien in den Körper und zersetzen Gewebe. Da hilft oft nur Amputation, vorausgesetzt, man kann schnell handeln.«

»Weiß Mankowitz, woher diese Bakterien kommen?«, fragt Quito.

Roberto schüttelt den Kopf. »Er sagte, die Krankheit sei nicht ungewöhnlich, aber sie trete normalerweise nicht in dieser Häufigkeit auf. Eine Erklärung hat er nicht.«

Quito stemmt die Hände auf den Tisch. »Aber ich.«

»Kommst du jetzt wieder mit dieser Mückengeschichte?« Roberto tippt mit den Fingerspitzen auf das Tischtuch. »Ich habe dir doch schon hundertmal gesagt, dass dieses Freilandexperiment ungefährlich ist.«

»Weil du ja Biologie studierst und nicht ich«, sagt Quito mit hochgezogenen Brauen.

»Weil das Gesetz diesen Versuch billigt. Daran arbeiten exzellente Wissenschaftler.«

»Und wer ist das deiner Meinung nach?«

In Robertos Augen funkelt Unheil. »Absolute Top-Leute.«

Quito schlägt mit der flachen Hand so kräftig auf den Tisch, dass der Löffel in seinem Teller klirrt. »Warum glaubst du mir immer noch nicht? Was muss denn noch passieren? Die Gen-Mücken von DNArtists sind schuld an den Krankheitsfällen. Das Aussetzen der Tiere in freier Wildbahn kommt dem Zünden einer Atombombe gleich. Ich habe heute selbst im Gerichtssaal gesehen, wie Mücken erst Josh und dann van Beuren gestochen haben. Wie viele Beweise brauchst du, bevor du etwas unternimmst?«

»Du hast von deinem Platz aus eine Mücke vorne am Richtertisch erkennen können?« Roberto hält die Hände hoch und deutet die Größe eines Footballs an. »Das muss ja ein Riesenvieh gewesen sein.«

»Jedenfalls war sie so groß, dass ich sie an meiner Wade sehen und verscheuchen konnte, sonst säße ich jetzt nicht hier.«

»Quito!«, ruft Mariposa. »Das ist ja entsetzlich.«

»Jetzt glaubst du diese Geschichte wohl auch«, schimpft Roberto und schiebt seinen Teller von sich. »Doc Mankowitz hat nur etwas von aufgekratzten Insektenstichen erzählt, nichts von Mücken als Überträger dieser Krankheit. Wenn es so etwas geben würde, wüsste er davon.«

Quito rauft sich die Haare. »Verstehst du das denn nicht? Es geht hier um eine neue Mückenart, Doktor Mankowitz kann sie ja noch gar nicht kennen.«

»Aber du«, sagt Roberto mit einem süffisanten Lächeln, »du kennst sie. Weil du schlauer bist als die Ärzte.« Er zieht geräuschvoll die Luft duch die Nase ein. »Die haben ihr Studium immerhin abgeschlossen.«

Irgendwie bringt Quito es fertig, die Provokation an sich abprallen zu lassen. Er weiß, dass sein Vater versucht, ihn aus der Fassung zu bringen, damit er seine Argumente nicht weiter vorbringt, und das bedeutet wiederum, dass Roberto Mantezza kurz davor ist, Quito recht geben zu müssen. »Was willst du denn gegen den Ausbruch dieser Krankheit unternehmen?«

»Das muss ich morgen mit Randy Ferris besprechen«, sagt Roberto ausweichend. »Ohne Chief Dotson sind er und ich gleichermaßen zuständig.«

»Was hältst du hiervon: Wir könnten zusammen zum College fahren und mit Emmet Walsh reden. Er ist Entomologe, ein Insektenkundler. Ich stelle ihm meine Theorie vor, und dann kannst du dir die Meinung eines Mannes anhören, der wirklich zu den absoluten Top-Leuten zählt – und der nicht auf der Gehaltsliste von DNArtists steht.«

»Quito!« Jetzt hört sich Roberto an wie ein Vater, der seinen Sohn zur Ordnung ruft, weil der die Wohnzimmercouch mit Schokolade vollschmiert. »Ich brauche keinen Mückenforscher, ich brauche Mediziner, die mir sagen können, was hier los ist. Und wenn es sich wirklich um den Ausbruch einer Krankheit handelt, dann brauche ich das Center for Desease Control and Prevention. Lass mich meine Arbeit selbst erledigen und konzentriere dich lieber darauf, dein Studium wieder aufnehmen zu können. Wegen des Geldes …«

Bevor sein Vater ihm anbieten kann, das College aus seiner Tasche zu bezahlen, so wie er es schon mehrfach versucht hat, steht Quito auf und verschwindet unter dem Vorwand, noch lernen zu müssen, nach oben. In seinem Zimmer stehen zwei Gitarren neben dem schmalen Bett, und eine kubanische Flagge wölbt sich unter der Decke. Er streicht mit den Fingern über den kühlen Stoff. In seinen Gedanken taucht das Gesicht von Inéz auf, ihre provozierende Art zu lächeln, ihre Blicke zwischen Vorsicht und Neugier. In einem undichten Boot von Kuba herzukommen! Was treibt einen Menschen dazu, so etwas auf sich zu nehmen? Sie muss Angst gehabt, sie muss Mut aufgebracht haben. Sie hat um ihr Leben gekämpft, nur um in einem Land anzukommen, in dem sie nicht willkommen ist.

Quito schaut aus dem Fenster. Die Sonne steht schon tief. Warmes orangefarbenes Licht umrahmt die Dächer von Key West. Im Garden Club ist Inéz für den Moment sicher. Noch heute Abend wird er ihr etwas zu essen bringen, und morgen früh wird er sie abholen und einen Anwalt für sie finden. Mitten in Key West gibt es in einem alten Schulgebäude das San Carlos Institut, das sich mit der Geschichte kubanischer Einwanderer beschäftigt. Dem Vorsitzenden der Einrichtung, Osvaldo Perez, ist es schon mehrfach gelungen, Aufenthaltsgenehmigungen für Kubaner vor Gericht zu erstreiten. Quito wird Inéz mit seinem alten DeSoto abholen und sie zum Institut bringen. Dort kann man vielleicht auch eine vorläufige Unterkunft für sie finden.

»Bist du ein Gärtner?«, hat sie gefragt, als Quito ihr die Pflanzen gezeigt hat. In den Blüten hat sie Schokolade, Lavendel und Vanille gerochen. Sie hat das T-Shirt gewechselt, und er konnte die Muskeln unter ihrer Haut spielen sehen. Da war auch ein

Nest aus Leberflecken unter ihrem linken Schulterblatt, nicht größer als ein Fingernagel.

»Quito?« Sein Vater steckt den Kopf durch die Tür. »Ich muss wieder los. Es gibt weitere Krankheitsfälle. Wieder dieselben Symptome. Ich wollte nur sagen … Wir reden später noch mal miteinander.« Ohne eine Antwort abzuwarten, verschwindet Roberto. Kurze Zeit später hört Quito eine Wagentür schlagen. Der Motor startet, und Robertos Einsatzwagen fährt Richtung Innenstadt davon.

Weitere Krankheitsfälle? Seine Gedanken an Inéz verdüstern sich. Ist sie wirklich sicher im Garden Club? Sollte er sie nicht besser herholen? Jetzt, wo Roberto fort ist, könnte er Inéz unbemerkt über die Außentreppe in sein Zimmer bringen. Er würde auf dem Fußboden schlafen, und am Morgen könnten sie früh zum San Carlos Institut aufbrechen.

Was für ein verrückter Einfall! Quito schüttelt den Kopf. Was wird Inéz von ihm halten, wenn er sie einfach mit zu sich nach Hause nehmen will? Da dringt durch die Dämmerung der Klang von Polizeisirenen zu ihm herauf, und die Alarmsignale in seinem Kopf treiben ihn die Treppe hinunter in den Garten, wo sein Auto steht.

Kapitel 10

Key West, Town Center

Im Haus der Mantezzas sind die Lichter angegangen. Auf der gegenüberliegenden Straßenseite rascheln die Blätter eines großen Strauchs, der über eine niedrige Mauer wuchert. In seinem Schatten kauert Diego, wartet und späht hinüber. Dem Deputy Chief, der dort wohnt, ist er mit seiner Geschichte von der Pizzalieferung entkommen – mit Glück, denn eine Frau hat den Polizisten hineingerufen. Trotzdem hat sich Diego nach einer Weile wieder dem Haus genähert und hockt nun hier in der Hoffnung, eine Spur von Inéz zu finden.

Immer wieder taucht eine Frage an die Oberfläche seiner Gedanken, wie ein Hai, der nach ihm schnappt: Was soll aus ihm werden, wenn er sie nicht wiederfindet? Seine Flucht aus Kuba, die Überfahrt, alles rankt sich nur darum, ein sicheres Leben für sie aufzubauen. Er selbst könnte irgendwie zurechtkommen, wieder in einer Bar arbeiten oder auf dem Bau, aber da ist auf einmal mehr in seinem Leben, eine Aufgabe. In jenem Moment, als er Inéz zum ersten Mal gesehen hat, in der Bar, da haben ihm die Töne, die sie aus dem alten Klavier hervorholte, erzählt, dass sie einen Beschützer braucht, einen Mann wie ihn, der alle Gefahr von ihr fernhält. Zwar hat sie wieder und wieder beteuert, seine Hilfe nicht zu benötigen. Aber er weiß es besser.

Hinter den Fenstern des Mantezza-Hauses gehen Gestalten

umher: der Polizist, eine Frau und der Typ, der mit Inéz zusammen war. Sie selbst ist nicht zu sehen. Diego zerpflückt Zweige und lässt die Fetzen neben seine Sandalen rieseln. Es ist ruhig in dieser Wohngegend, deshalb fällt ihm ein Geräusch in seiner Nähe auf, der Laut eines elektrischen Autofensters. Schon ein paarmal hat er es gehört: ein kurzes Sirren, Pause, dann wieder das Sirren. Diego späht zwischen den Blättern hindurch. Am Straßenrand steht der Polizeiwagen, aus dem vorhin der Cop gestiegen ist, davor sind zwei weitere Autos geparkt: ein blauer SUV und ein zitronengelber Ford Mustang. Das Verdeck des Mustangs ist offen, darin sitzt niemand. Die Scheiben des SUV sind getönt. Auf der Straße neben der Fahrertür sieht Diego Zigarettenkippen liegen. Dort wartet jemand, so wie er.

Die Haustür der Mantezzas öffnet sich, Stimmen sind zu hören. Der Polizist und seine Frau erscheinen. Sie drückt ihn an sich, er küsst sie. Das ist mehr als der Abschiedskuss eines Ehemanns, der zur Arbeit fährt, und Diego verspürt ein schmerzvolles Bedauern. Ein Zuhause wie dieses – davon hat er immer geträumt.

Mantezza steigt in seinen Wagen und fährt davon. Seine Frau, sie hat blondes Haar, hält sich eine Hand gegen den Mund schaut ihm hinterher, selbst dann noch, als er schon nicht mehr zu sehen ist. Schließlich kehrt sie ins Haus zurück.

Der Bär ist aus der Höhle, der Weg ist frei. Jetzt könnte Diego sich Zugang verschaffen. Mit der Frau und dem Sohn würde er fertigwerden, aber was ist mit demjenigen, der in dem SUV sitzt? Während er noch zögert, wird das Fenster an der Fahrerseite des blauen Wagens erneut heruntergelassen, eine glühende Kippe fliegt heraus, sprüht Funken, als sie auf die Straße trifft, dann hebt sich die Scheibe wieder. Denjenigen, der in dem Wagen sitzt, konnte er nicht erkennen, aber eins ist gewiss: Er wird es bemerken, wenn Diego versucht, bei den Mantezzas einzudringen. Da hilft nur warten, wenn es auch noch so schwerfällt. Diegos Fäuste zittern.

Im Erdgeschoss des Hauses wird das Licht ausgeschaltet, stattdessen ist das schwache Leuchten eines Fernsehers durch die Fensterscheiben zu sehen. Dumpfe Geräusche dringen nach draußen.

Da kommt der junge Kerl an der Seite des Gebäudes die Treppe hinab, verschwindet hinter dem Haus, ein Motor dröhnt auf, und ein Oldtimer in Rostfarbe, ein Auto mit rundlichen Formen, rollt auf die Straße. Außer dem Typen kann Diego niemanden darin erkennen. Der Wagen biegt nach rechts ab und entfernt sich langsam, zieht eine blaue Fahne hinter sich her.

Zwei Atemzüge später startet auch der blaue SUV – beinahe hätte Diego es nicht bemerkt, so leise ist der große Wagen – und setzt sich in Bewegung. Die Reifen surren an seinem Versteck vorbei. Auf der Straße ist sonst niemand zu sehen. Er kann hier nicht länger ausharren, er muss handeln, herausfinden, ob Inéz in dem Gebäude dort drüben ist. Er trottet über die Straße. Das Haus der Mantezzas ragt vor ihm auf. Auf der Veranda bleibt er einen Moment lang stehen und lauscht. Nur der Fernseher ist zu hören.

Da spürt er etwas an seiner linken Hand. Darauf ist eine Mücke gelandet und schickt sich an, sein Blut zu saugen. Diego erschlägt sie, wischt die Überreste an seinem Hemd ab. Genauso wird er mit jedem verfahren, der es wagt, sich ihm in den Weg zu stellen.

*

Inéz beginnt zu verstehen, warum Quito als Freiwilliger im Garden Club arbeitet. An diesem Ort wächst die Gewissheit, Teil von etwas Großem zu sein, etwas, das mit einem Begriff wie Natur nur unzulänglich beschrieben werden kann, etwas, das aus demselben Stoff gewebt ist wie Musik.

Sie sitzt auf einer Steinbank im Raum mit den Vogelkäfigen, hat sich die kaputten Sneaker ausgezogen und reibt sich die wund gescheuerten Füße. Dabei summt sie eine Melodie, dann, nachdem sich ein Thema herausgebildet hat, singt sie es laut. Ein Schwarm Rotkardinale flattert über dem Netz umher, das sie hier mit Quito gespannt hat. Ihre Finger tippen auf den Stein der Bank wie auf die Tasten eines Klaviers, und die Vögel über ihr zwitschern. Wäre sie ein romantischer Mensch, würde sie glauben, dass die Tiere in ihr Lied einstimmen. Aber für Romantik hat Inéz noch nie Zeit gehabt.

Die Abendsonne leuchtet in den Turm hinein und verbreitet ein warmes Glühen auf den Ziegeln, den Blättern, den Blüten und den alten Vogelkäfigen. Die Farben der Blumen explodieren in tiefem Violett, kräftigem Orange und Gelb. Könnte sie ihre Angst und Ungewissheit für einen Moment vergessen, sie würde sich aufgehoben fühlen an diesem Zufluchtsort am Ende der Welt.

Aber Inéz findet keine Ruhe. Fast zweihundert Kilometer ist sie von zu Hause entfernt und doch keinen Meter weit gekommen, denn hier in den Vereinigten Staaten ist sie ebenso unerwünscht wie auf Kuba. Was soll aus ihr werden? Wohin soll sie gehen? Ins nächste Versteck und von dort weiter ins nächste? Sie verstummt, und als auch die Vögel über ihr aufhören zu singen, hört sie das Sirren, Summen und Klicken der Insekten, das jetzt, zum Abend hin, lauter wird. Ihr geht durch den Kopf, was Quito erzählt hat … von den Mücken, deren Stiche Menschen töten.

Um sich abzulenken, geht sie auf und ab, so weit es das Moskitonetz zulässt. Sie zieht die Bilanz ihres Lebens und sieht mehr rote Posten als schwarze, und das hängt nicht allein damit zusammen, dass Rot die Farbe der Kommunistischen Partei Kubas, der Partido Comunista de Cuba, ist.

Von der PCC geächtet, hatte Inéz drei Möglichkeiten: Entweder sie heiratete einen Plantagenarbeiter, einen Straßenbauer oder einen Fischer. Selbst Geld zu verdienen wurde ihr verwehrt. Nach ihrem Auftritt bei Sonanda Viva wollte niemand sie anstellen. Die einzig offen stehenden Türen führten in Bars, jene Sorte Taverne, wo das Leben erst um Mitternacht beginnt. Schon nach zwei Stunden hinter dem Tresen hatte Inéz genug, aber bevor sie die Schürze abnehmen und dem Wirt in die Hand drücken konnte, schaltete jemand das Licht auf der kleinen Bühne ein. Im nächsten Augenblick begann ein Greis mit einer Gitarre auf einem wackeligen Hocker kubanische Weisen zu spielen. Inéz war wie erstarrt und ließ das Bier aus dem Zapfhahn über den Rand des Glases laufen, denn hinter dem Sänger, nur halb vom Bühnenlicht erfasst, stand ein Klavier. Sie ging darauf zu. Der schwarze Lack war an vielen Stellen abgeplatzt, der Kasten hatte keine Abdeckung mehr, und jemand hatte leere Flaschen in das Instrument gestellt, um es wie die Parodie einer Bar aussehen zu lassen. Aber die Saiten waren, wie Inéz nach kurzer Inspektion feststellte, noch vorhanden, und die Hämmer hatten noch Filz. Nachdem der Sänger mit reichlich Applaus und einem Hut voller Kleingeld von der Bühne getreten war, zog sie den angewärmten Hocker zu dem Piano hinüber und begann zu spielen. Ihre Version von »Hasta siempre, Comandante« hallte durch die Bar, und schon bei der ersten Wiederholung des Refrains sangen einige Gäste mit. Nach dem Schlussakkord forderte der Wirt sie auf weiterzuspielen. Sie tauschte den Job hinter der Theke gegen den am Klavier, saß fortan stundenlang auf der Bühne und unterhielt die Gäste, die zahlreicher wurden und länger blieben, mit ihren Versionen der gängigen Parteilieder.

Irgendwann stand Diego Calavera vor der Bühne. Während

die anderen Männer grölend an den Tischen saßen oder an der Theke zum Rhythmus der Musik Flaschen in die Bierlachen hämmerten, schaute er nur zu. Zunächst dachte sie sich nichts dabei, in Tavernen wie dieser gingen die merkwürdigsten Nachtschwärmer ein und aus, aufgeputscht von Kaffee und Drogen und benebelt vom Rum. Aber Diego passte nicht in dieses Bild. Er torkelte nicht, er lächelte nicht gefühlsduselig, er ließ seine Blicke nicht auf ihr herumwandern. Er blieb einfach nur da, bis der Wirt ihn rausschickte. Schließlich erfuhr Inéz, dass Diego einer der Türsteher war. Da er für gewöhnlich draußen arbeitete, sie aber durch den Hintereingang hereinkam, hatte sie ihn zuvor nicht gesehen. Das änderte sich, denn in Zukunft tauchte er jeden Abend für eine Weile vor der Bühne auf, reglos, ausdruckslos, und schaute Inéz auf seine merkwürdige Art an.

Der massige Mann beunruhigte sie, deshalb ging sie ihm nach dem Ende ihrer Auftritte aus dem Weg und verließ die Bar rasch. Das funktionierte, bis eines Tages Leute des KVR, des Komitees zur Verteidigung der Revolution, auftauchten. Sie gaben sich nicht als Parteimiliz aus und erschienen in Zivil. Vermutlich hatten Gerüchte über Inéz' Programm die Runde gemacht, sodass die Regierungspartei nun selbst überprüfen wollte, ob tatsächlich eine junge Frau Spottlieder über Che Guevara und Fidel Castro sang. Schon als die Männer mit ernsten Mienen auf die Bühne stiegen, wusste Inéz, was los war, hörte aber erst auf zu spielen, als einer ihre Arme festhielt. Vielleicht wäre sie mit einer Verwarnung davongekommen, hätte ihr Programm geändert und wäre weiter aufgetreten, wenn in diesem Moment nicht Diego dazugekommen wäre.

Den ersten Parteipolizisten schlug er nieder, bevor er nach seiner Waffe greifen konnte. Der zweite, der Inéz festhielt, hatte nicht so viel Glück. Diego ließ erst von ihm ab, als die Anfeuerungsrufe der Gäste in Entsetzensschreie übergegangen waren, als die Türen aufflogen und ein Schwarm Uniformierter in den Schankraum schwemmte. Die Entscheidung, hinter Diego herzurennen, der eine Schneise in die prügelnde Menge schlug, war schnell gefasst, und kurz darauf fand sich Inéz an seiner Seite in der kleinen Wohnung seines Vetters wieder, eines gewissen Bembe.

Unter dem Moskitonetz im Garden Club geschützt und gleichzeitig gefangen, erinnert sich Inéz, dass Diego nicht zudringlich geworden ist. Das liegt daran, so hat sie es jedenfalls verstanden, dass er glaubt, die Zeit auf seiner Seite zu haben, nur abwarten zu müssen, bis sie sich ihm von selbst zuwendet. Als sie mit Bembe und einigen anderen beschloss, nach Florida zu flüchten, fühlte sie sich im Schatten des großen, starken Mannes wohl. Dann begann sein Schutz sie einzuengen und schließlich zu erdrücken. Sie hatte darauf gesetzt, Diego in Amerika loszuwerden, und diese Hoffnung hat sich erfüllt. Aber wenn sie ehrlich zu sich selbst ist, dann fehlt er ihr – zwar nur ein wenig, aber das Gefühl, ihn nicht länger an ihrer Seite zu haben, in einem fremden Land, verfolgt von der Polizei und bedroht von mörderischen Insekten, nagt in ihrer Brust. Es ist ein unbestimmtes Sehnen, und darin ist eine konkrete Angst verflochten: Was wird Diego tun, wenn er herausfindet, dass sie ihm absichtlich davongelaufen ist? Wenn er erfährt, dass ein anderer Mann sie hergebracht hat? Sie schüttelt den Kopf, bis die Sorgen darin kleiner werden. Wie sollte er davon erfahren? Er war nicht dabei, und Quito wird wohl keine Gelegenheit haben, es ihm zu erzählen.

Das Sirren reißt Inéz aus den Gedanken. Spürt sie da eine feine Berührung an ihrer Wange? Sie schlägt zu, tastet nach den Überresten eines Insekts oder der Schwellung eines Stichs. Aber da ist nichts.

Sie setzt sich wieder auf die Steinbank, zieht die Beine bis ans Kinn heran und schlingt die Arme um die Waden. Auf diese Weise bietet man weniger Angriffsfläche, oder? Dann zerreibt sie noch ein Blatt vom Liebesperlenstrauch zwischen den Fingern und verteilt den Saft auf ihren bloßen Armen und Füßen. Aber Mücken stechen auch durch den Baumwollstoff eines T-Shirts, nicht mal Jeans halten sie auf. Was soll sie tun? Sich ausziehen und von Kopf bis Fuß mit diesem Zeug einreiben? Allein der Gedanke schickt einen Juckreiz über ihre Haut. Ob sie unter dem Netz wirklich sicher ist?

Die Rotkardinale seien ihre Beschützer, hat Quito gesagt, weil die Vögel hier im Turm Mücken vertilgen. Sie muss lächeln beim Gedanken an seine Versuche, ihr Mut zu machen, aber sie fragt sich gleichzeitig: Kann sie ihm trauen? Wie viel weiß er wirklich? Warum hilft er ihr? Weil er sich ihr als Kubanerin verbunden fühlt, hat er behauptet. Vermutlich stammen seine Vorfahren aus Kuba, denkt Inéz, er selbst aber ist in ihren Augen Amerikaner, und von dem, was Menschen wie sie in Kuba durchmachen, hat er allenfalls im Fernsehen gehört. Trotzdem mag sie ihn. Er hat ihr geholfen, ohne zu zögern, ohne zu fragen, welchen Vorteil er daraus ziehen kann.

Es ist schwül. Sogar hier, in der Nähe des Meeres, ist die Luft drückend und hinterlässt einen Schweißfilm auf der Haut. So weit ist Kuba nicht entfernt, dass Inéz nicht wüsste: Ein Gewitter kündigt sich an, vielleicht noch in dieser Nacht, vielleicht erst morgen. Sie wünscht sich, dass es bald kommt und sich die Wolken über dem Garden Club – und über ihr – entladen, denn bei Regen fliegen keine Mücken.

Wieder hört sie das Sirren. Sie streckt einen Arm aus und stößt gegen das Netz, bringt es in Bewegung. Zwei Atemzüge später entdeckt sie einen winzigen Schatten auf dem Stoff, oberhalb ihres Kopfes. Zunächst verspürt sie Erleichterung: Die Mücke ist nicht unter den Schutzschirm gelangt. Sie hockt darauf, scheint ihren Stechrüssel durch die Maschen stecken zu wollen. Inéz hebt den Kopf, um besser sehen zu können, steht von der Bank auf, stabilisiert das Gewebe mit gespreizten Fingern, kommt ganz nah an das kleine Monstrum heran. Dann wird sie von kaltem Entsetzen gepackt.

Das Insekt versucht, das Netz aufzusägen.

Die Mücke hält das Kunststoffgewebe mit ihren Beinen umklammert und macht sich daran zu schaffen, bewegt sich beständig von links nach rechts, und wo gerade noch die Fasern die Struktur zusammenhielten, klafft plötzlich eine winzige Lücke. Sie ist klein, sogar für das Insekt, aber nun geht es schon an der benachbarten Stelle ans Werk.

Inéz schreit auf und schlägt gegen die Maschen. Die Mücke verschwindet, aber das Loch bleibt, ein Fanal ihrer Verletzlichkeit. Mit einem Satz ist sie bei ihrem Rucksack, drückt ihn an sich, versucht, sich zu beruhigen.

Da fällt ein Vogel auf das Netz und bleibt reglos darauf liegen.

Kapitel 11

Key West Garden Club

Der Vogel ist tot. Als Inéz vorsichtig an dem Netz rüttelt, fällt er zu Boden, bleibt auf dem Rücken liegen, die Füße zu Klauen zusammengekrampft. Es ist einer der Rotkardinale, deren Gezwitscher sie vorhin noch gehört hat. Jetzt ist es still, und von den Vögeln ist keiner mehr zu sehen. Inéz setzt sich zurück auf die Bank und versucht, die Melodie des Liedes in ihrem Kopf wiederzufinden, aber ihr Blick wandert ständig zu dem Kadaver mit dem roten Gefieder hinüber. Das Tier war vermutlich altersschwach oder krank, versucht sie sich einzureden, aber es drängen sich zwei Fragen in ihr Bewusstsein: Stechen Mücken Vögel? Können Vögel an denselben Erregern erkranken wie Menschen?

Um ihre Gedanken aus der Umlaufbahn der Angst zu holen, mustert sie die alten Vogelkäfige. Die Türen der üppig verzierten Volieren stehen offen. Soll sie das als Zeichen deuten und von hier verschwinden? Wohin aber könnte sie gehen? Mücken gibt es überall. Auf dem Boden neben einem der Käfige leuchtet etwas farbig. Eine Pflanze, das ist nur eine Pflanze. Kurz darauf ist klar: An der Stelle liegt ein weiterer toter Vogel, daneben noch einer.

Ihre Sorge wird zur Gewissheit. Was auch immer die Insekten in die Menschen hineinpumpen, es wird auch in den Vögeln freigesetzt, wahrscheinlich wenn sie ihre Nahrung verdauen.

Die Vögel fressen Mücken und sterben daran, Inéz' Beschützer werden zu Opfern. Voller Bedauern schaut sie auf die wunderschönen Gefieder.

Noch nie ist sie der Typ gewesen, der einfach abwartet, bis das Schicksal ihn einholt. Sie nimmt ihren Rucksack und greift sich einen großen Zweig von dem Liebesperlenstrauch. Mit den Blättern wedelt sie vor sich herum, während sie aus dem Netz heraustritt und Richtung Ausgang geht – vielleicht kann sie sich so die Mücken vom Leib halten. Schnell passiert sie den Souvenirshop mit der Kasse und steht im nächsten Moment vor dem Gittertor des Garden Club. Warum zögert sie? Quito hat doch gesagt, sie könne jederzeit gehen. Und sie kann nicht warten, bis er zurückkehrt, auch wenn sie das bedauert. Also schließt sie die Tür auf und tritt hinaus, sperrt hinter sich ab und legt den Schlüssel zwischen die Blätter, dorthin, wo Quito ihn hervorgeholt hat, berührt das warme Metall und denkt etwas hinein, das mit Dankbarkeit zu tun hat. Lieber hätte sie ihm eine Notiz hinterlassen, aber dafür ist jetzt keine Zeit. Sie hofft, dass er ihre Gedanken spüren kann, wenn er zurückkommt.

Sie geht den Weg neben dem Strand entlang. Higgs Beach liegt jetzt verlassen da. Vereinzelt lassen Autos die Scheinwerfer über ihre Gestalt streichen. Sie klopft auf den Rucksack, so wie sie einen Hund tätscheln würde, und der Inhalt reagiert mit einem beruhigenden Klappern.

Bembe wollte nach Miami, untertauchen in der großen Stadt. Ob er es geschafft hat? Wenn sie daran denkt, wie er sie auf der Flucht vor der Polizei zu Fall bringen wollte, ist sie nicht sicher, ob sie ihm das wünschen soll. Miami liegt nördlich der Florida Keys, vielleicht kann sie dort den Mücken entkommen, und vielleicht findet sie sogar Kontakt zu Landsleuten in Little Havana, dem kubanischen Viertel.

Inéz schaut die Straße auf und ab. Sie weiß nicht mal, wo

sie ist, aber Key West ist in der Richtung, aus der die wenigen Autos kommen, hell erleuchtet. Dort scheint das Stadtzentrum zu liegen – das deckt sich mit ihrer Erinnerung. Der spärliche Verkehr ist in der entgegengesetzten Richtung unterwegs, und sie hat genug über die Florida Keys gehört, um zu wissen, dass nur eine einzige Straße von Insel zu Insel führt, bevor sie nach zweihundertfünfzig Kilometern im Verkehrsgewirr von Miami endet: der US-Highway 1. Begleitet vom Rauschen des Meeres auf ihrer rechten Seite und dem der Reifen auf ihrer linken, marschiert sie die Overseas Highway genannte Straße entlang, wedelt mit dem Zweig, als würde sie sich Luft zufächern.

Nach einer Weile reckt sie einen Daumen in die Luft, geht rückwärts, damit die Fahrer sie besser sehen können. Aber niemand hält an. Zum Glück auch kein Polizeiauto. Sie schlingt die Arme um den Rucksack. Ein heller Schein weckt ihre Aufmerksamkeit. Weiter vorne schreibt eine Lichtreklame ihre Botschaft in den Himmel: »Tom Thumb« – Tom Daumen – steht dort, und Inéz glaubt, die Götter wollten sie verspotten, doch dann sieht sie, dass es sich um eine Tankstelle handelt.

Inéz geht auf einen silbernen Wagen an einer der Zapfsäulen zu. Der Fahrer, ein grauhaariger Mann im Anzug, verlässt gerade den Shop. Als er sie bemerkt, beeilt er sich, in sein Auto zu gelangen, schlägt die Tür schnell zu und fährt davon. Der nächste Wagen rollt auf das Gelände und hält an der Servicezeile mit dem Luftdruckgerät. Es ist ein blauer SUV. Niemand steigt aus. Inéz geht hin und klopft gegen die getönte Scheibe an der Fahrertür, erhält aber keine Reaktion. Die braucht sie auch nicht, die Ablehnung ist deutlich zu spüren. Aus dem Innern ist kein Laut zu hören. Was für Leute mögen in diesem Auto sitzen? Mit einem Mal fühlt sich Inéz unwohl in der Nähe des Wagens und zieht sich zurück.

Wieder hält ein Auto neben einer Zapfsäule, und eine Familie mit zwei Kindern im Teenageralter steigt aus. Inéz wartet, bis der Mann das Benzin einfüllt und die Frau Richtung Shop aufbricht. Vor dem Eingang spricht sie die Mutter an. Es funktioniert. Die weißhaarige Frau mit Pixie-Schnitt und großen Ohrringen stellt sich als Sandra vor, bietet per Handschlag Sandy an und hat Bob, ihren Mann, so schnell davon überzeugt, die Tramperin mitzunehmen, dass sie gar nicht ausreden muss, um seine Zustimmung zu bekommen. Inéz bedankt sich für die Freundlichkeit. Nach Quito ist das nun schon das zweite Mal, dass Menschen ihr spontan helfen, es gibt also doch nicht nur Ablehnung in diesem Land. Wie sich herausstellt, stammen Sandy, Bob und ihre beiden Töchter gar nicht aus Florida. Sie sind aus Idaho in den Sunshine State gereist, haben mit einem Mietwagen die Keys besucht und machen sich gerade auf den Heimweg. Ihr Ziel ist der Flughafen von Miami. Volltreffer.

Auf dem Rücksitz der weißen Limousine ist noch Platz. Die beiden Mädchen rücken missmutig zusammen, als Inéz hereinschaut und ihren Rucksack im Fußraum abstellt. Von dem Liebesperlenstrauch hat sie nur ein paar Blätter behalten und in der Hosentasche verstaut. Einen Fuß hat sie bereits im Wagen, als eines der Mädchen aufschreit. Inéz schwingt sich in den Sitz. Das Auto riecht nach warmem Kunststoff, Deodorant und Erdbeerkaugummi. Die Klimaanlage beginnt zu rauschen. Sandy singt ein paar Takte von »Three Little Birds«, um ihre Kinder aufzumuntern, und der Wagen setzt sich in Bewegung.

Das Licht der Tankstelle erfüllt noch das Innere der Limousine, als sich das Protestgeschrei wiederholt. Das Auto sei voller Mücken, ruft das jüngere der beiden Mädchen, und auch ihre Schwester kratzt sich. Sandy versucht ihre Töchter zu beruhigen. Wenn die Insekten schon jemanden gestochen hätten, seien sie satt und würden sich irgendwo verkriechen. Vermutlich würden sich die Mücken auch auf den Weg zum Flughafen in Miami machen, um die Verwandten in Idaho zu besuchen, scherzt Bob hinter dem Steuer.

Inéz erstarrt. Jetzt kann auch sie das Sirren an ihrem linken Ohr hören. Für die Teenager gibt es kein Halten mehr. Sie schlagen um sich und verlangen auszusteigen. Der Wagen hält. Unter den Palmen am Straßenrand springen die Mädchen heraus, und Inéz schlüpft ebenfalls ins Freie. Sie versucht, Sandy und Bob zu erklären, dass die Mücken in Key West gefährlich sind, ruft damit aber nur Hysterie bei den Teenagern hervor und erntet böse Blicke von den Eltern. Schließlich erklärt sie ihnen, es sich anders überlegt zu haben, und kehrt zur Tom-Thumb-Tankstelle zurück. Als sie sich noch einmal umdreht, ist die Limousine weitergefahren. Was Bob vorhin über reisende Mücken gesagt hat, lässt Inéz das Blut in den Adern gefrieren, und ihre Hände werden trotz der warmen Nacht kalt.

Der blaue SUV steht noch immer an der Tankstelle. Sonst fährt gerade kein Auto auf das Gelände. Inéz wirft dem unsichtbaren Fahrer einen finsteren Blick zu. Jetzt lässt er die Scheibe herunter und schnippt eine Zigarettenkippe aus dem Wagen. Der Mann hinter dem Schalter der Tankstelle sieht auf merkwürdige Weise zu ihr herüber. Sie würde gerne allen zeigen, dass sie sich nicht kleinkriegen lässt – nicht von überheblichen Autofahrern, nicht von der Asylbehörde, nicht von Mücken und schon gar nicht von … Ihre Kehle schnürt sich zusammen. Sie fühlt sich ausgeliefert. Das Licht des Tankstellenzeichens scheint durch ihre Haut zu dringen. Die unterirdischen Maschinen der Zapfsäulen summen. Ihr wird klar, wie allein sie ist, ihre einzige Gesellschaft ist die der Palmen am Straßenrand, die in der Brise rauschen. Sie zittert, als ihr die Ausweglosigkeit ihrer Lage bewusst wird. Verfolgt und verloren in einem fremden Land, kommt sie nicht mehr weiter, ist am Ende ihres Weges auf dem ölfleckigen Asphalt einer Tankstelle angekommen. Ein Gefühl der Leere breitet sich in ihr aus.

Selbstmitleid, das weiß sie, ist ihr schlimmster Feind, aber sie kann nichts dagegen tun. Ihr Blick verschwimmt, die Gallonen- und die Dollarziffern auf den Zapfsäulen werden unscharf. Sie kommt sich vor wie ein Schmutzfleck im Universum.

»Inéz?«

Die Stimme ist direkt hinter ihr. Erschrocken fährt sie herum.

»Ich habe die toten Vögel im Garden Club gesehen«, sagt Quito. »Ist dir was passiert?«

Das Gefühl von Erleichterung schwemmt alles andere fort. Inéz reißt die Zapfpistole aus der Halterung, als sie ihn umarmt. Sie spürt seine Hände auf ihrem Rücken, seine Wärme.

Eine Türglocke ist zu hören. »He!«, ruft eine Männerstimme. »Macht keinen Quatsch mit den Anlagen, o. k.?«

»Lass uns von hier verschwinden«, sagt Quito. Eine Pause folgt. »Du kannst mitkommen ins Haus meiner Eltern.«

Inéz nickt und geht mit Quito zu einem Auto, das aus dem vergangenen Jahrhundert stammen muss. Die Erleichterung spült Übermut in ihr hoch. Bevor sie einsteigt, streckt sie den Mittelfinger in Richtung des blauen SUV aus.

»Wer ist das?«, fragt Quito, als er den Wagen anlässt.

»Ein Idiot, der mich nicht mitnehmen wollte.« Inéz kann nur mit Mühe gegen das erbärmliche Quäken in ihrer Stimme ankämpfen, aber es kehrt zurück, als Quito sie vom Steuer her anlächelt.

»Ich bin froh, dass er ein solcher Blödmann war«, sagt er.

Kapitel 12

Key West, Town Center

Die Nacht senkt sich über Key West. Die Straßenlampen werfen einen gelben Schein auf die Bürgersteige, an denen der dunkelrote DeSoto entlangfährt. Im Innern des Wagens ist es stickig, aber weder Quito noch Inéz wagen die Fenster herunterzukurbeln. Die Welt und ihre Gefahren bleiben draußen.

Vor einer roten Ampel bleiben sie stehen. »Wie hast du mich gefunden?«, fragt Inéz, und Quito berichtet, wie er in den Garden Club gegangen ist, um sie zu holen, wie er die toten Vögel entdeckt hat. In knappen Worten erzählt er, wie er den Garten nach Inéz abgesucht hat, dabei lässt er sein Herzklopfen aus. »Als Nächstes bin ich zum Strand gelaufen und habe nach dir gerufen, schließlich blieb nur die Straße, und ich bin losgefahren. Da habe ich dich ein Stück hinter der Tankstelle aus einem Auto steigen sehen.«

Während Inéz von der Familie berichtet und von den Mücken in deren Wagen, geraten ihre Hände in Bewegung. Einmal streift sie Quitos Arm. »Die Leute wollten zum Flughafen nach Miami. Können sich die Insekten auf diesem Weg ausbreiten?«

»Wenn die Tiere bis dahin überleben. Wenn sie aus dem Auto herauskommen. Wenn sie Männchen finden, mit denen sie sich paaren können. Und – vor allem – wenn es sich überhaupt um die Nachkommen der Gen-Mücken handelt und nicht um ganz normale Mücken.«

»Dann ist es ziemlich unwahrscheinlich, dass es Miami treffen wird, nicht wahr?«

»Ja«, sagt Quito. »Unwahrscheinlich.« Das Wort hängt kraftlos zwischen ihnen in der Luft. Die Ampel springt auf Grün, Quito tritt aufs Gaspedal. Der DeSoto ruckt, und eine Fehlzündung knallt durch die Straßen.

»Was wird dein Vater sagen, wenn du mich in sein Haus bringst?«, fragt Inéz. »Ich bin eine illegale Einwanderin, und er ist der stellvertretende Polizeichef.«

»Mein Zimmer ist im oberen Stockwerk, wir gehen über die Außentreppe hinauf. Und morgen früh verschwinden wir gleich bei Sonnenaufgang und fahren zum San Carlos Institut, einem kubanischen Zentrum in Key West. Dort wird man dir weiterhelfen. Papá wird überhaupt nichts merken. Außerdem ist er gerade gar nicht zu Hause. Und Mamacita sitzt vor dem Fernseher.«

»Du redest deine Mutter mit Mamacita an?« Inéz schaut verwundert zu ihm herüber. »So etwas sagen Männer auf Kuba, wenn sie mit einer Frau flirten und ihr ein Kompliment machen wollen.«

Das Blut schießt Quito in die Wangen. »Aber ... ich dachte ...«, stammelt er. »Das haben meine Eltern mir nie gesagt!«

»Vielleicht haben sie ihren Spaß daran, wenn du versuchst, wie ein Kubaner zu reden«, mutmaßt Inéz. Das würde zu Mariposa und Roberto passen, denkt Quito. »Außerdem«, fährt Inéz fort, »beschreibt der Begriff eine schöne Frau, und wer will da schon protestieren?«

Quito ist froh, das Thema beenden zu können, als er den DeSoto in die Einfahrt neben dem Haus der Mantezzas lenkt. Sie steigen aus und schließen leise die Türen des Wagens.

Im nächsten Moment wird Quito gegen die Karosserie gepresst, dass ihm die Luft wegbleibt. Das warme Metall der Zierleiste schneidet in seine Wange, seine Nase verbiegt sich.

»Was hast du mit ihr gemacht?« Die Worte scheinen nur aus Konsonanten zu bestehen, jemand schreit sie direkt in Quitos Ohr. Heißer Atem weht über sein Gesicht.

»Diego, lass ihn los!« Inéz' Stimme. Sie spricht Spanisch.

»Damit er dich gleich wieder mitnimmt? Ich bin doch nicht blöd. Ich erledige ihn jetzt und hier.« Quito spürt Finger an seinem Hals, Finger wie Taue. Sie drücken zu. Er versucht, von dem Wagen wegzukommen, presst seine Hände gegen die Seitenscheibe, bis er glaubt, das Glas müsse zerspringen – ebenso wie seine Lunge, der die Luft fehlt, aber der Angreifer schiebt ihn mit seinem ganzen Körper gegen das Fahrzeug.

Quito versucht, nach hinten auszutreten, er trifft jemanden, aber der Effekt ist gleich null. Dunkle Schleier senken sich vor seine Augen.

»Diego! Quito ist ein Freund. Ohne ihn säße ich jetzt im Gefängnis.«

Wenn ihre Worte Eindruck machen, dann jedenfalls nicht auf den Angreifer mit den Schraubstockhänden. Quitos Knie werden weich. Er sackt zusammen, hängt mit seinem Gewicht im Griff des anderen.

»Wenn du ihm was tust, wird die Polizei mich dafür verantwortlich machen. Dann muss ich zurück nach Kuba. Willst du das?«

Der Griff lockert sich. Quito saugt mit einem hohen Geräusch Luft in seine Lungen. Er klammert sich am Wagendach fest.

»Lass ihn los, Diego!«

Die Hände verschwinden. Quito sinkt in die Knie, massiert sich die Kehle. Die Haut ist wund, und sein Rachen fühlt sich an, als hätte er brennendes Benzin geschluckt. Über ihm ragt ein Mann in einem Leinenhemd auf, seine Körpermasse spannt den Stoff. Er hat schwarzes, lockiges Haar, ein fülliges Gesicht und kleine volle Lippen. Seine Hände öffnen und schließen sich, sie sind so gewaltig, dass es ein Wunder ist, dass sie Quitos Hals nicht sofort zermalmt haben.

Aus der Ferne nähern sich Sirenen. »Die Polizei wird gleich hier sein«, sagt Inéz.

»Uns bleibt Zeit genug.« Über die Lippen des Mannes namens Diego kommen wieder nur Konsonanten und ein tiefes, rollendes R. »Lass uns abhauen! Wir verstecken uns irgendwo.«

Der Gedanke, dass Inéz mit diesem Burschen mitgehen könnte, setzt Quito schlimmer zu als das, was von seiner Luftröhre übrig geblieben ist. »Inéz«, will er sagen und noch etwas, bringt aber nur ein Krächzen hervor.

»Ich bleibe hier«, sagt sie. Hat sie ihn etwa gehört? Was Diego antwortet, kann er nicht verstehen, der Kerl spricht jetzt leise zu Inéz, es klingt drängend. »Ich habe dir doch schon in Kuba gesagt, dass du nicht mein Mann sein kannst«, hört er sie entgegnen. »Kapierst du das nicht, Diego?«

Die Sirenen werden lauter. Zwischen Diegos Beinen hindurch kann Quito das ferne Ende der Straße erkennen, wo blaue und rote Lichter blinken. Haben die Nachbarn die Polizei gerufen? Oder seine Mutter? Sie könnte vom Haus aus alles beobachtet haben.

Diego wirft einen Blick über die Schulter. Die Lichter des Polizeiwagens wischen in der Dunkelheit über sein Gesicht. Er zögert, scheint nachzudenken. Dann streckt er eine Pranke über das Wagendach zu Inéz aus. »Sie werden dich ins Gefängnis stecken. Komm mit!«

Aber Inéz rührt sich wohl nicht. Quito lässt sich gegen die Fahrertür fallen, als er sieht, wie Diego allein davonläuft. Augenblicke später ist der Polizeiwagen da – und fährt mit voller Geschwindigkeit weiter. Ein anderer Einsatz. Niemand hat die Cops zum Haus der Mantezzas gerufen. Quito spürt Inéz' Hände an seinen Schultern. Mit ihrer Hilfe kommt er auf die Beine. Als sie die Arme um ihn schlingt, spürt er, dass sie zittert.

Kapitel 13

Key West, Firmensitz DNArtists

Hinter der Glaswand von Madeleines Büro funkeln die Sterne. Wie gern würde sie jetzt die milde karibische Nacht genießen, mit einem eiskalten Gully Wash in der Hand auf einer Luftmatratze im Pool treiben und an Patrick denken. Manchmal, wenn der Schmerz besonders stark ist, scheinen die Gestirne heller auf sie herabzufunkeln, dann stellt sie sich vor, er würde ihr von dort oben ein Zeichen senden. Doch anstatt den Abend mit Trauer und Sehnsucht zu verbringen, muss sie sich mit Jadoo Kumari herumschlagen.

Der Marketingleiter von DNArtists sitzt vor ihrem Schreibtisch aus opakem Glas, hat die Beine übereinandergeschlagen und die Hände im Schoß gefaltet. Er wirkt entspannt und überhaupt nicht eingeschüchtert, während er schon wieder diese Ungeheuerlichkeit vorschlägt. »Es wäre das Beste, wir würden den Behörden unsere Unterlagen zur Verfügung stellen«, sagt Jadoo gerade zum zweiten Mal. Ein solches Verhalten hat andere Angestellte schon den Job gekostet. Madeleine ist es gewohnt, dass ihre Meinung gilt. Jadoo hingegen bringt es fertig, seine Ansichten für wichtiger zu halten als die seiner Chefin.

Sie schweigt, ihre Hände liegen regungslos auf der Glasplatte, dann entgegnet sie: »Jadoo, die Vorfälle in Key West sind schlimm, aber sie haben nichts, absolut nichts mit uns zu tun.«

Der Marketingleiter lächelt und zeigt seine strahlend weißen Zähne. »Das behaupte ich ja auch gar nicht. Aber wissen das die Leute? Das Freilandexperiment läuft seit acht Wochen, und die Proteste dagegen sind vielen Menschen noch in Erinnerung. Wenn nun jemand die Krankheits- und Todesfälle mit uns in Verbindung bringt, wäre es vorteilhaft, wenn wir allen Verdächtigungen einen Schritt voraus wären und die Behörden auf unserer Seite hätten. Damit beweisen wir unseren Willen zur Zusammenarbeit und unsere ...«

»Unsere Dummheit«, blafft Madeleine. »In dem Moment, in dem wir auf die Behörden zugehen, räumen wir ein, dass es eine mögliche Verbindung zwischen 44PaSh349 und den Ereignissen des heutigen Tages geben könnte. Kommt nicht infrage. Wir halten still. Niemand hat die Möglichkeiten oder das Wissen, diese Krankheits- und Todesfälle mit uns in Verbindung zu bringen.«

»Doch, da wäre jemand. Quito Mantezza.«

Mehr muss Jadoo nicht sagen. Der junge Mantezza ist Madeleine lästig wie ein Mückenstich. Zunächst hat sie von seinen Aktivitäten gegen die Firma kaum Notiz genommen. Was soll ein Student schon ausrichten? Nach und nach erfolgten Antworten auf diese Frage. Schon seit einem Jahr organisiert der Umweltschützer den Widerstand gegen den Feldversuch mit 44PaSh349. Nachdem er mit einem groß angelegten Bürgerprotest gescheitert war und DNArtists die offizielle Genehmigung für das Aussetzen der Mücken erhielten, hat er versucht, die Brutbehälter im Gelände zu zerstören. Dabei hat ihn die Polizei erwischt, und Madeleine wollte ihn anzeigen, um ihn ins Gefängnis zu bringen, aber dafür war sein Vergehen nicht schwerwiegend genug. Allenfalls eine Geldstrafe wäre dabei herausgekommen, doch die hätte den Störenfried in seinem albernen Kampf gegen ihre Firma nicht aufgehalten. Deshalb war es das

Klügste gewesen, von einer Anzeige abzusehen und mit dieser generösen Geste das Ansehen von DNArtists in der Öffentlichkeit aufzupolieren. Auch das war Jadoos Einfall gewesen. Aber diesmal schoss er über das Ziel hinaus. Die Firma befand sich in einer wichtigen Phase. Es durften jetzt keine Fehler passieren.

»Ich muss Sie doch wohl nicht daran erinnern, dass die Eröffnung unseres Labors in Kalifornien bevorsteht. Das Letzte, was wir brauchen können, ist ein Skandal hier im Stammhaus. Wenn unsere Investoren den Verdacht haben, dass wir für Todesfälle auf den Keys verantwortlich sein könnten – was glauben Sie, werden die dann unternehmen?«

»Aber wir sind doch gar nicht verantwortlich«, sagt Jadoo und zeigt erste Anzeichen von Nervosität, indem er sich über seine Hosenbeine streicht. Dann scheint er endlich zu bemerken, dass er sich wiederholt und seiner Chefin und sich selbst Zeit stiehlt.

Nachdem er das Büro verlassen hat, lässt sich Madeleine gegen die Rückenlehne ihres Stuhls fallen. Ihr Blick wandert zur anderen Seite des schmalen, langen Raums, dorthin, wo noch immer Patricks Schreibtisch steht. Seit einem Jahr ist er leer, und Madeleine glaubt bisweilen, die breitschultrige, hochgewachsene Gestalt ihres Ehemanns dort sitzen zu sehen, dann fühlt sie sich von etwas umfangen – und im nächsten Moment fallen gelassen, wenn sie feststellen muss, dass nur ein Lichtreflex über Patricks Schreibtisch getanzt ist. DNArtists ist Patricks und ihr gemeinsames Kind, das Einzige, was ihr von seinem Einfallsreichtum, seinem Durchsetzungsvermögen und seiner Kraft geblieben ist.

Dann fällt ihr Blick auf die weiße Säule und die überdimensionale Mücke aus Kristall darauf. Ein Meisterwerk, und es bewacht ein weiteres Meisterwerk: das Versteck für den Safe, in dem alle Dokumente über 44PaSh349 lagern. Die Unterlagen herausgeben! Wie kann Jadoo nur auf so eine idiotische Idee kommen?

»Celeste«, sagt sie, und einer der vier Monitore in der weiß gekachelten Wand leuchtet auf. Das Bild einer jungen Frau erscheint. Sie trägt ihr dunkles, glattes Haar zurückgekämmt und einen weißen, eng anliegenden Pullover mit V-Ausschnitt. »Sorgen Sie dafür, dass Jadoo Kumari verschwindet.«

»Natürlich.« Celeste lächelt. »Auf welche Art soll ich ihn verschwinden lassen? Ich kann ihn entlassen. Ich kann ihn zu einer Konferenz nach Rom schicken. Ich kann dafür sorgen, dass er einem Verkehrsunfall zum Opfer fällt.« Der letzte Vorschlag versetzt Madeleine einen Stich. Sie muss Celeste 8 dringend optimieren lassen. Vielleicht ist es doch besser, wieder mit einer Assistentin aus Fleisch und Blut zusammenzuarbeiten.

»Versetze Jadoo Kumari nach Kalifornien. Dort soll er Leiter der Kommunikationsabteilung in der neuen Filiale werden. Achte darauf, dass er vor lauter Arbeit an nichts anderes mehr denken kann. Natürlich verdoppeln wir sein Gehalt.« Und seine Loyalität, fügt sie in Gedanken hinzu.

Celeste bestätigt den Auftrag und kündigt einen Anrufer an.

Um diese Zeit? Madeleine schaut auf die Uhr an ihrem Handgelenk. Es ist nach elf. Hört dieser Tag denn niemals auf?

Sie nimmt einen Apfel aus der Obstschale – die Früchte sind das einzig Farbige im Raum – und setzt sich auf die Kante des Schreibtischs. »Ich nehme den Anruf entgegen«, sagt sie, und im nächsten Moment ertönt die Stimme eines Mannes.

»Hallo, Madeleine! So spät noch bei der Arbeit?«

»Sie klingen auch nicht, als kämen Sie gerade aus einer Tiki-Bar«, gibt sie zurück. Geplänkel wie dieses am Beginn eines Gesprächs rauben ihr den Nerv. Reine Zeitverschwendung. »Was haben Sie für mich?«

»Eine Möglichkeit, Quito Mantezza unter Kontrolle zu bekommen.«

Mit einem Mal ist Madeleine hellwach. »Wie?«

»Er versteckt eine illegale Einwanderin, eine Frau, die von der Polizei gesucht wird.«

Madeleine legt den Apfel wieder beiseite. »Erzählen Sie weiter!«

»Wie besprochen, habe ich das Haus der Mantezzas beobachtet. Quito Mantezza ist am Abend aufgebrochen und zum westlichen Martello Tower gefahren. Eine Weile war er in dem botanischen Garten verschwunden, dann ist er weitergefahren und hat eine Frau an einer Tankstelle aufgelesen. Er hat sie zum Haus seiner Eltern gebracht.«

»Das ist etwas dünn, finden Sie nicht?«

»Schon, wenn es das Ende der Geschichte wäre, aber das Beste kommt noch. Als die beiden am Haus aus dem Wagen steigen, greift ein Riesenkerl Mantezza an. Er versucht sich zu wehren, hat aber keine Chance. Der andere hat ihn beinahe erwürgt.«

»Nur beinahe?« Madeleine ist von sich selbst überrascht, aber sie würde den Tod Mantezzas nur ein bisschen schlimm finden.

»Die junge Frau hat auf den Angreifer eingeredet, daraufhin hat er von Mantezza abgelassen. Sie haben noch kurz miteinander gesprochen. Dann ist der Kerl verschwunden, und die beiden sind ins Haus gegangen. Ich bin hinter dem Riesen her, habe ihn zu mir in den Wagen gebeten und mit ihm geredet.«

Madeleine zuckt zusammen. »Sie haben einen Schläger aufgesammelt? Warum?«

»Weil er offensichtlich ein Feind Mantezzas ist – und damit brauchbar für uns.«

Warum nur muss dieser Mensch immer sofort handeln und erst später mit ihr darüber sprechen? »Wie viel haben Sie ihm verraten?«

»Überhaupt nichts. Stattdessen hat er mir für ein paar Dollar alles gesagt, was ich wissen musste. Sein Name ist übrigens Diego Calavera.«

»Was genau hat er gesagt?«, fragt Madeleine.

»Er ist ein Bootsflüchtling aus Kuba und war auf der Suche nach seiner Geliebten, mit der er hergekommen ist: Inéz Barrera. Das ist die Frau, die unser Freund zu sich nach Hause gebracht hat. Er scheint sie Calavera ausgespannt zu haben.«

»Die Mantezzas verstecken Flüchtlinge in ihrem Haus?« Sie hebt die linke Augenbraue. »Das ist ein Skandal, der Vater ist schließlich einer der stellvertretenden Polizeichefs hier. Damit können wir tatsächlich etwas anfangen.« Der Einfall, diesen Calavera anzusprechen, war doch clever, wie sie zugeben muss. »Wenn Quito Mantezza weiter gegen uns vorgeht, werden wir ihm zu verstehen geben, dass wir von seiner kleinen Freundin wissen und bereit sind, sie der Polizei auszuliefern – was seinen Vater den Job kosten wird. Das sollte genügen, damit er seinen Feldzug gegen DNArtists aufgibt.«

»Falls nicht, erledigt Calavera sicher den Rest für uns. Ich habe ihm ein Angebot gemacht: Er beobachtet Quito Mantezza. Wir würden im Gegenzug dafür sorgen, dass er seine Freundin zurückbekommt. Er hat sofort zugestimmt.«

Etwas an diesem Plan gefällt Madeleine nicht. »Mir wäre es lieber, Sie würden die Mantezzas weiter im Auge behalten. Diesen Calavera kennen wir nicht, er ist vielleicht nicht vertrauenswürdig.«

»Er tut, was er gesagt bekommt, und er stellt keine Fragen. Ich habe ihm ein Zimmer besorgt und Geld gegeben. Der Kerl ist mit nichts weiter als einer Hose, einem Hemd und Sandalen übers Meer gefahren. Er ist illegal im Land und mittellos. Wir sind im Moment seine beste Wahl.«

Kapitel 14

Key West, Polizeistation

Roberto Mantezza wischt sich über das Gesicht und reibt sich die Augen. Überall in der Einsatzzentrale blinken Lichter: an den Funkgeräten, auf den Monitoren, in der Wandkarte der Keys und an den Headsets der Kolleginnen und Kollegen, die versuchen, Anrufer zu beruhigen. Die meisten Lichter sind rot, und die meisten Geräusche sind laut. Roberto war die ganze Nacht im Dienst, und er hat nicht das Gefühl, die Lage in den Griff zu bekommen. Im Gegenteil.

Das Krankenhaus ist in den vergangenen Stunden an die Grenzen seiner Leistungsfähigkeit gelangt. Medizinisches Personal, Ärztinnen und Ärzte sind aus Key Largo und Miami angereist, außerdem wird der Transport von Kranken in andere Hospitäler organisiert.

Auf der Harris Avenue ist ein Tanklaster in einen Schnapsladen gerauscht, nachdem der Fahrer am Lenkrad zusammengebrochen ist. Die Sicherung der Unfallstelle erfordert mehr Polizisten, als Roberto entbehren kann, denn viele Einsatzwagen dienen mittlerweile als Ersatz für Ambulanzfahrzeuge, um neue Opfer der rätselhaften Krankheit rechtzeitig auf den Operationstisch zu bringen. Zugleich sorgt sich Roberto um die Sicherheit seiner eigenen Leute. Auf welchem Weg sich Menschen infizieren und ob die Betroffenen ansteckend sind, ist noch unklar.

Am liebsten würde er jedem Kollegen selbst die Entscheidung überlassen, bei den Einsätzen dabei zu sein. Doch dann würde Key West im Chaos versinken.

Er zieht sein Telefon aus der Hosentasche, um Mari anzurufen. Bislang hat er sie nicht über die angespannte Lage informiert, denn er will sie nicht beunruhigen. So wie es im Augenblick aussieht, muss er sie aber dringend warnen, auf keinen Fall das Haus zu verlassen.

Roberto starrt auf sein Gesicht im Telefondisplay. Hinter ihm taucht das von Randy Ferris auf.

»Der verdammte Virologe ist endlich da«, brummt Ferris. »Er will das Labor sehen.«

Roberto steckt das Telefon weg. »Hat ja lange genug gedauert. Gehen wir!«

Der Virologe ist ein hagerer Mann mit dünnem Haar und spitzem Kinn. Er stellt sich als Warren Farago vor. Die beiden Deputy Chiefs führen ihn in den Keller, dort liegt das Labor neben einigen Arrestzellen für Gefangene, die darauf warten, zum County Jail, dem Gefängnis des Bezirks, transportiert zu werden. Das Labor ist mit dem Notwendigsten für die Beweisanalyse ausgestattet: mit Spektrometer, Fingerabdruckscanner, Mikroskopen und einigen Geräten für eine grobe DNA-Analyse. Waschbecken und Werkzeuge glänzen metallisch. Der Experte aus Miami – Roberto hat seinen Namen schon wieder vergessen, was ihm sonst nicht so schnell passiert – stellt zwei Koffer aus himmelblauem Kunststoff auf die Arbeitsplatte und öffnet die Verschlüsse. Im Innern sind kleine Messgeräte und Behälter in grauen Schaumstoff gebettet. Roberto erkennt Petrischalen und Pipetten, der Rest ist ihm fremd.

»Wie lange wird das dauern, Mister …?«, fragt er.

»Farago, immer noch«, stellt sich der Mediziner zum zweiten Mal vor, ohne aufzusehen. »Drei Stunden für eine Einschätzung, vierundzwanzig Stunden für einen Nachweis«, murmelt er, zieht sich Gummihandschuhe über und hält Roberto und Ferris die offene Hand hin. »Die Proben, bitte.«

»Hören Sie!«, schnauzt Randy Ferris. »Das muss schneller gehen. Uns sterben hier die Leute weg. Wir haben schon vor vier Stunden in Miami angerufen. Warum hat das so lange gedauert?«

»Wenn Sie mir die Proben nicht geben, wird es noch länger dauern«, sagt Farago mit der Ruhe eines Mannes, der weiß, dass sich Viren und Bakterien nicht hetzen lassen. Roberto holt die Plastikröhrchen mit dem dunkelroten Blut von Erkrankten aus dem Kühlschrank, die ihm der Arzt im Medical Center ausgehändigt hat. »Doktor Mankowitz ist der Meinung, dass es sich um Vibrionen handelt, meint aber auch, dass es dafür zu viele Infizierte gibt. Deshalb bittet er Sie, herauszufinden, ob es eine neue Art von Bakterium ist und ob ...«

Farago unterbricht ihn. »Ich weiß, was ich zu tun habe. Schließen Sie bitte die Tür hinter sich, Gentlemen.«

Im Korridor bleiben Ferris und Roberto vor der Erinnerungswand mit den Fotos von im Dienst getöteten Polizeibediensteten stehen. Neben den Porträts hängen die Polizeimarken der ehemaligen Kolleginnen und Kollegen. Das Bild von Herb Hyde, der gestern auf offener Straße zusammengebrochen ist, fehlt noch.

Ferris stemmt eine Hand zwischen zwei der Fotografien und eine in die Hüfte. »Was machen wir jetzt?«, fragt er.

Roberto ist überrascht, aus dem Mund des Kollegen Ratlosigkeit zu vernehmen. »Wir riegeln die Insel ab«, sagt er. »Der Verkehr nach Norden wird auf das Nötigste beschränkt. Wenn wir sofort entsprechende Maßnahmen einleiten, ist es vielleicht noch nicht zu spät.«

Ferris schüttelt den Kopf. »Wir können den Laden nicht einfach dichtmachen, das weißt du. Für so einen Schritt wird man uns zur Rechenschaft ziehen.«

»Na und?«, fragt Roberto. »Lieber handle ich auf gut Glück und habe die Chance, Menschenleben zu retten, als mich aus Angst vor beruflichen Konsequenzen vor der Verantwortung zu drücken.«

»Das sieht dir aber gar nicht ähnlich«, ätzt Ferris, »willst du etwa nicht mehr Mister Dienst-nach-Vorschrift sein?«

Roberto ignoriert den Spott und schlägt mit der Faust in die offene Hand. »Randy, wir wissen nicht, womit wir es zu tun haben. Und solange das nicht klar ist, könnte dieses Bakterium von Key West aus Gott weiß wohin gelangen. Das müssen wir verhindern.«

Ferris' Gesicht nimmt den Ausdruck eines Krokodils an, dem ein Lebensmüder auf den Schwanz tritt.

»Deputy Chief Ferris?«, ruft jemand von oben. Eine Frau in Uniform eilt die Treppe hinunter, es ist Lieutenant Betty Torok. »Wir bekommen immer mehr Notrufe rein«, meldet sie. »Es gibt Fälle von Blutvergiftung, einige Leute fallen ins Koma.«

»Ich bin in einer Besprechung«, sagt Ferris knapp. »Geben Sie das innerhalb der Zentrale weiter.«

»Deputy Chief Ferris«, wiederholt Lieutenant Torok, »die Anrufe kommen nicht aus Key West, sondern von Vaca Key.« Der Satz rollt wie eine Bombe durch den Flur und bleibt zwischen Roberto und Ferris liegen. Einen Moment lang herrscht Stille, dann spricht Roberto aus, was das bedeutet: »Es breitet sich aus.«

Roberto schickt Torok wieder nach oben, beugt sich zu Ferris vor und raunt: »Es reicht nicht, wenn wir Key West abriegeln. Wir müssen die gesamten Keys sperren, sonst gelangt dieses Etwas möglicherweise nach Miami. Willst du das riskieren, Randy?«

Ferris kaut Luft, wendet den Blick von Roberto ab und heftet ihn auf die Konterfeis der Cops an der Wand.

»Komm schon, Ferris. Ich weiß, dass wir uns in der Vergangenheit selten einig waren, aber jetzt müssen wir zusammenarbeiten.«

Mit einem Mal lacht Ferris auf. »In Ordnung, ich mache mit, und ich verlange auch keinen Beweis, aber ich will wenigstens die Meinung eines Experten.« Er deutet auf die Tür zum Labor. »Der Kerl da drin braucht zu lange. Hol mir jemanden, der sich auskennt, meinetwegen ans Telefon, und ich werde eigenhändig die Straßensperren errichten.«

Bevor Roberto etwas entgegnen kann, lässt Ferris ihn stehen und stapft die Stufen hinauf in den Hexenkessel der Einsatzzentrale. Roberto bleibt zurück, die Faust ruht noch immer in seiner offenen Handfläche. Er presst die Finger darum. Er weiß, dass es Zeitverschwendung wäre, weiter mit Ferris zu diskutieren. Der zweite Deputy Chief hat ihm ein Angebot gemacht, nun liegt es an ihm, es anzunehmen.

Woher soll er einen Experten nehmen, der Ferris überzeugt? Der Virologe ist bereits da, und Doktor Mankowitz aus dem Medical Center ist ratlos.

Ein Name taucht in Robertos Kopf auf. Gestern Abend hat er ihn gehört. Von seinem Sohn. Von Quito mit seiner verrückten Theorie über mutierte Mücken, von Quito, der es mit seiner Hartnäckigkeit geschafft hat, einen Keim in Robertos Gedächtnis zu pflanzen, einen Keim, der in diesem Moment aufgeht.

Roberto stürmt die Treppe hinauf und ruft Lieutenant Torok zu: »Verbinden Sie mich mit dem College, Institut für Insektenkunde, Professor Emmet Walsh.«

Kapitel 15

Key West, Town Center

In dieser Nacht träumt Inéz zum ersten Mal seit ihrer Ankunft nicht davon, auf einem leckgeschlagenen Boot im Meer zu versinken und ertrinken zu müssen. Stattdessen taucht sie sanft aus einem traumlosen Schlaf auf, durchstößt die Oberfläche der Wirklichkeit und hält es nicht einmal für wichtig zu wissen, wo sie ist. Sie reckt die Arme, streckt die Beine aus, ertastet einen Widerstand, etwas bewegt sich, sie spürt Füße an ihren Oberschenkeln, fremde Beine unter ihren tastenden Zehen.

Sie schlägt die Augen auf und sieht den langsam kreiselnden Ventilator an der Decke, den Kronleuchter aus bunten Kunststoffkristallen und, nachdem sie den Blick gesenkt hat, das Sofa, auf dem sie liegt. Über ihr ist eine Wolldecke mit Fransen ausgebreitet, an deren Ende Quitos Kopf hervorschaut. Seine Augen sind geschlossen, und sein Mund steht ein bisschen offen. Es sind seine Beine, die sie spürt. In der vergangenen Nacht sind sie beide auf der Couch im Wohnzimmer der Mantezzas eingeschlafen. Da hat es die Wolldecke allerdings noch nicht gegeben.

Blitzlichtartig kommen die Bilder zurück: Diego, der Quito angreift. Der Polizeiwagen, der Diego in die Flucht schlägt. Quitos Sorge um seine Mutter. Diego war zuvor im Haus der Mantezzas gewesen und ist dort auf Mariposa gestoßen. Um sie aus dem Weg zu schaffen, hat er sie in die Vorratskammer gesperrt, und danach das Haus auf den Kopf gestellt. Quito und Inéz haben Señora Mantezza aus ihrem Gefängnis befreit. Zum Glück ist sie mit dem Schrecken davongekommen, und den hat sie mit einem Glas Rum heruntergespült.

Quito hat Inéz als eine Freundin von der Universität vorgestellt. Dass der Einbrecher ein eifersüchtiger Verehrer von ihr gewesen sei, hat Mariposa überraschend gelassen aufgenommen. Dann haben sie zu dritt das von Diego angerichtete Durcheinander beseitigt. Nach zwei Stunden lautete die Bilanz: eine zerschmetterte Vase, zwei zerbrochene Bilderrahmen und ein zersplitterter Monitor. Der Rest bestand aus umgeworfenen Stühlen und Kommoden, einer aus den Angeln gehobenen Tür und einem heruntergerissenen Duschvorhang – nichts, was sich nicht wieder in den ursprünglichen Zustand bringen ließe. Die Küchenuhr mit den Stars and Stripes zeigte halb drei am Morgen, als Mariposa eine Suppe aufwärmte. Danach müssen sie auf dem Sofa eingeschlafen sein.

Von weiter hinten im Haus, aus Richtung der Küche, ist das Klappern von Geschirr zu hören, der Duft von Kaffee dringt ins Wohnzimmer. Ob es ratsam ist, der Verlockung zu folgen? Immerhin wohnt hier der Polizeichef von Key West – stellvertretender Polizeichef, verbessert sich Inéz. Was, wenn Quitos Vater sie erkennt? Vielleicht hat er ein Foto von ihr gesehen, ihr Ausweis liegt schließlich noch im Processing Center. Ob sie sich besser davonmacht? Inéz wirft einen Blick zur Zimmertür, dahinter ist der Korridor, die Haustür wäre unbemerkt zu erreichen. Dann schaut sie auf den schlafenden Quito. Seine Zehen bewegen sich im Traum. Sie könnte ihn nicht mal dann heimlich verlassen, wenn sie es wollte.

Sie hebt die Decke an, schwingt die Beine vom Sofa und deckt Quito wieder zu. Dann streicht sie ihr T-Shirt aus dem Garden Club glatt. Ihr Rucksack lehnt neben dem Sofa, und sie lässt ihn dort stehen, als sie auf bloßen Füßen den Geräuschen aus der Küche nachgeht.

Das Licht des frühen Morgens fällt durch die Fenster. Der Geruch von Kaffee – kubanischem Kaffee – ist so intensiv, dass Inéz nur tief einzuatmen braucht, um zu spüren, wie das Koffein ihre Sinne weckt. Mariposa steht an der Spüle und dreht sich um. Wenn die vergangene Nacht sie erschreckt und erschöpft haben sollte, dann sieht man es ihr nicht an. Ihr blond gefärbtes Haar liegt wieder in Form, sie trägt ein wenig Make-up, ihr Gesicht sieht aus, als wäre sie gerade von einem Strandspaziergang zurückgekehrt, und ihr leichtes Kleid in den Farben eines karibischen Korallenriffs raschelt, als sie auf Inéz zugeht und sie zur Begrüßung umarmt.

»Kaffee?« Sie schüttelt den Kopf über ihre Frage. »Natürlich willst du Kaffee.« Sie nimmt eine Tasse von einem Haken und schenkt ein. Als sie ihr den Kaffee reicht, muss Inéz blinzeln. So liebevoll ist niemand zu ihr gewesen, seit sich ihre Familie nach dem misslungenen Klavierkonzert von ihr abgewendet hat. Sie wischt sich über die Wangen.

»Ich erinnere mich gut an diese alte kubanische Methode, den Schlaf aus den Augen zu bekommen«, sagt Mariposa. »Funktioniert anscheinend immer noch.«

Inéz kann nicht anders, sie muss lachen, dabei fließen wieder Tränen. Selten hat sie sich unvermittelt an einem Ort so wohlgefühlt.

»Es ist genug Kaffee da, du musst ihn nicht mit Salzwasser strecken.« Mariposa lugt durch die Tür. »Quito scheint noch zu schlafen.«

Der Kaffee ist heiß und stark, Inéz schmeckt das Aroma von Bitterorangen. »Eine kubanische Methode?«, fragt sie. »Ich kenne keine kubanische …«

»Hör mal, Inéz«, unterbricht Mari. »Du musst mir nicht vormachen, dass du eine Studentin in Key West bist. Kommst du aus Havanna, Santiago oder Camagüey?«

»Wie kommen Sie darauf?«

»Oh«, sagt Mari, »das ist gar nicht so schwer. Zum Teil liegt das an deinem Akzent und an den Worten, die du hin und wieder benutzt. Wirklich stutzig gemacht hat mich aber Quitos Bitte, seinem Vater nichts davon zu erzählen, was gestern Nacht passiert ist.«

Nachdem sie Mari befreit hatten, wollte sie sofort ihren Mann anrufen, doch Quito hat eine Hand auf das Telefon gelegt und gesagt, er selbst wolle seinem Vater am nächsten Tag möglichst schonend beibringen, dass ein Verehrer seiner Freundin das Haus der Mantezzas aus Eifersucht verwüstet hat. Roberto sei schließlich gerade vollauf beschäftigt, und außerdem hätten sie alles wieder in Ordnung gebracht. Erst hat Mari gezögert, dann aber zugestimmt.

Anscheinend hat sie ihren Sohn durchschaut, so, wie es nur Mütter können.

»Dein Kaffee wird kalt«, sagt Mariposa. »Du brauchst keine Angst zu haben, Inéz. Ich bin geübt darin, Geheimnisse vor meinem Mann zu verbergen, und ich genieße es, sie ihm später zu offenbaren, wenn die Zeit dafür reif ist. Ganz besonders, wenn es sich um Geheimnisse unter Frauen handelt. Unter Kubanerinnen.« Das Lächeln der Frauen verschmilzt.

»Eure Geheimnisse müsst ihr ebenso mit mir teilen wie euren Kaffee.« Quitos Stimme kommt von der Tür her. Er tappt barfuß auf die Kaffeemaschine zu und gibt seiner Mutter im Vorbeigehen einen Kuss auf die Wange. Inéz spürt, wie er daran denkt, sie ebenfalls auf diese Art zu begrüßen. »Danke, dass du mich hierhergebracht hast«, sagt sie.

Das Flackern in seinem Blick ist voller Wärme. »Ist Papá noch nicht zurück?«, fragt Quito, während er sich eine Tasse füllt.

Mari schüttelt den Kopf und dreht sich zum Küchenfenster um. »Nein, ich habe noch nichts von ihm gehört.« An die Sorge, wenn man einen Polizisten zum Ehemann hat, gewöhnt man sich wohl nie, denkt Inéz.

Das Insektengitter verleiht der Aussicht auf den Garten einen Grauschleier, trotzdem leuchten die Farben der Bougainvilleen und des Hibiskus. »Habt ihr das Gewitter in der Nacht gehört?«, wechselt Mariposa das Thema. Erst jetzt bemerkt Inéz den feuchten Glanz auf den Blättern und dass die Blüten regenschwer herabhängen. Blitz und Donner sind an ihr vorbeigezogen. Wahrscheinlich hätte sie nicht einmal den Untergang der Welt bemerkt, so erschöpft war sie, als sie auf dem Sofa zusammengesunken ist.

Quito schiebt das Fenster hoch. Kühle Morgenluft weht in die Küche.

»Quito«, sagt Inéz, »ist das nicht gefährlich?«

»Der Regen und der Wind müssten die Mücken für eine Weile vertrieben haben.«

»Du glaubst immer noch an diese Mückengeschichte«, stellt Mariposa fest.

Da berichtet Inéz von den toten Rotkardinalen im Garden Club und von dem Insekt, das sich an dem Netz zu schaffen gemacht hat. »Die Gitter vor den Fenstern werden nicht genügen.«

»Wir haben noch die alten Rahmen im Keller, darauf sind Insektengitter aus feinem Draht gespannt«, erklärt Mariposa, »die stammen aus der Zeit, als wir das Haus gekauft haben. Ich wollte die alten Dinger wegwerfen, aber Roberto war dafür, sie zu behalten. Du kennst ja deinen Vater: Er hebt alles auf. Könnte ja sein, dass man es noch mal brauchen kann.«

»Diesmal hat er recht behalten.« Quito kaut an einem Bissen Toast mit Honig. »Wir bringen die Gitter an. Am besten sofort.

Danach fahren Inéz und ich zum San Carlos Institut und finden jemanden, der ihr helfen kann.«

Inéz bedauert es, das Haus der Mantezzas so bald verlassen zu müssen. Während sie mit Quito die Insektengitter aus dem Keller holt und an jedem Fenster festschraubt, stellt sie sich vor, wie es wäre, in einem Haus wie diesem zu leben, mit Menschen, die so warmherzig sind wie die Mantezzas.

Ihre Beine sind ein wenig schwer, als sie in den DeSoto steigt – dessen Innenraum Quito zuvor mit Permethrin, einem Insektenschutzmittel, eingesprüht hat – und mit ihm durch die Stadt fährt. Eigentlich wirkt alles normal. Der Verkehr ist ruhig, die Leute fahren zum Einkaufen oder zur Arbeit, gehen ihren täglichen Verrichtungen nach. Dann weist Quito auf einige geschlossene Geschäfte hin, auf Abfalltonnen, die am Straßenrand vergeblich auf die Müllabfuhr warten, darauf, dass kaum Passanten zu sehen sind.

»Das hier ist die Duval Street, eine Ausgehmeile«, erklärt Quito. »Hier ist normalerweise schon am Morgen etwas los.« Diesmal nicht. Rechts und links auf den Bürgersteigen sind nur vereinzelt Vergnügungsfreudige unterwegs. Quito hält vor einem hohen Gebäude, das ohne Weiteres auf Kuba stehen könnte. »Das San Carlos Institut«, sagt er. »Es ist Treffpunkt, Bildungsstätte und Museum. Hier kümmert man sich um die Geschichte, Sprache und Kultur der kubanischen Einwanderer in Key West – und bestimmt auch um dich.«

»Aber mein Asylantrag ist bereits abgelehnt worden, und ich halte mich illegal in diesem Land auf. Machen die Leute vom Institut sich nicht strafbar, wenn sie mir helfen?«

»Dem Gesetz nach vielleicht«, erwidert Quito. »Aber Solidarität und Hartnäckigkeit haben an diesem Ort eine lange Tradition. Vertrau mir, hier sind wir richtig.«

Inéz atmet durch und öffnet die Wagentür. Als sie den Fuß

auf den heißen Asphalt setzt, kommt es ihr vor, als stünde sie an einer Weggabelung, und egal, wohin sie sich wenden wird, die richtige Entscheidung wird zugleich die falsche sein. Sie greift nach ihrem Rucksack und geht auf die hohen Glastüren des Instituts zu. Darauf ist ein handgeschriebener Zettel befestigt: »Heute geschlossen.« Inéz versucht, sich enttäuscht zu geben. »Was machen wir jetzt?«

Quito zuckt mit den Schultern. »Wir kommen morgen wieder.« Er hält ihr die Tür des DeSoto auf. Die aus dem Wagen aufsteigende Permethrinwolke ähnelt dem Geruch eines vor einer Woche verendeten Stinktiers. Inéz holt noch einmal tief Luft und lässt sich in den Sitz fallen. Die Ungewissheit löst sich auf. Sie hat das Gefühl, schon seit Jahren mit Quito in diesem alten Wagen herumzufahren.

Quito startet den Motor. Während die Zylinder im Leerlauf tuckern, schaut er zu Inéz hinüber, und sie meint zu erkennen, dass er genauso froh darüber ist, ihre gemeinsame Zeit an diesem Tag noch ein wenig ausdehnen zu können. Er lächelt sie an. »Warst du schon mal in einem Hospital für Meeresschildkröten?«

*

In dem billigen Motel am Rand des Highways hat er es nicht ausgehalten. Lieber wollte Diego die ganze Nacht in dem schwarzen Toyota sitzen, mit der Stirn gegen die Fensterscheibe gelehnt, und das Haus der Mantezzas beobachten. El Presidente – so nennt er den Mann aus dem blauen SUV, denn seinen Namen kennt er nicht – hat ihm Geld gegeben, einen Platz zum Schlafen, ein Telefon, dieses Auto sowie das Versprechen, Inéz werde zu ihm zurückkehren, wenn er alles richtig mache.

Jetzt fährt Diego dem DeSoto in sicherem Abstand hinterher.

Dank den getönten Scheiben seines Wagens und der Sonnenbrille, die er sich gekauft hat, fühlt er sich unsichtbar hinter dem Steuer, trotzdem achtet er darauf, dass stets zwei oder drei Autos zwischen ihm und dem Oldtimer fahren. El Presidente hat ihm eine Chance gegeben, und er wird sie nutzen.

Vor einem hellen Gebäude im Stadtzentrum bleibt der DeSoto stehen, Inéz und der Typ, dem er gestern Abend an die Gurgel gegangen ist, steigen aus, schauen durch die verglasten Türen, beraten sich kurz, nur um wieder einzusteigen und weiterzufahren. Diego bleibt dran. Sein Herz schlägt vor Aufregung und vor Angst, etwas falsch zu machen. Auf dem Beifahrersitz mit den Brandflecken im Bezug liegt das Telefon. Er greift danach, um El Presidente anzurufen, um ihm zu beweisen, dass er seinen Auftrag erfüllt, damit er Inéz zurückbekommt. Aber er kann sich nicht gleichzeitig auf das Display und auf den Verkehr konzentrieren und wirft den Apparat wieder beiseite.

Inéz und ihr Begleiter fahren aus der Stadt hinaus. Die Straße – US Highway 1 steht auf den Schildern – führt immer geradeaus, da kann es sich Diego erlauben, Abstand zu halten. Die Häuser von Key West bleiben zurück. Wohin sind die beiden unterwegs? Bringt der Kerl Inéz aus der Stadt hinaus, damit sie in Miami untertauchen kann? Das hatte Diego auch vor. Vielleicht hat er zum ersten Mal seit seiner Ankunft Glück. Der Gedanke beschwingt ihn. Er schaltet das Autoradio ein, hofft auf Musik, am liebsten Rap, zwar versteht er viele Worte nicht, aber der Sound verleiht ihm ein Gefühl von Stärke. Doch er erwischt nur Nachrichten, und bevor er weiterschalten kann, wird er von den Neuigkeiten in Bann gezogen. Der Sprecher berichtet von einer unbekannten Krankheit in Key West, einem Virus oder Bakterium, das Menschen auf der Stelle zusammenbrechen lässt. Sofort muss Diego an den Cop von gestern denken, wie er vor dem Geschäft mit den Fernsehmonitoren einfach umgekippt ist. Er dreht das Radio lauter und versucht, die schnell gesprochenen amerikanischen Wörter zu verstehen.

Der Sprecher meldet, dass im Medical Center von Key West seit dem Vortag zahlreiche Patienten eingeliefert worden seien. In der Ambulanz herrsche Notstand, sagt der Mann im Radio. Im Krankenhaus sehe es aus wie auf Fotos aus einem Katastrophengebiet. Als Gesprächspartner wird ein Assistenzarzt angekündigt, der kurz darauf den Zuhörern rät, zu Hause zu bleiben, Fenster und Türen geschlossen zu halten, bis man weiß, wo die Ursache der Krankheit liegt. Auf einer scheinbar endlosen Brücke über das Meer kommen Diego Krankenwagen mit eingeschaltetem Blaulicht und Sirenen entgegen, einer zieht auf einem Anhänger ein Boot hinter sich her. Die Brücke endet auf der nächsten Insel. »Vaca Key« begrüßt ein Schild am Straßenrand die Vorbeifahrenden. Nach einigen Minuten wechselt der DeSoto auf die Mittelspur und biegt links ab auf einen Parkplatz. Diego fährt rechts ran und hält vor einem Diner namens »The Wooden Spoon«. Unter dem Reklameschild bleibt er stehen und beobachtet, was auf der anderen Straßenseite geschieht.

Auch dort ragt auf hohen Stützen ein Schild in den Himmel. Es zeigt eine Schildkröte mit ausgebreiteten Flossen. Sie scheint gen Himmel zu fliegen.

Kapitel 16

Marathon, Meeresschildkrötenhospital

»Ein Hospital für Schildkröten?« Inéz beugt sich vor und betrachtet durch die Windschutzscheibe das Schild mit dem Maskottchen der Einrichtung.

»Für Meeresschildkröten«, betont Quito und öffnet die Wagentür. »Bis ich hier vor drei Jahren als biologischer Assistent angefangen habe, konnte ich mir auch nicht vorstellen, wie nötig diese Tiere ein eigenes Krankenhaus haben. Komm, sieh es dir an.«

Der Schotterparkplatz vor den flachen, türkis gestrichenen Gebäuden strahlt Hitze ab. »Das hier war mal ein Motel«, erzählt Quito, während sie auf den Eingang zusteuern. »Donald hat es vor dreißig Jahren gekauft und nach und nach zu dem umgebaut, was es heute ist.«

»Wie kommt man auf die Idee, ein Krankenhaus für Meeresschildkröten einzurichten?«, will Inéz wissen.

»Du hast wohl noch keine verletzte Meeresschildkröte gesehen«, sagt jemand. Donald Delane ist hinter ihnen aufgetaucht, er nickt Inéz zu und klopft Quito zur Begrüßung auf die Schulter. Der Chef des Hospitals trägt das dünn gewordene Haar im Nacken zusammengebunden, sein T-Shirt mit dem Logo der Einrichtung ist wahrscheinlich mal türkisfarben gewesen. Quito stellt ihn und Inéz einander vor.

»Meeresschildkröten sind wunderschön, Meisterwerke der Natur und absolut friedlich«, erklärt Donald. »Aber sie leben gefährlich. Boote und Jetskis schlitzen ihnen die Panzer auf, und Plastikmüll, der im Meer treibt, landet in ihren Mägen und vergiftet sie.«

Er geht an ihnen vorbei und hält die Eingangstür auf. »Gut, dass du da bist«, sagt er zu Quito. »Heute früh haben sich vier Mitarbeiter krankgemeldet, und zwei sind einfach nicht erschienen. Die Besichtigungstouren für die Schulklassen und Touristengruppen konnte ich absagen, die waren wegen dieser merkwürdigen Krankheitsfälle gar nicht böse darüber. Aber wir haben einen Patienten auf dem Operationstisch, und ich weiß nicht, wer die Tiere füttern und die Tanks reinigen soll.«

»Ich helfe mit«, sagt Inéz, bevor Quito reagieren kann, und fügt »Keine Diskussion« hinzu, als er sie verwundert ansieht.

»Das ist gut, ich kann die Unterstützung brauchen«, sagt Donald. »Aber als Dank gibt es für dich nur einen gleichgültigen Blick aus Schildkrötenaugen.«

»Das genügt mir«, gibt Inéz zurück.

Ihre spontane Hilfsbereitschaft überrascht Quito. »He, das ist eine Menge Arbeit.«

»Deshalb sollten wir besser sofort anfangen«, sagt Donald. »Die Tiere sind sicher schon unruhig.« Er führt sie durch den Anbau mit den Behandlungsräumen. Die Tür des Operationssaals steht offen, im Vorbeigehen sieht Quito, wie sich Doktor Jimenéz, einer der Ärzte, über einen Patienten beugt, eine Hawksbill-Schildkröte, und mit einem Draht in ihr Maul zu gelangen versucht. Zwei Männer halten das Tier am gefleckten Panzer fest. Meeresschildkröten bewegen sich an Land zwar behäbig, aber sie haben viel Kraft. Quito hat schon Behandlungen erlebt, bei denen vier Männer nötig waren, um ein Tier ruhig zu halten.

»Worum geht's da drin?«, will Inéz wissen.

»Angelhaken«, antwortet Donald. Mehr muss der Leiter des Hospitals nicht sagen. Quito beschreibt Inéz Fälle wie diesen: Die Schildkröten schnappen nach einem vermeintlich schmackhaften Bissen, doch manchmal handelt es sich um den Köder eines Sportfischers. Weil diese Leute gern große Fische anlocken, sind sowohl die Köder als auch die Haken groß genug, um Meeresschildkröten damit zu fangen. Da die aber niemand haben will und sie überdies unter Schutz stehen, schneiden die Angler, sobald sie sehen, was sie da aus dem Meer gezogen haben, kurzerhand die Leine durch. Das macht das Elend des Tiers noch schlimmer, denn nun zieht es eine Schnur hinter sich her, mit der es sich entweder selbst stranguliert oder an irgendetwas hängen bleibt. Falls das unter Wasser geschieht, kommt die Schildkröte nicht mehr an die Oberfläche und ertrinkt.

Die Hawksbill im Operationssaal habe das Glück gehabt, gefunden zu werden, ergänzt Donald. »Sie bleibt noch eine Woche unter Beobachtung, dann lassen wir sie wieder frei. Für unseren Arzt ist das ein Routineeingriff – leider, muss ich sagen.«

Hinter dem Anbau liegt das Freigelände. Der Weg führt an den Bungalows des ehemaligen Motels entlang. Darin sind die Geräte, Umkleideräume und das Labor untergebracht. Donald öffnet die Tür mit der Nummer Elf, zieht einen Wagen voller Reinigungsmittel ins Freie und verschwindet wieder in dem Raum.

»Hast du noch diese Schutzanzüge?«, ruft Quito hinter ihm her.

Donald kehrt mit einem Stapel Reinigungstücher zurück. »Die uns das Gesundheitsamt wegen der ätzenden Chemikalien aufs Auge gedrückt hat?«, fragt er stirnrunzelnd. »Teuer waren die, aber bislang hat sie noch niemand angezogen, wegen der Hitze.«

»Dann sind wir heute wohl die Ersten, die sie benutzen«,

erwidert Quito und weist auf die vielen Krankheitsfälle in Key West hin. »Könnte sein, dass die Ursache Bakterien sind, die durch Mücken übertragen werden.«

Inéz sieht sich um. »Gibt es denn hier besonders viele Mücken?«

»Ja, durch das stehende Wasser in den Tanks«, sagt Quito. »Die befinden sich im Freien, ein Brutfest für Moskitos. Wir müssen vorsichtig sein.«

Donald reicht ihnen Schutzanzüge heraus, blaue Overalls aus einem dreilagigen Vliesstoff. Sie schlüpfen hinein.

Quito schwitzt schon, als er den Reißverschluss an der Vorderseite hochzieht, versucht aber, sich nichts anmerken zu lassen. »Du solltest ebenfalls einen tragen, Donald.«

Der Chef des Schildkrötenhospitals winkt ab. »Mir passiert schon nichts. Ich trinke jeden Abend einen Scotch, der ist für Bakterien absolut tödlich.«

Quito stößt einen Seufzer aus. Dann deutet er auf die Tür neben dem Geräteraum. »Ist das Labor später frei? Ich würde gern ein Experiment am Lichtmikroskop zu Ende führen.«

Donald zuckt mit den Schultern. »Hier ist heute niemand. Das Labor gehört dir, aber diesmal räumst du hinterher auf und machst alles wieder sauber.«

Nachdem Donald sich verabschiedet hat und in seinem Büro verschwunden ist, schieben Quito und Inéz den Wagen mit den Reinigungsmitteln die Rampe zu den Tanks hinauf.

»Ich wollte eigentlich nur wegen des Labors herkommen, Dienst habe ich erst übermorgen wieder«, sagt er. »Aber die Tiere brauchen unsere Hilfe. Wir müssen das Risiko eingehen.«

»Ich bin schon ganz andere Risiken eingegangen«, erwidert Inéz. »Zuletzt, als ich mit dir auf derselben Couch die Nacht verbracht habe.«

Gestern war Inéz augenblicklich eingeschlafen, Quito aber

hat noch wach gelegen und zugesehen, wie ihre Züge sich im Schlaf entspannten.

Auf dem Freigelände stehen acht runde Becken, jedes ist so groß wie ein kleiner Swimmingpool und enthält fünfunddreißigtausend Gallonen Salzwasser. In der Mitte sind die Tanks mit einem Netz geteilt, in jeder Hälfte schwimmt eine Meeresschildkröte. Darüber sind als Dach engmaschige Netze gespannt, um die feuchte Luft hinaus, das Sonnenlicht aber nicht hineinzulassen, denn sonst würde sich das Wasser zu stark erwärmen. Es riecht nach Salzwasser und Fisch.

Quito und Inéz machen sich an die Arbeit. Sie füttern die Tiere mit Sardinen und Heringen aus großen Truhen, die neben den Becken stehen, schrubben zwei leere Tanks aus und gehen mit einer Checkliste die Becken ab.

»Beeindruckend, was Donald hier aufgebaut hat«, stellt Inéz fest.

»Er ist Tiermediziner und Überzeugungstäter. Weil er viele verletzte und vergiftete Meeresschildkröten gefunden hat, wollte er etwas unternehmen. Die ersten Patienten hat er in seine Garage gebracht und dort behandelt, aber bald fehlte der Platz. Manche Tiere brauchen Monate, bevor sie wieder ausgesetzt werden können, einige bleiben für den Rest ihres Lebens in Pflege.«

»Und wer finanziert das Ganze?«

»Donald bekommt eine Menge Spenden, und wir arbeiten für kleines Geld«, erklärt Quito. »Einige von uns sind Studenten und sammeln hier praktische Erfahrungen. Ich will meine Abschlussarbeit über Meeresschildkröten schreiben. Außerdem gibt es noch eine Reihe Freiwilliger und einige pensionierte Tierärzte, die ohne Entlohnung mitmachen. Ein Teil der Kosten für die Anlage, für die Becken, die Ausrüstung und die Labore kommt durch Eintrittsgelder rein. Du glaubst gar nicht, wie viele Leute jeden Tag zu Besuch kommen, um die Tiere zu sehen.«

Inéz schaut sich nachdenklich um. »Viel Freizeit hat Donald wahrscheinlich nicht.«

»Das sieht er anders. Die Meeresschildkröten sind sein Leben, nach jeder Bootsfahrt, bei der wir ein gesundetes Tier freilassen, schmeißt er eine Strandparty.«

Sie umrunden ein weiteres Becken. »Wer denkt sich die Namen aus?«, will Inéz wissen und deutet auf die Schriftzeichen, die mit wasserfestem Leuchtstift auf die Panzer geschrieben sind.

»Wer einen Patienten findet, darf ihn taufen«, erklärt Quito.

Inéz stützt sich mit den Unterarmen auf den Beckenrand und verdreht den Kopf, bis sie den Namen einer träge umherschwimmenden Kemp's Ridley lesen kann. »Wie kommt man darauf, eine Schildkröte Chuck Norris zu taufen?«

Quito beugt sich über das Becken und schaut auf den rundlichen Panzer. »Sie hat den Namen bekommen, weil sie einen enormen Überlebenswillen hat. Erst wurde sie von einem Boot angefahren, dann von einem Hai gebissen, schließlich hat sie sich in einem Fischernetz verfangen und dabei noch ein Bein verloren. Das alles hat sie überstanden und ist nach einigen Monaten im Hospital wieder gesund geworden.« Die Schildkröte taucht langsam ab. »Scheint, als werde Chuck nicht gern an seine Erlebnisse erinnert. Er wird das Hospital wohl nicht mehr verlassen, geht hier aufs Altenteil. Sein Panzer ist zwar wieder zusammengewachsen, aber darunter hat sich eine Luftblase gebildet. Siehst du, wie er Schwierigkeiten hat, den Boden des Beckens zu erreichen?« Die Schildkröte paddelt mit ihren drei verbliebenen Gliedmaßen, sie muss sich anstrengen, um auf den eineinhalb Meter tiefen Grund des Tanks zu gelangen. Immer wieder zieht die Luftblase sie nach oben. »Im offenen Meer würde er vermutlich an der Oberfläche bleiben …«

»… und dann ist es nur eine Frage der Zeit, bis ihn wieder ein Boot rammt«, vollendet Inéz den Satz.

»Wenn er wirklich so zäh ist wie sein Namensvetter«, mutmaßt Quito, »könnte es natürlich sein, dass nicht Chuck untergeht, sondern das Boot.«

Inéz lächelt. »Er ist wirklich ein bemerkenswerter Bursche.«

»Und dabei gehört er noch zur kleinsten Art der Meeresschildkröten. Am anderen Ende der Skala stehen die Leatherbacks. Das sind regelrecht Riesen, sie können größer werden als Menschen. Sie sind schwarz, und ihre Panzer und Gliedmaßen sind mit weißen Punkten gesprenkelt.«

»Wie der Sternenhimmel«, sagt Inéz. »Gibt es die hier auch?«

Quito nickt. »Komm, ich stelle dir meine Freundin Brianne vor.«

Am nächsten Becken bittet Quito Inéz, etwas Abstand zu halten. An der Oberfläche schwimmt Brianne. Die riesige Leatherback-Schildkröte ist schon seit zwei Jahren im Hospital und gehört zu den ungeselligsten Exemplaren ihrer Art. Während andere Dauergäste mit ihren Artgenossen zusammengeführt werden, ist das bei Brianne nicht möglich. Sie schnappt nach jedem, der sich ihr nähert. Das gilt auch für Menschen. Brianne wurde Opfer eines Machetenangriffs. Ein Betrunkener war bei Higgs Beach mit der Klinge auf sie losgegangen, als sie im flachen Wasser herumpaddelte. Quito, der gerade den Garden Club abschloss, hatte die Schildkröte zunächst nicht gesehen und wunderte sich, dass der Mann auf das Wasser eindrosch. Als er erkannte, was da geschah, lief er los. Es gelang ihm, den Kerl zu überwältigen und zu entwaffnen. Die Machete schleuderte Quito ins Meer, ihr Besitzer ergriff die Flucht, zurück blieb eine schwer verletzte Riesenschildkröte.

Die Narben zeichnen sich auf Briannes Panzer ab, sie werden auch nicht wieder verschwinden. Ebenso wenig wie das Trauma, das das Tier erlitten hat. Brianne ist körperlich genesen, aber sie ist verschreckt und aggressiv. Das einzige Lebewesen, das sich ihr nähern darf, ist Quito. Er streift seine mit einem Plastikschutz überzogenen Flipflops ab und klettert in den Tank. Brianne taucht und flüchtet an den Rand. Quito bleibt stehen und wartet, bis die Schildkröte erkannt hat, wer in dem blauen Overall steckt. Das Wasser ist handwarm und reicht ihm bis an die Taille. Mit den Händen zieht er Kreise über die Wasseroberfläche – das ist ihr Erkennungszeichen. Langsam schiebt sie sich vom Rand des Tanks weg, nimmt erst noch einen Umweg, wohl um ganz sicherzugehen, und gleitet dann auf Quito zu. Kurz bevor sie auf Armlänge heran ist, schwimmt sie in einem Bogen um ihn herum. Sie ist vorsichtig, und das ist gut so. Zutrauliche Tiere haben in freier Wildbahn keine hohe Lebenserwartung. Brianne gehört allerdings ebenfalls zu den Patienten, die das Hospital nicht mehr verlassen können.

»Du bewegst dich mit drei Beinen so elegant wie andere mit vieren«, sagt Quito leise, nimmt eine Schaufel Weichtiere aus dem Eimer, der am Beckenrand hängt, und wirft sie ins Wasser. Brianne fischt die Beute auf, eine nach der anderen. Sie hat keine Eile. Sie weiß, dass sie sich mit keinem Rivalen um das Futter streiten muss. Quito beobachtet, wie sie die Quallen und Manteltiere aufpickt und hinunterschluckt, ohne ein einziges auszulassen. Als sie fertig ist, applaudiert er, indem er auf das Wasser klatscht. Brianne schwimmt näher an ihn heran. Ihr Kopf, der an den eines Dinosauriers erinnert, durchstößt das Wasser, sie schnauft und prustet. Ihr Schnabel öffnet sich und lässt die Papillen erkennen, scharfe, nach unten gebogene Stacheln, die ihr helfen, Beute in Mund und Magen zu befördern. Ihr Blick wandert über das Becken, streift Inéz nur für einen Sekundenbruchteil, und doch scheint es, als hätte sie sie ausgiebig gemustert. Quito widersteht dem Drang, ihr über den Kopf zu streichen. Das hier ist ein Hospital und nicht einer der vielen Vergnügungsparks auf den Keys, in denen die Tiere

Zirkusnummern aufführen und sich von Besuchern anfassen lassen müssen.

Er verabschiedet sich von Brianne, steigt aus dem Becken.

»Sie schaut dir hinterher«, stellt Inéz fest. »Ich glaube, sie bedauert, dass du gehst.«

Quito sucht nach einer scherzhaften Entgegnung, irgendetwas, das er zu Donald sagen würde, etwa dass Brianne ihn ganz schön sexy findet. Aber dann sieht er, dass Inéz die Meeresschildkröte auf eine ernste Art ansieht. »Stimmt«, sagt er. »Es hört sich vielleicht merkwürdig an, aber wenn ich einige Tage nicht hier war, fehlt sie mir auch.«

Inéz nickt. Einen Augenblick lang ist nur das sanfte Tuckern der Umwälzpumpen zu hören. Da ist er beinahe dankbar, dass Brianne aufs Wasser schlägt und Inéz damit zum Lachen bringt. Er sucht nach der Flaschenfalle. Die hatte er hinter diesem Tank aufgestellt, gestern, bevor er zum Gericht gegangen ist.

»Was ist das?«, fragt Inéz und kommt näher.

»Damit fange ich Moskitos«, erklärt Quito. »Seit DNArtists ihre Gen-Mücken freigelassen haben, untersuche ich alle zwei Tage einige Exemplare und dokumentiere die Ergebnisse.«

Inéz mustert die Plastikflasche, die in zwei Teile zerschnitten ist. »Und wie funktioniert diese Falle?«

»In den unteren Teil füllt man eine Zucker-Hefe-Lösung. Dann wird der obere Teil mit der Öffnung nach unten wieder aufgesetzt und festgedrückt.« Mit dem Zeigefinger fährt er am Außenrand der Flasche entlang. »Mücken werden von dem Wasser in den Tanks angelockt. Sie können dem Kohlendioxid in der Lösung nicht widerstehen, fliegen durch den Flaschenhals in die Falle und finden dann nicht wieder heraus.«

»Scheint, als hätte es funktioniert«, sagt Inéz. Mehr als ein Dutzend schwarze Punkte schwimmen in der Lösung.

»Dann wollen wir mal sehen, was hier herumschwirrt.«

Mit gespannter Erwartung bringt Quito, gefolgt von Inéz, die Flasche zum Bungalow Nummer Zwölf. Er schließt die Tür auf und schaltet die Deckenlichter an. Das Labor liegt noch so da, wie er es verlassen hat: Die Schläuche sind nicht richtig aufgerollt und hängen herunter, das Gerät für die Blutanalyse ist nicht an das Stromnetz angeschlossen und teilt seinen niedrigen Ladestand mit dem Blinken einer roten Diode mit. Die Mikroskope sind nicht abgedeckt. Immerhin liegt Bubble Butt, die Stoffschildkröte, an ihrem Platz auf der Arbeitsfläche. Quito schiebt sie und eine Packung mit Kompressen beiseite und stellt die Flaschenfalle ab. Sein Herz schlägt schneller.

»Keine Angst«, sagt er mehr zu sich selbst als zu Inéz. »Es ist gar nicht sicher, dass Gen-Mücken in der Flasche sind. Außerdem sind die Tiere tot.« Jedenfalls hofft er das, als er den oberen Teil der Falle abnimmt und den Inhalt in eine Schüssel gießt. Die Schutzanzüge haben sie vorsichtshalber anbehalten. Während er Inéz erklärt, was er tut, nimmt er vier Mücken mithilfe einer Pipette auf und legt sie in eine Petrischale. Dann trennt er die Insekten mit einem Skalpell in der Mitte durch. Die vorderen Teile legt er auf einen Objektträger aus Glas, gibt einen Tropfen Wasser hinzu und bedeckt das Präparat mit einem Deckglas. Dann geht er zu dem Tisch mit den beiden Lichtmikroskopen und klemmt den Objektträger fest. Er schaut in das Okular und stellt die Vergrößerung ein, fokussiert, bis das Bild scharf ist. Jetzt sieht er die Mücken in ihrer ganzen entsetzlichen Pracht. Er rückt ein Stück beiseite, damit Inéz sich über das Mikroskop beugen kann. Sogar der unförmige blaue Overall sieht an ihr aus wie ein Abendkleid.

»Siehst du die Werkzeuge an den Köpfen der Tiere?«

»Ich dachte immer, Mücken hätten einen Rüssel, um Blut zu saugen.«

»Damit wären sie längst ausgestorben, und unser Problem

hätte sich erledigt. Leider sind Mücken mit einem ganzen Arsenal bewaffnet. Schau dir mal das Operationsbesteck am unteren Ende ihrer Köpfe an. Kannst du die sechs Nadeln erkennen? Damit gehen sie auf der Haut eines Menschen zu Werke. Zuerst stecken sie die beiden Schneideapparate ihres Unterkiefers hinein und sägen hindurch wie ein Koch durch einen Braten. Daneben liegen die beiden Rektraktoren, die sind dazu da, die Wunde zu spreizen und einen Durchgang für den Rüssel zu öffnen.«

»Das Ding dazwischen sieht aus wie eine Spritze, die aus einer Hülle herausragt«, stellt Inéz fest, ihr Kopf scheint mit dem Mikroskop verwachsen zu sein, so regungslos betrachtet sie, was sich ihr auf dem Objektträger bietet.

»Das ist der Rüssel«, erklärt Quito, »eine Art Strohhalm, mit dem sie drei bis fünf Milligramm Blut abzapfen können. Dann wird das Wasser sofort aus dem Blut getrennt und ausgeschieden, damit die Mücke nicht zu schwer wird, um davonzufliegen.« Es ist ein gutes Gefühl, ausnahmsweise jemanden vor sich zu haben, der sich für seine Recherchen über Mücken interessiert. »Zurück bleiben zwanzig Prozent Protein und sämtliche Krankheitserreger aus dem Blut des Opfers. Zur selben Zeit pumpt eine weitere Nadel, das sechste Werkzeug am Kopf der Tiere, Speichel in die Wunde, darin ist ein sogenanntes Anticoagulans enthalten. Es verhindert, dass das Blut gerinnt. Die Mücke hat dann weniger Mühe zu trinken, ist schneller mit ihrem Mahl fertig und verringert das Risiko, bemerkt und erschlagen zu werden.«

»Klingt nach einem perfekten Rezept.«

»Genau. Allerdings verursacht der Speichel eine allergische Reaktion, eine juckende Beule, ihr Abschiedsgeschenk. Wenn das Opfer diese Hinterlassenschaft bemerkt, ist die Täterin meist längst auf und davon.«

Inéz hebt den Kopf und reibt sich den Nacken. »Was für ein winziger und doch komplexer Organismus. Das ist überwältigend.« Sie blinzelt und beugt sich wieder über das Okular. »Eine hat einen schwarz-weiß gestreiften Leib.«

»Eine asiatische Tigermücke«, sagt Quito. »Die zweite von links ist eine Culex, welche Unterart, weiß ich aber nicht. Die dritte und die vierte sind *Aedes aegypti* oder Gelbfiebermücken, die verbreiten ein ganzes Arsenal von Erregern. Sie sind das Ziel des Genexperiments von DNArtists, deshalb werden wir die Überreste dieser beiden genauer analysieren.«

Inéz gibt den Platz am Mikroskop frei, und Quito beginnt, die zerteilten Tiere zu untersuchen. Mehrfach stellt er die Vergrößerung scharf und verändert den Abstand zum Objektträger. Dann ist er sich sicher: Er hat bei der linken der beiden Gelbfiebermücken etwas gefunden, das dort nicht hingehört. Am abgetrennten Ende des Tiers schwimmen kleine Zellen und bewegen sich mithilfe von Geißeln fort. Sie treten einzeln oder in Paaren auf. Das könnten Bakterien sein. Aber welche? Quito holt sein Mobiltelefon hervor und öffnet seine Sammlung biologischen Lehrmaterials.

»Wir müssen eine Gramfärbung vornehmen«, liest er vor. »Damit können wir die Bakterienarten analysieren. Das können wir hier im Labor erledigen. Bakterientests gehören zu den gängigen Aufgaben im Hospital, um Infektionen bei den Schildkröten bestimmen zu können.« Er sucht in den Hängeschränken, bis er ein Fläschchen Kristallviolett gefunden hat. Mit der Pipette gibt er einen Tropfen auf den Objektträger. Durch die Linsen kann er sehen, wie die farbige Flüssigkeit verläuft, wie sich alles violett färbt, ein Schauspiel wie aus einem psychedelischen Traum. Als Nächstes gibt er einen Tropfen Ethanol hinzu. Das Lösungsmittel lässt das Kristallviolett verschwinden, außer an den Stellen, an denen es in die Zellwände der Mücken eingedrungen ist. Die sind nun, nachdem alles wieder klar ist, rosa gefärbt. Während Inéz das Resultat unter dem Mikroskop betrachtet, vergleicht es Quito mit der Tabelle in seinem Lehrbuch: Rosa gefärbte Zellwände sind ein Hinweis auf gramnegative Bakterien. Damit ist die Gruppe auf einige wenige Arten eingegrenzt. Jetzt muss er nur noch ihr Erscheinungsbild vergleichen.

Als Donald kurz darauf an die Tür klopft und den Kopf ins Labor steckt, sitzen Quito und Inéz reglos vor dem Mikroskop.

»Ich dachte, du wolltest aufräumen«, sagt Donald, »und nicht noch mehr Unordnung schaffen.« Er tritt ein und rüttelt Quito an der Schulter. »He, alles in Ordnung?«

»Im Gegenteil.«

Kapitel 17

Key West, Florida Keys Community College

Das Büro von Emmet Walsh liegt am Rand des Campus in einem kleinen weiß getünchten Gebäude. Roberto folgt dem Weg zwischen rauschenden Palmen und blühenden Giftholzbäumen und fragt sich, ob man Professor Walsh bewusst abseits der anderen Institute untergebracht hat. Immerhin ist der Mann Insektenforscher, und wer will schon Nester von Hornissen in seiner Nähe haben? Oder Myriaden von Mücken!

Als Roberto durch die Eingangstür in den schmalen Korridor tritt, klingt ihm noch Mariposas Stimme im Ohr, diesmal nicht liebevoll, sondern voller Zorn und Empörung, weil er nach einer ganzen Nacht im Dienst immer noch nicht nach Hause kommen wird. Er liebt es, wenn sie außer sich gerät und ihn mit Flüchen eindeckt, mit kubanischen Flüchen. Dann sieht Roberto sie wieder so, wie sie war, als sie sich kennengelernt haben, in dem alten Fahrstuhl des Hotels in Havanna, als plötzlich der Strom ausfiel.

Roberto geht durch den Korridor, seine breiten Schultern streifen Regale voller Bücher und Laborgläser. Am Ende stößt er auf einen Wartebereich mit Stühlen und einem kleinen Tisch voller zerlesener Zeitschriften. Offenbar müssen Professor Walshs Studenten für eine Audienz Zeit und Geduld mitbringen.

Die Tür seines Büros steht offen, und als Roberto an den

Rahmen klopft und eintritt, ist er überrascht, wie lichtdurchflutet der Raum ist.

»Chief Mantezza?« Der Mann hinter dem ausladenden Schreibtisch erhebt sich, kommt hervor und streckt Roberto eine Hand entgegen. Emmet Walsh ist klein und hat tiefe Falten im Gesicht, genau dort, wo man sie bekommt, wenn man häufig die Augen zusammenkneift, zum Beispiel über einem Mikroskop. Seine Haut ist gebräunt, und sein volles, zurückgekämmtes Haar hat eine Florida-Keys-Behandlung hinter sich: gebleicht von Sonne und Salzwasser.

»Ich bin Deputy Chief«, verbessert Roberto. »Wir haben miteinander telefoniert.« Walsh bittet ihn, sich zu setzen. Bevor er sich auf dem Besucherstuhl niederlässt, bemerkt er eine Bewegung auf dem rissigen Lederpolster.

»Entschuldigen Sie!« Der Professor fegt mit einer behutsamen Geste die Raupen von der Sitzfläche. Ohne eine weitere Erklärung lässt er sie in ein Wasserglas fallen.

»Schön haben Sie es hier«, beginnt Roberto das Gespräch, nachdem er sich mit einem beunruhigenden Gefühl auf den Stuhl gesetzt hat.

Walsh lächelt. Es ist ein gewinnendes Lächeln, das Zuversicht vermittelt. Roberto ist sich sicher, dass der Insektenforscher bei seinen Studierenden beliebt ist. »Die meisten erwarten bei einem Wissenschaftler wie mir ein dunkles Verlies, in dem es nach Alkohol und Formaldehyd riecht und wo tote Insekten herumliegen. Aber schauen Sie: Ich studiere nicht den Tod, sondern das Leben, und zwar in einer außergewöhnlichen Form. Es ist überall um uns herum, und mein Labor ist nicht in erster Linie da drin«, er deutet auf eine geschlossene Tür an der Längsseite des Raums, um dann eine schwungvolle Geste in Richtung Fenster zu vollführen, »sondern dort draußen.« Walsh reicht Roberto eine Flasche Mineralwasser. »Durstig?«

Robertos Kehle ist so trocken, dass er die Flasche in einem Zug austrinken könnte. Aber die Gläser, die danebenstehen, sind von derselben Art wie jenes, in das Walsh die Raupen befördert hat. Er ringt sich ein »Nein danke« ab und kommt zur Sache. »Kennen Sie sich mit Mücken aus, Professor?« Der Gedanke an Quitos Verdacht jagt ihm Schauer über den Rücken. Wenn ein Wunsch in seinem Leben in Erfüllung gehen soll, dann der, dass sein Sohn sich irrt.

»Nennen Sie mich Emmet«, bietet der Wissenschaftler an. »Mücken? Natürlich. Sie sind einer der größten Erfolge der Evolution.«

Roberto lächelt gequält. »Ich spreche von den Moskitos hier auf den Florida Keys, von diesen kleinen Plagegeistern.«

»Ich auch.« Emmets Augen leuchten. »Sie haben mehr Talente als alle anderen Tiere auf unserem Planeten, auch mehr als wir Menschen. Es ist wirklich erstaunlich. Sie können fliegen, laufen und einige Schritte über Wasser spazieren. Sie beherrschen aerodynamische Manöver, die es ihnen erlauben, durch Regen zu steuern, wenn sie hineingeraten«, er vollführt Wellenbewegungen mit der rechten Hand und senkt sie auf die Tischplatte, »und trocken zu landen.«

Roberto räuspert sich. »Haben Sie schon mal von …?«

Aber Walsh ist nicht zu bremsen. »Sie überstehen Hitze und Kälte. Wussten Sie, dass man in Indien eine Mücke gefunden hat, die in einem Behälter mit Salzsäure überlebt hat? Sie überdauern in fleischfressenden Pflanzen und schwimmen in Verdauungsenzymen, die alle anderen Insekten töten würden. Sie sind praktisch überall. Und das waren sie schon immer. Erstaunlich, nicht wahr?«

Roberto nickt, ist sich aber sicher, dass Emmet das nicht wahrnimmt, so sehr ist der Blick des Forschers nach innen gekehrt.

»Wissen Sie, warum die Dinosaurier ausgestorben sind?« Der Wissenschaftler stellt die Frage mit erhobenen Augenbrauen.

»Der Einschlag eines Meteoriten soll das Weltklima verändert haben. Daran sollen sie zugrunde gegangen sein.« Roberto ruckt auf seinem Stuhl herum.

»Ja.« Emmet nickt. »Vielleicht. Ich habe da eine andere Idee.« Er beugt sich vor und senkt die Stimme. »Mücken. Die Riesenechsen sind an etwas zugrunde gegangen, das tausendmal kleiner war als die Haare in ihren Ohren.«

»Dinosaurier hatten Haare?«, fragt Roberto, nun tatsächlich erstaunt.

Emmet winkt ab. »Bildlich gesprochen. Was ich meine, ist, dass vermutlich Mücken daran schuld waren, dass die Saurier ausstarben. Können Sie sich das vorstellen, Deputy Chief Mantezza?«

»Nennen Sie mich Roberto.«

»Niemand kann das. Deshalb halten meine Kollegen nichts von dieser Theorie. Aber das ist bloß Forscherneid. Schauen Sie nicht so skeptisch. Wenn Sie etwas über Mücken erfahren wollen, sind Sie bei mir an der richtigen Stelle.«

»Wunderbar«, sagt Roberto. »Es geht um diesen Freilandversuch.«

»Natürlich behaupte ich nicht, dass Dinosaurier an Mückenstichen gestorben sind, keineswegs. Obwohl mir meine Kritiker das in den Mund legen wollen. Aber diese fliegenden Killer haben schon vor sechzig Millionen Jahren Krankheitserreger in sich getragen, eine Frühform von Malaria zum Beispiel. Das ist erwiesen. Sie haben die Riesenechsen damit zwar nicht getötet, aber geschwächt. Ich habe Studien in Lappland betrieben, dort gibt es Mückenschwärme, die sind so groß, dass sie die Sonne verdunkeln. Wenn die auf einem Rentier landen, saugen sie es aus. Ich konnte beobachten, wie ganze Rentierherden vor Mücken geflohen sind – erfolgreich zwar, aber Sieger blieben trotzdem die Insekten, denn die Rentiere waren auf Dauerflucht und hatten nicht mehr genug Zeit, in Ruhe Nahrung aufzunehmen. Sie wurden immer weiter gehetzt, wurden schwächer, und schließlich fielen die Mücken doch über sie her. So könnte es auch den Dinosauriern ergangen sein. Da kann man noch so groß und stark sein. Und was glauben Sie, wer die Saurier schließlich erledigt hat?«

»Die Mücken.« Roberto kommt sich vor wie bei der Aufführung eines Bühnenmagiers, der ein Kaninchen nach dem anderen aus dem Hut zaubert. Nur haben diese Kaninchen Flügel und sind nicht größer als ein Fingernagel.

»Falsch.« Emmet scheint sich darüber zu freuen, dass Roberto ihm nicht folgen kann. »Das waren die Säugetiere. Die gab es schon während der Herrschaft der Dinosaurier, aber erst als die ihre Kraft verloren, schlug die große Stunde der Säuger. Sie erledigten die letzten Saurier und konnten sich fortan ungestört entwickeln, sie wurden größer, breiteten sich aus. Ein Teil dieses Prozesses ist der Mensch. Verstehen Sie? Ohne Mücken gäbe es uns gar nicht. Ist das nicht fantastisch?« Er klatscht in die Hände.

Emmet steht auf, zieht ein Buch aus einem Wandregal und hält es Roberto hin. Auf dem Titelbild ist die tausendfach vergrößerte Aufnahme eines Insektenkopfes zu sehen, vermutlich mit einem Elektronenmikroskop aufgenommen. Deutlich sind die Facettenaugen und mehrere Saug- und Stechapparate erkennbar. Der Titel lautet »Die Mücke. Ein Insekt schreibt Geschichte«. Darunter steht der Name Emmet Walsh. »Darin finden Sie alles, was heutzutage über diese fantastischen Tiere bekannt ist.«

Roberto blättert durch die Seiten. »Hören Sie, Emmet! Das ist wahrscheinlich ein sehr aufschlussreiches Buch. Aber ich habe keine Zeit, das alles zu lesen. Können Sie mir nicht einfach ein paar Fragen beantworten?«

Walshs Lächeln fällt nur ein klein wenig in sich zusammen. Er schaut auf die Uhr an seinem Handgelenk. »Natürlich, Roberto.«

Und nun versucht Roberto dem Fachmann zu erklären, was beim Freilandversuch von DNArtists schiefgelaufen sein könnte. Bevor er beim vierten Satz angekommen ist, hat Emmet ihn fünfmal mit Zwischenfragen unterbrochen, die Roberto nicht beantworten kann. Immerhin erfährt er, dass dem Wissenschaftler DNArtists und ihre Experimente bekannt sind. »Aber was Sie mir da von menschenfressenden Mücken erzählen, Roberto – das ist doch etwas übertrieben.«

Was nun? Walsh scheint an einer wissenschaftlichen Auseinandersetzung interessiert zu sein, aber dazu fehlen Roberto buchstäblich die Worte. Es gibt noch eine andere Möglichkeit. Er holt sein Telefon aus der Hosentasche und wählt Quitos Nummer. Während die Verbindung aufgebaut wird, erklärt er dem Wissenschaftler, wen er anruft, und reicht ihm nach ein paar Sätzen an Quito das Telefon. Walsh hält es sich ans Ohr, hört zu, runzelt die Stirn. Diesmal stellt er nur eine Zwischenfrage, es geht um einen lateinischen Ausdruck, etwas mit Ägypten, soweit Roberto es versteht. »Das ist so gut wie unmöglich«, sagt Emmet schließlich in den Apparat. Und nach kurzem Zuhören: »Einen Beweis? Wie soll der aussehen?« Wieder lauscht er. »Das glaube ich erst, wenn ich es sehe. Können Sie damit sofort herkommen? Gut.«

Als er Roberto das Telefon zurückgibt, hat sich seine sonnige Miene verdüstert. »Ihr Sohn ist unterwegs. Wenn es stimmt, was er sagt, wäre das eine Sensation. Eine einmalige Entdeckung. Man müsste schon jetzt überlegen, wer die Rechte daran hält: DNArtists oder diejenigen, die die Veränderungen durch die Gen-Mücken aufgedeckt haben.«

Emmet scheint zu erwägen, einen möglichen Erfolg für sich zu verbuchen. Roberto ist das nur recht, denn auf diese Weise kann er sich der Aufmerksamkeit des Insektenforschers gewiss sein.

Während die Männer auf Quito warten – er ist vom Meeresschildkrötenhospital in Marathon unterwegs nach Key West –, füllt Walsh die Zeit damit aus, seinem Gast so viel über Mücken beizubringen, wie in einer halben Stunde möglich ist. Zusätzlich muss Roberto Anrufe von der Polizeistation entgegennehmen. Inzwischen gibt es zwei weitere Krankheitsfälle unter den Kollegen. Einmal ruft sogar Ferris an und behauptet, dass Roberto nur noch rauchende Trümmer vorfinden werde, wo einst seine Dienststelle stand, wenn er nicht schnell wieder auftauche. Roberto legt auf in dem Bewusstsein, dass Randy Ferris ohne ihn nicht fertig wird, jedenfalls nicht in einer Situation wie dieser.

Das gilt allerdings auch umgekehrt. Trotz aller Differenzen weiß Roberto den zweiten Deputy Chief jetzt gerne in der Nähe, denn Ferris ist zugegebenermaßen einer der erfahrensten Polizisten in Monroe County, der außerdem durch seine weit verzweigte Familie viele Kontakte auf den Florida Keys hat. Im Ferris-Clan ist Randy allerdings ein Außenseiter. Während die drei älteren Brüder des Kollegen nach erfolgreichen Jahren in der Immobilien- und Baubranche als Privatiers eine ruhige Golfkugel schieben oder durch die Karibik segeln, rackert er sich für vergleichsweise kleines Geld als Ordnungshüter ab. Sein schneller Aufstieg zum Deputy Chief zählt da nicht viel. Wahrscheinlich drängt Randy Ferris deshalb mit aller Macht auf den Chefposten und versucht, mit seinem neuen Traumhaus zu imponieren, für das er sich wohl hoch verschuldet hat. Ob ihm das mehr Ansehen verschafft, daran hat Roberto so seine Zweifel.

Als Quito endlich ankommt, ist Emmet Walsh wieder bei seinem Lieblingsthema, Mücken und Dinosauriern. Gerade erzählt er von einem Kinobesuch. »Damals lief *Jurassic Park*«, berichtet er und hebt die Hand, als Quito in Begleitung einer jungen Frau hereingestürmt kommt. »Sie wissen, worum es da geht? Eine in einem Stück Bernstein eingeschlossene Mücke soll Dinosaurierblut in sich haben, also Dino-Erbgut, woraufhin man kurzerhand die Riesenechsen im Reagenzglas wiederbelebt.« Emmet lacht. »Was für ein Quatsch! Die DNA wäre viel zu stark fragmentiert. Vielleicht könnte man eine Hautzelle damit herstellen, aber niemals ein ganzes Tier.«

»Das ist mein Sohn Quito«, stellt Roberto vor. Doch Emmet ist noch nicht fertig.

»Was aber kaum jemand weiß«, fährt der Forscher fort. »Die Mücke, die man im Film in dem Bernstein sehen kann ... das ist eine der wenigen Arten, die überhaupt kein Blut trinkt.« Er schaut seine Gäste an, als hätte er gerade einen Mordfall aufgeklärt.

»Professor Walsh.« Quito legt eine Umhängetasche auf den Tisch und schüttelt Emmets Hand. Er begrüßt Roberto und stellt seine Begleiterin als seine Kommilitonin Inéz vor. Dann zieht er eine weiße Plastikdose aus der Tasche. Sie ist mit einem hellblauen Deckel verschlossen. »Das hier ist der Beweis, dass Mücken für die Krankheitsfälle auf den Keys verantwortlich sind. Ich habe herausgefunden, dass in den Körpern der Tiere Vibrionen ...«

Während Quito und Emmet Walsh in Fachsprache verfallen, mustert Roberto die junge Frau. Sie hält sich im Hintergrund. Musste Quito unbedingt eine Begleiterin mitbringen? Die junge Frau ist klein und schlank. Sie trägt ein T-Shirt aus dem Garden Club. Vermutlich arbeitet sie auch dort. Spanischstämmig, ohne Zweifel, und auf eine herbe Art schön, stellt Roberto fest. Dann runzelt er die Stirn. Inéz. Er hat den Namen erst vor Kurzem gehört. War das am vergangenen Abend, als er mit Quito und Mariposa zu Tisch saß? Nein, denn sonst wüsste er ja von Quitos Freundin. Inéz. Der Name wirbelt durch seine Gedanken. Wann und wo … Gerade will er die junge Frau nach ihrem Nachnamen fragen, da hebt Emmet eine Hand und ruft: »Augenblick! Wir gehen bitte vor wie Wissenschaftler. Dazu formulieren wir erst die Hypothese, damit wir ganz sicher sein können, von ein und derselben Voraussetzung auszugehen. Versuchen Sie es!«

»Die Mücken aus dem Freilandversuch von DNArtists vermischen sich mit den wilden Populationen«, sagt Quito. »Dabei ist eine neue Art entstanden, die in der Lage ist, Vibrionen und Streptokokken in den Blutkreislauf ihrer Opfer zu injizieren.«

Eine Pause entsteht. Die Temperatur im Raum scheint zu sinken. Emmet räuspert sich. »Vibrionen und Streptokokken«, wiederholt er.

»Ich habe einige Laborversuche vorgenommen.« Er deutet auf die Plastikdose. »Darin sind die Ergebnisse. In der Falle, die ich aufgestellt hatte, war ein Dutzend Mücken, zwei davon trugen Bakterien in sich. In einem Fall waren es Vibrionen und im anderen Streptokokken. Wenn diese Tiere einen Menschen stechen, geben sie ihre tödliche Fracht über das Anticoagulans in dessen Blutkreislauf ab.«

»Und woher sollen sie diese Bakterien haben?«, will Walsh wissen. »Moskitos produzieren Krankheitserreger nicht selbst, sie nehmen sie mit dem Blut ihrer Opfer auf, tragen sie zum nächsten und geben sie dort weiter. Aber Streptokokken und Vibrionen?«

»Die Bakterien sitzen auf unserer Haut«, wendet Quito ein. »Wenn die Mücken sich dort zu schaffen machen, könnten sie sie durchaus aufnehmen. Außerdem leben Vibrionen im warmen Brackwasser, dazu gehört auch stehendes Flutwasser, wie es auf den Keys häufig vorkommt. Und es gibt sie in Fischen. Genug Möglichkeiten für einen hungrigen Gen-Moskito, sich einen Bakteriencocktail zu genehmigen – und ihn dann an einen Menschen weiterzugeben.«

Der Professor schluckt. »Bevor ich das glaube, will ich es mit eigenen Augen sehen. Gehen wir rüber ins Labor. Dort zeigen Sie mir, was Sie entdeckt haben, Mister …«, sein Blick gleitet kurz zu dem Namensschild auf Robertos Hemd und von dort zurück zu Quito, »Mantezza und Miss …«

»Barrera«, antwortet Inéz, und in Roberto wird der Verdacht, ihren Namen schon einmal gehört zu haben, zur Gewissheit.

Das Labor im angrenzenden Raum ist das Gegenteil von Emmets Arbeitszimmer: peinlich sauber und aufgeräumt. Auf den ersten Blick hat Roberto den Eindruck, dass es gerade erst eingerichtet worden ist, so sehr glänzen die Arbeitsflächen aus Edelstahl. Weder sind Flecken darauf zu sehen noch Kratzer.

Quito holt eine kleinere Dose aus der großen hervor und hantiert gemeinsam mit dem Professor mit einem Mikroskop. Roberto lehnt sich gegen die Fensterbank eines mit Lamellen verschlossenen Fensters. Quitos Freundin weicht auf die andere Seite des Raums aus. Roberto ist lange genug Polizist, um aus einem solchen Verhalten Schlüsse ziehen zu können. Bevor er dazu kommt, klingelt sein Telefon. Ferris. Er schaltet das Gerät aus. Was unmittelbar vor seinen Augen geschieht, ist wichtiger.

»Ich sehe es«, sagt Emmet, über das Mikroskop gebeugt. »Rechts, die hellrosa Zellen, das sind Vibrionen, und links, diese dunkelvioletten Ketten, das sind Streptokokken. Mit hoher Wahrscheinlichkeit.«

Quito wirft einen triumphierenden Blick zu Roberto hinüber. »Da hörst du's. Josh Mangiardi, Richterin van Beuren und all die anderen könnten Opfer der Experimente von DNArtists sein.«

»Langsam, langsam«, wendet Emmet ein. »Was wir hier haben, ist ein Hinweis darauf, dass Mücken zwei für Menschen schädliche Arten von Bakterien in sich tragen und weitergeben könnten. Was uns zum einen fehlt, ist der Beweis, dass diese beiden Gesellen da auf dem Objektträger eine neue Art repräsentieren. Das lässt sich über unsere Datenbank schnell herausfinden. Aber dann haben wir immer noch keine Verbindung zu DNArtists. Leider tragen die Tierchen ja keine Hundemarken mit einer Nummer, die auf ihre Besitzer schließen lassen.«

»Doch, die tragen sie«, sagt Quito. »Ihre DNA. Wir müssen nur das Erbgut der neuen Art mit den Mücken von DNArtists vergleichen, dann haben wir sie.«

»Na gut.« Walsh nickt zögerlich. »Ihre Hartnäckigkeit ist bemerkenswert. Sie studieren Meeresbiologie? Vielleicht denken Sie mal darüber nach, einer meiner Studenten zu werden.«

Die Unruhe in Roberto wächst. Er geht in dem kleinen Labor auf und ab. »Wie lange würde dieser Nachweis dauern?«

»Achtundvierzig Stunden ungefähr, von dem Zeitpunkt an, wenn wir eine der Mücken von DNArtists geliefert bekommen haben.«

»In dieser Zeit sterben Menschen«, wendet Roberto ein. »Ich brauche den Beweis sofort.«

Walsh verstaut den Objektträger wieder in der Plastikdose und schließt den Deckel so vorsichtig, als handelte es sich bei dem Inhalt um Nitroglyzerin. »Dann warten wir nicht, bis wir die Mücken bekommen, sondern holen uns welche. Direkt vom Hersteller.«

Kapitel 18

Key West, Havana Rick's Bar

Darryl Sloker wischt sich den Schweiß von der Stirn und wirft einen Blick in die Runde. Das Havana Rick's ist beinahe leer. Dabei ist es schon früher Nachmittag, eine Zeit, in der es auf der Duval Street hoch hergeht. Aber seit diese rätselhafte Krankheit ausgebrochen ist und statt Geschwätz und Gelächter nur noch Sirenen durch die Touristenmeile hallen, sind die meisten Urlauber nach Hause gefahren. Jetzt kommen nur noch Unerschrockene wie Darryl, der seinen Platz an der Bar erst dann aufgeben wird, wenn die Russen Amerika erobern und statt Bourbon Wodka ausgeschenkt wird.

Die Deckenventilatoren summen und rühren die Luft um, ohne etwas gegen die Hitze auszurichten. Ben, der Barmann, seufzt schwer. Das Geräusch ist in dem beinahe leeren Raum überdeutlich zu hören.

»Heute nichts zu tun?«, ruft Darryl. »Dann schenk mir noch einen ein.« Er legt sein leeres Glas auf die Seite, rollt es über die klebrige Theke und schaut missmutig in den großen Spiegel, vor dem die Schnäpse aufgereiht stehen. Das Licht gräbt tiefe Schatten in seine hohlen Wangen. Er sieht aus wie ein Mann, der viel erlebt hat, zu viel vielleicht. Während der Barmann nach einer Flasche langt, kann Darryl den Blick nicht von seinem Spiegelbild nehmen. Ist er das wirklich? Ein hochgewachsener, magerer

Typ, dessen schmale Schultern die alte Bomberjacke nicht mehr ausfüllen. Er hebt die Baseballkappe und streicht über sein Haar. Früher war es blond, jetzt ist es dunkel und matt, zu lange nicht geschnitten, rahmt es ein Gesicht ein, das früh alt geworden ist. Sloker wendet den Blick ab. »Verdammt, Ben, wann hängst du endlich ein Tuch über den verflixten Spiegel? Ich kann die alte Hackfresse nicht mehr sehen.«

Der Barmann lacht und bringt den Drink. Sloker nimmt einen tiefen Zug und schaut zum Fernseher hinüber. Auf dem Bildschirm laufen unablässig Berichte über diese seltsame Krankheit. Der Nachrichtensprecher sagt, dass in den vergangenen dreißig Stunden fünfunddreißig Leute auf den Keys gestorben seien und dass über zweihundert in den Krankenhäusern lägen. Einer der wenigen anderen Gäste, ein Mann in Slokers Alter, aber mit den Speckfalten eines Lebens im Wohlstand gesegnet, schaut von seinem Drink auf. »Ich hab gehört, das sind Viren, und die Chinesen werfen sie über unserem Land ab«, sagt er mit einer Stimme, die vor Besserwisserei trieft. Sloker hasst Typen wie ihn, fette Säcke, die auf alles eine Antwort haben, ohne wirklich zu wissen, wovon sie reden. Zum Beispiel vom Fliegen und vom Militär, beides Darryls Fachgebiete.

»Schon mal was von Luftabwehr gehört?«, knurrt er. »Unsere Jungs würden jedes chinesische Flugobjekt sofort vom Himmel holen.«

»So wie du seinerzeit, nicht wahr, Darryl?«, sagt der Barmann. Dem anderen Gast erklärt er: »Darryl war Kampfpilot in Vietnam. Er hat gefährliche Einsätze geflogen und den Vietcong das Napalm auf die Scheitel geworfen. Stimmt doch, Darryl?«

»Verdammt richtig«, grunzt Sloker. »Ich bin Missionen über heißes Gelände geflogen, unter mir der Feind, der nur drauf gewartet hat, dass ihm meine Maschine vor die Flugabwehr kommt. Himmelfahrtskommandos – im wörtlichen Sinn.

Nicht nur einmal. Jeden verdammten Tag sind wir da raus. Ich hab Kameraden sterben sehen in den Flammen abgestürzter Flugzeuge, hab sie schreien gehört, hab gerochen, wie sie verkohlten. So was wirst du nie wieder los.« Er nimmt noch einen Zug aus dem Glas und wackelt dann damit in der Luft herum. Ben kommt mit der Flasche und schenkt nach.

Die Hitze in Key West ähnelt mit einem Mal der in Südostasien. Der Alkohol ist das Benzin für Slokers Selbstmitleid und spült Wehmut durch ihn hindurch. »Damals«, raunzt er dem Dicken zu, »waren Männer noch richtige Kerle. Da hätte man einen wie dich so lange Gräber ausheben lassen, bis sich jedes Gramm Fett in Muskeln verwandelt hätte.« Er nickt zum Fernseher hinüber. »Heutzutage gibt es nur noch Waschlappen. Kein Wunder, dass eine Seuche nach der anderen die Leute killt. Die Menschen haben keine Widerstandskräfte mehr. Verweichlichte Typen, die nur noch für ihre Computer leben.«

Der Dicke lässt den Blick über Sloker wandern. »Und was machst du heute so? Sieht nicht so aus, als würde es gut für dich laufen.«

Barmann Ben versucht den anderen Gast zu einem weiteren Drink zu überreden, aber der hat sich mit dem Blick an Darryl festgehakt.

»Was ich mache?«, fragt Darryl und beginnt mit den Fingern auf die Theke zu tippen. »Ich bin immer noch Pilot.«

»Frachtmaschine?«

Sloker schüttelt schweigend den Kopf.

»Siehst nicht aus, als würdest du für United Airlines fliegen«, sagt der Dicke.

Slokers rechtes Bein beginnt nervös auf und ab zu wippen. »Agrarpilot«, sagt er knapp und schluckt den Rest der Geschichte hinunter: dass niemand mehr Sprühflugzeuge benötigt, seit die Umweltschützer Pestizide verboten haben und die Insekten gegen das Zeug resistent geworden sind, und dass Slokers Hangar seither diese Bar ist. Wenn er überhaupt noch fliegt, dann in hohem Bogen aus der Tür hinaus.

Der Dicke lacht, dass es durch die leere Kneipe hallt. »Was für eine Karriere!«, prustet er mit hochrotem Gesicht. »Von Napalm zu DDT, vom Vietcong zu Mistkäfern. Dafür braucht man echte Helden.«

»Lasst gut sein, ihr beiden«, ruft Ben, aber es ist zu spät. Darryl hat die Schnauze voll von dem Kerl. Er wird sich nicht von einem dummen Zivilisten beleidigen lassen, nicht er, Lieutenant Darryl Sloker, Regiment VA-163, mit über hundert Einsätzen in seinem A-4 Skyhawk. Die Wut steuert ihn auf den Dicken zu.

Früher wäre Darryl schnell genug gewesen, um dem Kerl eine zu verpassen, seinen Drink zu leeren und ein Trinkgeld auf die Theke zu werfen, bevor Ben überhaupt hinter der Bar hervorgekommen wäre. Nun ja. Die Zeiten sind eindeutig vorbei. Eine Hand von Ben hält Darryls Gürtel fest, die andere seinen Kragen, und er schiebt ihn sanft, aber bestimmt in Richtung Tür. Ganz bestimmt würde Darryl nun einfach nach Hause gehen, aber der Dicke muss ihm eine hämische Bemerkung hinterherrufen, in der es um die Größe von Darryls Geschlechtsteil geht. Das Nächste, was Sloker registriert, ist das Handtuch, das sich der Barmann gegen die blutende Stirn hält. Der Dicke liegt neben einem zertrümmerten Barhocker in einer Pfütze. Hoffentlich ist es seine eigene Pisse. Und dann ist da das Geräusch von zuschlagenden Autotüren, und der Geruch von Knast zieht auf. Sloker kennt ihn genau. So riechen nur die Jungs von der Polizeistation, und im nächsten Moment schlingen sich starke Arme von hinten zwischen seinen Achseln hindurch, finden den Weg zu seinem Nacken und drücken ihn auf die Theke.

»Verdammt, Darryl! Wir haben ohne dich schon genug zu tun.« Die Stimme gehört Mike Haskell. Sloker lacht, als ihm auffällt, dass er mittlerweile jeden Polizisten in Key West erkennen würde, ohne hinzusehen. Während Haskell ihn zu dem wartenden Polizeiwagen führt, sieht Sloker, wie sich ein zweiter Polizist über den Bewusstlosen beugt und in ein Telefon spricht. Dem Rücken nach zu urteilen ist das … er blinzelt … Dixie Hastings, mit dem er schon oft einen gehoben hat, natürlich nach Dienstschluss. »He, Dixie!«, ruft Sloker. »Wir müssen mal wieder zusammen auf uns Veteranen trinken.« Eilig schiebt Haskell ihn auf die Rückbank des Polizeiwagens und schlägt die Tür zu. Macht nichts, in drei Tagen ist er wieder draußen. Dann geht's von vorne los: von seinem Wohntrailer in die Bar und zurück, nur ab und zu nimmt er den Umweg über die Ausnüchterungszelle. Der Polizeiwagen ruckt an, und Slokers Kopf wird gegen das Gitter gepresst. Ihn durchströmt das erhebende Gefühl, seine Pilotenehre verteidigt zu haben.

Kapitel 19

Key West, Firmensitz DNArtists

Der Firmensitz von DNArtists scheint vollständig aus Glas zu bestehen. Trotzdem ist es in den großzügig bemessenen Korridoren so kühl, dass Quito sich die Arme reibt.

»Hier verdient man sicher besser als an der Uni.« Emmet tippt gegen eine Glaswand und hinterlässt einen Fleck auf der makellosen Scheibe. Unter ihnen liegt der Parkplatz, wo man Robertos Polizeiwagen zwischen den Autos der Angestellten erkennen kann, dahinter breitet sich das Stadtviertel Old Town aus. Zwischen den Straßen und Dächern versucht Quito das Café zu erkennen, in dem Inéz wartet. Roberto hat es abgelehnt, sie zu diesem Termin mitzunehmen. Die Angelegenheit sei offiziell, er könne nicht erwarten, von der Firmenleitung ernst genommen zu werden, wenn er mit einem Hörsaal voller Studierender im Schlepptau auftauche. Inéz hat sich in einem Café absetzen lassen. Darin drehten sich Ventilatoren an der Decke, die Moskitos das Fliegen schwer machen, trotzdem ist Quito nicht wohl bei dem Gedanken, sie allein zurückgelassen zu haben. An ihrer widerstrebenden Reaktion auf die Anordnung von Roberto war zu erkennen, dass sie das auch so empfand.

»Hier hinein, bitte.« Der Mann vom Empfang, der sie hergeführt hat, lässt eine Tür zur Seite gleiten. Madeleine Shepherd sitzt hinter einem schmalen Schreibtisch, der ebenfalls aus Glas besteht, aber aus undurchsichtigem. Die Chefin von DNArtists ist eine Frau Anfang vierzig, mit blauen Augen und schwarzem Haar, so straff nach hinten gebunden, dass schon der Anblick schmerzt. Die Frisur betont ihre hohen Wangenknochen. Sie steht auf, als die Besucher eintreten, und präsentiert sich in einem schwarzen, maßgeschneiderten Hosenanzug, der ihren Körper an den richtigen Stellen umarmt. Sie strahlt Selbstbewusstsein und Autorität aus und begrüßt die drei Männer mit professionellem Lächeln und festem Händedruck. Quito erwidert das Lächeln nicht. Das also ist die Frau, mit der er sich angelegt hat. Endlich bekommt seine Gegnerin im Streit um die Gen-Moskitos ein Gesicht.

Madeleine bietet zuerst ihren Vornamen und dann drei Sitzplätze in den Ledersesseln vor den wandhohen Fenstern an, wo sie sich ebenfalls niederlässt. Quito fühlt sich unwohl, nicht allein wegen der künstlichen, kühlen Luft. Dieser Ort ist so perfekt wie leblos. Es gibt keine Pflanze im Büro von Madeleine Shepherd, keine Fotos auf ihrem Schreibtisch, keine Bilder an den Wänden …

Quito stutzt. Die weißen Kacheln an der Wand hinter dem Schreibtisch sind beinah fugenlos aneinandergesetzt, deshalb fällt das kleine Loch an der linken Seite auf. Dort war etwas aufgehängt, ein Bild vielleicht. Bei Miss Shepherd ist wohl doch nicht alles so perfekt, wie es den Anschein haben soll.

Roberto übernimmt es, die Gruppe vorzustellen. Als er Quitos Namen nennt, ist der Anflug von Argwohn im Gesicht der Firmenchefin zu erkennen, doch der verfliegt so schnell wie ein Atemhauch auf kühlem Glas.

»Was kann ich für Sie tun, meine Herren?« Madeleine schlägt die Beine übereinander und präsentiert sehnige Füße, die in roten, hochhackigen Schuhen stecken. »Man sagte mir, es sei von äußerster Dringlichkeit und es gehe um 44PaSh349.«

»44PaSh …«, versucht Roberto zu wiederholen.

»So nennen wir den Freilandversuch mit unseren genetisch optimierten Mücken. Gibt es da ein Problem?«

Diese Heuchlerin, denkt Quito. Sie muss wissen, was seit gestern Morgen in der Stadt los ist, und sie muss zumindest den Verdacht hegen, dass ihr Experiment dabei eine Rolle spielen könnte.

Roberto wirft einen Hilfe suchenden Blick zu Emmet herüber, doch der erhebt sich und geht zu einem Podest. Darauf steht das Modell einer Mücke, so groß wie ein kleiner Hund und aus einem durchscheinenden Material. Emmet hebt eine Hand, wagt aber nicht, das Ding zu berühren. »Eine *Aedes aegypti*«, stellt er fest. »Sie ist wunderschön.«

Madeleine lächelt. »Danke. Sie ist aus echtem Bergkristall.« Die Art, wie sie es sagt, lässt jeden im Raum die Worte »und sie ist extrem kostbar« vernehmen, ohne dass sie ausgesprochen werden.

Emmet, der als Fachmann eigentlich das Gespräch führen sollte, beginnt nun von allen Seiten durch den Leib der Modellmücke hindurchzuspähen. Von ihm ist vorerst keine Unterstützung zu erwarten.

»Miss Shepherd«, beginnt Quito und nennt sie absichtlich nicht beim Vornamen, »wie Sie vermutlich gehört haben, gibt es rätselhafte Krankheits- und Todesfälle in der Stadt, hervorgerufen durch etwas, das Nekrotisierende Fasziitis genannt wird, ein Befall mit …«

»Ich weiß, was das ist«, sagt sie und blinzelt betont langsam.

»Wir haben die Bakterien, die die Krankheit verursachen, in zwei Mücken nachgewiesen. Wir haben den Verdacht, dass die Insekten aus dem Labor von DNArtists damit in Verbindung stehen.«

Madeleine lehnt sich nach vorn. Mit ihren langen Beinen

und Armen und dem ebenfalls langen, schlanken Hals erinnert sie an eine Gottesanbeterin, bereit, ihr Opfer zu zerreißen. Das Einzige, was das Bild stört, ist das zauberhafte Lächeln, hinter dem nun eine Reihe perfekter weißer Zähne erscheint. Auf einem ist eine winzige Spur von Lippenstift zu sehen. »Das ist unmöglich«, sagt sie. »Unsere Mücken sind hundertprozentig sicher. Wir haben alle denkbaren Szenarien getestet, dazu gehört natürlich auch der unwahrscheinliche Fall, dass sie Erreger transportieren könnten. Das können sie aber nicht. Wir haben das nachgewiesen und daraufhin die Genehmigung für den Freilandversuch erhalten. Die US-Umweltbehörde hat in einem öffentlich einsehbaren, hundertfünfzig Seiten starken Papier ausführlich Stellung zu den eingegangenen Einwänden genommen. Dabei kommt sie in ihrer ebenfalls einsehbaren Risikoanalyse zu dem Ergebnis, dass die Versuche keine unangemessenen nachteiligen Auswirkungen auf Mensch und Umwelt haben.« Sie räuspert sich. »Sie kennen diese Dokumente vermutlich.«

Mit dieser Reaktion hat Quito gerechnet. Schon vor Monaten hat er sich ausgemalt, wie er mit seinem Wissen die Argumente der Firmenchefin von DNArtists ins Gegenteil verkehrt und sie dazu bringt, einen Fehler einzugestehen. In der Fantasie war das einfach. Die wirkliche Madeleine Shepherd erweist sich jedoch als harter Brocken.

»Ich kenne die Unterlagen«, entgegnet er, »aber um die geht es nicht. Wir vermuten, dass es sich bei den befallenen Mücken bereits um die nächste Generation handelt, also um Tiere, die aus einer Kreuzung von Gen-Moskitos und wilden Populationen hervorgegangen sind und nun Fähigkeiten an den Tag legen, wie Mücken sie nie zuvor besessen haben.«

Madeleine lehnt sich langsam in ihrem Sessel zurück. »Was soll das? Sie wissen doch genau, dass sich die Mücken aus 44PaSh349 nicht fortpflanzen können. Es gibt keine Kreuzung mit wilden Populationen. Das sind Schauergeschichten radikaler Umweltschützer.« Ihr Blick bleibt an seinen Bermudas und Flipflops hängen.

»Und Sie wissen genau, dass die Bremse durch Tetrazyklin nicht überall wirksam ist.«

»Einen Moment«, schaltet sich Roberto ein, »ich würde dem Gespräch gern folgen. Was ist Tetrazyklin?«

Madeleine übernimmt es, dem Deputy Chief die ihrer Meinung nach Segen bringende Idee darzulegen: Die Gen-Männchen paaren sich mit den Weibchen aus der wilden Population und geben einen genetischen Marker an den Nachwuchs weiter. Sobald sich die Larven entwickelt haben, benötigen sie Tetrazyklin, ein Antibiotikum, um zu überleben. Da sie den Stoff in der Natur aber nicht vorfinden, verenden sie, bevor sie vollständig entwickelt sind. Nach und nach schlüpfen immer weniger Mücken, und somit werden immer weniger Krankheitserreger verbreitet.

Roberto nickt schweigend und wirft Quito einen fragenden Blick zu.

»Ihre Vermutung, dass Tetrazyklin in Florida nicht verwendet wird«, wendet der ein, »trifft leider nicht zu. Damit werden bakteriell verursachte Krankheiten in der Landwirtschaft bekämpft, bei uns auf den Keys zum Beispiel in Zitrushainen. Außerdem setzt man das Antibiotikum in Kläranlagen ein. Da es nicht wieder abgebaut wird, bleibt es in der Umwelt, auch in jenen Gewässern, in denen Mücken ihre Eier legen.«

Madeleine nickt. »Vielen Dank für die Erinnerung, Quito. Was Sie da vortragen, ist mir bekannt. Die Stellen, wo wir die Mücken aus 44PaSh349 freigelassen haben, wurden natürlich daraufhin überprüft, ob die in der Nähe vorkommenden stehenden Gewässer mit Antibiotika belastet sind. Sie waren frei davon.«

»Niemand kann alle Wasserflächen in einem so großen Gebiet überprüfen«, widerspricht Quito. »Es genügt schon, wenn in einem Garten Grundwasser zum Gießen der Pflanzen genutzt wird, in das durch die Landwirtschaft Fremdstoffe gespült wurden.«

»Wenn Sie schon alle Eventualitäten aufzählen, warum lassen Sie dann den Klimawandel aus? Die Erwärmung von Luft und Wasser bringt immer mehr und immer neue Insektenarten hervor, einige davon tragen Krankheiten in sich, von denen wir nie zuvor gehört haben. Das könnte ebenso gut der Grund für die Vorfälle sein.«

Quito atmet tief durch. Er hat Diskussionen wie diese schon Dutzende Male geführt, als er sich mit Befürwortern des Mückenversuchs am College in den Haaren lag. »Damit haben Sie natürlich recht, Miss Shepherd. Der Klimawandel ist ein Aspekt, den wir beachten müssen. Das ändert allerdings nichts daran, dass die Todesfälle kurze Zeit nach dem Aussetzen Ihrer Gen-Moskitos aufgetreten sind.«

»Jetzt hören Sie mir mal genau zu, Quito.« Der Ton der Firmenchefin ähnelt dem einer Vorgesetzten, die einen Untergebenen zurechtweist. »Unsere genetisch veränderten Moskitos gefährden keine Menschen, sie retten sie. Mücken verbreiten Krankheiten, gegen die es keine Heilmittel gibt, und selbst wenn es sie gibt, sind sie in vielen Regionen der Welt unerschwinglich. Die Frage ist doch: Wollen wir noch mehr Todesfälle durch Malaria und Dengue-Fieber in Kauf nehmen? Wollen wir noch höhere Konzentrationen unspezifisch wirkender Insektizide tonnenweise versprühen und dabei den Tod anderer Arten und Belastungen für Boden und Umwelt verursachen? Oder wollen wir es mit einer gezielten Methode versuchen? Leute wie Sie, Quito, die das zu verhindern versuchen, haben Menschenleben auf dem Gewissen, denn Sie können keine Alternative aufzeigen.«

»Wissen Sie, Miss Shepherd«, entgegnet Quito, »Sie scheinen mich falsch verstanden zu haben: Ich habe nichts gegen Gentechnik, sondern gegen den verantwortungslosen Umgang damit in der Natur.«

Madeleine schaut auf die zierliche Uhr an ihrem Handgelenk. »Wir könnten den ganzen Tag so weitermachen und uns über Ihre Fantasien den Kopf zerbrechen. Wenn das alles ist, würde ich Ihnen ein Essen in unserer Kantine empfehlen. Die Stone Crabs sind vorzüglich.« Sie erhebt sich und wendet sich ihrem Schreibtisch zu.

Dabei prallt sie beinahe gegen Emmet, der sich endlich von der Kristallmücke losgerissen hat und ihr den Weg versperrt. Das Manöver würde wie ein Versehen wirken, wäre da nicht dieses Funkeln in den Augen des Forschers. »Wenn Sie keinerlei Sicherheitsbedenken wegen 44PaSh349 haben«, bringt er vor, »dann lassen Sie uns doch bitte überprüfen, ob unsere Mücken mit Ihren verwandt sind. Es geht hier um Menschenleben. Wir müssen jede Eventualität in Betracht ziehen. Solange wir 44PaSh349 nicht getestet haben, bleibt Ihr kleiner Sprössling ein potenzieller Killer, und ich bin sicher, dass ein Blutfleck auf Ihrem Firmenschild nicht gut aussehen würde.«

Madeleine und Emmet stehen sich eine Weile gegenüber, keiner gibt den Weg frei. »Wie stellen Sie sich das vor?«, fragt sie. »Ich gebe nicht einfach die Arbeit meines Mannes, meiner Firma an die Öffentlichkeit weiter. Die Daten bleiben unter Verschluss. Sie haben keinerlei Handhabe …«

Roberto steht auf. »Doch, die haben wir. Die Öffentlichkeit ist in Gefahr, in so einem Fall könnte ich durchaus das Gebäude durchsuchen lassen. Firmengeheimnisse stehen dahinter zurück.«

»So weit würde ich es an Ihrer Stelle nicht kommen lassen«, rät Emmet, »denn während einer Durchsuchung würden Ihre Stone Crabs kalt werden.«

Madeleine drängt sich an ihm vorbei und geht zu ihrem Schreibtisch, dabei kehrt sie den Männern den Rücken zu, doch in der Spiegelung der Fensterfront kann Quito erkennen, dass sich ihr Gesicht für einen Moment verzerrt, als hätte sie etwas Verdorbenes gegessen. Als sie sich auf ihren Bürostuhl niederlässt, trägt sie wieder ihre unverbindliche Miene zur Schau. »Die Unterlagen zu studieren und mit den von Ihnen beprobten Tieren zu vergleichen, würde viel zu lange dauern«, sagt sie.

»Stimmt. Wir brauchen nicht in erster Linie diese Unterlagen«, wirft Quito ein. »Es genügt zunächst, wenn wir Ihren Zählmarker kennen.«

Drei verschiedene Arten von Blicken treffen ihn: der von Roberto gleicht einem Fragezeichen, der von Emmet drückt Zustimmung aus und der von Madeleine ist jenem aus der Spiegelung im Fenster ähnlich. »Es muss etwas geben, mit dem Sie die Mücken im Gelände zählen können«, fährt Quito fort. »Sonst könnten Sie später niemals behaupten, Ihr Versuch sei erfolgreich gewesen. Sie brauchen Belege, und Sie arbeiten mit Daten. Kommen Sie, Miss Shepherd, sagen Sie uns: Wie zählen sie dort draußen die Moskitos?«

»Mücken zählen?«, fragt Roberto.

Madeleines Mund verschiebt sich ein wenig. Ihr Schweigen lastet auf dem Raum, scheint die Klimaanlage anzutreiben, denn das Rauschen der Lüftung wird lauter. Die Hände der Firmenchefin ballen sich zu Fäusten. »Celeste, sorge dafür, dass die Besucher eine Lampe mit DsRot2-Licht bekommen, wenn sie das Gebäude verlassen.« Dazu drückt Madeleine weder auf eine Taste, noch gibt es ein Gerät, in das sie hineinspricht. Es kommt auch keine Antwort aus einem verborgenen Lautsprecher. Die Firmenleiterin hat es nicht nötig, sich von ihren Untergebenen bestätigen zu lassen, dass ihre Order ausgeführt wird.

»Was ist das für eine Lampe?«, fragt Roberto.

»Wir haben einen weiteren Marker in die Mücken eingepflanzt«, erklärt Madeleine. »Wenn wir die Tiere mit Licht einer bestimmten Wellenlänge bestrahlen, leuchten sie rot auf. Das hilft uns nachzuprüfen, wie sie sich in der freien Natur verbreiten. Damit können wir die Menge der leuchtenden Mücken in einem abgegrenzten Raum schätzen.« Sie wirft Quito einen finsteren Blick zu. »Sie begreifen schnell«, sagt sie zu ihm. »Vielleicht gelingt Ihnen das auch, wenn Sie erleben, wie dieser absurde Verdacht aus der Welt geräumt wird.«

Kapitel 20

Key West, Cosmic Latte Café

Die Lüftung in dem Toyota kämpft gegen die Hölle an, deren Tore in Diegos Innerem aufgestoßen worden sind. Er hat alles richtig gemacht, hat Inéz, den alten und den jungen Mantezza durch die Stadt bis zum College verfolgt. Danach ging es zu einem Café am Rand des Campus, und als Inéz ausstieg und den Laden betrat, die anderen aber weiterfuhren, wusste Diego erst nicht, wohin er sich wenden sollte. Ein Anruf bei El Presidente sorgte für Klarheit, Diego erhielt den Befehl, vor dem Café zu warten und Inéz zu beobachten. Das gefiel ihm. Endlich war er wieder mit ihr allein, nur eine Straßenbreite entfernt. Das fühlte sich richtig an, aber jetzt ist auf einmal alles falsch.

Vor wenigen Augenblicken hat das Telefon geläutet, und Diegos Auftraggeber wollte wissen, ob Inéz noch in dem Café sitzt und wie der Laden heißt. Dann hat er Diego geraten, den Ort zu verlassen, denn gleich würde ein Polizeiwagen erscheinen, und es wäre besser, wenn die Beamten Diego nicht sehen würden, schließlich werde er gesucht.

Er hat bestätigt, alles verstanden zu haben, und aufgelegt, aber losgefahren ist er nicht. Er ist El Tiburón, gerissen wie ein Raubfisch, und El Presidente sollte ihn besser nicht für dumm verkaufen. Die Schlussfolgerung liegt doch auf der Hand: Die Polizei wird kommen und Inéz mitnehmen. Diego hält das

Lenkrad mit beiden Händen umklammert und trommelt mit den Daumen einen schnellen Rhythmus auf den heißen Kunststoff.

Er könnte Inéz warnen, könnte einfach in das Café spazieren und ihr sagen, dass die Polizei sie gleich abholen wird. Bei dem Gedanken, als ihr Retter aufzutreten, lächelt er. Dann würde sie erkennen, was sie an Diego Calavera hat, sie würde aufstehen, seine Hand fassen und sich von ihm fortbringen lassen.

Würde sie das wirklich?

Statt mit den Daumen trommelt Diego nun mit allen zehn Fingern auf dem Lenkrad herum. Inéz würde ihm nicht glauben, nicht nach dem, was in der Nacht vor dem Haus der Mantezzas geschehen ist, als er diesen Typen in die Zange genommen hat. Dabei wollte er sie doch nur beschützen, so wie er es zuvor schon getan hat: in Santiago in der Taverne und später auf dem Boot. Das Schicksal hat ihn zu ihrem Schutzengel auserkoren. Ausgerechnet ihn, dem alles, was er anfasst, entzweibricht.

Im Rückspiegel sieht Diego eine Bewegung. Ein Streifenwagen kommt die Straße herab. Noch sind die Cops ein gutes Stück entfernt. Diego startet den Motor des Toyota, wendet, wirft Inéz hinter der Fensterscheibe des Cafés noch einen sehnsüchtigen Blick zu, dann fährt er davon.

*

Die Ventilatoren verquirlen die Luft über Inéz' Kopf. Hoffentlich halten sie wirklich die Moskitos fern, so wie Quito und dieser Forscher es behaupten. Sie sitzt an einem kleinen Holztisch in einem Café, dessen Name »Cosmic Latte« dem Geschmack der servierten Getränke gerecht wird. Das Café ist klein und gemütlich, in Sepia getönte Fotos hängen an den hell gestrichenen Wänden. Die Bilder scheinen auf den Keys aufgenommen zu sein, sie zeigen Männer auf Fischerbooten, Bauarbeiter auf einer halb fertig gestellten Brücke, Bikini-Mädchen Arm in Arm am Strand. Durch die offen stehende Hintertür weht der Geruch von gerösteten Kokosnussraspeln und Sonnencreme aus dem Innenhof des Cafés herein. Jazz rieselt leise aus unsichtbaren Lautsprechern herab.

Unter normalen Umständen würde Inéz diesen Augenblick genießen. Aber die Welt, in die sie geflüchtet ist, ist alles andere als normal. Sie scheint sogar gefährlicher zu sein als die, die sie verlassen hat.

Sie nimmt einen Schluck von dem Kaffee, der mit Kardamon und Safran gewürzt und mit einem Seestern aus Kakao auf dem Milchschaum verziert ist, und schaut durch das Fenster auf die Straße. Es gibt nur wenige Passanten. Einige tragen Gesichtsmasken wie während der Covid-19-Pandemie. Ein lächerlicher Versuch, sich vor den Bakterien der Moskitos zu schützen, wenn Quito mit seinem Verdacht recht haben sollte.

Ein dunkler Toyota am Straßenrand gegenüber dem Café fällt ihr auf. Im Seitenfenster des Kleinwagens spiegelt sich der Himmel. Inéz sieht zu, wie Wolken über die Scheibe ziehen. Als hätte ihr Blick etwas ausgelöst, startet der Wagen mit einem Rucken. Der Toyota wird zurückgesetzt, dann wendet er auf der Straße, kommt dabei dicht an dem Café vorbei – Inéz kann einen großen Schatten hinter dem Steuer erkennen – und verschwindet die Straße hinunter.

Ein mulmiges Gefühl beschleicht sie. Als sie die Tasse abstellt, schwappt das goldfarbene Getränk auf den Holztisch. Sie dreht sich zur Hintertür des Cafés um, durch die gerade ein junger Mann mit freiem Oberkörper und Bermudas hereinkommt – so ähnlich sah Quito bei ihrer ersten Begegnung aus. Wenn er nur schon hier wäre!

Ob sie besser draußen auf ihn warten soll? Im nächsten Augenblick hält ein Streifenwagen vor dem »Cosmic Latte«, und zwei Polizisten steigen aus. So wie die auf den Eingang zusteuern, sind sie nicht zum Kaffeetrinken hier.

Die Tür wird aufgerissen. Einen von ihnen hat Inéz schon mal gesehen, vor dem Gericht, und Quito hat ihn mit Mike angesprochen, das weiß sie noch. Er sieht sich kurz um, dann kommen er und sein Kollege auf sie zu.

Kapitel 21

Key West, Cosmic Latte Café

Kraaak. Quito zieht die Handbremse des DeSoto mit einem Ruck an. Er fühlt sich aufgeladen mit Energie, ein gutes Gefühl durchströmt ihn. Endlich hat er Madeleine Shepherd und DNArtists am Wickel. Jetzt muss er nur noch mit Emmet Walsh die Speziallampen auf die Mücken aus dem Meeresschildkrötenhospital richten, dann wird die Firma zugeben müssen, dass sie Menschenleben auf dem Gewissen hat – und alle weiteren Freilandversuche mit gentechnisch veränderten Lebewesen einstellen. Die Natur wird triumphieren!

Quito steigt aus dem Wagen und geht auf das »Cosmic Latte« zu. Die Lampe mit dem DsRot2-Licht, eine Art Pistole aus weißem und hellblauem Kunststoff, steckt in seinem Hosenbund. Ein Assistent von Madeleine Shepherd hat Roberto, Emmet und ihn in den vierten Stock des Gebäudes begleitet, um mit ihnen eine der Lampen aus dem Laborbereich zu holen. Auf dem Weg durch die Korridore war Lärm hinter einer der Türen hervorgedrungen: das Kreischen und Fauchen von Tieren, begleitet von einem strengen Geruch. Versuchstiere. Quito wollte sie sehen, aber der Assistent reagierte mit einem lapidaren Kopfschütteln. Nur Robertos Griff an Quitos Arm verhinderte, dass er eigenmächtig in den Raum eindrang. Zwei Türen weiter verschwand der Assistent, um kurz darauf mit der

Lampe wiederzukommen. Den Erhalt ließ er sich von Roberto quittieren.

Jetzt steht die Zukunft von DNArtists auf der Kippe, und wenn die Firma geschlossen werden sollte, werden die Versuchstiere freikommen. Dafür wird Quito sorgen. Er kann es kaum erwarten, Inéz zu erzählen, wie Roberto, Emmet und er die mächtige Madeleine Shepherd in die Ecke gedrängt haben. Die Tür des Cafés schwingt weit zurück, als er sie aufstößt.

In dem Lokal sind zwei Tische besetzt, von Inéz ist nichts zu sehen. Quito hält Ausschau nach einem einsamen Platz mit einer Tasse darauf, nach einem Teller mit Key Lime Pie, nach ihrem Rucksack.

»Ich suche eine Frau«, sagt er zu dem Kellner, einem blonden Mann mit einem langen geflochtenen Zopf, und beginnt Inéz zu beschreiben. Weit kommt er nicht, denn der Kellner schaut ihn erst skeptisch, dann mitfühlend an und berichtet, dass Inéz von der Polizei abgeholt worden sei. Quito stützt sich an der Theke ab und lässt sich jedes Detail beschreiben: wie der Polizeiwagen vor dem Café gehalten hat, wie zwei Cops hereingekommen sind und Inéz aufgefordert haben, mit ihnen zu kommen. Nein, sie habe keinen Widerstand geleistet und auch nicht versucht davonzulaufen. Trotzdem haben die Polizisten sie grob angefasst und aus der Tür geschoben. »Wenn sie deine Freundin sein sollte: Die Rechnung hat sie nicht mehr bezahlt.«

Doch, das hat sie. Inéz hat die Quittung dafür bekommen, dass sie mit Quito durch die Stadt gefahren ist, wo die Cops auf sie aufmerksam geworden sein müssen. Stattdessen hätte sie bei seiner Mutter bleiben sollen. Quito selbst war es, der sie mitgenommen hat, erst zu Emmet und anschließend hierher. Wie hat die Polizei sie bloß gefunden? Er schaut sich um. Keiner der Anwesenden wird Inéz gemeldet haben, denn niemand hier kann wissen, dass sie gesucht wird. Fragen kreiseln durch seinen Kopf wie die Kugel bei einem Roulettespiel.

Er zieht einen zerknitterten Geldschein aus der Tasche und wirft ihn auf die Theke, streicht das Wechselgeld zusammen und geht nach draußen. Das Café liegt in der First Street, eine Viertelstunde von der Polizeistation entfernt. Dort wird Inéz jetzt sein. Quito startet den Wagen, zögert. Seinen Vater um eine Gefälligkeit bitten – das hat er noch nie getan. Roberto achtet das Gesetz so kompromisslos wie seine Ehe. Trotzdem holt Quito das Telefon hervor. Gerade will er die Nummer seines Vaters wählen, als es klingelt. »Unbekannter Anrufer« steht auf dem Display. Quito nimmt das Gespräch an.

»Ist dort Quito Mantezza?« Die Stimme einer Frau.

»Am Apparat.«

»Einen Moment. Ich verbinde Sie mit Miss Shepherd.«

»Woher haben Sie diese Nummer?«, fragt Quito erstaunt, als die Chefin von DNArtists sich meldet.

Madeleine geht nicht darauf ein. »Wie ich hörte, ist Ihre Freundin verhaftet worden«, sagt sie stattdessen, »eine illegale Einwanderin auf der Flucht vor den Ordnungskräften. Sie sollten sich Ihre Bekanntschaften sorgfältiger aussuchen, vor allem als Sohn des stellvertretenden Polizeichefs.«

Quitos Verwunderung verwandelt sich in Wut. Wut und ein Gefühl von Ohnmacht. »Wo ist sie?«, bellt er.

»Woher soll ich das wissen?« Madeleines Stimme ist glatt wie Seide. »Das ist eine Angelegenheit der Polizei. Haben Sie schon den Versuch mit der DsRot2-Lampe begonnen? Ich bin sicher, Sie werden nichts finden. Meinen Sie nicht auch? Es ist doch sehr unwahrscheinlich, dass ausgerechnet unsere so sorgfältig gezüchteten Moskitos für etwas so Schreckliches verantwortlich sein könnten wie das, was derzeit auf den Keys geschieht.«

»Was soll das?« Quito antwortet mit einer Stimme, die wesentlich älter klingt als seine eigene.

»Ich rufe Sie nur an, um mich zu vergewissern, dass Sie dieses für meine Firma entscheidende Experiment mit der größtmöglichen Sorgfalt durchführen werden. Das werden Sie doch, nicht wahr?«

»Darauf können Sie Gift nehmen.« Und ich hoffe, das werden Sie, denkt Quito und erschrickt über seinen Gedanken. Das ist nicht er selbst. Er muss vorsichtiger sein. Wenn er sich von seinen Gefühlen mitreißen lässt, kann sie ihn manipulieren, dann kann sie …

»Gut«, kommt ihre Stimme aus dem Apparat. »Freut mich, dass wir uns verstehen. Im Gegenzug für Ihre Kooperation werde ich mich darum kümmern, dass Miss Barrera freikommt.«

»Das können Sie nicht«, sagt Quito, und im Bruchteil einer Sekunde schmilzt seine selbstverordnete Gefühlskälte dahin.

»Tatsächlich? Dann lag es wohl auch nicht in meiner Macht, die junge Dame ins Gefängnis zu bringen, ebenso wenig wie es mich nur ein Fingerschnippen gekostet hat, diese Telefonnummer herauszufinden. Glauben Sie mir, Quito, ich weiß mehr über Sie und Ihre Familie, als Sie für möglich halten. Haben Sie schon vergessen? Mehr zu wissen als andere ist mein Geschäft. Und ich habe die Mittel, dieses Wissen zu meinem Vorteil einzusetzen. Wenn Sie mir nicht glauben, tun Sie einfach, was Sie für richtig halten. Aber dann sehen Sie Ihre Freundin vielleicht nicht wieder. Jedenfalls nicht in diesem Land.« Sie bringt es fertig, dass Quito ihr Lächeln hören kann. »Was haben Sie eigentlich gedacht, mit wem Sie sich anlegen, junger Mann?«

Quito wirft das Telefon beiseite. Er lässt den Wagen zweimal absaufen, bevor es ihm gelingt loszufahren – in Richtung Polizeiwache.

»Was glaubst du, wer du bist?« Roberto schlägt die Tür zu seinem Büro zu. Durch die zitternde Scheibe kann Quito die neugierigen Blicke der diensthabenden Polizisten erkennen.

»Wer ich bin?«, blafft Quito. »Das solltest du eigentlich wissen.«

»Ich scheine viel weniger über dich zu wissen, als ich dachte. Zum Beispiel, dass du ein Lügner bist. Du hast diese junge Frau zu einer Ermittlung mitgebracht und mir nicht nur verschwiegen, dass sie polizeilich gesucht wird, sondern mir auch noch weisgemacht, sie sei eine Studienfreundin. Was hast du noch alles erfunden? Diese Mückengeschichte? Ich denke darüber nach, alles fallen zu lassen, was mit deiner Theorie zusammenhängt, und mich bei Miss Shepherd zu entschuldigen.« Er schüttelt den Kopf. »Mein eigener Sohn – ein Lügner.«

Quito weiß: Wenn er sich jetzt nicht bei seinem Vater entschuldigt, setzt er alles aufs Spiel, wofür er in den vergangenen Monaten gekämpft hat. Aber damit würde er Inéz verraten, und das kommt nicht infrage. »Du warst doch selbst mal ein Geflüchteter«, hört er sich sagen. »Und die Frau, die du geheiratet hast, ebenfalls. Ist das schon so lange her, dass du dich nicht mehr daran erinnerst?« Robertos Gesichtsausdruck versetzt Quito einen Stich. »Lass Inéz frei! Bitte! Ich war mit ihr auf dem Weg ins San Carlos Institut, damit sie eine Rechtsvertretung bekommt. Das Institut war geschlossen, deshalb habe ich sie zu Emmet Walsh mitgenommen. Das war ein Fehler. Aber wenn du Inéz jetzt laufen lässt, bringe ich sie ins Institut, und ihr Fall geht einen legalen Weg.«

»Das kann ich nicht, Quito.« Roberto stemmt seine Fäuste auf die Tischplatte, dabei stößt er den Bilderrahmen mit dem Foto seiner Familie um. Er scheint es nicht zu bemerken. Quito stellt das Bild wieder auf. »Und was war mit dem Ladendieb, den du hast laufen lassen?«

»Das war ein Kind, ein Achtjähriger, und er ist mir entwischt.«

»Du hast ihm Handschellen angelegt, die viel zu groß für ihn waren, deshalb ist er entkommen. Randy Ferris reißt bis heute Witze über dieses angebliche Missgeschick.«

Roberto verschränkt die Arme vor der Brust. »Ich mache hier nicht die Gesetze, ich sorge dafür, dass sie eingehalten werden. Wie glaubhaft wäre ich, wenn ich mich selbst nicht daran halten würde?«

Ist es mit dem Gesetz zu vereinbaren, einen hilfebedürftigen Menschen an die Polizei auszuliefern, um einen anderen damit zu erpressen? Es liegt Quito auf der Zunge, Roberto von Madeleine Shepherds Anruf zu berichten. Doch dann entscheidet er sich dagegen. Denn solange Roberto nichts von der Erpressung weiß, hat Quito noch eine Chance, Inéz freizubekommen – durch das Resultat des Lichttests.

Da Quito schweigt, ist die Diskussion für Roberto beendet. »Es tut mir leid«, sagt er, »aber deine Freundin wird morgen früh nach Miami gebracht und von dort nach Kuba abgeschoben. Ich kann nichts für sie tun.«

Wortlos steht Quito auf und geht zur Tür.

»Wo willst du hin?«, ruft Roberto ihm nach.

»Herausfinden, ob die Mücken von DNArtists stammen oder nicht. Oder verstoße ich damit auch gegen irgendein Gesetz?« Er wirft die Tür hinter sich zu. Alles hat sich verändert – durch den Stich einer Mücke.

Kapitel 22

Key West, Florida Keys Community College

»Da sind Sie ja endlich!« Emmet Walsh kommt hinter seinem Schreibtisch hervor. »Sie wollten doch ›nur noch eben etwas erledigen‹, sagten Sie. Ich hätte das DsRot2-Licht gleich an mich nehmen sollen, die Tests wären längst …«

»Wir sollten schnell mit der Überprüfung der Mücken beginnen«, unterbricht Quito den aufgeregten Wissenschaftler und zieht die Lampe von DNArtists hervor.

Emmets Gesicht verwandelt sich. Sein Tonfall ist beinahe feierlich, als er sagt: »Jetzt wird sich zeigen, ob diese Genmanipulationen für all das Elend in der Stadt verantwortlich sind.« Er schüttelt die Hand, die Quito ihm reicht, sein Ärger scheint vergessen zu sein. Emmet führt Quito ins Labor, öffnet den Kühlschrank, holt die Plastikdose mit den Mücken hervor, in denen zuvor die Bakterien nachgewiesen wurden, und stellt sie neben den Lichtmikroskopen ab. Mit dem Gestus eines Chirurgen vor einem Eingriff am offenen Herzen streift er sich Einweghandschuhe über und bittet Quito, ihm die Lampe zu reichen.

Quito rührt sich nicht. Wenn er die Chance ergreifen will, Inéz freizubekommen, dann muss er selbst das Licht auf die Proben richten, dann muss er selbst durch das Okular schauen und Emmet Walsh berichten, dass die neue Mückenart kein Geschöpf von DNArtists ist. Auf der Fahrt zum Institut für Insektenkunde hat er darüber nachgedacht, und er weiß, wie es ihm gelingen wird.

»Sie haben da was am Auge, Professor, am rechten.« Quito beugt sich vor und verzieht das Gesicht. »Sieht eigenartig geschwollen aus. Brennt es?«

Walsh blinzelt und reibt sich das Auge. Dabei verteilt er das Urushiol an seinem Lid, das Quito ihm mit einem simplen, aber effektiven Handgriff – oder besser Handschlag – verabreicht hat. Dazu genügten einige Blätter Giftholz, die er von einem der Bäume vor Emmets Institut gerupft und in den Händen zerrieben hat. Der Saft aus den Blättern brennt auf seiner rechten Hand, und auf den Fingern haben sich kleine Pusteln gebildet. Quito kennt die Wirkung nicht nur durch sein Interesse an der Biologie. Der schmerzhafte Kontakt mit giftigen tropischen Pflanzen gehört zu den frühen Erfahrungen, die man als Kind auf den Florida Keys macht.

»Ist es weg?«, fragt Emmet und sieht ihn mit sorgenvoller Miene an. Im nächsten Moment schießen ihm Tränen in die Augen, und er hält sich eine Hand vors Gesicht. »Was zur Hölle …?« Der Wissenschaftler stützt sich auf der Arbeitsfläche ab, die Mikroskope wackeln.

Rasch bringt Quito den Behälter mit den Proben in Sicherheit. »Zeigen Sie mal, Professor!«

Es gelingt Walsh, die Hand für die Dauer von zwei Wimpernschlägen von dem brennenden Auge zu nehmen, dann schlägt er sie wieder davor. »Ihr Auge hat die Farbe einer Tomate«, beschreibt Quito, »aber es ist kein Fremdkörper darin zu sehen.« Er fühlt sich miserabel, als er Emmet Walsh leiden sieht, und seine Wut auf Madeleine Shepherd wächst.

Am Waschbecken befeuchtet er ein sauberes Tuch mit Wasser und reicht es Emmet. Quito führt den Forscher zurück ins Büro, manövriert ihn auf seinen Platz hinter dem Schreibtisch und stellt den Besucherstuhl so auf, dass Emmet die Füße hoch- und den Kopf zurücklegen kann.

Der Professor tupft sein Auge mit dem Tuch und blinzelt. »Danke. Wird schon besser. Wir werden noch einen Moment warten müssen, bis ich das Experiment mit der Lampe durchführen kann.«

Quito durchfährt es heiß. Mit so viel Starrköpfigkeit hat er nicht gerechnet. »Aber Professor Walsh, ich könnte doch an Ihrer Stelle ...«

Walsh erhebt einen Finger. »Kommt nicht infrage. An diesem Versuch hängen Menschenleben. Wenn dabei etwas schiefgeht, möchte ich allein verantwortlich sein. Auf keinen Fall gebe ich eine solche Aufgabe an einen Studenten ab.«

»Aber Sie sagten doch selbst, dass wir keine Zeit verlieren dürfen, weil sonst möglicherweise Menschen sterben, die gerettet werden könnten.« Glaubt Walsh wirklich, dass nur er den Versuch korrekt durchführen kann? Wohl kaum! Schließlich muss man nur ein Licht auf leblose Mücken richten und dabei durch ein Mikroskop schauen. Vermutlich geht es hier um Reputation: Emmet will die Lorbeeren für den Beweis ernten.

»Was halten Sie davon«, schlägt Quito vor, »ich schaue schon mal nach, und Sie können den Versuch später wiederholen.«

Das scheint Emmet zu beruhigen. »Eine gute Idee, Quito. Damit reagieren wir schnell und sichern uns doppelt ab.«

Im Labor schließt Quito die Tür hinter sich. Er schaltet eins der Mikroskope ein und öffnet den Behälter mit den Proben. Als er den Objektträger herausnimmt, zittern seine Hände. Rasch schiebt er das Glasplättchen mit den Mücken unter das Mikroskop und klemmt es fest. Mit einem Blick durch das Okular stellt er sicher, dass alle präparierten Insekten zu sehen sind. Jetzt muss er nur noch die beiden Bakterien tragenden Tiere austauschen.

Im Kühlschrank bewahrt Emmet Mücken in allen Formen und Entwicklungsstufen auf. Sie schwimmen als Larven in Formalin, sie sind als Eier in flüssigem Stickstoff eingefroren, sie treiben verpuppt in Ethanol und als erwachsene Tiere in Glycerin. Ein Schlaraffenland für jeden Insektenkundler.

Quito zieht die Labortür ein Stück auf. Walsh liegt so da, wie er ihn verlassen hat. Der Moment, um die Proben zu fälschen, ist da. Leise schließt Quito die Tür.

Vor dem Kühlschrank hält er inne. Wenn er jetzt die verdächtigen Insekten entfernt, wird er niemals wissen, ob DNArtists wirklich schuld an den Todesfällen sind. Der Griff der Leuchtpistole schmiegt sich in seine Hand. An der Seite ist ein hellblauer Knopf angebracht. Als Quito ihn drückt, leuchtet ein Licht an der Mündung auf, kaum erkennbar, da es im Labor hell ist, doch der schwache Schein genügt.

Quito zieht einen Stuhl vor die Arbeitsfläche und beugt sich über das Okular. Er braucht drei Anläufe, bevor er die Probe mit dem Lichtschein trifft.

Die beiden Bakterien tragenden Moskitos leuchten rot.

Sie tragen den genetischen Marker, den DNArtists in ihre Mücken eingepflanzt haben. Sie sind Abkömmlinge dieser Tiere, Mutanten eines Experiments, das Krankheiten aus der Welt schaffen sollte und nun das Gegenteil bewirkt.

Quitos Körper ist vollkommen taub, er kann nichts anderes mehr spüren als ein Engegefühl in der Brust. Vor ihm liegt der Beweis, den er seit Monaten gesucht hat. Und jetzt ist er im Begriff, ihn zu zerstören, weil er hofft, damit Inéz aus dem Gefängnis befreien zu können. Diese Hoffnung fußt einzig und allein auf einer Behauptung Madeleine Shepherds. Er weiß, er kann ihr nicht trauen, aber in diesem Fall muss er nach jedem Strohhalm greifen.

Er schaltet das DsRot2-Licht aus, schaltet es wieder ein, schaut noch einmal durch das Okular. Das Bild ist dasselbe.

Er denkt an Inéz und wie sie neben ihm gelegen hat in der vergangenen Nacht, wie sie ihre Füße im Schlaf ausgestreckt hat auf dem Sofa, während er noch wach lag, und wie ihn dabei mit einem Mal die Gewissheit durchfuhr, dass sie ebenfalls nicht schlief und nach ihm getastet hat.

Quito dreht sich mit dem Stuhl zum Kühlschrank um. Darin liegt die Lösung seines Problems. Er steht auf.

»Wie ist das Ergebnis?«, fragt Emmet Walsh, als Quito in sein Büro zurückkehrt. Sein rechtes Auge ist gerötet, aber es scheint ein wenig abgeschwollen zu sein. Er grinst und hält ein Fläschchen aus braunem Glas in die Höhe. »Kochsalzlösung. Hatte ich noch im Regal.« Er stutzt. »Ist alles in Ordnung?«

»Die Mücken«, sagt Quito, »sie tragen den Genmarker von DNArtists.« Er hält Emmet die Lampe hin. »Sehen Sie selbst.«

Kapitel 23

Key West, Polizeistation

Der Korridor im Untergeschoss der Polizeistation gehört zu den deprimierendsten Orten, die Roberto kennt. Das liegt zum einen an der Memorial Wall mit den Porträts gestorbener Kollegen, zum anderen an den fünf Türen, hinter denen sich die Zellen befinden. Wer hier eingesperrt wird, muss manchmal mehrere Tage ausharren, bevor er ins Monroe County Jail gebracht wird.

Roberto bleibt vor einer der dunkelgrün lackierten Stahltüren stehen. Er sammelt seine Gedanken und schaut durch das kleine Fenster aus Sicherheitsglas. Er hebt eine Karte, und die Tür entriegelt sich mit einem Klacken.

Der kleine Raum ist von flackerndem Neonlicht erhellt. Die Wände sind in einer Farbe gestrichen, die weiß sein soll, doch entweder hat der Anstreicher sich geirrt, oder all die Ängste und Sorgen, die diesen Raum seit Jahren füllen, haben den Ton zu etwas Gelblichem verkommen lassen. Da machen die Schmierereien und Kratzer auch keinen Unterschied mehr. Vielleicht beleben sie den Raum sogar.

Obwohl es zu den Aufgaben von Randy Ferris gehört, die Zellen säubern zu lassen, riecht es nach Schimmel und Urin, und als Roberto eintritt, atmet er flach.

Die junge Frau sitzt auf der schmalen Liege, die Knie hat

sie hochgezogen und die Arme um die Beine geschlungen. Das harte Licht legt Schatten unter ihre Augen. Einer ihrer beiden Haarknoten hat sich ein wenig gelöst und scheint nun größer als der andere, was ihrem Kopf ein Ungleichgewicht verleiht. Inéz schaut Roberto aus trockenen Augen entgegen, das erlebt er an diesem Ort nicht oft. Dieses Mädchen scheint tapfer zu sein, eine Eigenschaft, die man wohl besitzen muss, wenn man sich dazu entscheidet, mit einem Boot aus Holzplanken und Styropor über das Meer zu fahren.

Roberto räuspert sich. »Hallo, Inéz«, begrüßt er sie und hält die Schachtel mit dem Abendessen hoch. »Es gibt Hühnchen auf Reis. Leider habe ich den Wein vergessen.« Er lächelt als Einziger über seinen müden Scherz, stellt das Essen auf dem kleinen Klapptisch ab und legt das in Folie eingeschweißte Plastikbesteck daneben.

»Danke, Mister Mantezza«, erwidert Inéz. »Es tut mir leid, dass ich Ihnen nicht die Wahrheit gesagt habe. Aber ich konnte ja nicht einfach ins College mitkommen und dem Polizeichef unter die Nase reiben, wer ich wirklich bin.«

»Stellvertretender Polizeichef«, korrigiert Roberto und schaut auf den braunen Linoleumboden. »Deine Entschuldigung akzeptiere ich.« Er stockt. »Aber deshalb bin ich nicht hergekommen. Vielmehr wollte ich dir sagen, dass Quito mich gebeten hat, dir zu helfen.«

Inéz schaut ihn überrascht an. »Aber das können Sie nicht, weil Sie den Regeln und Gesetzen des Staates verpflichtet sind. Und jetzt sitzen Sie zwischen zwei Stühlen.«

Damit trifft sie den Nagel auf den Kopf. Roberto nickt kurz. »Ich kann leider nicht viel für dich tun. Aber ich dachte, du willst vielleicht wissen, dass Quito mit allen Mitteln versucht, dich hier herauszuholen.«

Er schaut sie an. Roberto hat schon oft in Situationen wie

dieser gesteckt: vor ihm eine Gefangene, auf die Bestrafung wartet, und in Robertos Tasche der Schlüssel zur Freiheit. Für gewöhnlich ist das der Moment, in dem die Verhafteten ihn um eine Chance bitten. Er ist sich nicht sicher, ob er diesmal hart bleiben könnte. Was, wenn Inéz sagen würde, dass sie und Quito ineinander verliebt sind, dass sie sich eine gemeinsame Zukunft vorstellen können?

Inéz sieht ihn schweigend an. Kann sie seine Gedanken lesen?

»Sind Sie hergekommen, um mir das zu sagen, Deputy Chief Mantezza?«, fragt sie.

»Nicht nur«, antwortet Roberto und holt sein Telefon hervor. »Ich wollte dir Gelegenheit geben, im San Carlos Institut anzurufen und um Rechtsbeistand zu bitten. Normalerweise kannst du dreißig Tage lang gegen die Entscheidung über deinen Aufenthaltsantrag Widerspruch einlegen. Allerdings bist du vor der Polizei davongelaufen. Das erschwert die Angelegenheit.« Er hält Inéz das Telefon hin. »Wie auch immer. Einen Versuch ist es wert.«

Bevor sie das Telefon entgegennehmen kann, dringt eine Melodie daraus hervor. »Augenblick!«, sagt Roberto und hält sich den Apparat ans Ohr.

Was er dann hört, stellt alles infrage.

»Mücken, die leuchten? Haben sie dir was in den Rum getan, Roberto?« Ferris steht vor der Gedächtniswand im Untergeschoss der Polizeistation und sieht aus wie sein eigenes Ehrenbild, breitschultrig und mit geschwellter Brust. Er grinst Roberto an, wohl in dem Bewusstsein, dass sein Rivale diesmal zu weit gegangen ist, so weit, dass Ferris ihn aus dem Feld schlagen kann.

Robertos Hände melken die Luft. Wenn er doch nur so reden könnte wie Quito, wenn er doch nur über so viel Fachwissen verfügte wie Emmet! Aber sein Sohn und der Professor sind im College, wo sie weitere Versuche mit den Mücken vornehmen wollen. Das maßgebliche Experiment verlief schnell. Sie haben die Lampe von DNArtists auf den Objektträger gerichtet und bei den Bakterien tragenden Mücken ein rotes Leuchten festgestellt. Quitos Verdacht hat sich bestätigt: DNArtists haben ein Ungeheuer geschaffen und es auf die Keys losgelassen. Und jetzt liegt es an Roberto, die Menschen in seinem Distrikt zu schützen. Als wäre das noch nicht schwierig genug, stellt sich ihm Ferris weiterhin in den Weg.

»Randy«, sagt Roberto mit eindringlicher Stimme, »es ist wahr. Diese Bakterien werden von Mücken übertragen, und die Tiere stammen aus dem Genlabor in Key West. Ich habe den Beweis von Professor Emmet Walsh. Du wolltest doch die Meinung eines Experten, und er ist der maßgebliche Insektenfachmann.« Über Quitos Beteiligung spricht Roberto nicht.

»Insektenfachmann?«, fragt Ferris mit dem Gesichtsausdruck eines Mannes, der die Pointe eines guten Witzes wiederholt. »Und was, verlangt dieser Experte, sollen wir unternehmen?«

»Professor Walsh verlangt überhaupt nichts«, klärt Roberto auf. »Wir beide sind es, die die Entscheidungen treffen.«

»Spukt dir immer noch der Gedanke im Kopf herum, die Keys abzuriegeln? Ich weiß, ich hatte zugestimmt, unter der Bedingung, dass du einen Fachmann hinzuziehst, aber da habe ich mich wohl zu weit aus dem Fenster gelehnt. Die Keys abriegeln … das ist …«

Roberto zögert. Was er vorhat, ist sogar noch weitreichender, erscheint absurd, aber nur auf den ersten Blick. Die Frage ist, ob Randy Ferris einen zweiten riskieren wird. »Evakuieren«, sagt Roberto. Das Wort scheint eine Tonne zu wiegen. »Wir müssen die Keys räumen, bevor noch mehr Menschen sterben.«

Einen Moment lang herrscht Stille im Korridor, dann lacht Ferris. »Weißt du, was ich gerade verstanden habe? Dass du die Keys evakuieren lassen willst.«

Roberto schluckt schwer. Die Preisgabe seines Plans hat seine Kehle wund gescheuert. »Wir haben wegen der Hurrikans eine gewisse Routine darin. Die Einwohner hier kennen die Vorgehensweise, viele haben das schon mitgemacht. Innerhalb von vierundzwanzig Stunden können die meisten in Sicherheit sein.«

»Genau«, entgegnet Ferris, »wir evakuieren im drohenden Fall eines Hurrikans, aber nicht wegen einer rot leuchtenden Mücke.«

»Wenn ich es richtig verstanden habe, Randy, und ich wünschte, ich hätte mich verhört, sind diese Mücken schlimmer als ein tropischer Wirbelsturm. Sie töten Menschen, sie sind überall, und während wir hier diskutieren, pflanzen sie sich fort.«

»Mal angenommen, deine Vermutung stimmt«, räumt Ferris ein. »Was ist mit DDT?«

Auf die Idee, Insektenschutzmittel versprühen zu lassen, ist Roberto auch sofort gekommen, aber Quito und Emmet haben ihm den Traum von einer raschen Lösung des Problems ausgetrieben. »DDT ist seit Langem verboten, und es wirkt genauso wenig wie die modernen Mittel, weil die Viecher dagegen resistent geworden sind. Selbst wenn es funktionieren würde, gäbe es keine Garantie, dass wir alle erwischen würden. Verstehst du? Dieser Feind ist so klein und zahlreich, dass wir ihn nicht mit den üblichen Methoden bekämpfen können.«

Ferris hat das Grinsen aus seinem hochroten Gesicht gewischt. Sein Kiefer mahlt. »Wie willst du verhindern, dass die Mücken den Leuten bei einer Evakuierung folgen?«

Ferris stellt eine Frage. Das ist mehr, als Roberto erwartet hat. Die Antwort hat er parat, denn er weiß von Quito und Emmet:

»Mücken fliegen nicht weit. Professor Walsh sagt, sie würden sich nur in einem Umkreis von vierhundert Metern um ihre Brutstätte bewegen.«

»Und darauf sollen wir uns verlassen?«

»Nein. Deshalb schlage ich vor, dass wir an einer Engstelle, einer der Brücken zwischen den Inseln, eine Flammenwand aufbauen, sobald alle Einwohner auf der anderen Seite sind. Da Mücken nicht übers Meer fliegen, hätten wir sie auf den südlichen Keys isoliert.«

Ferris zieht ein Gesicht, als hätte er in eine Zitrone gebissen. »Eine Brücke anzünden? Und dann? Wirst du den Leuten sagen, dass sie niemals wieder in ihre Häuser zurückkehren können, sondern umsiedeln müssen, weil ihr Zuhause nun ein Reservat für Mücken ist?«

»Wir zerstören keine Brücke, wir nutzen nur die Engstelle für eine Flammenwand.« Robertos Kopf scheint einen Zentner zu wiegen, als er ihn von links nach rechts bewegt. »Wie es dann weitergeht, weiß ich noch nicht, Randy. Das hängt davon ab, ob wir ein Mittel gegen diese Insekten finden. Vielleicht gibt es tatsächlich keine Rückkehr, und die Keys bleiben ein menschenleeres, verseuchtes Gebiet. Menschenleer, weil wir beide dafür gesorgt haben, dass alle rechtzeitig rausgekommen sind. Sonst wird sich unser Zuhause in einen riesigen Friedhof verwandeln.«

»Soll ich dir mal was verraten, Bobby? Du machst dir in die Hose. Du willst vor ein paar Mücken davonlaufen, so wie du damals vor den Kommunisten geflohen bist. Wir sind hier nicht in Kuba, Mann. Das hier sind die Vereinigten Staaten von Amerika, und das Letzte, was wir tun werden, ist aufgeben und wegrennen.«

Robertos Bedenken sind so groß, dass Ferris' Provokation kaum zu ihm durchdringt. »Wir müssen evakuieren, Randy. Wie viele Menschen sollen denn noch sterben?«

Aber Ferris schüttelt den Kopf. »Das geht mir zu schnell. Du glaubst doch nicht im Ernst, dass die Leute einfach alles stehen und liegen lassen und ihre Häuser räumen, weil wir ihnen etwas von tödlichen Mücken erzählen? Wo sollen sie überhaupt hin?«

Darüber hat Roberto bereits nachgedacht. »Der John Pennekamp State Park in Key Largo ist für Notunterkünfte bei Hurrikans vorgesehen, er würde uns die nötige Infrastruktur bieten.«

»Die Leute sollen in ein Zeltlager umziehen?« Ferris spuckt jedes Wort aus. »Du weißt so gut wie ich, wer hier wohnt: hauptsächlich Pensionäre. Die haben ein Leben lang dafür gespart, ihren Lebensabend auf den Keys zu verbringen. Sie haben alles dafür gegeben, sich hier ein Haus kaufen zu können. Und jetzt sollen wir es ihnen wegnehmen? Dann haben wir wirklich ein Problem.«

In diesem Moment wird Roberto klar, dass Randy Ferris selbst Opfer dieser Maßnahme wäre. Erst vor wenigen Monaten hat er sich sein Luxusdomizil gekauft und mithilfe der Kollegen aus der Polizeistation die Möbel dorthin geschafft. Die Vorstellung, sein Traumhaus zurücklassen zu müssen, könnte bei seinen Überlegungen eine gewisse Rolle spielen. »Randy …«, versucht Roberto es noch einmal, aber Ferris winkt ab.

»Mein Vorschlag ist folgender«, sagt der Ire, »wir denken über eine Evakuierung nach und lassen uns vom Gouverneur schon mal eine Genehmigung geben, für den Fall, dass die Lage kritisch wird. Bis dahin gehen wir einen Schritt nach dem anderen, und das bedeutet: Wir geben eine Warnung vor den Mücken raus. Die Leute müssen Bescheid wissen. Wenn sich alle richtig verhalten, bekommen wir die Lage schnell wieder unter Kontrolle.«

*

»Jetzt schreien sie sich an. Und so was will für Recht und Ordnung sorgen.« Darryl Sloker presst sein linkes Ohr noch fester gegen die Tür, genau da, wo die Klappe ist. Die Zelle liegt im Keller der Polizeistation, und die Tür, wenn sie endlich mal geöffnet werden würde, führt auf einen Korridor hinaus, auf dem sich zwei Polizisten in den Haaren liegen.

»Der mit dem spanischen Akzent nennt den anderen einen Ignoranten und … Schade, jetzt habe ich das letzte Wort nicht verstanden.« Sloker gibt den Bericht über das, was er da belauscht, an seine Zellengenossen weiter, zwei Kubaner namens Bembe und Camillo. Seit acht Stunden steckt er jetzt hier drin fest. Längst hat der Bourbon seine Wirkung verloren. Geblieben sind die Schmerzen in seinen Fingerknöcheln, aber damit kann er leben, denn sie erinnern ihn daran, wie er dem Dicken in der Bar Respekt beigebracht hat.

Sloker setzt seinen Report fort. Polizisten, die sich anschreien und beschimpfen! Allein dafür hat sich der Ausflug aufs Revier gelohnt.

»He, Camillo! Was sagst du zu den beiden Affen vor der Tür?«, ruft Bembe.

Camillo ist ein junger, schweigsamer Bursche. Während Bembe gern in grölendes Gelächter ausbricht, schmunzelt Camillo still in sich hinein. Das ist kein Typ, mit dem Sloker lange Zeit auskommen würde, ihm sind Männer unheimlich, die ihre Gedanken für sich behalten.

»Was ist los, Camillo?«, ruft Bembe so laut, dass Sloker dem Streit auf dem Flur nicht mehr folgen kann. »Ruhe!«, zischt er, und als Bembe noch einmal Camillos Namen ruft, schnauzt er: »Versteht ihr Kubaner kein Englisch?« Dabei fährt er zu seinen Zellengenossen herum.

Camillo liegt auf dem Boden und presst beide Hände an seine Kehle. Seine Augen und sein Mund sind aufgerissen. Er sieht aus, als würde er sich eigenhändig erwürgen. Bembe kniet neben seinem Landsmann nieder und hält ihn an den Schultern fest.

»Was ist los mit ihm?«, fragt Sloker. Etwas sirrt an seinem Ohr, und er schlägt danach – eine reflexartige Bewegung. Sein nächster Gedanke löst etwas in ihm aus, das er noch nie verspürt hat, nicht mal, als die Vietcong ihn beinahe vom Himmel geschossen haben: Angst. Sloker weiß, was mit Camillo geschieht. Er hat die Nachricht über die Killermücken gerade serviert bekommen, von den beiden Cops auf dem Korridor.

Sloker schlägt mit der flachen Hand gegen die Stahltür, dass es dröhnt. »Aufmachen!«, brüllt er. »Macht die verdammte Tür auf. Hier drin ist eins von diesen Viechern.«

Bembe wirft ihm einen Blick zu, in dem sich eine Frage allmählich in Begreifen und dann in Entsetzen verwandelt. Camillo strampelt mit den Beinen. Aus seiner Kehle kommt ein Gurgeln. Bembe kommt auf die Beine, verzieht sich in eine Ecke und sucht den Raum mit Blicken ab.

Sloker schlägt jetzt mit beiden Händen gegen die Tür und ruft um Hilfe. Nach einer Ewigkeit ist das Klacken der elektronischen Sicherung zu hören. Die Tür wird aufgezogen. Vier Polizisten, drei Männer und eine Frau, schauen herein. »Was ist hier los?« Dixie Hastings stürzt in die Zelle. »Ruft einen Krankenwagen.«

Sloker schert das nicht. Er will einfach nur möglichst viel Entfernung zwischen sich und diese Brutstätte des Bösen bringen. Er drängt aus der Zelle, kommt aber nicht weit. Jemand greift nach seinem rechten Arm und dreht ihn ihm auf den Rücken. Sloker schreit auf, wehrt sich jedoch nicht. Alles – wirklich alles – ist besser, als weiter in dieser Todeszelle zu hocken. »Da ist eine von den Mücken drin«, keucht er unter Schmerzen. »Sie hat den Kleinen erledigt.«

»Du hast den Alkohol in deinem System wohl noch nicht abgebaut, Darryl«, frotzelt Dixie. »Wenn du versprichst, dich nicht vom Fleck zu rühren, lass ich dich los.«

Ein Polizist kommt mit ausholenden Schritten die Treppe herunter. Er hat einen roten Koffer in der Hand und rennt an Sloker und Hastings vorbei in Richtung der offen stehenden Zellentür.

»Geht da nicht rein!«, warnt Sloker noch einmal. Dabei ist er nicht mal sicher, ob die Mücke noch in der Zelle ist oder jetzt irgendwo um seinen Kopf schwirrt, unsichtbar und tödlich, ein insektoider Vietcong.

»Halt endlich das Maul, Darryl!« Dixie befördert ihn auf einen Stuhl an der Wand.

»Was redet der Mann da?« Ein breitschultriger Polizist mit grauem Haar und Schnauzbart kommt auf Sloker zu.

»Der ist betrunken, Sir«, erklärt Dixie. »Wir haben ihn im Havana Rick's aufgelesen. Da hat er einen Mann zusammengeschlagen. Vielleicht war er's bei dem Burschen in der Zelle auch.«

Aber der Grauhaarige achtet überhaupt nicht auf seinen Kollegen. »Ich bin Deputy Chief Mantezza«, stellt er sich vor. »Was ist da drin passiert?«

Sloker erkennt die Stimme des Cops, er ist einer der beiden Streithähne von vorhin. »Da war eine Mücke in der Zelle. Und auf einmal lag der Kleine auf dem Boden und bekam keine Luft mehr. Dann hat sie versucht, mich zu erledigen.«

Mantezza fährt zusammen. »Alle raus aus den Zellen«, ruft er. »Sofort.« Er packt einen seiner Leute und zerrt ihn von der Zelle weg. »Akute Lebensgefahr. Bergen Sie den Verletzten und dann weg hier.« Zu Sloker gewandt: »Woher wissen Sie von den Mücken?«

»Die Türen eurer Zellen halten Leute davon ab, einfach rauszuspazieren, aber Worte lassen sie durch. Ich hab gehört, worüber Sie auf dem Flur gesprochen haben«, antwortet Darryl. Der Polizist wendet sich ab und flucht leise.

Zwei Uniformierte tragen den reglosen Körper Camillos an Sloker vorbei nach oben. Auf den Gesichtern spiegeln sich Unverständnis und der Anflug von Angst. »Sperrt die Zellentüren auf«, brüllt Mantezza durch den Korridor. »Alle Gefangenen werden sofort freigelassen.«

Ein bulliger Cop mit verbrannter Haut und rotem Stoppelhaar fasst den Deputy Chief bei der Schulter. »Darüber entscheiden wir ja wohl nur gemeinsam,« verlangt er.

Sloker erkennt auch diese Stimme. Das ist der zweite der beiden Männer, die vor der Zellentür gestritten haben. Zwischen den Polizisten stimmt was nicht. Bevor Sloker weiter darüber nachdenken kann, schlägt Mantezza dem Rothaarigen mit der flachen Hand ins Gesicht. Der taumelt einen Schritt zurück, greift augenblicklich nach dem schwarzen Holster an seinem Gürtel, wo, nur durch einen Druckknopf gesichert, seine Pistole steckt.

Mantezza zeigt die offene Handfläche. Von seinem Platz aus kann Sloker den schwarzen Fleck erkennen. »Sag einfach Danke, Randy«, fordert Mantezza mit leicht zitternder Stimme. »Vielleicht habe ich dir gerade das Leben gerettet.« Er zieht ein Taschentuch hervor und wischt sich die Hand daran ab.

Aus den anderen vier Türen werden jetzt weitere Gefangene geführt, ein Mann im Anzug mit Sonnenbrille, ein Kerl mit Hoodie und Khakihosen und eine Frau mit einem Rucksack und einem roten T-Shirt. Sie schauen sich verunsichert um. Sloker will ihnen hinterher, aber da kommt ihm eine Idee. Er wartet, bis sich der Korridor geleert hat. Dann tritt er an Deputy Chief Mantezza und den Rothaarigen heran. »Ich hätte da ’nen Vorschlag zu machen«, sagt er und versucht, wie ein Geschäftsmann zu klingen.

Kapitel 24

Key West, Lower Keys Medical Center

Die sahnehelle Fassade des Lower Keys Medical Center scheint im Licht der Bogenlampen zu zerlaufen. Quito lenkt den DeSoto in eine Parklücke und steigt aus. Obwohl die Nacht über die Keys hereingebrochen ist, hat die Hitze nicht nachgelassen. Das T-Shirt aus dem Garden Club klebt ihm am Rücken, und er denkt fortwährend an Inéz.

Sie muss in einer Zelle übernachten. Zweifel nagen an Quitos Nerven: Hätte er sich anders entscheiden und das Resultat des Lampentests doch fälschen sollen? Nein. Er war im Begriff, einen Betrug in Kauf zu nehmen, schlimmer noch, den Tod und das Unglück vieler Menschen. Wie hätte er Inéz in die Augen sehen können, ohne daran zu denken, worauf er sich eingelassen hat?

Der Zweifel verwandelt sich in Zorn. Madeleine Shepherd hat es geschafft, seinen klaren Geist zu trüben. Aber er wird sich nicht unterkriegen lassen. Niemals! Er hat das Richtige getan. Er wird Inéz aus eigener Kraft aus dem Gefängnis holen. Obwohl er nicht den einfachen Weg nimmt, geht er trotzdem vorwärts.

Während er zum Eingang des Medical Center eilt, klingelt sein Telefon. Roberto. »Wo bleibst du?« Die Stimme seines Vaters klingt gepresst.

»Bin schon da«, ruft Quito in den Apparat.

»Ich bin bei Bill Dotson, in der achten Etage!«, hört er Roberto sagen. Dann wird die Verbindung unterbrochen.

Zwei Stunden hat Quito mit Emmet Walsh im Labor gearbeitet. Der Insektenkundler, dessen Auge allmählich wieder seine übliche Form und Farbe annahm, bestand auf mehreren Wiederholungen der Versuche, danach verglich er die Ergebnisse noch ausgiebig mit der Analyse eines Bluttests aus dem Labor der Polizeistation, die dort ein Virologe namens Farago durchgeführt hatte, erst dann ließ er sich davon überzeugen, dass es Zeit sei, Quitos Vater anzurufen und ihm das Ergebnis mitzuteilen: DNArtists sind für die Todesfälle auf den Inseln verantwortlich. Zuvor sollte Quito noch dabei helfen, einen Bericht für das Center for Desease Control and Prevention zu verfassen. Keine einfache Angelegenheit, denn wenn das CDC in diesem Fall aktiv werden soll, braucht die Behörde eine Analyse, die jeder Prüfung standhält. Da erhielt Quito eine Nachricht aus dem Krankenhaus: Sein Vater bitte ihn, sofort dorthin zu kommen, teilte ihm eine Mitarbeiterin des Hospitals mit. Er werde gebraucht, hieß es, mehr erfuhr er nicht.

Roberto und er hatten sich vor einigen Stunden im Streit getrennt, aber das ist jetzt nicht mehr wichtig. Jetzt kann er seinem Vater den Beweis dafür liefern, dass Mücken die tödliche Krankheit auf den Keys verbreiten und dass diese Mücken aus der Brutstätte von DNArtists stammen. Das bedeutet: Die beiden Tiere, die Quito und Emmet untersucht haben, sind keine Einzelfälle – sie gehören zu einer neuen Art, einer Art, die Streptokokken und Vibrionen aufnehmen und weitergeben kann. Eine schreckliche Erkenntnis, aber sie wird den stellvertretenden Polizeichef dazu bringen, endlich die richtigen Maßnahmen zum Schutz der Bevölkerung einzuläuten. Vielleicht ließ er ja auch noch einmal über Inéz mit sich reden.

Die Schiebetüren des Medical Center gleiten auseinander. Bevor er das Krankenhaus betritt, sieht Quito einen Schwarm Mücken im Schein der Leuchtschrift über dem Eingang tanzen. Er geht mit einem mulmigen Gefühl weiter. Nur männliche Mücken tanzen, von ihnen geht keine Gefahr aus, sie stechen nicht, brauchen kein Blut, um den Nachwuchs zu versorgen. Gefährlich sind die Weibchen. Eigentlich. Aber gilt das auch für die Moskitos von DNArtists?

Im Eingangsbereich bleibt er stehen. Eine Menschenmenge füllt die Lobby, Krankenbetten sind an die Wände gerückt, Stöhnen ist zu hören. Ein Mann hockt zusammengesunken in einem grauen Ledersessel und hält sich die Hände vors Gesicht. Eine Frau weint lauthals. Pflegepersonal läuft umher, die Arme voll mit medizinischem Gerät, die Blicke voller Kummer, aus einem der angrenzenden Flure kommt ein Arzt in rot gesprenkelten OP-Kittel herbei und ruft, ihm seien die Kompressen ausgegangen.

Quito hat die Szene im Gerichtssaal noch vor Augen und ist bestürzt. Er drängt sich durch das Chaos, wird von einer Schwester gebeten, einen Patienten zu stützen, hilft ihr dabei, den Mann auf eine zum Krankenlager umfunktionierte Couch zu betten, und erreicht den Fahrstuhl, vor dem eine Menschentraube steht. Er reißt die Glastür zum Treppenhaus auf und hastet die Stufen hinauf, atmet den Hospitaldunst und weiß mit einem Mal nicht mehr, um wen er sich zuerst Sorgen machen muss, um Bill Dotson, um Inéz oder um die ganze verdammte Welt.

Im Korridor von Station Acht B tigert sein Vater vor einer geschlossenen Zimmertür auf und ab. Quito spürt, wie sich in seinem Innern etwas zusammenkrampft, als er Robertos Gesichtsausdruck sieht. »Wie geht's Onkel Bill?«

Roberto schüttelt den Kopf. »Es sieht schlecht aus. Die Ärzte haben zwar gut gearbeitet, das verlorene Bein hätte er verkraftet. Du kennst ihn ja: zäh wie ein Borkenkäfer. Vermutlich wäre er nächste Woche wieder auf der Wache erschienen und hätte alle zur Schnecke gemacht.« Roberto stockt einen Moment und schluckt schwer. »Aber dazu wird es nicht mehr kommen. Diese Viecher haben ihn noch einmal erwischt, und weil er ein Schlafmittel bekommen und es nicht gemeldet hat, haben es die Pfleger zu spät bemerkt.«

Die Tür öffnet sich. Eine Frau in blauer Krankenhauskluft schaut hinaus. »Es wird noch ein bisschen dauern«, gibt sie bekannt und verschwindet wieder.

Quito hat seinen Vater selten in einer solchen Verfassung gesehen. Roberto Mantezza ist auch deswegen stellvertretender Polizeichef geworden, weil er den Überblick behält, wenn andere ihn längst verloren haben. Jetzt flattert sein Blick, und seine Hände streichen fahrig am Leder seines Uniformgürtels entlang.

Quito deutet auf eine Bank an der gegenüberliegenden Wand. »Setzen wir uns einen Augenblick.« Es fällt ihm schwer, aber er muss mit seinem Vater über die Laborergebnisse reden. »Wir haben den Nachweis, dass die Mücken von DNArtists die Bakterien verbreiten. Professor Walsh hat noch einen weiteren Test gestartet. Damit wir ganz sicher sein können.«

Roberto stützt die Ellbogen auf die Knie und fährt sich durchs Haar. »Wozu soll das gut sein?«

»Um den Beweis unangreifbar zu machen. Wenn du gegen Madeleine Shepherd vorgehen willst, wird sie sich wehren und unsere Bemühungen mithilfe ihrer Fachleute in der Luft zerreißen. Was wir bisher haben, ist das Resultat eines mikroskopischen Experiments aus einem Hilfslabor im Meeresschildkrötenhospital von Marathon und das Ergebnis des Lichttests. Emmet untersucht die Tiere nun zusätzlich mit der kulturellen Methode. Dabei wird Blutagar, eine Nährlösung, verwendet, um die Reaktion der Streptokokken zu analysieren und sie genauer zu bestimmen. Der Test dauert vierundzwanzig Stunden.«

Roberto macht eine unwirsche Handbewegung. »So viel Zeit haben wir nicht.« Sein Knurren wird von dem Brummen seines Telefons untermalt. Er zieht es aus der Hemdtasche. »Mantezza hier!«, ruft er in das Gerät hinein. »Was gibt's?« Er lauscht, bedankt sich und legt auf. »Hast du auf dem Weg durchs Krankenhaus einen Fernseher gesehen?«

»Am Eingang zur Station, über dem Wartebereich.«

Am Empfang sitzt eine Frau mit dunkler Haut in hellblauer Schwesternkluft, hält einen Telefonhörer schlaff in der Hand und starrt auf einen Monitor an der Wand. Darauf ist ein Mann mit Mikrofon zu sehen. Er steht mitten auf einer menschenleeren Straße. Wo sonst das pralle Leben tobt, herrscht Ruhe. Nur die Palmen hinter dem Journalisten bewegen sich sanft in einer Brise. Gerade das lässt die Szene so bedrohlich wirken. Ein ausgewachsener Wirbelsturm würde besser zu dem passen, was der Mann gerade von sich gibt: »… sind vermutlich Mücken für die rätselhaften Krankheits- und Todesfälle auf den Keys verantwortlich. Key TV hat diese Information exklusiv. Wir haben bei der Polizei nachgefragt, aber Deputy Chief Ferris dementierte. Außerdem riet er uns, die Bewohner von Key West nicht unnötig zu beunruhigen. Natürlich ist es nicht weiter beunruhigend, wenn«, er schaut auf etwas, das auf seinen Handrücken gekritzelt ist, »dreiundfünfzig Menschen in zwei Tagen sterben. Wir bleiben einfach ruhig und machen weiter wie bisher, Deputy Chief Ferris.«

»Ferris, dieser Idiot! Der kann die Leute doch nicht für dumm verkaufen«, platzt es aus Roberto heraus.

»Schschsch«, macht die Frau am Empfang, legt das Telefon beiseite, greift nach der Fernbedienung und drückt einen Knopf.

Die Stimme des Sprechers wird lauter, dröhnt durch den Krankenhausflur wie eine Predigt durch den Petersdom. »Dank intensiver Recherche hat Key TV einen Informanten gefunden, jemanden, der die Wahrheit kennt und sie uns nun präsentieren wird. Bitte, Mister Sloker.«

»Oh nein«, zischt Roberto.

Von rechts tritt ein Mann in abgewetzter Kleidung ins Bild. Er trägt eine Bomberjacke aus Leder mit bunten Aufnähern, seine Jeans sind an den Knien zerschlissen und ausgebeult. Er hat langes, strähniges Haar und schiebt sich seine rote Baseballkappe nervös in den Nacken. Als sich das Mikrofon nähert, beginnt er mit einer Geröllstimme zu sprechen. Erst ist er kaum zu verstehen, dann gewöhnt sich das Ohr an die Art und Weise, wie er mehrere Worte zu einem einzigen zusammenzieht.

»Na, Mücken«, sagt Sloker. »Die sind schuld. Übertragen irgendeine Krankheit. Bazillen oder so was.«

»Mister Sloker«, sagt der Nachrichtensprecher, »berichten Sie unseren Zuschauern bitte, was Sie heute auf der Polizeistation gehört und erlebt haben.«

Roberto reißt der Pflegerin die Fernbedienung aus der Hand, schaltet den Fernseher aus und ruft: »Bei der Mutter Gottes! Jetzt stecken wir bis zum Hals in der Scheiße.«

Quito nimmt seinem Vater die Fernbedienung ab und gibt sie der Pflegerin mit einer Entschuldigung zurück. Dann führt er Roberto zu den Sitzplätzen, während der Fernseher im Hintergrund wieder zum Leben erwacht und die Hiobsbotschaft ausposaunt.

»Wer ist dieser Mann, Papá?«, fragt Quito. »Woher weiß er von den Mücken?«

»Er war auf der Station und hat Ferris und mich belauscht. Der Kerl behauptete, Kampfpilot in Vietnam gewesen zu sein, und schlug vor, die Moskitos vom Flugzeug aus zu vernichten.«

»Vor einigen Jahren wäre das mit DDT ja sogar noch möglich gewesen«, sagt Quito. Er runzelt die Stirn. »An was hat er denn gedacht?« Kurz regt sich die Hoffnung in ihm, dieser merkwürdige Kerl aus dem Fernsehen könnte einen Vorschlag haben, vielleicht sogar eine Lösung kennen, etwas, mit dem man der Mückenplage schnell Herr werden kann.

»Napalm.« Roberto erbricht das Wort regelrecht. »Er wollte Key West mit Napalm bombardieren, so wie er es in Vietnam getan hat.«

Quito lacht auf. Jede Katastrophe gebiert ihre Verrückten. »Was hast du ihm gesagt?«

»Ich habe ihm geraten zu verschwinden, da ist er auf und davon, sah nicht besonders glücklich aus.« Roberto seufzt. »Ich hätte ihn nicht laufen lassen dürfen.«

»Was werdet ihr jetzt unternehmen, du und Ferris?«, will Quito wissen. Daran, wie sich das Gesicht seines Vaters verzieht, erkennt er, dass er Roberto an das nächste Problem erinnert hat.

»Es gibt kein ›wir‹ zwischen Randy Ferris und mir. Ich habe vorgeschlagen, die Keys zu evakuieren. Er war dagegen und wollte nur eine Warnmeldung durchs Radio rausgeben.«

»Die hat er jetzt bekommen«, sagt Quito.

»Weißt du«, hebt Roberto an, und seine Stimmbänder schleifen über Sandpapier, »ich hätte früher auf dich hören sollen. Du hast mich rechtzeitig gewarnt, aber diese Geschichte schien so absurd, so abwegig. Was sollen wir gegen Mücken ausrichten?« Er prustet. »Außer sie mit Napalm zu verbrennen?«

Nicht oft hat Quito seinen Vater ratlos erlebt. Stets weiß Roberto Mantezza, was als Nächstes zu tun ist, und selbst wenn er eine falsche Entscheidung trifft, so steht er doch immerhin dazu. Jetzt aber ziehen Verantwortung und Ohnmacht die Schultern des Polizisten nach unten.

Die Tür zum Krankenzimmer von Chief Dotson öffnet sich,

und zwei Männer und eine Frau in Krankenhauskluft kommen heraus. »Wir konnten nichts mehr für ihn tun«, sagt die junge Ärztin und bekundet Quito und Roberto auf professionelle Weise ihr Beileid, bevor sie ihren Kollegen hinterhereilt, neuen Aufgaben entgegen.

Roberto ist als Erster im Krankenzimmer, Quito folgt ihm. Die Jalousien sind heruntergezogen, es ist düster wie in einem Grab und dank der brausenden Klimaanlage auch so kalt. Auf dem Bett liegt Bill Dotson. Die Geräte neben ihm, auf rollbaren Stativen, mit Schläuchen und Monitoren, sind ausgeschaltet und halten Totenwache. Brust und Kopf des alten Mannes schauen unter dem Laken hervor. Jemand hat ihm eine Binde um den Kopf geschlungen, um zu verhindern, dass die Kinnlade nach unten fällt. In Quitos Bauch formt sich etwas Kaltes, Hartes. Erst allmählich, während sich seine Augen an das Dämmerlicht gewöhnen, bemerkt er die fehlende Symmetrie im Gesicht seines Patenonkels: Während die rechte Wange eingefallen aussieht, ist die linke aufgequollen. Die Haut wirkt durchsichtig, die Adern darunter stechen in einem ungesunden Violett hervor. Die Fläche zwischen Lippen und linkem Auge ist gesprenkelt von roten Pusteln, jedenfalls soweit das unter dem Verband erkennbar ist. Onkel Bills Augen sind geschlossen.

Ohne ein Wort zu sagen, steht Roberto neben dem Toten, und die Trauer läuft sichtbar aus ihm heraus. Quito wischt sich über das Gesicht und legt eine Hand auf die Schulter seines Vaters, eine Geste, die selten geworden ist zwischen ihnen. Er versucht etwas zu sagen. »Er war …«, schafft er hervorzubringen, da verlässt Roberto das Zimmer.

Quito bleibt noch einige Minuten. Er verabschiedet sich von Onkel Bill mit einem Gebet und der nutzlosen Geste, die Decke des Verstorbenen gerade zu rücken. Schließlich findet er seinen Vater auf dem Gang. Roberto hält sein Telefon in der herabhängenden Rechten, sein Blick sucht nach etwas im Neonlicht unter der Decke.

»Papá? Du musst etwas unternehmen. Sofort. Onkel Bill würde nicht zögern …«

»Bill ist tot«, schnauzt Roberto und fährt, leiser, fort: »Weil ich zu lange gezögert habe.«

»Du hast getan, was du für das Richtige gehalten hast«, sagt Quito, »daran war nichts falsch. Das gilt immer noch: Wenn du fühlst, was richtig ist, tu es.«

Roberto klopft mit dem Telefon gegen seinen Oberschenkel. Noch ist nichts ausgesprochen, noch schwebt die unausweichliche Schlussfolgerung über ihren Köpfen, noch könnte sie sich einfach verflüchtigen.

»Fahr zu deiner Mutter«, sagt Roberto mit einem Mal. Danach presst er die Lippen zusammen.

»Was? Wieso?«

»Sie wird deine Hilfe beim Packen brauchen. Ich lasse die Keys räumen.« Leise fügt er hinzu. »Und ich pfeife darauf, ob Randy Ferris damit einverstanden ist oder nicht.«

Kapitel 25

Nördlich von Key Largo

»Es ist dreiundzwanzig Uhr. Sie hören WEO, Key News Talk mit Stuart Storer. Wir berichten live von der Situation in Key West, Marathon, Islamorada und Key Largo. Aber zuerst noch etwas Musik.«

Sloker dreht das Radio leiser. »Ich kann dieses Conch-Country-Gedudel nicht ausstehen«, sagt er zu Bembe. Die beiden Männer sind in Slokers Ford Ranger nördlich von Key Largo unterwegs. Hier, am äußersten Rand der Keys, liegt Brachland, und in einem Teil davon, einem Sumpf, tummeln sich Krokodile – die letzten ihrer Art. Früher waren die Inseln voll von ihnen, heutzutage gibt es sie kaum noch. Wenn man große Echsen trifft, so sind es meist Alligatoren. Den Unterschied zwischen den Biestern hat Sloker noch nie verstanden. Für ihn sehen sie alle gleich aus, genauso wie die verdammten Vietnamesen.

Die Sonne ist längst untergegangen, und die Scheinwerfer schneiden Kegel aus der Dunkelheit. Links und rechts stehen Wohnhäuser, aber das wird sich bald ändern. »Ich hör nur Rockmusik«, gibt Sloker bekannt. »Oldies nennen die Leute das heutzutage. Was läuft bei dir so, Kuba? Salsa?«

Noch weiß Sloker nicht, ob es eine gute Idee war, Bembe mitzunehmen. Nachdem sie die Polizeistation mit den anderen Gefangenen verlassen hatten, hat Bembe Sloker gefragt, ob er ihn die Nacht über unterbringen könne. Am nächsten Tag würde er sich auf den Weg nach Miami machen. Wenn der Kubaner geglaubt hat, dass Darryl Sloker die verdammte Heilsarmee ist, dann hat er sich getäuscht. In seinem winzigen Trailer am US Highway 1 ist genauso wenig Platz wie in seinem Herzen. »Verzieh dich!«, hat Sloker gerufen, und schon war der Kerl verschwunden.

Es war heiß. Die halbe Meile von der Polizeistation zur Duval Street, wo Slokers Wagen vor der Bar stand, zog sich endlos dahin. Nachdem er erst noch mit den Typen vom Fernsehen gesprochen und dann endlich seinen Ford Ranger erreicht hatte, musste er feststellen, dass eine Parkkralle am linken Hinterrad befestigt war, und erst da fiel ihm auf, dass der Wagen in einer weiß markierten Ladezone stand – im absoluten Halteverbot. Gegen die Kralle zu treten half ebenso wenig, wie sie zu verfluchen. Effektiver war der wie aus dem Nichts auftauchende Bembe. Er musste Sloker gefolgt sein. Bembe nahm einen Schraubenzieher und eine Zange aus dem Werkzeugkasten, und obwohl Sloker ihn verspottete, weil ihm an der rechten Hand ein Finger fehlte, beförderte er die Parkkralle eine Minute später in den Rinnstein. Da wurde Sloker klar, dass er seinen Plan mit dem Kubaner an seiner Seite besser in die Tat würde umsetzen können als allein: Bembe schien auf den Straßen Santiagos einige Tricks gelernt zu haben, außerdem war er ein illegaler Einwanderer, und wenn Sloker in Schwierigkeiten geraten sollte, könnte er Bembe ans Messer liefern und sich selbst als rechtschaffener Amerikaner bei den Cops einschmeicheln. Das war einen Versuch wert. »Du kannst mitfahren«, hat er gesagt, »aber nur, wenn du kein Kommunist bist. Auf Kommunisten werfe ich für gewöhnlich Brandbomben.«

So wie auf Mücken, denkt Sloker, während er einen Gang herunterschaltet. Aber dazu muss er erst mal seine Air Tractor flugbereit machen, außerdem gilt es, ein paar Fässer mit Napalm aufzutreiben. Da der Brandkampfstoff schon lange verboten ist und die Bestände vernichtet wurden, ist das keine Kleinigkeit, aber mit Kleinigkeiten hat er sich sowieso noch nie abgegeben.

Die Musik im Radio endet, und Sloker dreht den Ton wieder hoch. »... erfahren, dass die Keys von Killermücken heimgesucht werden. Wenn diese Insekten zustechen, übertragen sie einen Erreger, der Menschenfleisch zersetzt. Das klingt nach einem Horrorfilm? Nein, Leute, das ist das echte Leben in Floridas Süden. Wir sprechen mit Doktor Mankowitz vom Lower Keys Medical Center. Hallo, Doktor Mankowitz.«

»Hallo. Guten Abend«, sagt eine Stimme durch ein Telefon.

Sloker rückt seine Baseballkappe zurecht. »Jetzt bin ich gespannt, ob die beiden Cops in der Wache nur Unsinn erzählt haben.«

»Doktor Mankowitz«, kommt es aus dem Radio, »wie realistisch ist die Vermutung, dass Mücken ...«

Durch das Telefon sind aufgeregte Stimmen zu hören. Dann wird die Verbindung unterbrochen. »Im Krankenhaus ist die Lage jedenfalls dramatisch, wie wir gerade miterlebt haben«, sagt der Moderator. »Wie geht es euch da draußen? Habt ihr Angst? Geht ihr noch aus dem Haus? Ruft uns an und teilt allen mit, wie die Lage wirklich ist. Von der Polizei erhalten wir bislang keinerlei Informationen. Da sorgt WEO besser für die Menschen auf den Keys, für seine Hörerinnen und Hörer. Das seid ihr alle da draußen, die gerade eingeschaltet haben. Wir starten eine Aktion gegen Mücken. Sie heißt ›Zertretet sie und schlagt sie tot‹. Verabredet euch in der Nachbarschaft, kommt zusammen, schließt Fenster und Türen, und dann tötet ihr alles, was euch vor die Nase kommt. Einfach alles, verstanden? Und denkt dran: Das soll keine Gelegenheit sein, die Katze des Nachbarn zu erschießen. Es geht um Mücken. Um die ist es nicht schade. Also los! Macht sie platt, macht mit bei ›Zertretet sie und schlagt sie tot‹ von WEO Radio, dem heißesten Sender auf den Florida Keys. Und jetzt Werbung.«

Sloker fährt auf den hell erleuchteten Parkplatz des Publix-Supermarkts. Trotz der späten Stunde stehen viele Autos vor dem Geschäft. »Bevor wir uns um das große Besteck kümmern«, sagt Darryl zu Bembe, »besorgen wir uns Sofortschutz. Wir decken uns mit Insektenspray ein, dann holen wir uns noch ein paar Dosen Bier und fahren zum Flugfeld. Dort zeig ich dir mein Baby.« Ihm fällt auf, dass Baby und Bembe ähnlich klingen, er versucht einen Scherz, aber in diesem Moment wird die Tür des Supermarkts aufgestoßen und fünf, sechs, sieben Männer und Frauen kommen heraus. Sie halten gelbe und orangefarbene Dosen und Flaschen in den Armen, pressen sie an sich. Was ihnen entgleitet, bleibt nicht lange liegen, denn Nachfolgende lesen es auf und laufen davon.

Durch die geschlossenen Türen des Autos sind die Rufe nicht zu verstehen, aber die Gesichter sprechen für sich. »Sieht so aus, als wäre schon jemand auf die Idee mit dem Insektenspray gekommen«, sagt Bembe und kratzt sich mit einem Daumennagel über einen Schneidezahn.

Sloker zuckt mit den Schultern. »Dann werden wir es machen wie in Vietnam«, sagt er. »Da unten hat es in den verseuchten Sümpfen von Mücken nur so gewimmelt. Weißt du, wie wir mit den Biestern fertiggeworden sind?«

Bembe schüttelt den Kopf.

»Mit Tabak«, sagt Sloker. »Den mögen sie nicht.«

»Hab ich schon mal gehört, die Alten auf Kuba erzählen davon, aber ich rauch nicht«, wendet Bembe ein. »Davon stirbt man«, fügt er mit meckerndem Gelächter hinzu.

Sloker stimmt ein. Dieser Kubaner ist nach seinem Geschmack. Vielleicht war es ein Fingerzeig des Schicksals, dass sie in derselben Zelle gelandet sind. »Den brauchst du nicht zu rauchen«, erklärt er. »Den Tabak vermischst du mit deiner Spucke und reibst dich damit ein. Das können die Viecher nicht leiden. Wirkt hundertprozentig. Allerdings bekommst du damit auch keine Frau ins Bett.« Sloker kneift sich mit Daumen und Zeigefinger in die Nase.

Ein Jingle aus dem Radio unterbricht seinen Vortrag. Die Stimme des Moderators kehrt zurück. »Eine Anruferin aus Key West hat sich gemeldet. Wir sprechen mit Sally Mumford. Hallo, Sally!« Eine Frauenstimme antwortet, dem Klang nach zu urteilen hat sie vor mindestens zehn Jahren das Rentenalter erreicht.

»Der wäre es vermutlich egal, ob ihr Kerl mit Tabak eingeschmiert ist«, feixt Sloker.

»Hallo«, sagt Sally Mumford. »Ich bin Sally und wohne an der Angela Street. Ich möchte einen Ratschlag loswerden, einen Trick, der mir schon oft gegen Mücken geholfen hat.«

»Schießen Sie los, Sally«, fordert der Moderator sie auf.

»Ich halte Geckos im Haus«, sagt die Anruferin. »Zwei oder drei, das hängt ganz von der Wohnfläche ab. Sie fressen die Mücken einfach auf.«

»Ein guter Tipp«, sagt der Moderator. »Woher bekommen Sie die Tiere?«

»Die kommen von ganz allein ins Haus. Man muss nur die Tür offen stehen lassen.«

Sloker schaltet das Radio aus. »Genau. Damit die Mücken eine Einflugschneise haben.«

Bembe nickt. »Weißt du, was ich glaube: Die Moskitos zersetzen das Gehirn von Amerikanerinnen.«

Sloker stutzt. Hat dieser Kubaner gerade seine Landsleute beleidigt? Er wirft ihm einen finsteren Blick zu. »He!«, sagt er.

»Es ist in Ordnung, wenn ich Witze über meine Mitmenschen mache. Darüber darfst du meinetwegen lachen. Aber wenn du dich über jemanden lustig machen willst, dann bitte über Fidel Castro.«

Bembe schaut ihn ernst an. »Das werde ich nicht tun«, sagt er. »Keine Witze über Fidel Castro. Niemals.«

Wusste ich's doch, denkt Sloker. Ein Kommunist. Von wegen politisch Verfolgter.

»Weißt du, warum?«, fragt Bembe, und seine Mundwinkel zucken. »Weil über Fidel so viele Witze gerissen worden sind, dass man ihn ernst nehmen müsste, um noch etwas Neues über ihn sagen zu können. Und das bringe ich einfach nicht fertig.«

Sloker startet den Wagen und verlässt den Parkplatz des Supermarkts. Er hat das Gefühl, dass er wunderbar mit Bembe auskommen wird. Und wenn der Kubaner ihm erst mal dabei geholfen hat, das Flugzeug zu reparieren und das Napalm zu besorgen, wird er ihn ebenso wunderbar wieder loswerden. Mit einem Mal ist die Welt wieder schön, denn sie braucht Darryl Sloker, und er ist bereit, sie zu retten.

Der Radiomoderator ist wieder zu hören. Seine Stimme hat sich verändert. »Wir erhalten gerade eine Nachricht vom Gouverneur des Staates Florida. Die Keys sollen geräumt werden. Alle Einwohner südlich von Key Largo werden gebeten, dem Evakuierungsplan für drohende Hurrikans zu folgen. Bitte packen Sie nur das Nötigste zusammen, und fahren Sie zum Kontrollpunkt an der Brücke nördlich von Vaca Key, Meilenmarker 85. Dort wird man Sie zu einer der Notunterkünfte weisen. Sollten Sie kein Auto fahren können, melden Sie sich bitte unter folgender Rufnummer …«

Kapitel 26

Atlantik vor Key West

Madeleine liebt das Gefühl zu schweben, befreit von allem, was das Leben einer Firmenchefin an Problemen mit sich bringt, vor allem in einer Zeit wie dieser. In einem aufblasbaren Sessel treibt sie im Pool auf dem Deck der »Culex Sunrise«. Die Jacht ankert so weit von den Inseln entfernt, dass Belästigungen ausgeschlossen sind. Hier draußen gibt es weder Polizisten noch Mücken, nicht mal Licht dringt von Key West herüber.

Um die Schwerelosigkeit des Augenblicks so intensiv wie möglich zu erleben, hat sie ihren Bikini abgelegt. Das Wasser rinnt über ihren Körper, als sie sachte mit den Füßen paddelt. Sie nippt an ihrem Champagner. Vor dem Schiff schlägt die Dünung gegen die Bordwand und lässt die Culex schaukeln. Die Bewegung überträgt sich auf den Pool.

Schlafen. Träumen.

Madeleine genießt diese seltenen Momente der Leichtigkeit. Der Mond zaubert sein Licht auf das Wasser, und sie gibt sich den Gedanken an Patrick hin. Lange Zeit hat ihr das Schmerzen bereitet, dann hat sie einen Weg gefunden, ihre Liebe durch die Trauer hindurchwachsen zu lassen. Jetzt ist die Vorstellung, er wäre bei ihr, bitter, aber süß, und sie lässt sich davon forttragen.

Zurückschauen. Erinnern.

Ist es wirklich schon fünfzehn Jahre her? Madeleine war gerade mit dem Studium der Molekularen Biotechnologie fertig, verliebt in die Wissenschaft und ihren Dozenten Patrick Shepherd. Ihr Verhältnis währte bereits zwei Jahre, als er ihr bei einem eleganten Abendessen sagte, er habe ihr etwas zu eröffnen. Natürlich glaubte sie, er wolle ihr einen Heiratsantrag machen, und sie wusste genau, wie sie darauf reagieren würde. Doch was Patrick vorschlug, war etwas anderes: Er wolle eine Firma mit ihr gründen, erklärte er, denn er sei davon überzeugt, dass die Molekularbiologie bald Zukunftstechnologien hervorbringen und neue Märkte erschließen werde. Fachleute wie sie beide dürften in einer Situation wie dieser nicht zögern, ihr Wissen zu Geld zu machen, zum eigenen Wohl, aber auch zum Wohl der Wissenschaft.

An jenem Abend bei Kerzenschein waren ihre Tränen auf den Teller mit dem sautierten Snapper gefallen, als sie Patrick eine Abfuhr erteilte. Dabei war es nicht nur Enttäuschung, die sie empfand, nein, sie war entrüstet. Sie wollte keine Geschäfte, sondern Forschung betreiben, war ihm das nicht klar? Eine Biotechnologiefirma hatte an ihrer Abschlussarbeit zu den Chancen der Gentechnik in der Medizin Interesse gezeigt, sie würde Karriere in der Arzneimittelentwicklung machen. Wie konnte Patrick ihre Ambition so fehldeuten? Außerdem wäre ein Unternehmen, wie er es vorschlug, zum Scheitern verurteilt gewesen, weil sie beide keinerlei Erfahrungen auf dem freien Markt hatten. Und schließlich wollte sie nicht Patricks Geschäftspartnerin sein, genauso wenig, wie sie seine Frau sein wollte – aber danach wäre sie zumindest gerne gefragt worden.

Damals hatte sie nicht verstanden, dass sein Vorschlag gleichbedeutend mit einem solchen Antrag gewesen war, sie hatte sich missverstanden gefühlt, ungeliebt und herabgesetzt. Sie verließ das Lokal im Laufschritt, Patricks verständnislosen Blick im Rücken.

Danach ging sie wochenlang nicht ans Telefon, öffnete nicht, wenn er vor der Tür stand, und ließ seine Briefe unbeantwortet.

Bald zeigte sich, dass sie mit ihrer Vorstellung von der Arbeitswelt falsch- und Patrick mit seiner Vision einer Biotech-Firma richtiggelegen hatte. Nach und nach tauchten Sensationsmeldungen über gentechnologische Forschungen in den Nachrichten auf: Svante Pääbo fand heraus, dass der moderne Mensch Gene des Neandertalers in sich trägt, ägyptische Mumien wurden molekularbiologisch untersucht. Als Forscher ankündigten, das vollständige Genom des Menschen entschlüsseln zu wollen, erkannte Madeleine, dass sie einen Fehler begangen hatte. Ihre Kollegen im Forschungsteam der Biotechnologiefirma nutzten ihr Wissen aus, drängten sie dann in die zweite Reihe und schließlich aus dem Projekt. Sie hatte sich überschätzt und stand nun mit nichts da.

Diesmal war sie es, die vor Patricks Tür stand, der Glastür eines Firmengebäudes in Key West, ganz in der Nähe der Türme, die heute in den stahlblauen Himmel über dem Golf von Mexiko ragen. Sie hatte befürchtet, dass Patrick sie abblitzen lassen würde, stattdessen ließ er sie sofort ein: in die Firma mit dem klingenden Namen DNArtists und in sein Leben. Er zeigte ihr die Mechanismen des Gen-Splicing und des Marktes und war überhaupt nicht verwundert, als Madeleine nach und nach Talente an sich entdeckte, von denen sie nichts geahnt hatte. Bald war sie mit Patrick gleichauf, und sie tauschten am selben Tag die Ringe fürs Eheleben und die Unterschriften unter dem Vertrag zur gemeinsamen Geschäftsführung von DNArtists.

Madeleine entwickelte sich zu einem Wirtschaftsprofi. Jetzt, in ihrem Pool treibend, muss sie schmunzeln, wenn sie an ihre ersten Verhandlungen denkt. Damals akzeptierte sie jedes Angebot, das ihr die Gegenseite unterbreitete, weil sie glaubte, die Geschäftspartner in die Arme der Konkurrenz zu treiben, wenn sie zu forsch verhandelte. Dann lernte sie, dass sie damit der Firma nicht diente, sondern schadete und sich überdies lächerlich machte. Fortan kalkulierte sie härter. Beim ersten Mal, als sie Vertretern eines japanischen Unternehmens eine infame Summe nannte, spürte sie, wie sie errötete, zuerst, weil sie sich für eine Hochstaplerin hielt, und dann, nachdem die Japaner das Angebot mit nur geringen Abzügen akzeptiert hatten, vor Begeisterung. Wie gern denkt Madeleine an jene Jahre zurück, als ihr Leben voll mit Gefühlen war. Da hatte sie alles: Erfolg, Respekt, Geld und vor allem ihre Liebe zu Patrick. Egal, welche Fehler sie machte, er stand ihr zur Seite. Er war ihr Leben und ihre Zukunft. Doch diese Zukunft endete an einem Tag im August, als Patrick starb.

Durch ihre geschlossenen Lider fällt ein Lichtschein. Madeleine blinzelt, öffnet die Augen. Auf der Bar ist der Monitor aufgeleuchtet. Celestes Gesicht ist darauf zu sehen. »Miss Shepherd. Ihre Aufmerksamkeit wird benötigt.« Celeste ist die Einzige, die Madeleine in Augenblicken wie diesem stören darf – natürlich nur in Notfällen. Die Besatzung der Jacht arbeitet im vorderen Teil des Schiffs: ein Kapitän, vier Seeleute, ein Koch und fünf Servicekräfte.

Sofort stellt Madeleine ihr Champagnerglas ab, lässt sich von dem Sessel gleiten und schwimmt in zwei Zügen zum Rand des Beckens. »Was ist los, Celeste?«

»Eine Neuigkeit«, meldet die virtuelle Assistentin. »Der Gouverneur des Staates Florida hat angeordnet, die Keys evakuieren zu lassen. Bis morgen Mittag müssen alle Inseln südlich von Mile Marker 86 geräumt sein.«

Die Stille kehrt zurück, aber diesmal ist sie nicht angenehm, diesmal fühlt es sich an wie die Ruhe vor dem Sturm. »Mit welcher Begründung?« Madeleine kennt die Antwort bereits, aber sie braucht Gewissheit.

»Das CDC hat Hinweise erhalten, dass Fälle von Nekrotisierender Fasziitis durch Mückenstiche hervorgerufen werden. Diese Mücken gibt es nur auf den südlichen Keys. Die Evakuierung ist nach Angaben der Behörden unabdingbar.«

Mit einem Mal kommt ihr das Wasser des Pools kalt vor. »Haben sie eine Spur zu DNArtists?«

Celestes Gesicht ist unpassend freundlich. »Die Antwort ist Ja. Das CDC hat einen Anruf von Professor Emmet Walsh vom Institut für Entomologie am Florida Keys Community College erhalten. In dem Telefonat wurden DNArtists als möglicher Urheber erwähnt. Professor Walsh hat einen schriftlichen Bericht mit Nachweisen angekündigt. Der steht aber bisher aus.«

Mit einem Satz ist Madeleine aus dem Pool und tappt bis dicht vor den Monitor. Sie ballt eine Faust. »Dahinter steckt Quito Mantezza! Was ist passiert?«

Das Gesicht von Celeste nimmt einen übertriebenen Ausdruck des Bedauerns an. »Darüber liegen mir keinerlei Informationen vor.«

Madeleine wickelt sich in ein Handtuch und geht zur Reling am Heck. Sie schaut zum Horizont, sucht nach einem Streifen Licht in der Dunkelheit, einem hellen Schimmer, silbern, violett oder orange. Doch da ist nichts. Der nachtschwarze Himmel hat seine Dunkelheit ins Meer gespien.

Alles lief so perfekt: die Erforschung der Genstruktur bei *Aedes aegypti*, das Einsetzen der Marker in die Tiere, die Versuche im Labor und die ersten Resultate aus dem Freiland. Und jetzt diese Katastrophe. Wie konnte das geschehen?

Als Celeste einen Anrufer meldet, ist das Wasser von Madeleines Körper abgetropft, und ihre nackten Füße stehen in einer Pfütze. »Verbinden!«, ordnet sie an. Im nächsten Moment bekommt Celeste diese Stimme, deren Klang von unbändigem Nikotingenuss erzählt.

»Sie haben schon davon gehört?«, fragt der Anrufer.

»Gerade eben. Wie ist das möglich? Sie haben mir zugesichert, dass …«

»Wir müssen unter vier Augen miteinander sprechen. Wo sind Sie? Ich komme zu Ihnen.«

»Das geht nicht. Ich bin auf dem Schiff, auf dem offenen Meer, und die Besatzung ist hier. Man würde Sie sehen.«

»Dann schalten Sie wenigstens diesen entsetzlichen Roboter aus. Ständig habe ich das Gefühl, dass er sich einmischt und meine Worte verdreht.«

»Er«, sagt Madeleine, »ist eine Sie und heißt Celeste.«

»Und wenn das Ding ein Dinosaurier wäre und die Namen von dreißig Päpsten hätte: Schalten Sie es ab, wenn Sie Informationen von mir wollen.«

»Augenblick!« Madeleine lässt das Handtuch fallen und schlüpft in einen weißen Bademantel. Sie bindet den Gürtel zu, prüft den Sitz des Frottees im Spiegel hinter der Bar und kämmt sich mit den Fingern ihr nasses Haar zurück. Schließlich bittet sie Celeste, auf das Kamerabild umzuschalten.

»Ich gebe zu bedenken«, sagt die Assistentin, »dass Ihr Gesicht zu sehen sein wird und von Ihrem Gesprächspartner aufgezeichnet werden könnte.«

Wehrt sich Celeste etwa dagegen, abgeschaltet zu werden? Madeleine zieht den Gürtel straffer. Unsinn! Der Feind lauert nicht in ihrem eigenen Haus.

»Umschalten!«, befiehlt sie mit scharfem Ton, und auf dem Bildschirm erscheint das Gesicht des Mannes, der alle Verdächtigungen von ihr und der Firma hätte fernhalten sollen.

»Hallo, Deputy Chief Ferris«, sagt Madeleine, »schön, Sie zu sehen.«

Randy Ferris scheint in einem Auto zu sitzen. Er trägt Polizeiuniform und schnippt eine Zigarettenkippe aus dem Fenster, bevor er Rauch auf die Kamera seines Telefons bläst, für einen Moment dahinter verschwindet und dann wieder auftaucht, wie der Drache im Märchen, ein Drache mit roten Haaren und einem chronischen Sonnenbrand.

Jedes Mal, wenn sie ihn sieht, staunt Madeleine darüber, wie verschlagen Ferris im Gespräch unter vier Augen wirkt, während er als stellvertretender Polizeichef so verbindlich auftritt wie der Wettermann im Fernsehen. Er ist genau der Typ, den sie braucht. Wenn das Geld stimmt, übernimmt er jene Drecksarbeit, für die es keine Abteilung in ihrer Firma gibt, überdies hat er Kontakt zu den Stellen, die für die Genehmigungsverfahren verantwortlich sind. Dass ihm sein Ansehen und das des gesamten Ferris-Clans wichtig sind, macht aus ihm einen geeigneten Geschäftspartner, den man zur Not in die Schranken verweisen kann.

»Dieser verrückte Professor und Quito Mantezza haben uns in der Zange«, platzt es aus Ferris heraus. »Wie konnten Sie ihnen die Lampe zur Verfügung stellen? Das war ein Fehler, und wir können uns keine Fehler erlauben, wenn wir mit heiler Haut aus der Sache rauskommen wollen.«

Für einen Moment findet Madeleine es komisch, dass ausgerechnet Randy Ferris von heiler Haut spricht. »Sie machen mir Vorwürfe? Sie? Sind Sie etwa nicht der stellvertretende Polizeichef? Haben Sie etwa nicht genug Befugnisse, um die Ermittlungen in eine Richtung zu lenken, die …«, sie ruft die nächsten Worte über die Bar, über die Reling, aufs Meer hinaus, »… nicht ausgerechnet zu DNArtists führt? Wieso haben Sie Roberto Mantezza nicht davon abgehalten, in meinem Büro aufzutauchen? Woher hat dieser Idiot Walsh überhaupt seine Proben? Und warum …«, sie schnappt nach Luft, »werden die Keys evakuiert? Wie konnten Sie das befürworten?«

»Halten Sie den Mund, Madeleine!«, blafft Ferris. »Roberto Mantezza hat die Evakuierung im Alleingang beschlossen. Ich war dagegen. Normalerweise würde er das nicht an mir vorbei regeln. Etwas muss ihn dazu gebracht haben, vermutlich war es sein Sohn. Der flüstert ihm ja schon seit Monaten ins Ohr, dass Sie der Teufel in Person sind.«

»Und jetzt werde ich ihm die Hölle heißmachen«, knurrt Madeleine. »Es hat Quito Mantezza anscheinend nicht genügt, dass wir seine Freundin ins Gefängnis gesteckt haben. Der Bursche hält sich für nicht erpressbar? Na gut, dann müssen wir halt noch mehr Druck auf ihn ausüben. Wir müssen ihn dazu bekommen, die Beweise für das CDC zu widerrufen und die Proben zu vernichten. Denken Sie sich etwas für diese Inéz aus, etwas, das Mantezza die Tränen in die Augen treiben wird.«

Ferris zündet sich eine weitere Zigarette an. Der Schein seines Feuerzeugs sorgt einen Moment lang dafür, dass der Monitor überstrahlt, dann ist er wieder zu sehen. »Daraus wird nichts«, sagt er. »Ich musste Inéz Barrera heute Abend entlassen.« Er schweigt, bis Madeleine sich gefasst hat. »Fertig?«, fragt Ferris. »Dann hören Sie jetzt mal genau zu: Die Zellen im Keller der Polizeistation mussten geräumt werden, weil eine Ihrer verdammten Mücken darin einen Gefangenen getötet hat. Was sollte ich denn Ihrer Meinung nach unternehmen? Die Gefangenen zurück in die Zellen schicken, wo ein Killerinsekt sein Unwesen treibt? Dann wäre ich wohl die längste Zeit auf meinem Posten gewesen.«

Die Spitze eines Zeigefingers erscheint riesengroß auf dem wackelnden Bildschirm, als Ferris dagegentippt. »Vergessen wir bitte nicht, weshalb dieses ganze Chaos überhaupt entstanden ist, Madeleine! Wegen der Mücken, die Sie gezüchtet haben. Nur deshalb!«

Und Sie haben davon profitiert, will Madeleine erwidern, schluckt aber die Worte herunter. Ferris war es, der dafür gesorgt hat, dass das Freilandexperiment genehmigt worden ist, obwohl die Dokumentation unvollständig war. Was hätte sie denn tun sollen? Es ist unmöglich, alle Eventualitäten zu prüfen, wenn man gentechnisch veränderte Insekten in die Natur entlässt. Ferris hatte einen Weg gefunden, hatte alte Gefälligkeiten bei Behördenleitern eingeholt, hatte die Hartnäckigen bestochen und die Unverbesserlichen bedroht, und dafür hat Madeleine ihn reich entlohnt. Zuerst war sie entsetzt, als er einen Teil des Geldes für alle Welt sichtbar in sein neues Haus mit sieben Schlafzimmern investiert hatte, aber niemand schien Verdacht geschöpft zu haben.

Madeleine gießt sich noch ein Glas Champagner ein und leert es in einem Zug. Das Perlen in ihrer Kehle hilft ihr dabei, sich zu beruhigen. Es führt zu nichts, wenn sie sich die halbe Nacht mit Ferris streitet.

»… mal darüber nachdenken, ob ich Roberto Mantezza nicht bei der Dienstaufsicht melden sollte«, schimpft Ferris gerade.

»Sie sollten besser nicht überall herumpoltern«, erwidert Madeleine. »Wenn wir zu viel Aufmerksamkeit erregen, könnte es sein, dass Sie von Ihrem schönen Haus in eine Zelle umziehen müssen, gleich neben der, in der ich mich selbst einrichten müsste. Also … was machen wir jetzt?«, fragt sie.

»Wie meinen Sie das?«, fragt er.

Madeleine verdreht die Augen und denkt zu spät daran, dass Randy Ferris sie sehen kann. »Die Karten sind neu gemischt, Randy. Das bedeutet: Wir haben ein anderes Blatt in der Hand, und jetzt müssen wir es klug ausspielen, um zu gewinnen. Bislang stehen DNArtists nur deshalb unter Verdacht, weil ein Student und ein verrückter Insektenforscher behaupten, einen Beweis gefunden zu haben. Wenn wir den Beweis vernichten, bevor er das CDC erreicht, bleibt alles nur eine bloße Vermutung. Dann können wir alles abstreiten. Stattdessen machen wir den Klimawandel für die Mutationen verantwortlich. Mein Team wird entsprechende Daten zusammenstellen. Und dann tun wir genau das, was Mantezza und Walsh vorhaben: Wir füttern das CDC damit.«

Doch Ferris schüttelt den Kopf und zieht an seiner Zigarette. »Die Proben liegen bei Professor Walsh. Vielleicht könnte ich dafür sorgen, dass sie verschwinden, bevor das CDC harte Fakten geliefert bekommt. Aber …« Er macht eine Pause. »… Quito Mantezza und Emmet Walsh würden den Versuch einfach wiederholen. Es gibt ja genug Mücken, weil Sie sie gleich zu Hunderttausenden ausgesetzt haben.«

Madeleine schiebt ihr Champagnerglas in einem Kreis über die Bar. Ferris hat recht. Sie lehnt sich nach vorne und sagt mit leiser Stimme: »Dann müssen wir diejenigen aus dem Weg räumen, die diese Beweise liefern können.«

Ferris blinzelt. »Was?«

»Sie haben mich verstanden, Randy. Nutzen Sie die Gelegenheit. Die Keys werden evakuiert. Die Ordnung ist für eine Weile gestört. Plünderer werden unterwegs sein, wie sonst, wenn ein Hurrikan die Leute aus ihren Häusern treibt. Es wird Vermisste geben. Später kann niemand feststellen, was mit den Menschen geschehen ist.« Wenn es überhaupt ein Später geben wird, denkt Madeleine, dann schaltet sie den Monitor aus.

Sie lässt auch das Licht hinter der Bar verlöschen. Die Nacht senkt sich wieder über die »Culex Sunrise«.

Kapitel 27

Key West, Town Center

Quito tritt das Gaspedal durch, dass die Stahlfedern ächzen. Die Kolben in den acht Zylindern des DeSoto klopfen so schnell wie sein Herz. Im Haus seiner Eltern wartet Inéz auf ihn.

Das hat Roberto ihm verschwiegen, vorhin im Medical Center. Nach dem Tod von Bill Dotson ist Quito der Aufforderung seines Vaters, sofort nach Hause zu fahren, nicht gefolgt, sondern hat zunächst die Polizeistation angesteuert. Er wollte Inéz sehen, oder, falls das nicht möglich gewesen wäre, zumindest ihre Stimme hören – und wenn er nur durch eine zugesperrte Tür mit ihr gesprochen hätte.

Aber Inéz war nicht da. Die Gefangenen, berichtete Dixie Hastings, seien freigekommen, weil es in einer der Zellen einen Todesfall gegeben habe. Quitos Knie wurden weich. »Kanntest du diesen Kubaner etwa?«, hat Dixie gefragt. »Du wirst ja ganz blass.« Dixie erzählte, dass alle anderen Gefangenen wegen akuter Lebensgefahr entlassen worden seien, und zwar auf Befehl von Deputy Chief Mantezza. »Da sie wegen kleinerer Vergehen unter Arrest standen, haben wir sie angesichts der Bedrohung laufen lassen«, hat der Sergeant gesagt, »allerdings unter der Auflage, dass sich die Geflüchteten beim Barracuda Processing Center melden.« Das Untergeschoss mit den Zellen sei abgesperrt. Dixie deutete auf ein rot-weißes Flatterband vor dem Zugang zur Treppe. »Bis wir wissen, was hier los ist, darf nur dieser Weißkittel runter, der im Labor arbeitet.« Als Quito sich verabschiedet hatte und zum Ausgang der Polizeistation gestürmt war, hat der Sergeant ihm noch eine Warnung hinterhergerufen: »Sei vorsichtig, da draußen fliegt irgendeine Seuche durch die Luft.«

Inéz ist frei! Quito beendet das kurze Telefonat mit seiner Mutter, umklammert das Lenkrad und biegt mit mehr Schwung, als sein alter Wagen verträgt, in die Flagler Avenue ein. Trotz der späten Stunde herrscht am Straßenrand Hochbetrieb. Frauen und Männer tragen Taschen, Kisten und Koffer aus den Häusern und verladen sie in Autos, Nachbarn stehen in Gruppen zusammen und reden aufeinander ein. Die Evakuierung hat begonnen, trotzdem kann Quito nicht glauben, was er sieht. Diese Leute setzen sich hier draußen länger als nötig den Moskitos aus. Hat denn die Katastrophenleitstelle nicht bekannt gegeben, warum die südlichen Inseln evakuiert werden? Erst jetzt fällt ihm auf, warum er trotz der Dunkelheit überhaupt so viele Einzelheiten erkennen kann: Die Häuser sind hell erleuchtet. Licht scheint durch die Fenster in die Gärten und auf die Straße, Halogenlampen strahlen von den Giebeln der Garagen auf die Einfahrten, die Scheinwerfer der zu beladenden Autos helfen, die Nacht zu erhellen. Wenn ich ein Moskito wäre, denkt Quito, dann wäre das hier mehr, als ich mir jemals hätte träumen lassen: ein Lichterfest voller Blutbeutel.

Er tritt auf die Bremse. Der DeSoto kommt mitten auf der Straße zum Stehen. Er kurbelt das Fenster herunter und ruft einer Gruppe von Männern und Frauen zu, sie sollen die Lichter löschen und sich mit Insektenmitteln einsprühen, erntet aber nur verständnislose Blicke. Da hilft es auch nicht, die Warnung zu wiederholen – die Leute bleiben stur. Ein Mann in weißem

Unterhemd fängt an, Quito zu beschimpfen, er solle weiterfahren oder er würde ihm demonstrieren, was seine rechte Hand mit einem Moskito anstellt.

Also lässt er den DeSoto wieder anfahren. Wer will schon mitten in der Nacht von einem jungen Burschen in einer Klapperkiste Kommandos erteilt bekommen, während er gerade dabei ist, sein Zuhause auf unbestimmte Zeit zu verlassen? Am liebsten würde Quito ein Mückennetz über der gesamten Stadt ausbreiten. Doch selbst das würde, wie Inéz' Erlebnis im Garden Club gezeigt hat, nicht viel nützen.

Beim Haus seiner Eltern sieht es ähnlich aus. Die Fenster und die Einfahrt sind hell erleuchtet. Immerhin ist niemand im Freien. Quito hält am Straßenrand und springt aus dem Wagen.

Augenblicklich sind sie da. Culex und Aedes umschwirren ihn und verraten sich durch das Sirren, das entsteht, wenn Moskitos ihre Flügel aneinanderreiben. Es klingt wie hundert gleichzeitig ausgelöste Alarmsignale. Quito läuft auf die Haustür zu. Dort ist eine Silhouette im Gegenlicht zu sehen, ein kleiner, schlanker Umriss. Inéz öffnet die Fliegengittertür, sie kommt ihm auf der Veranda entgegen. Im nächsten Moment spürt er ihre Hände auf seinem Rücken, ihre Arme um seinen Körper. Er schiebt sie zurück ins Haus. Die Tür fällt von selbst zu, sein Mund fällt von selbst auf ihre Lippen, sein Blick taucht von selbst in ihre Augen ein. Für einen Moment ist alles so, wie es sein soll.

»Zieht euch bitte an, ich komme jetzt rein«, ruft Mariposa und imitiert dabei Quitos Tonfall. Da steht sie, an den Türrahmen zum Wohnzimmer gelehnt. »Du kommst eben doch nach deinem Vater. Gegen deine Gene kannst du nichts ausrichten.«

Inéz wendet sich zu Mari um, drückt Quito weiter an sich. »Das ist auch gar nicht nötig.«

»Wenn ihr zwei voneinander loskommt, könntet ihr mir helfen, die Sachen von oben runterzuholen.« Hinter Mari stapeln sich Koffer und aufgerollte Schlafsäcke. »Du hast deinen Vater wohl von der Evakuierung überzeugt.«

»Wo ist er?«, fragt Quito. »Er kann doch nicht noch eine Nacht da draußen bleiben.«

»Gerade hat er angerufen, er ist auf dem Weg. Seine Kollegen haben ihn vor die Wahl gestellt: Entweder fährt er nach Hause und ruht sich aus, oder alle anderen verlassen die Polizeistation.«

»Wie ist der Evakuierungsplan? Wohin fahren wir?«

»So viel ich gehört habe, sollen die südlichen Keys bis morgen Mittag geräumt werden. Ein Großteil der Leute kommt in Key Largo unter. Im John Pennekamp State Park werden gerade die Notunterkünfte errichtet. Wer dort keinen Platz findet, wird in Sporthallen, Kirchen, Schulen und Gemeindezentren untergebracht.«

Wie um Mariposas Worte zu unterstreichen, gehen in der Ferne Sirenen los. Inéz zuckt zusammen, aber Quito kann sie beruhigen. »Das ist das übliche Vorgehen. Habt ihr auf Kuba denn keine Evakuierungspläne, wenn Hurrikans drohen?«

»Auf Kuba?«, fragt Inéz. »Es wird Zeit, dass du da mal hinkommst, dann würdest du solche Fragen nicht stellen.«

Während sie weitere Gepäckstücke zusammentragen – es gibt eine Liste für solche Fälle, damit bei einem drohenden tropischen Sturm keine Zeit verloren geht –, dreht Quito das Radio lauter. Der Moderator wiederholt, was Mari bereits gesagt hat: Die Menschen sollen die Inseln verlassen und nach Key Largo zum Checkpoint vor dem John Pennekamp State Park fahren, von wo aus ihnen eine Unterkunft zugewiesen werde.

»Folgen denn alle diesen Aufrufen?«, fragt Inéz und stellt zwei Gallonen Trinkwasser neben dem Gepäck ab.

»Die Touristen sind meist sofort weg«, erklärt Quito und nimmt einen Beutel mit Hygieneartikeln von Mariposa entgegen. »Einige Einheimische folgen den Aufrufen nicht und bleiben in ihren Häusern. Oft mit fatalen Folgen. Aber zur Evakuierung zwingen kann man niemanden.«

Mariposa schaltet sich ein. »Roberto hat vor drei Jahren dafür gesorgt, dass alle ohne Ausnahme aus ihren Häusern rausgekommen sind.«

Inéz schaut sie an. »Wie hat er das geschafft?«

»Er hat Handzettel mit Informationen zur Evakuierung verteilen lassen, darauf stand auch, dass allen Zurückbleibenden empfohlen wird, sich ihre Sozialversicherungsnummer auf den Oberkörper tätowieren zu lassen.«

»Warum?«

»Damit man nach dem Sturm die Toten identifzieren kann«, erklärt Mari, »oder das, was von ihnen übrig geblieben ist.« Energisch zieht sie den Reißverschluss an einem Rucksack zu. »Danach wollte niemand mehr zu Hause bleiben.«

»Das erinnert mich an die Schildkröten im Hospital deines Freundes Donald, sie haben ihre Namen auf den Panzern stehen«, sagt Inéz.

Quito durchfährt es heiß. Die Schildkröten! Wenn Donald nicht doch noch ein paar Helfer gefunden hat, wird er das Hospital allein räumen müssen. Zwei oder drei Tage können die Tiere ausharren, aber danach brauchen sie etwas zu fressen. Überdies müssen die kranken Schildkröten versorgt werden. Er zieht sein Telefon aus der Hosentasche und ruft den Leiter des Hospitals an. Vergeblich. »Donald geht nicht ran«, teilt Quito den anderen mit.

»Du machst dir Sorgen?«, fragt Mariposa.

Quito schüttelt den Kopf. Sorgen gibt es schon genug, da hilft es nicht, wenn er noch mehr Probleme obenauf stapelt. »Vielleicht ruht er sich aus. Kein Wunder bei der Arbeit, die er heute allein erledigen musste.«

»Wir können morgen früh beim Hospital halten«, schlägt Inéz vor, »wenn wir auf dem Weg zum Evakuierungslager sind.«

»Kommt nicht infrage«, brummt jemand von der Tür her. »Ihr fahrt direkt zum Pennekamp Park.«

»Mein Bombón!« Mariposa stürzt auf Roberto zu.

»Musst du mich vor den jungen Leuten so nennen?«, sagt Roberto, während er sie an sich drückt.

Inéz geht auf Roberto zu und hält ihm die rechte Hand entgegen. »Senor Mantezza«, sagt sie, »ich möchte mich bedanken für alles, was Sie für mich getan haben.«

Roberto schaut auf die langen, kräftigen Finger, dann geht er an Inéz vorbei und lässt sich aufs Sofa fallen. »Dass du rausgekommen bist, hast du den Mücken zu verdanken, nicht mir«, sagt er. »Dem Gesetz nach müsste ich dich einsperren. Jetzt und hier. Aber die Evakuierung hat Vorrang.« Sein Kopf sinkt auf seine Brust. Im nächsten Moment ist er eingeschlafen.

»Eins steht fest«, sagt Inéz, »dein Vater ist genauso ein herzlicher Typ wie du, Quito.«

»Kommt!« Mariposa schiebt Quito und Inéz aus dem Wohnzimmer, breitet eine Decke über Roberto aus, löscht das Licht und geht dann ebenfalls hinaus. »Er hat ein paar Stunden Schlaf nötig.«

»Aber auf dem Sofa wollte ich schlafen«, protestiert Quito und spürt im nächsten Moment eine Hand in seiner. »Komm«, sagt Inéz, »wir gehen rauf zu dir. Oder hast du vergessen, da oben die Mückengitter anzubringen?«

Als sie die Stufen hinaufgehen, schlägt Quito das Herz bis zum Hals.

»Bombón«, sagt Inéz und hält sich die Hand vor den Mund. »Das habe ich noch nie gehört.«

Auch Quito kann ein Schmunzeln nicht unterdrücken. »Was würdest du denn zu jemandem sagen, den du gern hast?«

Auf dem oberen Treppenabsatz bleibt sie stehen und sieht ihn im Licht der Wandlampe an. »Cielo«, sagt sie, »das bedeutet Himmel.« Aus ihrer Stimme ist jede Spur von Belustigung verschwunden.

Kapitel 28

Key West, Sandy Beach Motel

An den blauen Wänden des Motelzimmers hängen Bilder von lächelnden Delphinen. Seidenblumen stehen regungs- und geruchlos auf dem Tisch, und der Fernseher wirft sein kaltes Licht auf das Bett. Diego hält es darauf nicht länger aus. Er schwingt sich von der durchgelegenen Matratze und läuft zum hundertsten Mal zwischen dem Bett und dem kleinen Badezimmer hin und her. Dabei zupft der Luftzug des schnell drehenden Ventilators an seinen Haaren. »Keine Mücken«, hat El Presidente ihm versichert. Wenn er den Ventilator auf die höchste Stufe stelle und darauf achte, unter dem Gerät zu bleiben, würden ihn keine Moskitos stechen.

So einfach, wie es sich anhört, ist es aber nicht.

Diego fühlt sich gefangen zwischen den Wänden dieser Absteige, gefangen in Key West, in den USA, in seiner Haut. Er muss raus – zu Inéz, die ebenfalls eine Gefangene ist und in der Polizeistation ausharrt. Wenn er daran denkt, dass auch dort diese Mücken herumfliegen und sie mit Krankheiten infizieren könnten, würde Diego am liebsten etwas zertrümmern.

Im Fernsehen läuft die Berichterstattung über die Evakuierung der Keys. Ein Reporter steht vor einem dreistöckigen Gebäude, aus dem Menschen in Rollstühlen herausgefahren werden. Erst glaubt Diego, dass es sich um ein Krankenhaus handelt, dann liest er von der am unteren Bildschirmrand durchlaufenden Schrift ab: Die Fernsehleute stehen vor einem Altenheim. Die Krankenpflegerinnen und Krankenpfleger sind darum bemüht, die Bewohner möglichst schnell in die Ambulanzfahrzeuge zu bringen, was die alten Leute aber in Angst versetzt. Einige rufen um Hilfe, andere weinen. Die Kamera fängt die dramatische Szene ein. Plötzlich wackelt das Bild. Jemand schreit. Als Nächstes sind Hosenbeine und Schuhe zu sehen. Der Kameramann muss sein Aufnahmegerät fallen gelassen haben. »Oh Gott, Pete!« Das ist die Stimme des Reporters. Seine Worte gehen unter in lautem Rufen. Mit einem Mal verschwindet das Bild, und ein Nachrichtensprecher im Fernsehstudio erscheint.

Diego überläuft es eiskalt. Er ist drauf und dran, in den Toyota zu steigen, zur Polizeistation zu fahren und seine ihm vom Schicksal anvertraute Inéz aus der Zelle zu holen. Aber El Presidente hatte ihm aufgetragen, im Motel zu warten. Warten, warten, warten. Er kann nicht länger untätig bleiben.

Wieder greift er zum Telefon, ruft seinen Auftraggeber an, aber der geht nicht dran. Wenn nicht bald etwas geschieht, wird er sich der Polizei stellen, denn in einer Zelle weiß er immerhin, dass er ein Gefangener ist, in diesem Motel hingegen ist alles in der Schwebe, und das macht ihn noch wahnsinnig.

Außerdem wäre er in einer Zelle in Inéz' Nähe.

Er bleibt stehen. Kein schlechter Einfall. Das Rauschen des Ventilators stört ihn beim Nachdenken, deshalb streckt Diego eine Hand in die Höhe und stoppt die Bewegung der Blätter. Der Schmerz, als die Holzkante gegen seine Finger schlägt, weckt die ruhenden Teile seines Geistes. Está volao! Er wird auf der Wache anrufen. Er wird die Cops kommen lassen und mit ihnen gehen, und dann …

Jemand klopft gegen die Tür. »Mach auf, Calavera! Ich bin's.«

Die Stimme von El Presidente. Diego schaltet den Ventilator

aus, wirft das Telefon aufs Bett und öffnet die Tür. Draußen ist es dunkel. Das Licht aus dem Fernseher fällt auf sein Gegenüber, auf die sonnenverbrannte Haut in seinem Gesicht.

»Was ist los?«, fragt Diego. »Warum gehst du nicht ans Telefon?«

El Presidente versucht, sich an ihm vorbeizuschieben, um ins Zimmer zu gelangen, doch Diego rührt sich nicht vom Fleck. »Lass mich rein, oder hast du vergessen, was hier draußen los ist?«

»Hast du Inéz mitgebracht?«, will Diego wissen. »Sonst kannst du zur Hölle fahren.«

»Deine kleine Freundin ist es, die zur Hölle fahren wird, wenn du mich nicht reinlässt und dir anhörst, was ich zu sagen habe.«

Diego zögert. Da fällt ihm auf, dass El Presidente diesmal nicht Hemd und Hose trägt, sondern schwarz angezogen ist – er hat eine Polizeiuniform an.

»Du bist ein Cop?« Diego tritt zur Seite, und der Besucher kommt herein. Er hat eine Art Kühlbox unter dem Arm und stellt sie auf dem Bett ab. Als Diego die Tür schließt, fliegen Insekten von draußen ins Zimmer und geradewegs auf den Fernseher zu. Am Bildschirm sind die Silhouetten von etwas Großem – einem Käfer vielleicht – und mehreren kleineren Tieren zu erkennen.

»Inéz Barrera ist aus dem Gefängnis entlassen worden.« El Presidente hält Diego ein Telefon entgegen, darauf ist eine unscharfe Aufnahme von Inéz zu sehen, wie sie die Polizeistation verlässt.

»Wo ist sie?« Diego langt nach dem Gerät, aber sein Gegenüber steckt es weg.

»Sie wartet auf dich, Calavera. Du musst nur noch einmal etwas für mich erledigen.«

Diego schaut zur Seite und nimmt eine Bewegung auf dem Fernseher wahr. Der Käfer ist auf dem Gesicht des Nachrichtensprechers zu sehen, krabbelt dem Mann über Stirn, Nase und Mund. Die Mücken … Diego stellt sich vor, an einem Roulettetisch zu sitzen, mit einem Moskito als Kugel, die durch den Raum kreist und auf einem von zwei Feldern landen wird: Rot für den Polizisten oder Schwarz für ihn selbst. Erstaunlich, aber der Gedanke, sterben zu können, beunruhigt ihn überhaupt nicht. Das Schicksal soll entscheiden, wer das Zeitliche segnet, es hat ihn schon mehr als einmal gerettet, es wird auch diesmal auf seiner Seite sein.

»Hörst du überhaupt zu?«, fragt El Presidente. »Zeit zum Fernsehen hast du später noch genug. Es gibt Arbeit für dich.«

Die beiden Männer stehen sich gegenüber, durch das Bett mit den zerwühlten Laken voneinander getrennt. In Diegos Schweigen hinein erklärt El Presidente: »In der Box da sind Mücken, und zwar solche, die ein Bakterium übertragen. Fahr zum Haus der Mantezzas und sorg dafür, dass die Viecher im Innern freigelassen werden.«

»Werden die Leute dann nicht sterben?«

»Sie werden nur für eine Weile krank, keine Sorge. Danach kannst du mit deinem Mädchen zusammen sein.«

Diego lacht kalt. »Das haben Sie mir schon mal versprochen, stattdessen ist Inéz im Gefängnis gelandet, und ich muss hier versauern.« Von wegen El Presidente! Die längste Zeit hat Diego den Kerl mit diesem Titel bedacht. Das ist kein Präsident, das ist ein Schurke. Auf Kuba hat Diego Geld dafür bekommen, Leute wie ihn an der Tür der Bar abzuweisen oder durch die Hintertür hinauszuwerfen. Er melkt die Luft mit den Fäusten. Da sieht er das Namensschild auf der Uniform. Das hatte Deputy Chief Mantezza auch. »Deputy Chief Ferris« steht drauf. Dieser Mann hat denselben Rang wie Mantezza. Warum will er einen Anschlag auf seinen Kollegen verüben lassen? Wo hat er die Mücken überhaupt her? Diego will ihn fragen, da greift Ferris hinter sich und zieht etwas aus dem Hosenbund, wirft es aufs Bett neben die Kühlbox, es ist ein Umschlag aus braunem Papier. »Da drin findest du eine vorübergehende Aufenthaltsgenehmigung für deine Freundin sowie fünfhundert Dollar. Die zweite Genehmigung habe ich auch, sie ist auf deinen Namen ausgestellt, aber du bekommst sie erst, wenn du deinen letzten Auftrag erfüllt hast.«

Diego nimmt den Umschlag, reißt ihn auf und findet darin eine Plastikhülle, in der ein offizielles Papier steckt. Er nimmt die Geldscheine heraus und schlägt damit gegen seine Fingerspitzen, denkt darüber nach, einfach mit dem zu verschwinden, was er hat: es wäre ein Geschenk für Inéz. Aber noch weiß er nicht, wo sie ist, und so lange hat ihn der Cop in der Hand.

Wieder lenkt ihn eine Bewegung ab, diesmal an der Decke des Zimmers, am Rand des Lichtscheins und an der Grenze der Wahrnehmbarkeit. Die Mücken schwirren über den roten Haaren von Officer Ferris und machen sich bereit, sich auf den ehemaligen Presidente zu stürzen.

»Was gibt es da zu lachen?«, blafft Ferris.

Die Moskitos kreisen, sie haben sich für ein Opfer entschieden: für Ferris. Das Schicksal ist auf Diegos Seite, so war es immer, so wird es bleiben – es genügt ihm, das zu wissen. Er hebt die Hand und zieht an dem Kettchen, das von dem Ventilator herabhängt. Die Blätter beginnen wieder, sich zu drehen, und als Diego zwei weitere Male zieht, kommt der Luftverwirbler in Fahrt.

»Dir kocht wohl das Gemüt.« Ferris blinzelt im Luftzug und deutet auf die Kühlbox. »Kannst ja mal deinen Kopf da reinhalten. Das hilft gegen alle Beschwerden.«

Inéz' Gesicht taucht vor Diego auf, wie sie ihn erschreckt ansieht, während er den jungen Mantezza im Würgegriff hält. Was würde sie sagen, wenn sie erführe, dass er schon wieder gegen diese Leute vorgehen wird? Sie würde ihn bitten, es nicht zu tun, nicht einmal im Tausch gegen dieses wertvolle Dokument. Aber das wäre falsch. Deshalb muss Diego die Entscheidung für Inéz treffen. Er kneift sich in die Unterlippe, während er das Für und Wider abwägt. Dann steckt er das Geld in die linke vordere Hosentasche und die Papiere für Inéz in die hintere rechte. »Ich mach's. Aber wenn ich danach Inéz nicht in diesem Zimmer finde, rufe ich bei deinen Kollegen an und erzähle, was hier los ist, Deputy Chief Ferris.«

Kapitel 29

Key West, Town Center

»Professor Walsh?« Die Stimme krächzt blechern in der Sprechanlage. Auf dem schwarz-weißen Bild der Überwachungskamera ist ein Mann in Polizeiuniform zu sehen, er hält eine Dienstmarke hoch, doch die Kameraauflösung ist zu gering, um den Schriftzug lesen zu können.

Emmet reibt sich über das Gesicht. Alles, was er trägt, sind ein Paar Shorts und die Erinnerung an den Traum von gerade eben, darin wurde ihm ein Forschungspreis verliehen – von einer Mücke auf Menschenbeinen. Vielleicht war es gar nicht schlecht, mittendrin geweckt worden zu sein.

»Was gibt's?« Emmet muss die Frage wiederholen, denn beim ersten Mal vergisst er, den Knopf der Gegensprechanlage zu drücken.

»Ich bin Deputy Chief Randy Ferris. Mein Kollege Roberto Mantezza hat mich zu Ihnen geschickt mit der Bitte, Ihnen bei der Evakuierung zu helfen.«

»Roberto? Wo ist er? Warum …?«

»Er bedauert, nicht selbst herkommen zu können, aber die Lage erfordert seine Anwesenheit in der Polizeistation. Deshalb bin ich hier.« Der Mann deutet auf das schmiedeeiserne Tor. »Wenn Sie mich reinlassen, können wir alles besprechen.«

Als sich die beiden Männer im Eingang zu Emmets Wohnhaus gegenüberstehen, fällt ihm ein, dass von draußen alles Mögliche hereinfliegen könnte und dass er in seinem Aufzug völlig ungeschützt ist. Er zieht den Cop ins Haus und schließt die Tür. Mit dem Fuß schiebt er die lederne Reisetasche beiseite. »Ich werde erst morgen früh losfahren«, erklärt er, nachdem er Ferris Kaffee angeboten, dieser aber abgelehnt hat.

»Das wäre kein Problem«, sagt der Deputy Chief, »aber Sie sind ein wichtiger Zeuge im Fall DNArtists. Wir brauchen Ihre Hilfe. Sofort.«

»Dann wissen Sie schon davon?«, fragt Emmet. »Natürlich, Roberto Mantezza ist ja Ihr Kollege.«

»Genau.« Ferris nickt. »Er hat mir alles berichtet. Und er sagt, es sei von großer Bedeutung, die Beweise sicherzustellen, bevor Sie die Keys verlassen. Professor, wo sind die Proben?«

Emmet kommt sich mickrig vor in seinen Shorts, mit seinem hageren Leib. Der Polizist trägt eine Uniform, ist zweimal so breit wie er – und er scheint zu wissen, was zu tun ist. Also beschließt Emmet, seine Beklommenheit zu ignorieren und mit dem Mann zusammenzuarbeiten.

»Die präparierten Mücken lagern im Labor des Instituts.«

Etwas huscht über das Gesicht des Deputy Chief, ein kurzes Aufleuchten von etwas Unangenehmen.

»Wo genau?«, fragt Ferris.

»Wie bitte?«

»Wo lagern die Proben? Wie sehen sie aus?«

»Sie wollen die Behälter doch wohl nicht selbst holen! Das Institut ist geschlossen. Außerdem könnten Sie eine *Aedes aegypti* nicht von einer *Culex nigripalpus* unterscheiden. Warten Sie, ich ziehe mir etwas über. Dann können wir los.« Obwohl es zwei Uhr am Morgen ist, sind die Straßen voller Autos. Wer einen Pick-up besitzt, hat die Ladefläche gefüllt bis an den Rand dessen, was die Schwerkraft zulässt. Familienautos kommen Emmet und Ferris mit offenen Kofferraumklappen entgegen, aus einer ragen die Beine eines Mannes. Ganz Key West scheint nach Norden unterwegs zu sein, jedenfalls solange Ferris auf dem North Roosevelt Boulevard fährt, der größten Straße, die aus der Stadt hinausführt. Als sie schließlich nach rechts auf den Campus abbiegen, ist niemand mehr zu sehen, das Gelände liegt verlassen vor ihnen. Eigentlich ganz normal für ein College um diese Uhrzeit, trotzdem erscheint es Emmet, als wäre etwas nicht in Ordnung.

Ferris hat die Fahrt über geschwiegen oder Fragen einsilbig beantwortet, etwa die nach seinem Auto, denn statt mit einem Polizeiwagen ist der Deputy Chief mit einem blauen SUV gekommen. Emmet nimmt sich vor, sich über nichts mehr zu wundern in dieser merkwürdigen Zeit. Er dirigiert Ferris bis zum Institut. Dann eilen die beiden Männer unter den Giftholzbäumen hindurch. Vor Aufregung gelingt es Emmet erst beim dritten Versuch aufzuschließen.

»Kein Licht«, sagt Ferris, und seine Stimme hallt durch den Korridor.

Emmets Hand verharrt am Lichtschalter. »Wie sollen wir dann den Behälter finden?«

Die Antwort ist der dünne Strahl einer Taschenlampe, die über die Regale streicht und die Insekten in ihren Gläsern etwas gespenstisch aussehen lässt.

Wie immer, wenn Emmet vor seiner Sammlung steht, wird er von Begeisterung gepackt. »Sehen Sie das da?« Er geht zu einem Glas mit einigen in Kunstharz gegossenen Culex-Exemplaren. Der Strahl der Taschenlampe folgt ihm.

»Ist das die Probe?«, fragt Ferris.

»Oh nein!« Roberto streicht mit zwei Fingern über das Glas. »Aber etwas Ähnliches. Die Mücken da drin stammen aus Großbritannien. Dort haben sie eine neue Art gebildet, und zwar in einer für die Evolution einzigartigen Geschwindigkeit. Das war 1940, als die deutschen Bomben auf London gefallen sind, damals musste sich die Bevölkerung in die U-Bahn-Schächte zurückziehen. Mit dabei: Moskitos. Die Menschen kamen wieder an die Oberfläche, aber die Insekten schafften das nicht, sie waren dort unten gefangen. Statt einzugehen, weil ihre Beute nicht mehr in ausreichenden Mengen vorhanden war, passten sie sich an und lernten, sich von Ratten- und Mäuseblut zu ernähren. Was unter normalen Umständen einige tausend Jahre gedauert hätte, gelang diesen Tieren innerhalb weniger Monate – sie sind perfekte Überlebenskünstler.«

Emmet spürt Ferris' heiße Hand in seinem Rücken. »Los, weiter! Für Vorträge haben wir keine Zeit.«

Schade, denkt Emmet, denn jetzt wäre der Teil gekommen, bei dem ein Kollege von der Britischen Entomologischen und Naturhistorischen Gesellschaft vorgeschlagen hat, die Moskitos aus den U-Bahnen nach den Stationen zu benennen, an denen sie brüten. Das sorgt im Hörsaal immer für Gelächter.

Deputy Chief Ferris scheint nicht zum Scherzen aufgelegt zu sein, denn er kommentiert Emmets Erzählung mit Schweigen. Schließlich erreichen sie das Büro. Emmet hat es schon oft im Dunkeln gesehen, bisweilen übernachtet er sogar auf einer Klappliege, wenn die Hingabe an die Arbeit kein Ende nehmen will. Diesmal, mit Ferris' Drängeln, erscheint ihm der vertraute Ort fremd und, wie er überrascht feststellt, bedrohlich in der Finsternis. Zum ersten Mal fühlt er sich von den Facettenaugen der toten Insekten beobachtet.

»Wo sind die Proben?« Die Stimme des Polizisten klingt gepresst, und als Emmet auf die Labortür deutet, schubst Ferris ihn so kräftig dorthin, dass er stolpert und sich an der Tür abstützen muss. Eine Entschuldigung folgt nicht, und Emmet ist für einen Moment versucht, seine Mitarbeit zu verweigern, überlegt es sich jedoch anders: Hier geht es nicht um seine persönlichen Belange, sondern um das Leben vieler Menschen. Kein Wunder, dass der Polizist so aufgeregt ist. Eine Beschwerde bei Roberto Mantezza wird er trotzdem loswerden, später, wenn alles wieder in Ordnung ist.

Emmet öffnet die Tür. Dahinter begrüßt sie der Dunst von Chemikalien, Reinigungsmitteln und den Duftstoffen seines Experiments zu den Geruchsrezeptoren von Ameisen. »Da im Kühlschrank.«

Ferris ist als Erster bei der Tür und reißt sie auf. »Welche davon?«, fragt er und schlägt ungeduldig mit der flachen Hand gegen die Seite des Kühlschranks. Emmet beugt sich an ihm vorbei und zieht die Plastikdose mit dem hellblauen Deckel hervor. Ferris reißt sie ihm aus der Hand und dreht sie, bis er die Aufschrift lesen kann. »Da steht ›Hospital für Meeresschildkröten‹ drauf. Sind Sie sicher, dass das die richtige Probe ist?«

Was glaubt dieser Mann, mit wem er es zu tun hat? Mit einer Hilfskraft? »Quito Mantezza, Robertos Sohn, hat den Versuch im Meeresschildkrötenhospital in Marathon begonnen«, erklärt Emmet und legt den Klang demonstrativer Geduld in seine Stimme, »danach haben wir ihn hier zu Ende geführt.«

»Dann kann ich also sicher sein, den einzigen Beweis in dieser Sache vor mir zu haben?«

»Natürlich können Sie das, ich sagte doch …« Emmet stutzt, dann zeigt er das Lächeln von jemandem, der die Pointe eines Witzes nicht verstanden hat.

Im nächsten Augenblick prallt er mit dem Rücken gegen die Arbeitsplatte. Ferris hat ihn gestoßen, schlägt wieder zu, trifft seine Magengrube. Er krümmt sich, hält sich den Bauch. Schlimmer als die Luftnot ist das Gefühl, sich übergeben zu müssen. Verzweiflung drängt alle Fragen beiseite, denn alles, was sein Gehirn verarbeiten kann, sind die Schmerzen in seinem

Leib und das Geräusch von Blut, das durch seine Ohren rauscht und die anderen Laute ausblendet.

Kämpfen, sich wehren – Emmet war nie zuvor in ein Handgemenge verwickelt, schon gar nicht gegen einen Mann wie Ferris, der dafür ausgebildet worden ist.

Eine Hand packt ihn an der Schulter. Ferris' Augen sind nah, sein Atem streicht heiß über Emmets Gesicht. Über seinem Kopf ist eine erhobene Hand mit einem Polizeiknüppel zu sehen. Es gelingt Emmet, sich wegzudrehen. Der Knüppel knallt auf die Arbeitsfläche. Holz splittert, Geräte stürzen um, aus Ferris' Mund kommt ein Unheil verkündender Laut.

Emmet wirft sich Ferris entgegen und greift nach der Hand mit dem Knüppel, doch sein Gegner ist schnell und stark. Er drischt Emmet den Schlagstock gegen die Schläfe, und der Raum beginnt sich zu drehen. Verzweifelt versucht Emmet, den Schwindel abzuschütteln, aber Ferris lässt einen weiteren Hieb folgen. Alles, was Emmet noch registriert, sind die Erschütterungen, die durch seinen Körper jagen, während Ferris auf ihn einprügelt.

Kapitel 30

Key West, Town Center

Jedes Haus hat eine Stimme, und wenn du genau hinhörst, dann spricht es zu dir. Das hat Großmutter Floramaria zu Inéz gesagt, als sie noch ein kleines Mädchen war, aber damals hat Inéz geglaubt, das sei nur ein Märchen, einzig dazu da, sie in den Schlaf zu wiegen. In dieser Nacht erfährt sie, dass in den Worten Wahrheit steckt.

Das Mantezza-Haus hat mehr Stimmen als eine Klaviersuite von Händel, und sie sind ebenso meisterhaft miteinander verwoben. Da ist das Gurgeln in den Wänden, wenn Wasser durch die Rohre fließt, das Schaben von Zweigen an der dünnen Hauswand, das Tropfen, das Ticken, das Kratzen und das tiefe Summen. Und da sind Quitos Atemzüge dicht an ihrem Ohr.

Im Garten zirpt eine Grille.

Schläft er? Sie will ihn nicht wecken, sie genießt es, den Augenblick mit ihm zu teilen und doch allein sein zu können, Raum zu haben und Zeit für sich selbst. Durch das Fenster scheint Mondlicht herein und wirft einen fahlen Schein auf die kubanische Flagge unter der Decke und das Plakat vom Meeresschildkrötenhospital. Die Tiere haben Inéz beeindruckt. Sie sind kräftig, aber friedfertig, sie verfolgen ihr Ziel langsam, aber beharrlich und lassen sich durch nichts davon abbringen, es zu erreichen. Quito ähnelt ihnen ein bisschen. Allerdings sieht er besser aus – und anschmiegsamer ist er auch.

Auf der Straße erstirbt der Motor eines Autos.

Inéz schließt die Augen. Morgen wird sie mit den Mantezzas zur Evakuierungsstation fahren, dort werden sie ausharren, bis sie ihren Fall hoffentlich vor Gericht bringen kann.

Eine Wagentür schlägt.

Quitos Hand bewegt sich auf ihrer Hüfte. Ist er wach? Nein, es ist nur ein Reflex, eine Bewegung im Schlaf, jetzt wüsste sie gern, wovon er träumt, und sie hofft, wenigstens ein Teil davon zu sein. Ebenso wie sie sich wünscht, dieser Moment sei von Dauer.

Das Klirren von Glas.

Inéz stutzt. Sind Mariposa oder Roberto wach? Hat der Nachthunger einen der beiden in die Küche getrieben? Sie denkt darüber nach, aufzustehen und nachzusehen. Aber dann müsste sie sich aus Quitos Umarmung befreien, würde etwas aufgeben, von dem sie nicht weiß, ob es wiederkehren wird. Sie schließt die Augen.

Das Knarren von Holzdielen ganz in der Nähe.

Wenn Häuser wirklich Geschichten erzählen, dann handelt diese davon, dass jemand durch den ersten Stock geht, dort, wo Quito und Inéz schlafen.

Wieder das Knarren, es entfernt sich. Mit der Geschwindigkeit einer Schildkröte hebt sie Quitos Arm und schlüpft darunter hinweg. Sie sammelt Unterwäsche und Jeans vom Boden auf und steigt hinein, zieht sich das T-Shirt über den Kopf. Dann öffnet sie vorsichtig die Tür und tritt auf den Korridor hinaus.

Im silbernen Licht, das durch die Fenster fällt, ist niemand zu sehen. Vielleicht waren es doch normale Geräusche des Hauses, deshalb schlafen auch alle. Nur Inéz, der die Musik des Ortes unbekannt ist, ist beunruhigt.

Sie reibt sich die juckende Stirn. Und erstarrt. Ein Insekt

hat auf ihrer Haut gesessen. Dann hört sie das Sirren über ihrem Kopf, ein vielstimmiges Sirren. Der Korridor ist voller Moskitos.

»Quito!« Er ist auf den Beinen, bevor sie ihn erreicht. Inéz reißt die Decke vom Bett, schlingt sie um seine bloße Gestalt und um sich selbst. »Mücken. Auf dem Flur. Es sind viele.«

Und da ist auch schon das Geräusch von winzigen wütenden Violinen in der Luft. Quito zieht die Decke über ihre Köpfe. Nur ein Spalt bleibt frei. »Wir müssen nach unten, meine Eltern warnen. Wie konnte das passieren?«

Mit einem Arm um die Hüfte des anderen laufen Inéz und Quito, so schnell es ihr Schutzmantel zulässt, die Treppe hinab. »Papá!«, ruft Quito. »Mari!«, ruft Inéz.

»Was ist los?« Sie hören Robertos verschlafene Stimme aus dem Wohnzimmer. Dann ruft er laut: »Wer sind Sie? Was machen Sie da?«

Inéz hört jemanden etwas auf Spanisch sagen. Diego! Sie schlüpft unter der Decke weg und sprintet los, erreicht das Wohnzimmer und drückt auf den Lichtschalter.

Roberto ist dabei, vom Sofa aufzustehen, doch er hat sich im Schlaf in seiner Decke verfangen und zappelt wie ein Fisch im Netz.

Mitten im Raum hockt Diego auf dem Boden, seine Hände machen irgendetwas mit einem Plastikkasten, seine Augen werden groß, als er Inéz erblickt.

»Du?« Seine Stimme klingt trocken und brüchig, gar nicht mehr wie die des Mannes, den sie gestern davongejagt hat. »Wieso bist du hier, Inéz? El Presidente hat mir gesagt …«

»Wer ist El Presidente?«, fragt sie. »Wie bist du hier reingekommen? Warum …?«

»Du musst von hier weg! Alles voller Moskitos!«, ruft Diego.

Mit jedem Wort, das er sagt, versteht Inéz weniger. Mittlerweile ist Roberto auf die Beine gekommen und langt nach dem Beistelltisch, wo ein schwarzes Lederetui liegt. Quito kommt herein, in die Tagesdecke gewickelt, und von weiter hinten im Haus ist Mariposas Stimme zu hören.

Diego erhebt sich, seine Körpermasse scheint seit gestern geringer geworden zu sein, und er steht gebückt da wie jemand, dem etwas Schweres auf den Schultern lastet.

»Legen Sie sich auf den Boden, und strecken Sie Arme und Beine von sich!« Roberto richtet eine Pistole auf Diego, doch der scheint das nicht zu bemerken.

»Das wollte ich nicht«, sagt Diego. »Ich würde dir niemals etwas antun.«

»Wovon redest du?« Inéz' Gedanken rasen. Sie sucht nach einer Antwort, einem Halt für ihre Fragen.

»Das ist eine Transportbox für Insekten«, ruft Quito. »Er hat die Mücken im Haus freigelassen.«

»Folgen Sie meiner Aufforderung oder ich schieße!«, brüllt Roberto.

Im nächsten Moment ist Diego bei Inéz, schließt sie in die Arme und drückt sie an sich. Sie riecht seinen Schweiß, seinen Schmutz und seine Verzweiflung. Seine Augen sind nah, sie haben die Farbe von Denim, und in ihnen erblüht jene Art Traurigkeit, die einen überkommt, wenn die Sonne versinkt.

»Papá! Vorsicht!«, ruft Quito. Aus dem Augenwinkel sieht Inéz, wie Roberto mit den Armen in die Luft schlägt.

Inéz stemmt sich gegen Diegos Umarmung, und sie spürt, dass sie sich dabei nicht nur von ihm löst, sondern von so vielem, das sie in der Vergangenheit festgehalten hat. Auf einer Schläfe des Kubaners landet eine Mücke. »Diego. Pass auf!« Er reagiert nicht. Ein weiteres Insekt stößt auf ihn nieder, findet einen Platz an Diegos Hals. Unter der Haut zuckt eine Ader, als der Moskito zusticht.

»Ich werde dich niemals wieder loslassen«, sagt Diego. »Wir gehen zusammen weg von hier.«

Im nächsten Moment kneift er die Augen zusammen, und der Ausdruck von Melancholie erlischt, macht dem von Überraschung Platz. Diegos Hände lösen sich von Inéz. Hinter ihm taucht Roberto auf und dreht einen seiner Arme auf den Rücken. »Zu Boden!«, ruft er. »Sofort!«

Diego sackt in die Knie, dass die Dielen zittern. Auf seiner Schläfe ist ein Fleck zu sehen, eine kleine Verfärbung in Pflaumenblau. Er drückt die freie Hand gegen seinen Hals. »Inéz!«, sagt er und schluckt schwer.

Nun ist auch Quito heran, er nebelt den Raum mit einem Mittel aus einer roten Sprühdose ein.

Die Finger an Diegos linker Hand zittern, als er etwas aus seiner hinteren Hosentasche zieht. Roberto hält die Pistole auf ihn gerichtet, dann lässt er sie sinken. Was da hervorkommt, ist nur ein Stück Papier in einer durchsichtigen Schutzhülle. Für eine Sekunde oder zwei hält Diego es hoch, dann fällt sein Arm herab, und sein Körper kippt zur Seite.

»Diego!« Inéz kniet neben dem massigen Leib. Roberto hält zwei Finger an den Hals des Kubaners. »Schwacher Puls. Er muss sofort ins Krankenhaus.«

»Wir alle müssen sofort von hier weg«, ruft Quito. »Das Haus ist voller Mücken.« Er deutet auf den Bewusstlosen. »Woher hat er die bloß? Das ist professionelle Ausrüstung.«

»Das finden wir später heraus«, sagt Roberto. »Der Mann braucht einen Arzt. Ich fürchte nur, dass wir nicht auf die Ambulanz warten können. Wir müssen ihn selbst ins Medical Center bringen.«

»In Ordnung.« Quito geht neben Inéz in die Hocke, zusammen richten sie Diegos Oberkörper so weit auf, dass sie unter seine Arme greifen können. Roberto fasst in den Kniekehlen zu, so hieven sie den schweren Mann Stück für Stück zu dem Polizeiwagen vor dem Haus, während Mariposa Türen öffnet und alle in eine Wolke Insektenschutzmittel hüllt.

Nachdem sie den Bewusstlosen in den Polizeiwagen verfrachtet haben, rasen Quito und Roberto mit Blaulicht los. Inéz und Mariposa fahren in dem DeSoto hinterher. Auf den zitternden Knien von Quitos Mutter liegt die Schutzhülle, die Diego aus der Hand gefallen ist. Sie zieht das Papier daraus hervor, schaltet das Licht ein und wirft einen Blick darauf. »Das ist eine vorübergehende Aufenthaltsgenehmigung.« Sie hält Inéz das Blatt hin. »Ausgestellt auf deinen Namen.«

Kapitel 31

Nördlich von Key Largo

Sloker erwacht mit dem atemberaubenden Gefühl, in seiner Skyhawk über Reisfelder zu fliegen und auf die darin verborgenen Vietcong hinabzulachen. Er lacht laut auf. Dann wird ihm klar, dass das Dröhnen der Flugzeugmotoren in Wirklichkeit das eines höllischen Kopfschmerzes ist. Er stöhnt, reibt sich die Schläfen und schaut sich um. Er liegt im Frachtraum seiner Air Tractor, dort, wo früher die Fässer mit dem Insektenschutzmittel standen, damals, als man das Zeug noch einsetzen durfte. Sloker verzieht das Gesicht. Er braucht eine Weile, bis er sich an die vergangene Nacht erinnert und daran, wer der Mann ist, der ihm gegenüber an der Wand aus grau grundiertem Stahl lehnt.

Der kubanische Flüchtling, den er im Gefängnis getroffen hat. Bembe, so heißt er. Wieso ist der hier? Weil Sloker einen Helfer bei seinem Vorhaben brauchen kann. Und weil ein bisschen Gesellschaft nicht schaden kann in dieser Welt, in der ein Held nichts mehr zählt.

Sloker richtet sich auf, sein Kopf pocht. Er hat das Gefühl, unfreiwillig im Rhythmus des Schmerzes zu nicken, und presst eine Hand in den Nacken. Keine Übelkeit! Das ist gut. Wer kotzt, kann nicht kämpfen, das hat er in Vietnam gelernt.

Er atmet tief ein. Die Luft im Flugzeug ist abgestanden, dennoch erfrischt ihn der Geruch von Schmierfett und Maschinenöl, von Flugbenzin und warmem Gummi. Die Air Tractor hat fünf Jahre gestanden. Nach seiner Rückkehr aus Vietnam war er mit diesem Baby noch jeden Tag in der Luft. Dann wurde DDT verboten, und für das Verwenden von Insektiziden dachten sich die Sesselfurzer in den Behörden nach und nach so viele Auflagen aus, dass die kleine Air Tractor nicht mehr mithalten konnte und Sloker aus dem Rennen war – aus dem Fliegen, um genau zu sein.

Er lacht über diesen Gedanken. Sie haben ihm vieles genommen, aber seinen Humor hat er behalten.

Er stößt Bembe mit der Spitze seines Stiefels an. Der Kubaner hat ihm in der vergangenen Nacht geholfen, das Flugzeug wieder flottzumachen. Natürlich hätte Sloker das auch allein hinbekommen, aber Bembe holt aus einem Werkzeugkasten mehr heraus als ein Zauberer aus seinem Zylinder, und jetzt sind die porösen Gummidichtungen mit Vaseline gefettet und die luftleeren Reifen sind mit Erbsen gefüllt, die sich darin ausdehnen und dem alten Gummi Stabilität verleihen werden – jedenfalls behauptet das dieser gewiefte Schrauber. Sloker ist dem Kubaner ein wenig dankbar, deshalb tritt er ihn beim zweiten Weckversuch nicht allzu fest, nur so, dass Bembe die Augen aufschlägt und irgendein spanisches Zeug von sich gibt.

»Aufstehen!«, verlangt Sloker. »Wir müssen uns auf die Suche nach Napalm machen, bevor jemand anders auf die Idee kommt, die Mücken damit zu erledigen.«

Wenig später stehen die beiden Männer im Freien. Die Luft ist heiß. Eine Brise vom nahen Meer lässt das verbrannte Gras rascheln und wirbelt den Geruch von Zigarettenrauch und Bier aus Slokers Klamotten auf.

»Ist ’ne Schönheit, was?« Darryl hebt einen ölverschmierten Lappen vom Boden auf und wischt damit an einer Tragfläche der Air Tractor herum.

»So schön wie ’ne steinalte Bardame«, sagt Bembe, und wieder weiß Sloker nicht, ob er lachen oder Bembe wegen seiner Unverschämtheit eine reinhauen soll. Ganz unrecht hat der Kubaner nicht. Das Flugzeug ist rostig und verstaubt, es hat Scharten und Macken, vor allem an der Unterseite sind tiefe Kratzer im Aluminium zu sehen – die Spuren einer Bruchlandung in einem Maisfeld. In Erinnerung an den Crash reibt sich Darryl den linken Ellbogen. »Nur noch die Zylinderköpfe, dann starten wir durch.«

»Was ist mit dem Napalm?« Bembe kratzt sich unter der linken Achsel. Sein T-Shirt, gestern noch gelb, ist mit schwarzen Flecken verschmiert. »Woher bekommen wir das?«

Dieser Kerl ist nervtötender als ein Moskito! »Ich hab Kontakte. Über die Veteranen, wir haben so was wie einen Club.«

Bembe nickt. »So ’ne Selbsthilfegruppe? Na, Hauptsache sie haben das Zeug. Ich hab keine Lust, den Mechaniker zu spielen für nichts.«

Sloker zuckt zusammen. Davon, dass Bembe für seine Hilfe eine Gegenleistung erwartet, war noch keine Rede. Hätte er sich aber denken können. »Fünf Prozent«, bietet er an.

Bembe lacht. »Ohne mich kommst du nicht in den Himmel. Da muss mehr rausspringen, oder ich bin raus.«

Slokers Mund ist trocken, seine Zunge fühlt sich an, als hätte er sie mit Schleifpapier bearbeitet. Deshalb also hat Bembe sich ihm angeschlossen: Weil er Geld gerochen hat. »Sechs Prozent«, sagt Sloker.

»Fangen wir mal bei vierzig an«, schlägt Bembe vor. »Ich brauch Startkapital für mein Leben in Miami.«

Sloker knurrt. Wie es scheint, stehen sie am Beginn einer langen Verhandlung – ein Grund mehr, den Kubaner loszuwerden, sobald er seine Arbeit erledigt hat. In dem Wissen, dass er seine Versprechen ohnehin nie hält, handelt er Bembe auf fünfundzwanzig Prozent runter. »Vorausgesetzt, die verdammte Regierung bezahlt überhaupt was.«

»Wie meinst du das?«, will Bembe wissen.

»Du hast es doch gehört, als wir aus der Zelle rausgekommen sind. Ich hab einem der Chiefs meine Idee unterbreitet, da ist er ganz wild geworden und hat gesagt, ich soll verschwinden, bevor er mich wieder einlocht, weil ich eine Gefahr für die Öffentlichkeit bin.«

»Schon klar.« Bembe spuckt auf den Boden, und Sloker beneidet den Kubaner darum, dass er noch Speichel sammeln kann. Seine eigene Kehle fühlt sich an, als hätte er die verfluchte Sahara verschluckt. »Aber du meinst trotzdem, dass sie bezahlen werden, wenn wir die Mücken mit Napalm ausrotten?«

»Die zahlen, da kannst du sicher sein. Wir müssen nur geschickt vorgehen.«

»Und das heißt?«

»Dass wir nicht auf einen offiziellen Auftrag warten. Ich glaub, der Gouverneur darf so was gar nicht: mit Napalm alles in Brand setzen. Aber bestimmt würde er es gerne. Überleg mal: Mit einem Schlag wäre er ein Riesenproblem los. Die Mücken verbrennen, die Keys werden in ein oder zwei Jahren wieder aufgebaut sein, und dann ist alles wie vorher, besser sogar.«

»Moment.« Bembe runzelt die Stirn. »Heißt das: Du bekommst überhaupt kein Geld für diesen Flug? Du bietest mir fünfundzwanzig Prozent – von nichts?«

Mit einem Mal ist Sloker stocknüchtern. »Das Geld kommt. Da kannst du sicher sein«, wiederholt er.

»Gib mir 'nen Vorschuss. Nur was ich in der Hand halte, ist sicher.«

Sloker lacht. »Vorschuss? Der einzige Schuss, den du bekommst, ist einer vor den Bug.«

Bembe geht einen Schritt auf Sloker zu. Obwohl der Kubaner klein und schmächtig ist, wirkt er bedrohlich. »Du hast mich reingelegt. Ich hab dir deine alte Kiste zusammengeflickt, weil du gesagt hast, ich bekomm einen Anteil.«

»Und den bekommst du ja auch. Aber das Geld habe ich erst, nachdem wir das Napalm abgeworfen haben.« Darryl kramt in seiner Tasche und holt einen zerknitterten Zehn-Dollar-Schein hervor. Den hält er Bembe hin. »Schon mal 'ne Anzahlung.«

»Du bist ja nicht ganz dicht, Sloker. Das ist alles, was du mir geben willst?«

»Vielleicht bin ich nicht ganz dicht, aber du bist taub. Ich hab doch grad gesagt …«

»Dir haben sie in Vietnam das Gehirn gegrillt. Kein Wunder, dass die Amerikaner von den Vietcong den Arsch versohlt bekommen haben.«

Sloker wird erst klar, dass er zugeschlagen hat, als Bembe vor ihm im Staub liegt. »Du mieser kleiner Kommunist«, bellt er. »Von mir bekommst du überhaupt nichts, nicht mal das hier.« Er hält den Geldschein in die Höhe, zerreißt ihn in kleine Teile und wirft die Schnipsel in die Luft. Er wartet ab. Kommt Bembe auf die Füße? Lässt er es auf eine Prügelei ankommen? Sloker ist größer, breiter, kräftiger, der Kubaner dafür wendiger. Darryl kalkuliert seine Chancen und hält Ausschau nach einem Werkzeug, so was wie einem Schraubenschlüssel, der genau in Bembes Gesicht passen würde. Er hat schon ganz andere Schlägereien erlebt. Die letzte ist erst zwei Tage her. Er muss grinsen, als er an den Dicken in der Bar denkt, dem er einen Hocker über den Schädel gezogen hat.

Bembe steht auf, seine Lippe ist aufgeplatzt, und sein Kinn ist blutig. Irgendetwas hält ihn davon ab, auf Sloker loszustürmen. Er weicht sogar einige Schritte zurück. »Du wirst schon noch bezahlen«, ruft er, geht so lange rückwärts, bis er außer Reichweite ist, hebt dann einen Stein auf und wirft ihn gegen ein Fenster des Flugzeugs. Der Stein prallt ab, ohne Schaden auszurichten.

Sloker lacht. »Verzieh dich!«, ruft er Bembe hinterher, hebt nun seinerseits einen Stein auf und wirft ihn dem Kubaner nach. Dann wendet er sich ab und geht davon. Als er sich noch einmal umdreht, sieht er auf der Straße gen Süden eine kleine Gestalt in Richtung Key Largo laufen.

Kapitel 32

Overseas Highway

Zwischen den Inseln Vaca Key und Conch Key verläuft der US Highway 1 auf einer drei Meilen langen Brücke. Wer darauf unterwegs ist, bewegt sich dicht über dem karibischen Meer, denn die Stützpfeiler ragen nur wenige Meter aus dem Wasser. Die Mitte der Brücke ruht auf einem verkalkten Korallenriff, festem Untergrund, der nach etwa hundert Metern wieder im Meer verschwindet. Der perfekte Ort, um eine Wand aus Feuer auflodern zu lassen.

»Sorgen Sie dafür, dass die Leute zurückbleiben.« Roberto schickt noch mehr Polizisten zu den rot-weißen Gittern und Zäunen. Obwohl der Highway in beide Richtungen gesperrt ist, sind einige hundert Menschen hergekommen, von Neugier, Angst und Sorge aus dem Evakuierungszentrum im John Pennekamp State Park getrieben, angelockt von dem Spektakel wie Mücken vom Licht.

Roberto hat Mühe, seine Nervosität unter Kontrolle zu halten. Es fällt ihm schwer, die Eindrücke der jüngsten Ereignisse abzuschütteln und sich auf die vor ihm liegende Aufgabe zu konzentrieren. Noch immer hat er vor Augen, wie er mit Quito und Inéz den bewusstlosen Fremden aus dem Haus zu bekommen versuchte und Mariposa zugleich die Moskitos abwehrte. Mit vereinten Kräften war es gelungen, den massigen Mann auf den Rücksitz des Polizeiwagens zu hieven. Im Medical Center konnte der letzte dort noch arbeitende Notarzt nur noch den Tod feststellen. Da das Personal bereits weitgehend evakuiert worden war, mussten Roberto und Quito selbst den Leichnam des Mannes namens Diego Calavera in eine Kühlkammer im Keller des Krankenhauses bringen. Roberto erkannte in ihm denjenigen, der sich ihm gegenüber als Pizzabote ausgegeben hatte. Es handelte sich, wie er von seinem Sohn erfuhr, um einen der kubanischen Geflüchteten aus dem Processing Center und um einen Freund von Inéz – der bereits am Tag zuvor ins Haus der Mantezzas eingebrochen war, was man ihm, Roberto, verschwiegen hatte. Eifersucht wegen Inéz hatte Diego Calavera offenbar angetrieben, aber dass er einen Anschlag auf Quito und dessen Familie verübt hat, ließ sich nicht einfach mit einem Gefühlsausbruch erklären.

Robertos Telefon klingelt und reißt ihn aus den Gedanken, doch bevor er rangehen kann, sieht er Lieutenant Torok mit erhobener Hand auf sich zulaufen. Unter den Augen der Polizistin liegen Schatten. Sie ist, wie die meisten Kolleginnen und Kollegen, seit zwei Tagen und Nächten im Einsatz und hat, wenn überhaupt, nur wenige Stunden auf einem Stuhl oder im Einsatzfahrzeug geschlafen. Als sie jetzt vor ihm steht, schimmern Tränen in ihren Augen. »Reißen Sie sich zusammen, Lieutenant!«, knurrt Roberto bestimmter, als er es beabsichtigt.

Torok schluckt. »Tut mir leid, Sir. Aber dort hinten auf Vaca Key liegt mein Zuhause.«

Roberto bemüht sich um einen autoritären Tonfall. »Jeder hier verliert etwas, Torok, aber bestimmt nicht für immer. Ist alles bereit?«

»Die Feuerwehr wartet auf Ihr Kommando.«

Etwa zwanzig Jungs vom Fire Department stehen in einiger Entfernung vor ihren roten Einsatzwagen. Sie tragen haferbraune Overalls und mustern die Mauer aus Brennholz und Baumstämmen, die quer über der Fahrbahn aufgeschichtet ist und bis an die Wasserlinie verläuft. Roberto sieht, wie Fire Marshall Arronso einen Windmesser in die Höhe hält und ihm dann zunickt. Es kann losgehen.

Roberto schaut auf die Uhr. »Wir warten noch auf Randy Ferris. Er muss jeden Augenblick eintreffen.«

Torok verschwindet in Richtung der Feuerwehrleute. Jemand bahnt sich einen Weg durch die Männer und brüllt ihr etwas entgegen. Die Polizistin deutet mit ausgestreckter Hand auf Roberto, und Randy Ferris stapft mit Riesenschritten auf ihn zu.

»Mantezza, das kostet dich den Job, dafür werde ich sorgen«, brüllt Ferris. Der Wind weht die Worte vermutlich bis zu den Schaulustigen hinüber.

Roberto hebt eine Hand. »Hör zu, Randy! Ich habe dem Gouverneur die Lage geschildert, und er war auch der Meinung, dass …«

»… du der neue Polizeichef werden sollst? Darum geht es doch hier, oder? Du hast mich ausmanövriert, übergangen und hinterrücks …«

Jetzt ist es genug. Roberto hat das Gefühl, dass ihn schon lange etwas unter der Haut juckt, und nun endlich der Moment gekommen ist, sich zu kratzen. »Wo zum Teufel bist du denn gewesen? Ich habe die halbe Nacht versucht, dich zu erreichen. Bill Dotson ist gestorben, die Kollegen sind an der Grenze ihrer Leistungsfähigkeit, ich musste bei uns zu Hause mit einem Einbrecher fertigwerden, während Key West und die Inseln zum Teufel gehen – und du bist einfach verschwunden. Was fällt dir eigentlich ein?«

Ferris' Zornesmiene fällt in sich zusammen. »Einbrecher?«, fragt er. »Ist deiner Familie was passiert?«

Roberto schnaubt. »Nein, alles in Ordnung.« Er runzelt die

Stirn. Ferris hat sich noch nie über das Wohlergehen von Mariposa und Quito erkundigt. Dass er es jetzt tut, gefällt Roberto nicht. Er kann es nicht brauchen, dass Randy Ferris im unpassendsten Moment sentimental wird. Aber vermutlich gehen die vielen Toten sogar einem Mann wie ihm ans Gemüt. »Davon erzähle ich später. Die Feuerwehrleute warten auf unser Kommando.«

»So?«, brummt Ferris. »Hast du mich deshalb hergerufen? Damit ich diesem Unsinn zustimme und du nicht befürchten musst, ein Verfahren an den Hals zu bekommen, weil du ohne mein Einverständnis gehandelt hast?«

»Es geht um Menschenleben, Randy, nicht um Kompetenzen. Die südlichen Keys sind geräumt. Die Moskitos fliegen nicht übers Meer, und falls es einige über diese Brücke schaffen sollten, werden sie verbrennen. Alles ist bereit, ich habe den Gouverneur an meiner Seite, und die einzige Frage ist: Soll das alles mit dir geschehen oder ohne dich? Für die Leute ist das Resultat dasselbe. Es geht jetzt einzig und allein darum, dass wir zusammenarbeiten und du ebenso an der Rettung der Keys beteiligt bist wie ich. Verstehst du, Randy? Was ich dir anbiete, ist ein Platz im Boot. Oder möchtest du später zu denjenigen gehören, die nichts unternommen haben?«

Ferris öffnet den Mund, schließt ihn wieder. Er holt eine Packung Zigaretten aus der Brusttasche hervor, zündet sich eine an und saugt daran, bis seine Wangen hohl werden. Dann bläst er den Rauch in die Luft. »Wenn das hier vorbei ist, wirst du mich als neuen Polizeichef vorschlagen. Du bleibst Deputy Chief bis zu deiner Pensionierung.«

Beinahe hätte Roberto gelacht. Randy Ferris ist nicht in der Position, Forderungen zu stellen. Dass er es trotzdem versucht, ist wohl seinem irischen Dickschädel zuzuschreiben. Sein Vorschlag ist sogar akzeptabel, denn Robertos Ruhestand steht kurz

bevor, und er hat keinerlei Ambitionen, Polizeichef zu werden.
»Also gut!«, sagt Roberto, nimmt das Megafon von der Motorhaube seines Wagens und drückt es Ferris in die Hand. »Gib das Kommando!«

Wenige Augenblicke später bestreichen Feuerwehrleute das Holz mit Gasbrennern, ihre Gesichter unsichtbar unter Helmen mit dicken Schutzvisieren. Die Luft füllt sich mit dem Geruch von Pinie und Zeder. Rauch steigt auf und hüllt die Brücke ein, wird aber vom Wind nach Süden getrieben, in den nun menschenleeren Teil der Inselwelt hinein. Dem Rauch gesellt sich das Knacken und Ploppen von brennendem Holz hinzu, und in Robertos Ohren hört es sich an, als schmatzte das Feuer genüsslich, während es sein Futter verzehrt. Bald darauf steht die Barrikade über eine Länge von vierzig Metern in Flammen.

Die Feuerwehrleute mit den Gasbrennern werden abgelöst von Kollegen mit Wasserschläuchen. Sie besprühen die Fahrbahn am Rand der Flammen, um zu verhindern, dass das Feuer zu weit ausgreift – eine reine Vorsichtsmaßnahme, denn die Brücke liegt mitten im Meer, eine unüberwindliche Barriere für Mücken und Flammen gleichermaßen.

Die Hitze nimmt zu. Roberto wischt sich Schweiß und Ruß von der Stirn. Das Feuer beginnt zu brüllen, die Flammen tanzen und recken gelbe und orangefarbene Tentakel in die Luft.

Ferris raucht. Der Qualm seiner Zigarette vermengt sich mit dem der Flammenwand. »Wenn ich eine Mücke wär, würde ich viel Abstand zwischen mich und dieses Inferno bringen. Aber: Wie lange soll das halten?«

Roberto deutet zu einem Lastzug hinüber, der am Ende der Brücke auf der nächsten Insel steht und mit weiteren Baumstämmen beladen ist. »So lange, wie es nötig sein wird.«

»Und wenn die Lage so bleibt?«, fragt Ferris. »Was dann?«

Roberto erschauert. Die Vorstellung, die Inselwelt für immer den Insekten überlassen zu müssen, ist mehr, als er seinen blank liegenden Nerven zumuten kann. »Wenn wir die Keys nicht zurückerobern, werden wir diese Brücke einreißen. Das wäre die letzte Möglichkeit. Aber so lange dieses Feuer brennt, Randy, so lange gibt es Hoffnung.«

Teil

2

Kapitel 33

Atlantik

Die See vor der Ostküste Floridas ist rau, und die »SSC Valencia« stampft durch die Wellen. Das Schiff schlingert und rollt, trotzdem geht Abdul mit gemessen herrschaftlichen Schritten durch die Gänge zwischen den Frachtcontainern. Er fühlt sich wie der Kapitän des Frachters, zwar nicht als Herr über die Maschinen und den Kurs, aber als Verantwortlicher für die viertausend Stahlcontainer, denn er ist für die Sicherheit der Ladung zuständig. Bis das Schiff den Hafen im kanadischen Halifax erreicht, werden neun Tage vergehen. Gerade erst ist es in Miami gestartet, und Abdul freut sich auf die Fahrt. Viel lieber ist er auf einem Schiff unterwegs, als in seinem kleinen Apartment in Miami zu hocken und darauf zu warten, dass die Reederei wieder eine Heuer für ihn hat. Hier, an Deck des Frachters, ist das Leben einfach, hier weiß jeder, wo er hingehört und was er zu tun hat.

Er geht an den Containern entlang und prüft hier und da deren Sitz in den Führungsschienen. Danach schlägt er mit dem Hammer gegen die Stahlklammern, um die Verschlüsse zu testen. Es kommt nicht oft vor, dass sich ein Container verschiebt, aber wenn das bei hohem Seegang geschieht, kann es zu einem Dominoeffekt kommen, bei dem gleich mehrere ins Rutschen geraten. Auf dem Oberdeck würden die Container einfach ins

Meer fallen. Das gäbe Ärger, aber zu Schaden käme niemand. Schlimmer ist es, wenn sie sich auf dem unteren Deck verschieben. Dann kann es passieren, dass das Schiff Schlagseite bekommt und kentert.

Nicht, solange Abdul auf Posten ist.

Er erreicht die Treppe nach unten. Einen Moment verharrt er auf dem oberen Absatz, lüpft den weißen Schutzhelm und lässt sich den Wind durchs Haar wehen, dann steigt er die Metallstufen hinab und taucht in den Bauch des Schiffes ein. Seine Schritte hallen von dem vielen Metall wider. Es gibt kein Licht hier unten, es wäre auch sinnlos, denn die Container türmen sich so hoch auf, dass sie den Schein von Lampen schlucken würden. Abdul hakt die Stablampe von seinem Gürtel und schaltet sie ein.

Reihe um Reihe erstrecken sich die Stahlkisten, die Gänge dazwischen sind gerade breit genug für einen Mann von Abduls Statur. Er beginnt seine Runde am Bug, an der Steuerbordseite, prüft mit dem Hammer Schlösser und Klammern und vergleicht den Code an den Türen mit den Ziffern und Buchstaben auf dem Zettel, den er auf einem Klemmbrett um den Hals trägt. Darauf sind Inhalt, Eigentümer und Bestimmungsort der Fracht festgehalten. Vor allem nach dem Inhalt schaut Abdul gern, denn es ist immer wieder erstaunlich, was die Leute alles verschiffen lassen: Diesmal sind achtzehn menschliche Schädel dabei, die von einer Universität zu einer anderen transportiert werden, und achtzigtausend mit Spielzeug gefüllte Schokoladeneier für eine Supermarktkette. Was auf den Papieren steht, ist allerdings oft nicht wahr. Einmal hat sich bei einer Ladung Bananen herausgestellt, dass sie mit Kokain gefüllt waren.

Während er die Reihen abgeht, passen sich seine Schritte unwillkürlich dem rhythmischen Stampfen der Schiffsmotoren an. Im Strahl der Stablampe glitzern Wassertropfen an den Wänden, und in Pfützen auf dem Boden vermischt sich der Geruch von abgestandenem Wasser mit dem von rostigem Metall.

Abdul schiebt den Schutzhelm ein Stück nach hinten und wischt sich die Stirn mit einem fleckigen Taschentuch. Seine Sicherheitsweste raschelt mit jedem Schritt, und er unterzieht die unteren Container sorgfältig der Hammerprobe, lässt keinen einzigen aus, selbst, wenn er schon mit bloßem Auge erkennen kann, dass alles in Ordnung ist.

Dann hört er das Geräusch.

Erst glaubt Abdul, etwas stimme mit der Schiffsschraube nicht, aber im nächsten Moment fällt ihm auf, dass das Geräusch leiser wird, wenn er weitergeht. Also hält er an, lauscht und macht einige Schritte rückwärts. Da ist es wieder. Ein Dröhnen wie aus einem Hornissennest. Er schleicht den Weg zurück, den er gekommen ist, lauscht und bleibt schließlich vor einem gelb lackierten Container stehen, aus dessen Innerem das Geräusch hervorkommt. Er legt eine Hand gegen eine der Verstrebungen und zieht sie zurück wie jemand, der sich verbrannt hat. Vibriert die Stahlwand? Nachdem er den Container noch einmal betastet hat, ist er sicher: Mit diesem Ding stimmt etwas nicht. Darin rumort etwas. Irgendeine Art von Maschine.

Aus den Unterlagen auf dem Klemmbrett geht hervor, dass Altreifen mit dem Ziel Halifax in der Frachtkiste lagern. Daran ist nichts Ungewöhnliches. Abdul vermutet, dass sie von der kanadischen Ostküste weiter nach Afrika verschifft werden, wo Fabriken an der Elfenbeinküste das Gummi weiterverarbeiten und dann als Rohstoff wieder an die Amerikaner und Europäer verkaufen.

Aber Gummi summt nicht.

Er zieht das Funkgerät aus der Tasche und ruft die Brücke. Zehn Minuten später stehen drei Männer vor dem gelben Container. Der Kapitän, ein Indonesier namens Eko Santoso, schiebt sich seine rote Baumwollmütze über den kahlen Schädel. »Ich fahr jetzt seit fünfzehn Jahren Frachtschiffe, aber summende Container hab ich noch nicht erlebt«, sagt er in gebrochenem Englisch. »Kann das was mit elektrischer Spannung zu tun haben?«

Reinhard, der deutsche Elektrotechniker, vom dem Abdul nur den Vornamen kennt, zuckt mit den Schultern und schiebt die Unterlippe vor. »Nö.«

»Eins steht fest«, wirft Abdul ein. »Altreifen sind da nicht drin.«

»Aber was dann?«, fragt Reinhard.

Kapitän Santoso hebt einen Bolzenschneider in die Höhe. »Das werden wir gleich feststellen.« Er trennt die Verplombung auf und legt mithilfe der anderen eine Kette vor die Tür, um zu verhindern, dass Fracht herausfällt, wenn er den Container öffnet.

»Fertig?«, fragt Santoso und legt eine Hand auf den Hebel, der die Containertüren zusammenhält.

»Ich habe mal von einem Fall gehört, da waren lebendige Krokodile in so einer Kiste«, sagt Reinhard und geht einen Schritt rückwärts.

»Behalt deine Schauergeschichten für dich«, raunzt der Kapitän, legt den Hebel um und zieht die Türen einen Spaltbreit auf.

Kapitel 34

Key Largo, John Pennekamp State Park

Die feuchte Hitze legt sich wie eine Hand auf Quitos Gesicht. Mit zwei Kisten voller Lebensmittel bleibt er vor einem Crabwood-Baum stehen. Das niedrige Gewächs am Rand des John Pennekamp State Park macht einen ähnlichen Eindruck wie viele der etwa achttausend Menschen, die ihr Lager hier im Evakuierungszentrum aufgeschlagen haben: Traurig und verstaubt hängen seine Blätter herab, und Quito würde am liebsten die Kisten absetzen und sich mit einem Wasserschlauch um diesen Patienten kümmern.

»Quito! Wir brauchen mehr Wasserkanister.« Inéz ruft von der Ausgabestelle zu ihm herüber. Wasser! Dabei hat er noch nicht einmal das Essen vom Lastwagen geladen. Er wirft dem Crabwood einen letzten Blick zu und drängt sich zwischen den Leuten hindurch. Wenn das hier eine organisierte Evakuierung ist, dann will er niemals eine unkoordinierte Flucht erleben.

Der State Park im Norden von Key Largo liegt, wie fast alles auf den Keys, direkt am Meer, genau genommen sogar im Meer, denn er umfasst einen Teil des Korallenriffs vor der Küste. Das Gelände rund um das Besucherzentrum hat sich in einen Ozean aus Zelten verwandelt. Männer, Frauen und Kinder laufen umher, beschaffen sich Lebensmittel, suchen Verwandte und Freunde oder das ihnen zugewiesene Zelt. Das ist gar nicht so einfach, denn die mausgrauen Unterkünfte aus Armeebeständen sehen alle gleich aus. Die meisten hier haben Evakuierungen schon mehrfach mitgemacht, im Herbst, wenn die Hurrikans kommen.

Jedes Jahr erleben die Menschen auf den Keys Tropenstürme, mal weniger stark, mal von brachialer Kraft. Dann müssen die Bewohner nach Norden ausweichen. Wenn ein Hurrikan droht, ist es wichtig, dass alle rasch reagieren, damit sie schnell fortkommen und ebenso schnell an einer sicheren Stelle untergebracht werden. Die Organisation einer solchen Evakuierung folgt einem ausgeklügelten System und ist so perfekt, dass die vierzigtausend Bewohner der südlichen Keys innerhalb von sechsunddreißig Stunden in Sicherheit gebracht werden und versorgt werden können – weil alle mit anfassen. Auch diesmal hat das System funktioniert. Doch etwas ist anders: Diesmal sind aus Miami, Orlando und Tampa viele Ärzte angereist, um die Krankheitsfälle zu beobachten und Infizierte zu versorgen. Auch Soldaten sind da, um die Zelte aufzubauen. Denn die gibt es bei Tropenstürmen natürlich nicht.

Ja, alles folgt einem ausgeklügelten Plan. Dennoch ist niemand froh oder erleichtert. Wohin Quito schaut, sieht er bedrückte Gesichter. In den Geruch von Salzwasser mischt sich der von Insektenspray. Die Behörden haben an jeden Evakuierten eine Dose ausgegeben – um die Hoffnung zu verbreiten, dass es keine weiteren Kranken und Toten mehr geben wird, denn sonst würden die Leute fragen, warum sie ihr Zuhause verlassen haben, wenn es im Norden der Inseln ebenso gefährlich ist wie dort, wo ab sofort das gesperrte Gebiet liegt: die Zone.

Emmet Walsh hatte anhand der Standorte der Brutbehälter von DNArtists errechnet, wie weit sich die todbringende Art verbreitet haben könnte, und zusammen mit Roberto beraten, wo die richtige Stelle für die Flammenwand liegt. Ob das Evakuierungszentrum im John Pennekamp State Park weit genug von der Gefahr entfernt liegt, wird sich zeigen müssen. Bislang sind hier keine gefährlichen Mücken aufgetaucht, und wenn alles gut läuft, bleibt das auch so, dann hat es Quitos Vater geschafft, die tödlichen Insekten auf den südlichen Inseln zu isolieren. Nun müssen sie ein Mittel gegen die Gen-Mücken finden, denn Insektenspray, da ist Quito sich sicher, wird nicht helfen.

Auf dem Weg zum Kochzelt hört Quito aus Reihe A23 laute Stimmen von Männern, die aneinandergeraten sind. Die Nerven vieler Leute liegen blank. Die meisten Evakuierten erkennen die Notwendigkeit der Maßnahme aber an und helfen sich gegenseitig, um mit der Situation fertigzuwerden. Wie lange das so bleiben wird, darüber will Quito lieber nicht nachdenken.

Die Kisten mit den Lebensmitteln liefert er im Kochzelt ab und geht zur Essensausgabe, um mit Inéz zu sprechen. »Hast du Donald mittlerweile erreicht?«, fragt er, doch sie schüttelt den Kopf.

»Mir fehlt die Zeit, es zu versuchen«, sagt sie und reicht dabei einer Frau mit einem Kind auf dem Arm einen Teller mit gebratenem Gemüse. Wie Inéz es schafft, trotz all der Arbeit den Menschen ein Lächeln zu schenken – ein echtes Lächeln –, ist Quito unbegreiflich.

»Wir müssen herausfinden, was mit den Meeresschildkröten passiert ist, ob Donald genug Helfer gefunden hat, um das Hospital zu evakuieren.«

Inéz schaut zu ihm hoch. »Ich weiß, dass du an den Tieren hängst. Aber das Hospital liegt jenseits der Flammenwand in der roten Zone. Du wirst hier gebraucht, Quito. Und damit meine ich nicht mich selbst. Wenn du mal Zeit haben solltest: Die Menschen haben Durst. Wir. Brauchen. Wasser.«

Auf dem Rückweg zum Transporter sammelt Quito einen kleinen Hund auf und bringt ihn zu der Sammelstelle für Vermisste. Er verhindert, dass zwei Familien ein offenes Feuer entzünden, um ihre eigene Küche in Gang zu bekommen. Danach stößt er auf einen alten Mann, der orientierungslos zwischen den Zelten umhertappt und ein Wort ruft. Es klingt wie »Zabe«.

»Was ist los?« Quito muss die Frage mehrmals wiederholen, bis der Alte ihn versteht. »Elizabeth«, sagt er mit brüchiger Stimme, »meine Frau muss hier irgendwo sein. Wir sind getrennt worden, und jetzt finde ich sie nicht wieder.«

»Welche Zeltnummer haben Sie?«, will Quito wissen.

»Das ist ja das Problem, junger Mann. Am Checkpoint sind die Zeltnummern nur digital vergeben worden. Aber weder ich noch meine Frau besitzen so ein Telefon, und jetzt finden wir uns nicht wieder.«

Quito braucht eine halbe Stunde, um das Ehepaar zusammenzubringen. Danach gelingt es ihm endlich, mehrere Gallonen Wasser zu Inéz zu bringen.

»Wie läuft es bei euch?« Hinter der Ausgabestelle taucht Roberto auf. Er hat schwarze Flecken im Gesicht, und seine Uniform riecht nach dem Qualm des Feuers.

»Wir könnten Hilfe brauchen«, sagt Mariposa und demonstriert den Ernst der Lage, indem sie Roberto weder mit einer innigen Umarmung noch mit einem langen Kuss begrüßt. Dabei haben sich die beiden seit vier Stunden nicht gesehen, nachdem sie, Quito und Inéz auf Pritschen in einem der Gemeinschaftszelte aufgewacht sind. Das leise Weinen von Inéz auf der Fahrt von Key West hierher kommt Quito in den Sinn, der Tod Diego Calaveras, der Kampf gegen ihn und die Moskitos im Haus der Mantezzas – aber er hat keine Zeit zum Grübeln.

»Ich muss mit dir sprechen.« Roberto fasst Quito an der Schulter. »Es geht um …«

»Ich auch mit dir. Was Mamá sagt, stimmt. Wir brauchen

mehr Leute. Hier geht alles drunter und drüber. Eine der Toilettenanlagen ist verstopft, im Sanitätszelt fehlt es an Ausrüstung, und wir brauchen einen Ort, an dem sich die Leute über den Stand der Dinge informieren können, auch wenn es noch gar nichts Neues gibt. Es schwirren mehr Fragen über den Köpfen als Mücken durch Key West.«

»Außerdem kommt das Wasser nicht schnell genug zur Ausgabestelle«, wirft Inéz ein und bückt sich zu ihrem Rucksack unter dem Ausgabetresen.

Roberto hebt beide Hände. »Ich versuche, alles zu regeln. Aber ich bin hier, um mit dir über die Moskitos zu reden.«

In Quitos Kopf wird ein so großer Schalter umgelegt, dass bestimmt alle das Klacken hören können. »Mit mir?« Quito tippt sich gegen die Brust. »Ich dachte, die Angelegenheit ist jetzt bei den offiziellen Stellen, beim CDC.«

»Leider nicht. Dort wartet man auf Emmets Laborergebnisse, aber bislang sind sie nicht eingetroffen.« Die Art, wie sein Vater zu Boden schaut, gefällt Quito nicht. »Ich habe die Inseln räumen lassen«, sagt Roberto. »Ich habe eine Brücke in Brand gesteckt. Alles, weil der Gouverneur mir vertraut hat. Ich habe ihn dazu gedrängt und ihm versichert, dass die Beweise vorliegen und ich sie ihm schneller zukommen lassen würde, als man einen Hut auf eine Theke werfen kann.« Seine Stimme wird laut und zornig. »Und jetzt sind die Proben nicht aufzufinden.« Robertos Oberlippenbart zuckt, als er versucht, sich unter Kontrolle zu bekommen.

»Was soll das heißen?«, fragt Quito.

»Die wissenschaftliche Grundlage für die Evakuierung ist überfällig, verstehst du?« Roberto streicht sich mit der Hand über das Gesicht. »Die einzige Analyse, die bisher zu den Krankheitsfällen vorliegt, stammt von einem Virologen namens Farago. Er war am Dienstag in der Polizeistation und hat die Blutproben der ersten Opfer untersucht. Das Resultat hat bestätigt, dass es sich nicht um eine Viruserkrankung mit den üblichen Ansteckungswegen handelt, sondern um Bakterien, mit denen die Menschen infiziert sind. So etwas kann zum Beispiel auch auf mangelnde Hygiene in öffentlichen Einrichtungen zurückgeführt werden. Jedenfalls steht das so in Faragos Bericht.« Roberto will noch etwas hinzufügen, schweigt jedoch. Ihm ist anzusehen, was er von dieser Einschätzung hält.

Jetzt versteht Quito, was in seinem Vater vorgeht. Alles, was er unternommen hat, wird infrage gestellt, weil seine Begründung, gentechnisch veränderte Mücken seien verantwortlich, nicht nachvollziehbar ist. Und das kann man dem CDC nicht einmal verübeln, denn bislang gab es tatsächlich keine Moskitos, die diese Bakterien übertragen. Aber das hat sich geändert, und die Einzigen, die das belegen können, sind Emmet Walsh und Quito selbst. Sie beide haben die Insekten mit dem Lichttest zu den Manipulationen von DNArtists zurückverfolgt und damit eine neue Art entdeckt, eine, die sehr wohl Streptokokken und Vibrionen übertragen kann.

»Wir haben diesen Nachweis sorgfältig geführt, er ist so eindeutig und unangreifbar, wie es ein wissenschaftliches Resultat nur sein kann. Und zuletzt war alles bei Emmet Walsh«, rekapituliert Quito. »Zum einen die Proben aus dem Meeresschildkrötenhospital, zum anderen die Dokumentation des Lichttests, und dann wollte Emmet noch die kulturelle Methode anwenden. Das sollte er geschafft haben, bevor er die Inseln verlassen hat. Hast du versucht, mit ihm Kontakt aufzunehmen?

»Emmet Walsh ist verschwunden«, sagt Roberto. »Telefonisch ist er nicht zu erreichen, und beim Checkpoint hat er sich auch nicht registrieren lassen. Das bedeutet, dass er entweder mit einem Boot aus der Zone rausgekommen ist oder dass er sich noch in Key West aufhält.«

»Wenn Professor Walsh hier wäre«, wendet Inéz ein, »hätte er sich gemeldet. Ich habe ihn zwar nur kurz kennengelernt, aber ich halte ihn für einen verantwortungsvollen Mann, besonders in einer Situation wie dieser.«

Roberto verzieht das Gesicht. »Wir hätten ihn nicht mit den Proben allein lassen sollen. Ich muss zugeben, dass ich zu sehr mit anderen Dingen beschäftigt war. Das war ein Fehler.«

»Du hast dich um deine Familie gekümmert und um weitere vierzigtausend Menschen in deinem Zuständigkeitsbereich«, sagt Mariposa. »Es gibt auch noch andere Polizisten, die solche Aufgaben übernehmen können.«

»Du meinst Randy Ferris?«, fragt Roberto. »Er war gestern Nacht nicht aufzufinden.« Er zögert. »Es gibt da noch etwas. Heute früh ist die Küstenwache an den Inseln entlanggefahren, um nachzusehen, ob noch jemand zurückgeblieben ist. Sie haben mit Megafonen auf sich aufmerksam gemacht und tatsächlich noch ein Dutzend Leute aus den Häusern geholt. Die sind jetzt in Sicherheit. Die Beamten haben berichtet, dass an der Ostküste, auf Höhe des Colleges, Rauch aufgestiegen ist. Sie sind hingefahren und haben nachgesehen, natürlich ohne an Land zu gehen. Ein Teil der Collegegebäude ist niedergebrannt.«

»Das Institut für Insektenkunde?« Quito greift nach Robertos Arm.

Sein Vater zuckt mit den Schultern. »So genau konnten es die Einsatzkräfte nicht erkennen, und selbst wenn, hätten sie nicht gewusst, wo das Institut steht … oder stand. Aber es könnte sein.«

»Kannst du Emmet ausrufen lassen?«, will Quito wissen. »Im Lager, in den Gemeindezentren und Kirchen? Überall, wo Notunterkünfte eingerichtet worden sind?«

»Das geschieht bereits«, sagt Roberto.

»Klingt nicht sehr optimistisch«, stellt Inéz fest.

»Das niedergebrannte Institut und der vermisste Professor passen leider gut zusammen, jedenfalls nach meiner Erfahrung als Polizist.«

»Emmet könnte noch dort sein und Hilfe benötigen.« Quito spürt, wie seine Entschlossenheit das Ruder übernimmt. »Ich werde mit dem Boot hinfahren und nachsehen.«

»Kommt nicht infrage. Die Zone ist zu gefährlich. Selbst für jemanden wie dich.«

»Was willst du denn sonst unternehmen?«, fragt Quito.

»Ich schicke einen Kollegen raus, sobald ich jemanden entbehren kann. Ich erwarte eine Ladung Schutzanzüge für solche Fälle. Bevor die nicht da sind, fährt niemand dorthin. Schon gar nicht mein eigener Sohn.«

»Können deine Leute denn auch die Proben identifizieren?«

Roberto schweigt einen Moment zu lange. Dann wird er durch das Klingeln seines Telefons erlöst.

»Mantezza«, ruft er in den Apparat, lauscht kurz, während die Blicke von Quito, Inéz und Mariposa auf ihm ruhen, und steckt das Gerät schließlich wieder weg. »Das war Lieutenant Torok. Es gibt noch mehr Probleme. Ich muss zu meinen Leuten. Wir reden später weiter.« Er wendet sich ab.

»Später?«, ruft Quito ihm hinterher. »Wenn du nicht innerhalb von einer Stunde wieder hier bist, fahre ich allein los und suche nach Emmet Walsh.«

Kapitel 35

Key Largo, Polizeistation

Roberto reißt die Tür auf und stürmt in die Station des Sheriffs von Key Largo. Hierher ist sein Team umgezogen, nachdem die Polizeistation in Key West geräumt werden musste. Bürolärm weht ihm entgegen, nur zehnmal lauter als sonst: Telefone läuten, Polizistinnen und Polizisten reden durcheinander, Stühle scharren über Linoleum und Computertasten klacken. Schweißgeruch vermischt sich mit dem Aroma von abgestandenem Kaffee und Donuts, die zu essen niemand Zeit findet. Die kleine Station platzt aus allen Nähten.

»Sir! Gut, dass Sie so schnell kommen konnten.« Lieutenant Torok kommt auf Roberto zu. »Es geht um …«

Eine Hand packt Torok an der Schulter und schiebt die Polizistin zur Seite. Sie öffnet den Mund, um zu protestieren, schließt ihn aber wieder, als sie Randy Ferris erkennt.

»Wir müssen uns eine Lösung einfallen lassen.« Ferris' Stimme klingt gepresst vor unterdrücktem Zorn.

»Eine Lösung?« Roberto kann nicht anders, er lacht, was Ferris noch mehr aufbringt.

»Ständig kommen Anfragen von Radio- und Fernsehsendern rein, von Zeitungen und Online-Medien. ›Wie lange sollen die Keys evakuiert bleiben?‹ ›Was soll gegen die Mücken unternommen werden?‹« Ferris imitiert einen imaginären Reporter.

»Wenn ich Antworten darauf wüsste, hätte ich sie längst verbreitet«, sagt Roberto. »Aber es gibt keine. Wie du weißt, warten wir auf die Proben der tödlichen Mücken von Professor Emmet Walsh. Wenn wir die dem CDC vorlegen, kann die Behörde vielleicht Gegenmaßnahmen ergreifen.«

Ferris stemmt die Hände in die Hüften. »Und wo sind diese Proben?«

Roberto spitzt die Lippen, während er sich fragt, wie er Ferris die schlechte Nachricht überbringen kann. »Wir suchen danach«, sagt er schließlich.

Da ist ein Aufleuchten in Ferris' Augen.

Natürlich!, denkt Roberto. Jetzt glaubt Ferris, er kann über mich triumphieren. Aber Roberto ist noch nicht fertig. »Ich schicke ein Einsatzteam los, um Emmet Walsh und die Proben zu suchen. Wenn das hier alles ist, werde ich nun die Gruppe zusammenstellen und ausrüsten.«

»Ohne meine Zustimmung?«, fragt Ferris. »Das hast du schon mal gemacht, das wird garantiert kein zweites Mal passieren.«

»Randy!«, bricht es aus Roberto hervor. »Wir haben darüber gesprochen, uns bleibt keine Zeit für Kompetenzgerangel.«

Der Ausdruck, der jetzt über das Gesicht von Randy Ferris wandert, gefällt Roberto nicht. Ferris zieht ein schief gefaltetes Blatt Papier aus seiner Hosentasche und hält es Roberto hin. »Das hat uns vor einigen Minuten erreicht.«

Roberto faltet den Bogen auseinander. Auf dem Kopf prangt das Siegel des Staates Florida. Die Nachricht stammt vom Büro des Gouverneurs. Nachdem er die ersten Sätze gelesen hat, tastet er nach einem Stuhl und lässt sich darauf fallen.

Die Küstenwache hat am Morgen vor Orlando den Notruf eines Containerschiffs, der »SSC Valencia«, empfangen. Abgesetzt wurde der Funkspruch von einem Matrosen namens Abdul al-Akir, einem Marokkaner. Wie es darin heißt, sind er und ein weiterer Matrose die einzigen Überlebenden einer zwanzig Mann starken Besatzung. Der Kapitän ist tot. Die beiden Seeleute versuchen, das Schiff zu steuern, haben dafür aber nicht die erforderlichen nautischen Kenntnisse.

Wie Roberto weiter aus dem Schreiben erfährt, hat al-Akir ein seltsames Geräusch in einem der Container gehört. Als er diesen mit zwei weiteren Männern öffnete, kam ein Schwarm Moskitos daraus hervor und fiel über den Kapitän und einen Elektrotechniker her. Al-Akir konnte sich retten. Die meisten anderen Besatzungsmitglieder nicht. Das Schiff treibt fünfzig Seemeilen vor der Küste. Die beiden Matrosen bitten darum, dass jemand kommt und sie abholt. Der Gouverneur will wissen, ob er die »SSC Valencia« einholen lassen soll und ob die Vorfälle an Bord etwas mit den Moskitos auf den Keys zu tun haben könnten.

Das Papier zittert in Robertos Hand. »Sie haben sich ausgebreitet«, bringt er hervor. »Mein Gott! Wir brauchen ein Gegenmittel, und zwar schnell.«

Ein Zucken läuft über Ferris' Wangen. »Du hast Mist gebaut, Bobby, und zwar in großem Stil – vierzigtausend Menschen evakuiert und eine Brücke in Brand gesteckt für nichts. Diese Insekten sind schlauer als du, und soll ich dir mal was sagen: Das ist keine große Leistung.«

Roberto wirft das Papier zur Seite und packt Ferris so heftig an seinem Hemd, dass zwei Knöpfe abspringen. Aus nächster Nähe grinst ihm der Ire ins Gesicht. Alle Geräusche im Raum verstummen, nur Robertos Schnaufen ist noch zu hören.

»Na los!«, sagt Ferris. »Schlag zu! Dann bin ich dich endlich los und kann versuchen, die Keys zu retten, ohne dass sich mir ständig ein einfältiger Kubaner in den Weg stellt.«

Robertos Lippen beben, bevor er verständliche Sätze hervorbringen kann. »Ist das schon in der Presse?«, fragt er, lässt Ferris los und wischt sich demonstrativ die Hände an seinem Hemd ab.

»Noch nicht«, antwortet Ferris. »Sonst gäbe es hier einen Aufstand, wie du dir sicher vorstellen kannst.«

»Sir, wenn ich einen Vorschlag machen darf?« Ein junger Polizist, ein Mann aus dem Team des Sheriffs von Key Largo, kommt auf die beiden Deputy Chiefs zu, bleibt aber in einiger Entfernung stehen – außer Reichweite von Roberto.

»Was denn?«, fragt Roberto mit müder Stimme.

»Wir könnten den Leuten doch sagen, dass wir erst mal bis zum Ende der Mückensaison warten wollen und dass sie danach vermutlich in ihre Häuser zurückkehren können. Das würde die Lage sicher etwas beruhigen.«

»Guter Einfall, mein Junge«, lobt Ferris. »Jeder kennt das Ende der Mückensaison, jeder weiß, dass dann weniger von den Viechern herumfliegen. Wir geben einfach bekannt, dass wir mit den restlichen Insekten fertigwerden. Damit haben wir zwar noch keinen Meter Boden auf den Inseln gewonnen, wohl aber die Schreihälse zum Schweigen gebracht. Leiten Sie das in die Wege, junger Mann.«

»Nein, warten Sie!«, ruft Roberto. »Wir können die Menschen nicht anlügen.«

»So? Und was willst du stattdessen unternehmen? Einen durchgeknallten Wissenschaftler suchen, der sich mit Untersuchungsergebnissen aus dem Staub gemacht hat, die er wahrscheinlich zu Geld machen will? Bis du den gefunden hast, ist die Mückensaison viermal vorbei.«

»Ich werde es auf jeden Fall versuchen«, erwidert Roberto mit fester Stimme.

»Dafür setzt du das Leben deiner Leute aufs Spiel?« Ferris schaut mit hochgezogenen Brauen in die Runde.

Roberto spürt die Blicke der anderen Polizisten auf sich. »Ich gehe als Freiwilliger, und mein Sohn Quito wird mich begleiten«, sagt er. »Er ist der Einzige außer Walsh, der die Proben identifizieren kann. Sind die Schutzanzüge schon geliefert worden?«

Ohne ein Wort zu sagen, stapft Ferris davon. In der Polizeistation ist es so still wie in einem Theatersaal. »Habt ihr nichts zu tun?«, ruft Roberto in die Runde. »Die Show ist vorbei. An die Arbeit.«

Allmählich kehren die Geräusche der Einsatzzentrale zurück. Ihm ist klar, warum Randy einfach weggegangen ist: Weil er für die Ausrüstung zuständig ist und weiß, dass Roberto ohne ihn keine Schutzkleidung bekommen wird. Somit kann die Expedition nicht starten.

»Deputy Chief Mantezza?«, wendet sich Lieutenant Torok an ihn.

Roberto fährt die Polizistin an. »Was ist denn noch?«

»Es hat nicht direkt etwas mit der Evakuierung zu tun, Sir«, sagt Torok. »Aber ich glaube, es ist wichtig.«

Roberto atmet tief durch. »Ich brauche einen Kaffee. Kommen Sie mit.« Er geht zum Kaffeeautomaten, füllt zwei Becher und reicht Torok einen davon. Während sie auf den dampfenden Kaffee pustet, stürzt Roberto seinen in drei Zügen hinunter. Das Gebräu brennt in der Kehle, und das hilft ihm, wieder zu sich zu kommen. »Worum geht's?«

»Wir haben einen Anruf erhalten«, berichtet Torok. »Von einem Mann namens Darryl Sloker. Wissen Sie, wer das ist?«

Sloker, Sloker, Sloker. Ein Gesicht taucht vor Roberto auf, eine Bomberjacke, eine rote Baseballkappe, eine Reibeisenstimme, eine ausgestreckte Hand. »Ja, leider.«

»Sloker hat uns ein Angebot gemacht. Er sagt, er könne die Keys von den Moskitos befreien, indem er vom Flugzeug aus Napalm über die Inseln sprüht.«

Der Kaffee will Roberto wieder hochkommen. »Deshalb stehlen Sie mir die Zeit? Das hat dieser Irre gestern schon vorgeschlagen, als ich ihn mit den anderen Gefangenen aus den Zellen herausgelassen habe. Einen Tritt in den Hintern hat er dafür bekommen.«

»Ich weiß, Sir«, sagt Torok. »Aber wegen dieser Sache ist jemand hier, mit dem Sie reden sollten. Er sagt, Sloker will das Napalm auf eigene Faust einsetzen. Und er hat angeblich die Ausrüstung dazu.«

Roberto lässt sich von der Polizistin in einen Verhörraum bringen. Es gibt ein einziges vergittertes Fenster, eine Karte von Key Largo an der Wand und einen Tisch mit zwei Stühlen in der Mitte. Auf einem hockt ein hagerer kleiner Mann in einem schmutzigen gelben T-Shirt. Als Roberto eintritt, schaut er ihn mit listigen, eng beieinanderstehenden Augen an.

»Das ist Bembe Hernandez«, stellt Lieutenant Torok vor, »einer der kubanischen Geflüchteten, die vor zwei Tagen aus dem Processing Center davongelaufen sind. Er saß mit Sloker zusammen in der Zelle.«

»Ich spreche Englisch und kann meine Geschichte selbst erzählen«, knarzt der Kubaner und presst die gefalteten Hände zusammen. An einer Hand fehlt ein Finger.

»Machen Sie es kurz, Bembe«, fordert Torok ihn auf. »Deputy Chief Mantezza hat nicht viel Zeit.«

»Ich kann's in einem Satz sagen: Ich kenne einen Mann, der plant, euer Inselparadies in Brand zu stecken.«

Roberto wirft Torok einen kurzen Blick zu. »Ich weiß. Darryl Sloker«, sagt er müde.

Bembe tippt sich gegen die Stirn. »Der Kerl ist total durchgeknallt. Sie müssen ihn verhaften.«

»Und warum liegt Ihnen daran?« Roberto kann die Antwort vorhersehen.

»Weil ich mir ein bisschen was erhofft habe dafür, dass ich der Polizei helfe.«

»Leider wissen wir schon davon«, sagt Roberto. Er wendet sich zum Gehen.

»Wissen Sie auch, wo das Flugzeug steht?«

»Nein«, stöhnt Roberto. Ist mir auch egal, will er hinzufügen, aber er besinnt sich. Auch wenn er mit wichtigeren Dingen beschäftigt ist, so ist er doch immer noch einer von zwei stellvertretenden Polizeichefs im County. Und als solcher muss er jedem Hinweis auf eine mögliche Gefahr für die Öffentlichkeit nachgehen. Also dreht er sich zu Bembe um. »Verraten Sie's mir!«

»Wie wär's mit 'ner Belohnung?« Bembe kratzt sich die Augenbrauen, dabei rieseln Schuppen daraus hervor und landen auf dem Tisch.

»Wie wär's mit einer Zelle, etwas kleiner als die letzte, in der Sie gesessen haben? Und das Catering ist auch nicht so gut«, sagt Torok. Roberto schaut überrascht zu der Polizistin hinüber. So hat er sie noch nie reden gehört. Er nickt. »Lieutenant Torok bietet Ihnen mehr an, als ich vorschlagen würde. Also raus mit der Sprache. Was wissen Sie über Sloker? Ist er im Besitz von geeignetem Brandmittel?«

Aber so einfach ist Bembe nicht zur Mitarbeit zu bewegen. Erst will er ein Haus in Miami, dann zehntausend Dollar, als Nächstes versucht er, ein Apartment in der Nähe von Disney World herauszuhandeln. Erst als Roberto schon aus der Tür hinaus ist, lenkt Bembe ein. »Sloker will Napalm einsetzen, woher er das nehmen will – keine Ahnung, aber sein Flugzeug steht nördlich von hier«, gibt er preis. »In der Nähe war so ein Sumpf mit Krokodilen.«

»Woher wissen Sie das?«

»Ich habe die Maschine für ihn repariert, die alte Mühle flugtauglich gemacht. Aber dann wollte er nichts dafür bezahlen.«

»Deshalb haben Sie gedacht, Sie könnten die Belohnung von uns einstreichen«, stellt Roberto fest.

»Man will schließlich am Leben bleiben.«

Roberto zuckt zusammen. Was Bembe da sagt, ist nur ein Gemeinplatz, eine kleine Unverschämtheit, und doch treffen ihn die Worte. Es sind dieselben, die er zu Mariposa gesagt hat, damals, bevor sie in das Boot nach Florida gestiegen sind, eine junge Frau, ein junger Mann.

»Hören Sie zu, Mister Hernandez!« Roberto stützt sich mit den Händen auf den Tisch. »Lieutenant Torok wird dort hinausfahren, um Ihre Angaben zu überprüfen. Wenn es stimmt, was Sie sagen, und Darryl Sloker tatsächlich einen Anschlag auf die Keys verüben will, werde ich mich erkenntlich zeigen.«

Bembe grinst. »Dann fangen Sie schon mal an, die Dollarnoten zu zählen, Chief.«

Kapitel 36

Key Largo, John Pennekamp State Park

Inéz hält den Pfosten aus Zedernholz umklammert, und jedes Mal, wenn Quito mit dem Hammer zuschlägt, geht ein Beben durch ihren Körper. Dabei ist ihr Geist schon erschüttert genug. Bei ihrer Arbeit an der Essensausgabe hatte sie kaum Muße, die Leute im Camp zu beobachten, aber jetzt, während sie mit Quito einen Zaun errichtet, der Tiere aus dem Camp und von den Vorräten fernhalten soll, schaut sie sich um.

Sie ist erstaunt darüber, was die Leute aus ihren Häusern mitgenommen haben. Natürlich haben sie Schlafsäcke und Kleidung bei sich, Kosmetik, Medizin sowie Trinkwasser, aber das ist längst nicht alles. Eine Frau um die fünfzig sitzt vor einem Zelt auf einem Klappstuhl und drückt ein Fotoalbum gegen ihre Brust. Sie weint nicht, aber ihr Blick ist in die Ferne gerichtet, vermutlich in die Vergangenheit. Etwas weiter entfernt versucht ein Mann einer Gitarre einige beschwingte Akkorde zu entlocken, doch alles, was aus dem Instrument hervorkommt, ist Ausdruck von Melancholie und Resignation. Eine junge Frau streicht über die schlaffen Blätter einer Topfpflanze, die dringend Wasser braucht, Wasser, das hier niemand erübrigen kann, dennoch gießt sie etwas aus einer Plastikflasche über die Blumenerde.

Inéz ist klar, dass Gegenstände wie Fotos, Instrumente und Pflanzen ihren Besitzern keinen praktischen Nutzen bringen, aber Erinnerungen darin eingeschlossen sind, Erinnerungen an etwas, das sie vielleicht nie wiedersehen werden. In diesem Moment fällt ihr auf, dass sie selbst nichts dergleichen besitzt.

»Fertig!« Der Hammer fällt mit einem dumpfen Geräusch zu Boden, Quito rüttelt an dem Pfosten und nickt. »Kannst du noch?« In einiger Entfernung liegen ein Dutzend weitere Pfosten auf einem Stapel.

»Ich kann alles, solange du nicht weggehst«, sagt sie.

Quito seufzt und verschränkt die Arme vor der Brust. »Wir haben doch schon darüber gesprochen. Ich bin der Einzige, der die Proben identifizieren kann.«

»Und wenn sie im Institut verbrannt sind?«

»Wir müssen davon ausgehen, dass sie noch dort sind. Sie sind unsere einzige Chance, etwas gegen die Insekten zu unternehmen, sie sind alles, was wir haben, um diese Menschen wieder nach Hause bringen zu können.«

Inéz wirft einen Blick zu der Frau mit dem Fotoalbum hinüber. Für einen Moment sieht sie sich selbst dort sitzen. Aber sie hat nur die Gegenwart, und daran wird sie festhalten. »Ich lasse nicht zu, dass du gehst. Es sei denn, du nimmst mich mit.«

Quito will etwas sagen, da ruft jemand über die Köpfe hinweg seinen Namen. Im nächsten Moment bahnt sich Roberto einen Weg durch die Leute. Ein Polizist mit rotem Haar begleitet ihn.

Robertos Frage, ob alles in Ordnung sei, ist wohl nichts weiter als eine Floskel, denn er kommt sofort auf etwas anderes zu sprechen. »Die Expedition kann starten, aber es gibt eine Planänderung. Ich kann dich nicht begleiten.«

Inéz' Hand schießt nach oben. »Dann werde ich …«

Roberto winkt ab. »Das kann ich nicht verantworten. Aber

Deputy Chief Randy Ferris hat sich bereit erklärt, mit dir zu fahren, Quito.«

Der Rothaarige nickt Quito kurz zu. Inéz hat den Eindruck, dass sich die beiden Männer kennen, vermutlich von Robertos Dienststelle.

»Warum kommst du nicht mit?«, fragt Quito.

Roberto schaut sich um, dann berichtet er Quito von einem Problem im Norden von Key Largo, um das er sich kümmern muss. »Erst dachte ich, es sei nur eine Lappalie. Aber wie sich herausstellt … Ich erzähle dir später mehr davon, nicht jetzt.«

»Ein Verrückter will die Keys mit Napalm bombardieren«, sagt Ferris unverwandt. »Bobby hat versucht, ihn festnehmen zu lassen, aber der Vogel war schon ausgeflogen. Jetzt will er ihn suchen, bevor was passiert. So ist es doch, nicht wahr, Deputy Chief Mantezza?«

»Napalm?«, entfährt es Inéz. »Das ist doch Wahnsinn!«

»Wir haben die ganze Angelegenheit erst für unbedeutend gehalten«, schildert Quitos Vater mit gesenkter Stimme, »eine Kollegin ist der Sache trotzdem nachgegangen und darauf gestoßen, dass mehr dran sein könnte.« Inéz setzt ihren Rucksack auf, greift nach Quitos Arm und hält ihn mit beiden Händen fest. »Was geschieht, wenn dieser Verrückte sein Vorhaben ausführt, während Quito und Officer Ferris dort unten sind?«

»Deputy Chief Ferris«, verbessert Robertos Kollege und mustert sie abfällig. »Kenne ich Sie nicht?«

»Miss Barrera hilft hier im Evakuierungslager«, erklärt Roberto. »Sie ist eine der Freiwilligen.«

Ferris wirft ihr noch einen Blick zu, dann zieht er sein Feuerzeug aus der Hosentasche und spielt damit herum. »Wir müssen uns eben beeilen. Es geht sofort los.« Er streckt eine Hand in Richtung Meer aus. »Da drüben wird gleich ein Polizeiboot anlegen mit zwei Kollegen und vier Schutzanzügen. Die haben wir aus Laborbeständen eines Forschungsinstituts in Orlando. Damit halten wir uns die Mücken vom Leib. Und in Nullkommanichts sind wir wieder hier.«

Inéz denkt gar nicht daran, Quito loszulassen. »Das geht nicht«, sagt sie, während sie in der heißen Luft nach Argumenten sucht, die ihn daran hindern könnten loszufahren.

»Warum nicht?«, fragt Roberto.

»Weil wir nicht wissen, was aus den Meeresschildkröten im Hospital geworden ist. Vielleicht wird dort unsere Hilfe benötigt.« Ist das ein gutes Argument? Egal, es ist das erstbeste, das ihr eingefallen ist.

»Daran habe ich bereits gedacht«, sagt Quito. »Deputy Chief Ferris wird bestimmt nichts dagegen haben, mich auf dem Rückweg auf Vaca Key abzusetzen. Dann kann ich im Meeresschildkrötenhospital nach dem Rechten sehen. Ich fahre mit dem Ambulanzboot von dort weiter und kann, falls nötig, sogar einige Tiere mitnehmen.«

»Das kommt nicht infrage«, wirft Mariposa ein. »Du begibst dich ohnehin schon in Gefahr. Um die Tiere wird sich Donald Delane gekümmert haben.«

Ferris zieht eine Zigarette aus einer Packung hervor und zündet sie an. Er bläst den Rauch in die Luft.

»Was sagst du dazu, Randy?«, fragt Roberto.

»Von mir aus«, stimmt Ferris zu. »Wir retten jeden, auch wenn er einen Panzer hat und potthässlich ist.«

Das Polizeiboot nähert sich dem Anleger mit Schwung, verliert an Fahrt und kommt vor den Planken zum Stehen. Das Gefährt ist blau und weiß lackiert, der Name »Seagull« steht auf der Seite am Bug. Es gibt Sitzplätze in dem offenen Bereich hinter dem Steuerstand, wo ein uniformierter Beamter steht. Quito, Randy Ferris und zwei weitere Kollegen tragen Ausrüstung auf das Boot.

Nachdem er seine Ladung darin abgestellt hat, kommt Quito zu Inéz hinüber, zwei Funkgeräte in den Händen. »Die habe ich abgezweigt, damit wir in Kontakt bleiben können. Funktioniert in diesem Fall besser als mit Telefonen.«

Inéz nimmt den Apparat aus gelbem Kunststoff entgegen. »Blumen wären auch in Ordnung gewesen«, sagt sie.

»Ich bring dir welche aus dem Garden Club mit.« Quito probiert einen Scherz, aber Inéz bringt nicht mal ein Lächeln zustande.

»Warum muss es diese Moskitos überhaupt geben?«, fragt sie. »Ich meine: Welchen Nutzen haben sie in der Welt? Außer uns voneinander zu trennen.«

»Das kann Emmet Walsh wohl besser beantworten als ich«, sagt er. »Soviel ich weiß, sind Mücken ein Imbiss für Tiere wie Vögel und Fledermäuse, außerdem bestäuben sie Pflanzen.«

»Die Natur sorgt wohl dafür, dass alles seinen Platz hat.«

»Ich weiß jedenfalls, wo meiner ist.«

»Auf einem Polizeiboot, das dich von mir fortbringt.« Inéz schaut an ihm vorbei zu den wartenden Polizisten hinüber, mit einem Mal will sie, dass er losfährt, denn sie spürt etwas in sich aufsteigen, etwas, mit dem sie lieber allein wäre.

»Los!« Sie schiebt ihn weg, hört, wie seine Schritte sich entfernen. Als Inéz sich wieder umdreht, sieht sie Quitos schlanke Gestalt gegen das Licht der untergehenden Sonne in das Polizeiboot steigen. Er begrüßt die Beamten mit Handschlag, dann dreht er sich noch einmal zu ihr um, stützt sich mit beiden Händen auf das blau lackierte Dollbord. In der Ferne hört man das Kreischen von Seevögeln. Der Moment strahlt so viel Frieden aus, dass Inéz ihn für immer festhalten will, im Fotoalbum ihres Geistes.

Ein Brüllen zerreißt den Zauber des Augenblicks. Einer der Polizisten hat den Außenbordmotor gestartet. Das Boot fährt an, der Bug teilt die ruhige See. Es sieht klein und zerbrechlich aus, aber es wird Quito zurückbringen. Ganz bestimmt.

Die »Seagull« schrumpft, bis sie in der Dämmerung nicht mehr zu erkennen ist. Inéz schaltet das Funkgerät ein. Beinahe im selben Moment meldet sich Quito. Die Worte, die sie sich zurufen, sind dieselben.

Kapitel 37

Florida City, Veterans Club

Sloker steuert den Ford Ranger auf den Schotterparkplatz und stoppt unter dem Schild mit dem Schriftzug »Veterans Club«. Früher war diese Bar in Florida City seine Lieblingskneipe. Aber dann hat er festgestellt, dass dort, zwischen Key Largo und Miami, nur alte Säcke abhängen und dass, wer schönen Frauen begegnen will, in den Kneipen von Key West besser aufgehoben ist.

Trotzdem überkommt ihn ein Gefühl von Nostalgie, als er den Motor abschaltet und den flachen Ziegelbau betrachtet. Das alte Neonschild über dem Eingang flackert, und noch immer bleiben vier Buchstaben im ersten Wort dunkel, sodass die Schrift Vets, Tierärzte, statt Veteranen begrüßt. In dieser Bar hat Sloker viel Zeit verbracht und mit den Kumpels Kriegsgeschichten ausgetauscht. Je später die Abende wurden, desto größer wurden ihre Heldentaten.

Als er aus dem Wagen steigt, spürt er etwas auf seiner linken Hand. Im Licht aus den Fenstern der Bar sieht er, wie sich ein Moskito auf seiner Haut zu schaffen macht. Verfluchte Biester! Das ist sein erster Gedanke. Der zweite: Das Vieh da ist nichts anderes als ein kleiner Pilot, so was wie ein Kollege. Im nächsten Moment spürt er den Stich, als sich der Rüssel der Mücke in seine Haut versenkt. Sloker schlägt zu, schnippt den Moskito weg, hält sich die Hand an den Mund und saugt einen Tropfen

Blut – und vielleicht etwas anderes – aus der winzigen Wunde heraus, so, wie er es in Vietnam mit Schlangenbissen getan hat. Dann spuckt er aus.

Aus der Bar dringt Countrymusik. Wird Zeit, dass jemand die Jukebox mit einem Vierteldollar füttert und Hardrock spendiert. Sloker zieht die Tür auf, die Musik wird lauter, überschwemmt ihn, und er taucht in das gelbe Licht. Er tritt ein, wie ein Soldat aufs Schlachtfeld marschiert, hebt das Kinn und strafft die Schultern. Der Geruch von schalem Bier und Zigarettenqualm schlägt ihm entgegen – das beste Parfüm der Welt. Gläserklirren und ranziges Gelächter füllen den Raum. Wenn unter den zwei Dutzend Gästen ehemalige Saufkumpane sind, dann erkennt er sie nicht. Sloker geht zur Jukebox und drückt Van Halen, wartet, bis der Countrysong zu Ende ist und der Gitarrenriff von »Unchained« erklingt. Von einem der Tische erklingt Applaus.

Im Takt der Musik hält er auf die Bar zu, zieht sich einen Hocker heran und bestellt bei dem höchstens zwanzigjährigen Barkeeper einen doppelten Bourbon. »Und mit doppelt meine ich die Menge, wie man sie in der guten alten Zeit ausgeschenkt hat«, ruft er dem Knaben zu.

Niemand scheint Notiz von ihm zu nehmen, und das ist auch gut so, denn er ist nicht zum Spaß hier. Als der Barkeeper das Glas vor ihm abstellt, beugt sich Darryl zu ihm hinüber. »Ist Hank the Tank zu sprechen?«, fragt er in vertraulichem Ton. »Ich hab 'ne Verabredung mit ihm.« Er schiebt eine Fünf-Dollar-Note über die Theke. Sie verschwindet in der Hosentasche des Jungen, der verschwindet durch eine Tür hinter der Theke, streckt kurz darauf den Kopf wieder herein und winkt Sloker heran.

Darryl hebt die Klappe, die hinter die Theke führt, und marschiert hindurch. Keiner der Gäste zeigt eine Reaktion. Die Gespräche gehen einfach weiter, untermalt von Eddy van Halens Stroboskopsolo.

Sloker war schon oft hier, um Zeug zu verschachern, von dem weder die Steuer noch die Cops etwas wissen durften. Der Barkeeper führt ihn durch einen schmalen Gang zu einer Tür, klopft und öffnet.

Das Licht im Raum dringt aus einem Fernseher und einer Lampe auf dem Schreibtisch, der übersät ist mit Papieren und Geldscheinen. An den Wänden hängen Plakate von Kriegsfilmen und mehr Orden, als eine ganze Armee tragen kann, außerdem eine Reihe historische Flinten. Darunter ist das Ledersofa von drei Männern besetzt, die auf den Fernseher starren, daraus sind Schüsse zu hören. Sloker hat selbst oft genug auf dieser Couch gelümmelt. Hank hat sie von jemandem gekauft, der behauptete, General Westmoreland habe darauf geschlafen, während Hanoi evakuiert wurde. Seither sitzen entweder Hanks Kumpel oder seine Mädchen darauf.

Hank ist ein dünner, blasser Mann mit langem Blondhaar, das an den Seiten grau wird. Er trägt ein Sakko über einem weißen T-Shirt, etwas, das ihn wie einen Geschäftsmann aussehen lassen soll, ohne ihm die Unbequemlichkeit eines Business-Anzugs aufzunötigen. Die beiden Männer neben ihm kennt Sloker nicht, und er ist sich sicher, sie auch nicht näher kennenlernen zu wollen.

Hank schaut ihn mit einem Blick an, der Sloker nicht gefällt. Hinter ihm fällt die Tür ins Schloss. Die beiden Kerle wuchten sich aus dem Lederpolster und demonstrieren ihre Ausmaße.

»Hallo, Hank«, sagt Sloker und tippt sich mit einem lässig militärischen Gruß gegen die Baseballkappe. »Können wir unter vier Augen miteinander reden?«

Hank sieht ihn noch immer wortlos an. Dann zuckt seine Nase, und wie auf ein Kommando hin nimmt einer seiner Männer Sloker in den Schwitzkasten. Der Arm, der sich um seinen Hals schlingt, hat die Ausmaße einer Netzpython und ebensolche Kraft. Er drückt die Frage, die in Darryls Kehle aufsteigt, zu einem Nichts zusammen.

»Man hat mir schon gesagt, dass du durchgeknallt bist, Sloker.« Hank steht auf. Er sieht überhaupt nicht aus wie ein Tank, ein Panzer, sondern wie eine Vogelscheuche. Sloker kann nicht anders, er muss lachen. Das Geräusch, das dabei entsteht, hat er noch keinen Menschen von sich geben gehört. »Aber dass du so verrückt bist, mich erst bei der Polizei zu verpfeifen und dann hier aufzutauchen, hätte ich nicht gedacht«, fährt Hank, die Vogelscheuche, fort.

»Cops?« Sloker bringt es fertig, diese eine Silbe auszustoßen. Sie kostet ihn alle Luft, die er noch in den Lungen hat.

Hank macht eine Geste, und der Griff um Slokers Hals lockert sich. »Ich hab keine Cops …« Er bekommt einen Hieb in die Seite und keucht. Ist das alles, was diese Jungs draufhaben? In Vietnam hat er Schlimmeres ausgehalten – und seine Gegner mussten das auch.

Aber Darryl will nicht mit diesen Jungs kämpfen. Er will etwas von ihrem Boss kaufen. »Hey, warte mal«, sagt er schnell und reibt sich die Seite. »Ich will mit dir handeln, Hank. Keine Cops.«

»Was darf's denn sein, Mister Sloker?«

Darryl schluckt. »Napalm. Kannst du welches besorgen?«

Hank lacht, greift unter Darryls Jacke und reißt sein T-Shirt hoch. »Immerhin bist du nicht so blöd, hier verkabelt aufzutauchen.«

»Ich bin kein Spitzel, Mann«, sagt Sloker. Es gelingt ihm, sich ein wenig aufzurichten. Sein Rücken schmerzt, und allmählich spürt er eine Scheißwut in sich aufsteigen. »Ich will nur das Napalm.«

»Dann erklär mir mal, wieso mich vorhin jemand von deinem Telefon aus angerufen hat, und als ich drangegangen bin, spricht die Polizei mit mir.«

»Das kann nicht sein«, beteuert Sloker. »Lasst mich mal 'nen Moment los, dann kann ich nachsehen, ob von mir ein Anruf rausgegangen ist. Keine Ahnung, mit welchen Tricks die Bullen heutzutage arbeiten.«

Hank nickt, und in dem Moment, in dem der Arm von Slokers Genick verschwindet, hämmert er dessen Besitzer die Faust auf die Nase. Der zweite Schlag trifft den anderen Burschen, der dritte erwischt Hank the Tank, bevor er den Baseballschläger erreichen kann, der neben der Tür lehnt. Den greift sich nun Sloker und schwingt ihn so lange gegen die beiden Leibwächter, bis nur noch Hank ein Stöhnen von sich geben kann.

Sloker öffnet die Tür einen Spaltbreit und späht auf den Korridor. Niemand zu sehen. Als Nächstes tastet er seine Jacke nach dem Telefon ab. Es ist nicht da. Verdammt! Hat die Vogelscheuche etwa die Wahrheit gesagt? Wo hat er das Gerät denn zum letzten Mal benutzt? Das war gestern, auf dem Weg zur Air Tractor. Da hat er die Cops angerufen und ihnen nochmals sein verlockendes Angebot mit dem Napalm unterbreitet. Danach … Er hat mit Bembe einen getrunken und sich anschließend mit ihm gestritten. Bembe hat eingesehen, dass er gegen Sloker keine Chance hat, und ist vor ihm davongelaufen. Vielleicht ist ihm das Telefon bei dem Schlagabtausch aus der Tasche gefallen. Aber wieso haben es dann die Bullen?

Einer der Leibwächter rührt sich, und Sloker versetzt ihm einen Hieb mit dem Baseballschläger, einen finalen, wie er hofft.

Die Lage ist, wie sie ist. Die Polizei hat sein Telefon. Na und? Auf dem Ding ist nichts Verbotenes. Er ist ein gesetzestreuer Bürger. Hat er nicht gerade erst drei Kriminelle aus dem Verkehr gezogen? Die Cops können ihm dankbar sein.

Sloker hält Hank das dicke Ende des Baseballschlägers vor das Gesicht, allmählich beginnt dessen Visage anzuschwellen. »Hör zu, Hank! Das Lifting hast du dir selbst zuzuschreiben. Ich hab niemanden verpfiffen und werde es auch nicht tun. Nick einfach, wenn du mich verstanden hast.«

Hank nickt.

»Hast du Napalm hier?«

Hank nickt wieder.

»Wie viele Fässer?«

Hank hebt eine blutende Hand mit vier ausgestreckten Fingern.

»Wo sind sie? Herrgott, lass dir doch nicht alles aus der Nase ziehen!«

Hank braucht mehrere Anläufe, aber dann weiß Darryl, dass vier Fässer mit Napalm im Anbau der Bar stehen, hinter einer Sicherheitswand, dort, wo Hank auch seine andere Ware lagert. Den Schlüssel zieht er aus der Hosentasche und wirft ihn Darryl zu.

»Wie viel willst du dafür?« Sloker genießt den Moment, als er Hank mit dieser Frage sichtlich überrascht. »Komm schon, mein Freund. Ich sagte doch, ich will nur was einkaufen. Ganz legal.«

Vermutlich aus Angst, Sloker könnte weiteren Gebrauch von dem Baseballschläger machen, nennt Hank eine lächerlich niedrige Summe. Sloker lässt den Schläger fallen, kramt einige Dollarscheine aus seinen Hosentaschen und legt sie auf den Schreibtisch. »Ich hab nur das hier dabei. Den Rest bekommst du, wenn ich die Sache durchgezogen habe. Ich leg sogar noch 'nen neuen Baseballschläger drauf.«

Sloker sammelt die Telefone der drei Männer ein, verlässt den Raum und schließt von außen ab. Pech für Hank, dass er sein Büro in einem fensterlosen Raum eingerichtet hat. Wer sich verbarrikadiert, dem fehlen die Fluchtmöglichkeiten.

Auf dem Korridor kommt Sloker der junge Bursche aus der Bar entgegen, er schleppt einen Pappkarton, in dem etwas klappert. »Alles gut gelaufen?«, fragt der Barkeeper.

»Bestens. Dein Boss will nicht gestört werden.« Sloker drängt sich vorbei in Richtung Hinterausgang. An der Rückseite der Bar ist es stockfinster, trotzdem findet er sofort den Anbau, eine Art Doppelgarage. Die drei Telefone wirft er ins Gebüsch. Er ertastet das Sicherheitsschloss und steckt den Schlüssel hinein. Ein Klacken ertönt, und die Tür lässt sich öffnen. Beim Eintreten flackern Lichter auf und bestrahlen das größte Ausstellungsstück. Direkt vor Sloker ragt ein Panzer auf. Sieht aus wie ein altes Sowjetmodell. Sloker kennt den Vorgänger, den PT-76, die Vietnamesen bekamen ihn von Moskau geliefert. Darryl hat einige Exemplare in Flammen aufgehen lassen.

Wo ist das Napalm? Er hat jetzt keine Zeit zum Staunen. Er wirft den Panzerfäusten, die wie Golfschläger gebündelt in einem Regal liegen, nur einen flüchtigen Blick zu, erkennt Hochkapazitätsmagazine, Sturmgewehre, kurzläufige Schrotflinten: alles, was große Löcher reißt. Weiter hinten stehen die Fässer, es sind tatsächlich vier, sie sind rot lackiert und tragen eine Aufschrift auf dem gelben Deckel, die Darryls Herz höherschlagen lässt. Napalm-B. Die B-Variante! Darin ist Polystyrol als Verdickungsmittel enthalten, das räumt noch besser auf. Darryl kann sein Glück kaum fassen. Er streicht sich über das Gesicht und fühlt, wie sich angetrocknetes Blut von der Haut löst. Er tastet über seine Nase, seine Stirn, seine Lippen. Ja, er hat was abgekriegt vorhin bei der Schlägerei. Nicht dass ihm das was ausmachen würde. Oh nein! Nicht Darryl Sloker. Aber der Barkeeper, der müsste blind gewesen sein, wenn er nicht bemerkt hätte, dass da was nicht stimmt.

Mit wenigen Sätzen ist Sloker aus dem Waffenlager heraus, zieht die Tür zu. Stimmen sind zu hören, an der Seite der Bar geht ein Licht an. Schritte. Zwei Männer. Der Barkeeper hat seinen Chef befreit, die beiden Gorillas sind offenbar noch nicht manövrierfähig.

Der Weg zum Wagen ist versperrt. Macht nichts. Darryl wird die Fässer später abholen. Schließlich hat er ja dafür bezahlt. Der wilde Bewuchs hinter dem Veteranen-Club raschelt kurz, als Sloker zwischen den Sträuchern untertaucht und in der Nacht verschwindet.

Kapitel 38

Key Largo, Polizeistation

Der Lärm in der Station des Sheriffs von Key Largo ist auf hundertzwanzig Phon angeschwollen, jedenfalls kommt es Roberto so vor. Aber er ist froh über den Trubel, denn der lenkt ihn von seinen Sorgen um Quito ab.

Um ihn herum stehen Torok, Haskell und Hastings und schauen ihn an wie Schüler, die ihrem Lehrer verkünden, gerade den Taschenrechner erfunden zu haben.

Lieutenant Torok hält Roberto ein Mobiltelefon mit verkratzter Oberfläche entgegen. »Das ist das Telefon, von dem ich Ihnen berichtet habe, Sir: das von Darryl Sloker. Ich habe es auf dem Gelände gefunden, das Bembe Hernandez uns beschrieben hat. Ein Flugzeug war dort nicht zu sehen, wohl aber eine Landebahn mit frischen Ölflecken.«

Als Roberto auf das Display tippt, leuchtet eine Codeabfrage auf. Er schaut in die Runde. »Und Sie haben das Passwort geknackt?« Seine Leute sorgen immer wieder für Überraschungen, diesmal als Hacker.

»War gar nicht schwer, Sir.« Dixie Hastings grinst über das füllige Gesicht hinweg. »Ich trinke schon mal einen mit Darryl und weiß, dass er nur zweierlei im Kopf hat: Frauen und seine Vergangenheit als Kampfpilot.«

»Dann war der Code ein Frauenname?«

Hastings Grinsen bekommt eine anzügliche Note. »Die einzigen Frauen, die sich mit Darryl einlassen, werden dafür bezahlt. Das sind keine Damen, deren Namen man in seinem Telefon speichert. Wenn man ihn überhaupt kennt.«

»Was dann?«, will Roberto wissen. »Etwas Militärisches?«

Hastings nickt. »Entweder prahlt Darryl mit seinen Flügen in einer A4-Skyhawk oder mit seiner Einheit der VA55-Warhorses. Das sind zwei Möglichkeiten, und man hat schließlich drei Versuche, bevor das Gerät gesperrt wird.«

»Es ist die A4-Skyhawk«, kürzt Torok ab, und Roberto tippt den Code ein. Als Hintergrundbild dient ein Gruppenfoto von Männern in Uniform, vermutlich Slokers ehemalige Kameraden.

»Sehen Sie sich das an, Sir.« Torok beugt sich zu ihm herüber und öffnet die Übersicht der zuletzt gewählten Telefonnummern. Ganz oben steht »Hank«, an zweiter Stelle »VC«, darunter erkennt Roberto die Rufnummer der Polizeistation, bei der Sloker sich noch einmal mit seinem Vorschlag, Napalm gegen die Moskitos einzusetzen, gemeldet hatte. Roberto mustert die Einträge. »Die zweite ist eine Nummer in Florida City, nicht wahr?«

Torok nickt. »Veterans Club, eine Bar, eine halbe Stunde von hier.«

»Es ist einen Versuch wert,« sagt Roberto, »vielleicht hat sich Sloker dort Mut angetrunken und seinen Plan mit den Jungs an der Theke besprochen. Bembe Hernandez, unser Informant, sagte, dass Sloker das Napalm nicht im Flugzeug hatte, also muss er es erst noch besorgen, und die Ex-Soldaten in der Bar könnten wissen, wo er es bekommt.« Unwillkürlich schaut er auf die Uhr. Quito müsste jetzt auf halben Weg nach Key West sein.

»Torok, Sie fahren mit mir. Versuchen Sie, diesen Hank zu

erreichen und aus ihm herauszubringen, was er von der Sache weiß.« Er reicht Torok Slokers Telefon. »Hastings, Haskell – Sie kümmern sich um die Lage im Evakuierungscamp.«

»Sollte nicht besser Lieutenant Torok im Camp helfen?«, fragt Mike Haskell im Beschwerdeton.

Robertos Augen werden schmal. »Ich gebe normalerweise keine Anweisungen, damit sie hinterfragt werden, Sergeant.«

»Ja, Sir«, kommt es von dem Polizisten. »Aber die Kollegin ist vielleicht nicht die Richtige, um es mit einem Haufen alter Kämpfer aufzunehmen. Bei der Essensausgabe im Camp hingegen …«

Er hat den Satz noch nicht ausgesprochen, da schießt Toroks Faust vor, Haskell fängt sie ab, bevor sie sein Gesicht erreichen kann, doch damit hat er seine Verteidigung an genau der Stelle eingesetzt, die Torok ihm vorgegeben hat. Nun kann ihm Torok einen Tritt gegen die Kniescheibe verpassen, und Haskell hat sichtlich Mühe, gerade stehen zu bleiben und sich nicht vor aller Augen zusammenzukrümmen.

»Entschuldigen Sie, Deputy Chief Mantezza«, sagt die Polizistin.

»Geschenkt«, sagt Roberto kopfschüttelnd, »aber wenn das hier vorbei ist, sehen Sie beide sich bei der Supervision im Stuhlkreis wieder. Und jetzt los, wir müssen diesen Verrückten aufhalten.«

Auf dem Highway 1 nördlich von Key Largo herrscht Stille. Torok steuert den Polizeiwagen durch die Dunkelheit. Auf dem Beifahrersitz fordert Roberto die Einsatzzentrale über Funk auf, allen Flugplätzen in der Umgebung ein Bild von Darryl Sloker zu senden und den Mann auf keinen Fall mit einem Flugzeug starten zu lassen. »Und alle Meldungen sofort zu mir durchstellen«, befiehlt er. Er weiß, dass das Netz, das er auswirft, grobmaschig ist, denn um die Keys herum gibt es zahllose kleine Flugfelder, und wenn man es darauf anlegt, dann kann man auch einfach von ebenem Gelände starten. Wenn er an Slokers Stelle wäre, würde er jedenfalls nicht erst zu einer Flugleitstelle gehen und sich mit Napalmbomben im Gepäck anmelden.

Toroks Gesicht wird schwach vom Glühen der Armaturen beleuchtet, es ist beinahe reglos.

»Woran denken Sie, Lieutenant?«, fragt Roberto und hängt das Gerät ein.

»Ich frage mich, wie die Moskitos es geschafft haben, auf dieses Schiff zu gelangen, und ob sie noch anderswo hingekommen sind«, antwortet Torok.

Sie erreichen die Stadtgrenze von Florida City. Auch hier herrscht kaum Verkehr. Roberto fragt sich, ob die Angst vor den fleischfressenden Bakterien die Leute in die Häuser getrieben hat. Im Nordosten erhellen die Lichter von Miami den Himmel.

Toroks Worte erschrecken Roberto, wieder wird ihm klar, dass das eigentliche Problem viel größer ist, als er sich vorstellen kann, vielleicht sogar zu groß, um damit fertigzuwerden. »Das Schiff ist isoliert«, erklärt er. »Es darf keinen Hafen anlaufen. Verbreiten wird es seine blinden Passagiere also nicht. Aber natürlich ist es möglich, dass dort, wo es seine Fracht aufgenommen hat, weitere Moskitos lauern.« Roberto überlegt einen Moment, versucht, sich zu erinnern. »Was hatte der Frachter an Bord?«

»Container, Sir«, antwortet Torok.

»Lassen Sie das Sir mal weg«, sagt Roberto. »In dem Bericht, der von den beiden Überlebenden kam, gab es da eine Information darüber, was in dem besagten Container geladen war, aus dem die Mücken kamen?«

Torok überlegt. »Das waren nur Autoreifen, Sir.« Sie halten vor einer Ampel. Das Rotlicht färbt das Innere des Wagens.

»Reifen.« Roberto klopft mit den Fingern auf ein Knie. »Reifen. Die bringen uns nicht weiter.«

Das Licht wird grün. Torok fährt an. Den Rest der Fahrt verbringen sie in grüblerischem Schweigen. Schließlich setzt die Polizistin den Blinker und verlässt die Hauptstraße, biegt zweimal ab und hält schließlich am Straßenrand. In einiger Entfernung ist auf der gegenüberliegenden Straßenseite die Leuchtreklame einer Bar zu sehen.

»Da ist es, Sir. Der Besitzer heißt Hank Masters. Sloker hat gestern erst in der Bar und dann bei ihm persönlich angerufen. Masters war wenig erfreut, als wir ihn heute über Slokers Telefon kontaktiert haben, er hat angeblich seit Jahren nichts von ihm gehört.«

Roberto beugt sich vor. Auf dem Parkplatz steht etwa ein Dutzend Wagen. Er holt sein Telefon hervor und wählt die Nummer von Dixie Hastings. »Was für ein Auto fährt Ihr Kumpel Darryl Sloker?«, fragt er den Polizisten.

Hastings muss einen Moment überlegen. »Einen Ford Ranger, silbergrau, glaube ich, aber die Farbe ist unter dem Schmutz kaum zu erkennen.«

Roberto unterbricht die Verbindung und sucht den Parkplatz nach dem beschriebenen Fahrzeug ab. »Da vorn, neben dem weißen Buick«, sagt er und stößt die Tür des Polizeiwagens auf.

Im nächsten Moment hört er ein zischendes Geräusch und spürt etwas Kaltes im Nacken. Als er sich umdreht, steht Lieutenant Torok hinter ihm und hält eine Sprühdose in der Hand. »Insektenschutz«, erklärt sie. »Nur zur Sicherheit.« Dann nebelt sie sie sich selbst mit dem Zeug ein.

»Sloker ist hier.« Roberto leuchtet mit seiner Taschenlampe auf das Nummernschild des Rangers. »HANOI69« steht darauf. Er umrundet den Wagen und richtet den Strahl der Lampe ins Innere. Am Rückspiegel hängt ein Duftbaum, im Fußraum häufen sich Bierdosen, Kaffeebecher und Plastikmüll, und der Fahrersitz ist mit Blättern und Pflanzenfasern übersät. »Sieht aus, als hätte unser Freund im Grünen kampiert«, sagt Torok neben ihm. Roberto knipst die Taschenlampe aus. Durch die Fenster der Bar sieht er eine Meute Männer von Slokers Kaliber. Jetzt beginnt der schwierige Teil der Operation.

Kapitel 39

Atlantik, Ostküste der Florida Keys

Der Motor der »Seagull« dröhnt, Salzwasser sprüht Quito ins Gesicht. Die Sonne ist beinahe untergegangen, sie zerläuft über dem Meer wie eine gestrandete Qualle. Jedes Mal, wenn das Boot über eine Welle hüpft, spürt Quito einen Schlag in seinen Knien.

»Zieh das an!«, ruft Randy Ferris und wirft ihm einen der Schutzanzüge zu. Nachdem Quito ihn auseinandergefaltet hat, flattert er im Fahrtwind und macht das Einsteigen schwer. Schließlich steckt er bis zum Hals in dem olivgrünen Overall aus einem leichten, aber steifen Gewebe, das dicker ist als das der Schutzanzüge im Meeresschildkrötenhospital, aber denselben Effekt hat: Jede Bewegung darin fühlt sich seltsam an, allein schon deshalb, weil zwischen Körper und Welt eine Barriere errichtet ist. Ein wenig erinnert der Anzug an Astronautenkleidung, mit dem Unterschied, dass keine Helme, sondern Kapuzen mit einem Netz, wie man sie vom Imkern kennt, daran befestigt sind. Immerhin benötigt man darunter kein Sauerstoffgerät.

Eine Klimaanlage wäre allerdings nötig. Es ist heiß im Innern des Anzugs, und weil der Fahrtwind kaum durch das Gewebe dringt, kommt Quito rasch ins Schwitzen. Wie soll das erst werden, wenn er vom Boot heruntersteigt und im College nach

Emmet Walsh und den Proben sucht? Er zieht sich seine Schuhe wieder an, stülpt die Hosenbeine darüber und verschnürt deren Ende fest über den Knöcheln.

»He!«, ruft Simon, einer der beiden Polizisten. »Da ist hinten ein Riss in deinem Anzug.«

Quito bleibt gebückt stehen und tastet so gut es geht an seinem Rücken herum, aber mit Handschuhen ist das so sinnvoll, wie Blindenschrift mit den Ellbogen lesen zu wollen. Der Beamte kommt ihm zu Hilfe, und Quito spürt zwei Fingerspitzen an seiner Wirbelsäule. »Von da bis da, ein ordentliches Stück«, sagt der Cop. »Geradezu eine Einladung für Mücken. Warte, ich reparier das.« Er holt eine Rolle Gewebeband unter einer der Sitzbänke hervor und bringt mehrere Lagen auf der Rückseite des Anzugs auf. »Das sollte genügen. Und wenn ein Moskito versucht, dich zu stechen, wird sein Rüssel festkleben.« Gelächter und ein kräftiger Schlag auf Quitos Rücken folgen. »Das hätte schiefgehen können. Gut, dass die Polizei zur Stelle ist.«

An der Backbordseite lehnt Randy Ferris und muss sich von dem anderen Kollegen dabei helfen lassen, den Schutzanzug anzuziehen. Besonders schwierig scheint es zu sein, den Gürtel mit dem Pistolenhalfter, dem Funkgerät und dem Polizeiknüppel darüber zu befestigen.

Quito hält sein Funkgerät fest in der Hand. Auch wenn es ausgeschaltet ist, verbindet es ihn mit Inéz. Mit diesem Gedanken lässt er den Blick die Küste entlangschweifen. Seit er ein kleiner Junge war, ist er mit Booten über das Meer gefahren, an die Flucht von Kuba hat er keine bewusste Erinnerung, der Ozean birgt für ihn keinen Schrecken. Auf dem Wasser ist er sonst zum Vergnügen unterwegs, zum Fischen, mit Mädchen oder einfach nur, um allein zu sein und das Meer unter sich zu spüren. Niemals aber lagen die Inseln vollständig im Dunkeln. Aus den Häusern entlang der Küste dringt kein Funken

Licht hervor, keine Autoscheinwerfer huschen über die Brücken, keine Leuchtreklamen werben für die besten Angebote, und sogar die Häfen – von denen es viele gibt – ziehen leblos vorbei. Wäre das Dröhnen des Außenbordmotors nicht – die Stille über den Inseln würde übermächtig sein.

Die Fahrt führt an der Ostküste entlang, hier breitet sich der Atlantik aus. Auf der gegenüberliegenden Seite der Inseln, am Golf von Mexiko, liegt das Meeresschildkrötenhospital, Nummer zwei auf Quitos Sorgenliste. Ob es gelingen wird, dass Ferris auf der Rückfahrt vom College einen Umweg fährt und ihn dort absetzt? Von Donald, den Quito zuletzt vor zwei Tagen gesehen hat, gibt es bisher ebenso wenig Nachricht wie von Emmet Walsh.

Während der Fahrt schwindet das letzte Licht, und schließlich schaltet Simon am Steuer den Suchscheinwerfer ein und richtet ihn auf die Küste, um erkennen zu können, wo sie sich befinden. Im Lichtstrahl huschen Zwergrehe davon. Die Wildtiere sind kaum größer als ein Schäferhund und eine Art, die es nur auf Big Pine Key gibt. Das bedeutet, dass sie ihrem Ziel nahe gekommen sind.

Das College liegt nördlich von Key West. Lange bevor sie es sehen, können sie den Rauch riechen, beißenden Qualm, der die Schleimhäute beizt, die Augen zum Tränen bringt und immer stärker wird, je näher sie der Quelle kommen. Graue Fahnen ziehen durch den Lichtkegel und hängen wie Nebel über dem Wasser. Es lodern keine hohen Flammen, doch weiter vorn schält sich ein Schein aus der Nacht heraus. In Quito verhärtet sich etwas, er ballt die Fäuste.

Das Boot wird langsamer, als es sich dem Ufer nähert. Der Scheinwerfer tastet über verkohlte Einrichtung, verdrehte Stützpfeiler und eingestürzte Wände. An einigen Stellen stieben Funken auf. Dicker Qualm steigt in den Himmel und verdeckt die

Sterne. Der Gestank von verbranntem Plastik füllt die Luft, und nun wünscht sich Quito doch einen Astronautenanzug mit Sauerstoffgerät. Schließlich stoppt die »Seagull«, und der Motor tuckert im Leerlauf.

»Wir können hier festmachen«, schlägt Simon vor, und als Ferris nickt, steuert er das Boot an den Anleger eines Privathauses, steigt aus und schlingt ein Tau um einen der Pfosten. Die Bewegungen sehen einfach aus, völlig normal, und doch schafft es Quito erst nach zwei Anläufen, das Boot auf dieselbe Weise zu verlassen. Der Anzug behindert auch Ferris, aber unter Stöhnen und Fluchen gelingt es ihm, sich auf den Anleger zu ziehen. »Sie beide warten in der Kabine, bis ich mich melde«, gibt er vor, und die zwei Polizisten folgen dem Befehl sofort.

»Also, junger Mann«, sagt Ferris zu Quito, »wo liegt das Institut dieses verrückten Insektenforschers, oder sollte ich besser fragen: Wo lag es?«

Klingt da Belustigung in Ferris' Stimme? Der zweite Deputy Chief war Quito noch nie sympathisch, und das wird sich in dieser Nacht wohl auch nicht ändern. »Da vorn.« Er geht los, unter seinen Schuhen knirscht etwas, und er ist noch keine zehn Meter weit gekommen, da vernimmt er ein helles Sirren. Reflexhaft wedelt er mit beiden Händen durch die Luft, bevor ihm bewusst wird, dass er in dem Anzug geschützt ist. Jedenfalls hofft er das. Im nächsten Augenblick landet eine Mücke auf seinem Gesichtsschutz. Quito geht einen Schritt rückwärts und stößt dabei gegen Ferris.

»Was ist los?« Die Stimme des Deputy Chief ist dicht an seinem Ohr.

»Moskitos«, sagt er und wischt über das Gesichtsnetz.

»Nicht grad 'ne Überraschung.«

Quitos Atem geht schneller, er hört sich merkwürdig an in dem Anzug, so als käme er aus der Lunge eines anderen Menschen. Auf seinem Gesichtsschutz ist schon wieder eine Mücke gelandet, eine winzige Silhouette zeichnet sich dort ab, sie kriecht über das Netz und scheint nach einer Möglichkeit zu suchen, an das Protein dahinter zu gelangen. Und sie hat Verstärkung mitgebracht. Im Glühen der zerstörten Gebäude sieht Quito weitere Insekten über den Schutz kriechen. Dem Fluchen nach zu urteilen, das Ferris von sich gibt, wird auch er von den Tieren umschwirrt.

»So viele?«, fragt Ferris. »Werden die Biester vom Rauch angelockt?«

»Im Gegenteil«, antwortet Quito, »eigentlich müssten sie davon vertrieben werden.« Allmählich wird ihm klar, was hier los ist, aber er wagt es nicht, den Gedanken auszusprechen. Die Mücken haben sich vermehrt. Schon wieder! Es dürften nicht so viele sein. Normalerweise würde ihre Entwicklung länger dauern. Aber bei den genmanipulierten Tieren scheint der Fall anders zu liegen. Natürlich ist das nur eine Vermutung, aber … Quito presst die Lippen zusammen. Solange man etwas nicht in Worte fasst, ist es auch nicht wahr. Wo hat er das noch gleich gelesen?

»Ein Glück, dass ich die Anzüge organisiert habe«, lobt Ferris sich selbst, und Quito spart sich die Bemerkung, dass er sie dann auch hätte überprüfen können.

Nie zuvor hat er sich dem College von dieser Seite genähert, doch nach einiger Zeit kann er sich orientieren, erkennt Gebäude wieder und weiß schließlich, wo er ist. Soweit er es in der Dunkelheit abschätzen kann, ist der südliche Teil in Flammen aufgegangen, denn in einiger Entfernung ragen die Hauptgebäude unversehrt als dunkle Schatten in den Nachthimmel – vermutlich sind die Flammen nicht über den Parkplatz zwischen den beiden großen Bereichen des Colleges gelangt. Allerdings gehört das Institut für Insektenkunde zu dem betroffenen Flügel, und als Quito die Stelle findet, wo Emmet Walshs Büro und Labor lagen, steht er vor einem Haufen Trümmer. Bis auf Schulterhöhe ragen einige Wände des Instituts noch auf, der Rest ist zusammengestürzt und verkohlt. Der Strahl einer Taschenlampe sticht an Quito vorbei durch die Dunkelheit. Ferris hält das Gerät am langen Arm von sich, und augenblicklich flirren Insekten durch den Lichtschein. Jetzt ist das Ausmaß der Zerstörung zu erkennen. Über den Boden verteilt liegen die Reste von verkohlten Regalen, zersplittertes Glas glitzert im Licht, schwarze Pfosten recken sich in die Höhe wie die Finger eines nach einem Strohhalm greifenden Ertrinkenden. Die Ruine knackt und kracht. Quito hustet und bläst dabei die Mücken von seinem Gesichtsschutz fort. Er kann es nicht glauben: An dieser Stelle stand die Sammlung von Emmet Walsh, Hunderte von Insekten, sorgfältig konserviert in Gläsern, jedes erzählte eine Geschichte. Und da lag das Büro. Von Walshs Büchern ist nichts übrig, aber das Skelett seines Bürostuhls ist zu sehen, es hat den Brand stehend überstanden und versichert auf eine zynische Art und Weise, dass es nach wie vor bereit ist, seinen Dienst zu versehen.

»Wie konnte das geschehen?« Quito hält sich eine Hand gegen die Stirn, um das Entsetzen darin einzusperren, nimmt sie aber wieder fort, da er seinen Handschuh gegen die Kapuze presst.

»Plünderer«, sagt Ferris lapidar. »Passiert auch bei Wirbelstürmen. Los, weiter! Für Sentimentalitäten haben wir später noch Zeit, jetzt müssen wir feststellen, ob die Proben verbrannt sind. Da vorn ist das Labor. Da werden sie doch wohl gelegen haben.«

Quito schiebt einen Haufen zusammengestürzten Mobiliars beiseite und steigt mit ausholenden Schritten über einen weiteren hinweg. Dann hält er inne. Ferris weiß, wo das Labor war?

»Nicht einschlafen«, sagt der Cop. »Sonst glauben die Insekten noch, wir laden sie zu einem Drink ein.«

Obwohl er weiß, dass es sinnlos ist, ruft Quito nach Walsh. Wenn der Professor hier war, während das Feuer gewütet hat, dann ist er jetzt tot. Die Rufe verhallen, und schließlich steht er in den Resten des Labors, an jenem Ort, an dem er vor nicht allzu langer Zeit gearbeitet hat, wo er den Beweis erbracht hat, dass Mücken Streptokokken und Vibrionen übertragen – und dass DNArtists dafür verantwortlich sind.

Nichts ist von dem Raum übrig geblieben. Wenn der Rest des Instituts immerhin noch die verbrannte Fratze seiner ehemaligen Gestalt zeigt, so ist im Labor nur noch ein schwarzes Loch zu sehen, ein Ort, der das Licht von Ferris' Taschenlampe aufzusaugen scheint. Da bleibt der Strahl an einem schwarzen Monolithen kleben. Der Kühlschrank steht da wie ein Fels in einem Meer aus Asche.

»Das gibt's doch nicht!« Quito ist mit zwei Schritten dort und versucht, die Tür aufzuziehen, reißt aber nur den Griff ab. Als er mit den Fingern nachhelfen will, bemerkt er, dass die Gummidichtungen mit dem Metall verschmolzen sind. Er ruckt kräftig, aber erfolglos daran herum.

»Gut, dass wir nachgesehen haben«, sagt Ferris. »Ich hätte nicht für möglich gehalten, dass noch was übrig ist.«

»Die Proben sind vielleicht da drin. Helfen Sie mir! Allein bekomme ich ihn nicht auf.« Quito rüttelt und zieht kräftig an der Tür. Der Kühlschrank wackelt und rumpelt. Dann ist es still. Deshalb ist das Klacken deutlich zu hören, das Geräusch eines Druckknopfs, der geöffnet wird – der Druckknopf an einem Pistolenhalfter.

Quito fährt herum. Hinter dem Strahl der Taschenlampe ist die bullige Gestalt des Polizisten kaum zu erkennen, wohl aber die Pistole in seiner Hand. Der Schreck explodiert in Quitos

Beinen, er springt zur Seite und geht hinter dem einzigen Schutz in dieser Schuttwüste in Deckung: hinter dem Kühlschrank.

Ferris schießt. Ein dumpfer Aufschlag lässt den Behälter wackeln, er droht zu kippen, Quito stemmt sich mit aller Kraft dagegen. Knirschend nähern sich Ferris' Schritte, der Strahl der Stablampe zuckt über den Boden. »Kein Entkommen, Mantezza«, ruft Ferris.

Der Kühlschrank wird zur Seite gerissen und kippt. Quito stürzt vor, greift mit beiden Händen an die Stelle, wo er Ferris' Hand mit der Waffe vermutet, bekommt aber stattdessen dessen Kapuze zu fassen. Ferris stößt ihn weg. Im Fallen reißt Quito das Netz von Ferris' Gesicht herunter. Dann landet er auf dem Boden. Etwas bohrt sich in sein linkes Bein.

Die Taschenlampe fällt zu Boden. Quito greift danach und tastet nach dem Schalter, während er auf allen vieren vor Ferris davonkriecht. Er findet den Knopf. Die Lampe erlischt.

»Verdammte Biester! Weg mit euch!« Wieder schießt Ferris, dann noch einmal. Er scheint aufs Geratewohl in die Dunkelheit zu feuern, dorthin, wo er Quito vermutet. Im Mündungsblitz ist er für den Bruchteil einer Sekunde zu sehen. In einer Hand hält er die Waffe, mit den Fingern der anderen umklammert er das zerrissene Netz an seiner Kapuze.

Quito kriecht weiter, seine Hände scharren durch den Schutt. »Halt!«, ruft Ferris und feuert drei weitere Kugeln ab. Er muss fast blind sein ohne Taschenlampe und mit seiner mächtigen Faust vor dem Gesicht. Was ist hier los? Quito presst sich auf den Boden. Wieso will ihn der Deputy Chief töten? Die Angst in ihm droht zu einer Panik aufzulodern, deshalb lenkt er seine Gedanken auf das Einzige, was zählt: einen Weg durch diese Ruine zu finden, in rabenschwarzer Nacht.

Hinter sich hört er Schritte, Fluchen, Rumpeln und Krachen. Ferris sucht in der Nähe nach ihm. Quito verharrt so still wie möglich. Wenn der Polizist ihn in den Schatten aufspüren sollte, wird er gegen ihn kämpfen, ihm mit der Stablampe einen Schlag versetzen und seine Hand von dem zerrissenen Gesichtsschutz wegreißen. Die Moskitos würden zu Quitos Waffe werden, das, wogegen er vorgeht, wäre mit einem Mal auf seiner Seite. Die Schritte kommen auf ihn zu. Ferris' keuchender Atem ist zu hören, mischt sich in die Geräusche des erkaltenden Feuers. In diesem Moment steigt ein Geruch in Quitos Nase, es ist der Gestank von verbranntem Fleisch und noch etwas anderem, etwas, das in ihm den Drang weckt, davonzulaufen. Er weiß bereits, dass er neben einem toten Menschen kniet, bevor er durch die Dunkelheit tastet und über etwas streicht, das sich wie das Gerippe eines Brustkorbs anfühlt.

Quito muss würgen. Er zuckt, als sich die Magensäure aus ihm herauszudrängen versucht. Die Anstrengung, keinen Laut von sich zu geben, treibt ihm Tränen in die Augen. Gerade als er ein dumpfes Geräusch von sich gibt, ist ein Poltern zu hören, etwas Großes fällt zu Boden. Da ist eine Bewegung zu sehen, etwas weiter von ihm entfernt.

Quito schaltet seine Gedanken aus, sie sind voller entsetzlicher Bilder und führen nur dazu, ihn zu lähmen. Stattdessen überlässt er seinen Reflexen die Kontrolle. Er kommt auf die Beine und rennt los. Ohne Orientierung setzt er mit großen Schritten durch die Dunkelheit, weg von Ferris, von dem niedergebrannten Institut, weg von dem, was von einem Menschen, vielleicht Emmet Walsh, übrig geblieben ist. Ferris ruft ihm etwas hinterher, begleitet von einer weiteren Kugel, die in der Nacht verschwindet, und Quito setzt alles daran, ihr zu folgen.

Kapitel 40

Florida City, Veterans Club

Kurz vor dem Eingang zum Veteranen-Club trabt ein Hund auf Roberto und Betty Torok zu. Das Tier ist riesig und hat kurzes schwarzes Fell, an seinem Stammbaum hat ein Dobermann das Bein gehoben. Als der Hund näher kommt, zieht Torok ihre Pistole, doch Roberto legt eine Hand auf ihren Arm. »Kein Grund zur Sorge. Der ist friedlich«, sagt er und beobachtet, wie der Hund an ihnen vorbei zu einem Haufen Reifen hinüberläuft und den Kopf hineinsteckt. Kurz darauf ist das Geräusch einer großen Zunge zu hören, die Wasser aufschleckt.

»Den hat auch der Durst hergetrieben«, stellt Roberto fest. »Scheint eine Bar für Streuner zu sein.«

Drei quietschende Stufen führen auf die Veranda des Clubs. Roberto tastet nach seiner Waffe und seiner Dienstmarke und konzentriert sich darauf, beides in der richtigen Reihenfolge zu ziehen – welche auch immer das sein wird.

Er spürt das Adrenalin durch seinen Körper strömen wie einen Schluck Rum auf nüchternen Magen. Darin ertrinkt ein winziger Anflug von Nervosität, als er nun die Hand ausstreckt und die Tür öffnet. Die Atmosphäre der Bar schlägt ihm körperlich spürbar entgegen: laute Rockmusik, Gläserklirren und maskulines Johlen. Mit geübtem Blick zählt er außer dem Barmann vierzehn Gäste, und er schätzt, dass die Hälfte von ihnen eine Waffe bei sich hat. Roberto blickt in Gesichter, auf denen der ihm wohlbekannte Ausdruck erscheint, wenn er in Uniform an einem Ort wie diesem auftaucht.

Darryl Sloker sieht er nicht. »Er ist nicht hier«, raunt er Torok zu.

»Weit kann er nicht sein«, erwidert die Polizistin.

Die Gespräche verstummen, jedenfalls bewegen sich die Münder nicht mehr, doch der Lärm aus der Jukebox bleibt. Roberto spielt die Blicke, die ihm zugeworfen werden, zurück. Er erkennt einige der Anwesenden und verbindet die Gesichter mit den Begriffen Drogenbesitz, Raub und DUI – Alkohol am Steuer.

Torok geht zur Jukebox und zieht den Stecker. Die Musik erstirbt, die Stille lastet schwer über dem Raum. »Wir haben geschlossen«, ruft ein Scherzbold von einem der Tische, und einige der Anwesenden lachen.

»Wir sind vom Monroe County Police Department und suchen einen eurer Kollegen«, sagt Torok, laut, aber trotzdem ohne die Stimme zu erheben. Roberto ergänzt mit einem Blick zum Barkeeeper: »Außerdem wollen wir den Besitzer des Lokals sprechen.«

Der Scherzbold hat anscheinend noch Munition: »Hank ist ein echtes Genie. Jetzt liefert ihm die Polizei die Stripperinnen frei Haus.«

Vermutlich hat er grölendes Gelächter erwartet, denn er schlägt sich feixend aufs Knie und schaut sich beifallheischend um, doch alles, was zurückkommt, ist Schweigen. Einige Füße scharren, und Blicke senken sich zu Boden, als Lieutenant Torok zwischen den Tischen hindurchgeht.

Roberto legt eine Hand ans Pistolenhalfter. Torok ist so nah bei den Männern, dass die nur einen Arm ausstrecken müssen, um sie zu begrapschen, und den Ärger, der daraus entstehen kann, hat Roberto schon in seriöseren Bars erlebt. Diesmal nicht. Betty Torok scheint etwas auszustrahlen, das die Leute auf Distanz hält, und Roberto beglückwünscht sich zu der Entscheidung, sie mitgenommen zu haben.

Torok erreicht den Mann, einen Endvierziger mit weit auseinanderstehenden Augen, einem langen Gesicht und ebenso langen grauen Haaren, auch auf seinen Wangen. Er sitzt mit zwei anderen Kerlen zusammen, und nun zieht sich Torok einen Stuhl ran und lässt sich ihm gegenüber nieder, ihre Beine berühren sich beinahe, ihre Blicke bohren sich ineinander. Eine Art Armdrücken beginnt, eine Kraftprobe, bei der es nicht um Muskeln geht. Toroks Gesicht ist unbewegt und beinahe ausdruckslos. Auf der Miene des Gastes erscheint gekünstelte Belustigung, sie verwandelt sich in Trotz, schließlich senkt er den Blick.

»Was haben Sie da gerade gesagt?«, fragt Torok.

Wenn es überhaupt möglich ist, die Stille in dem Raum zu verdichten, dann geschieht das in den nächsten zwanzig Sekunden. Keucht die Klimaanlage da im Hintergrund, oder ist das der Atem von Toroks Gegenüber? Der Mann will nach seinem Glas greifen, doch die Polizistin legt eine Hand darauf.

»Nichts hab ich gesagt«, bringt der Kerl schließlich hervor und presst nach dem jämmerlichen Eingeständnis seiner Niederlage die Lippen zusammen.

»Gut«, sagt Torok, »ich will nämlich auch nichts mehr hören, außer wo sich Darryl Sloker aufhält.«

»Darryl Sloker?«, wiederholt er und sieht seine Begleiter an. Die Männer weichen seinem Blick aus. »Den kennen wir nicht.« Trotz kehrt in seine Stimme zurück.

Roberto mischt sich ein: »Ein hagerer, hochgewachsener Kerl mit Bomberjacke und roter Kappe. Erzählt gerne von seinen Flügen mit einer A4-Skyhawk.«

Niemand gibt einen Laut von sich.

Torok steht auf, dreht dem Mann – und den anderen Gästen – den Rücken zu und kehrt zu Roberto zurück. So kommen wir nicht weiter, denkt er und beschließt, den Laden zu räumen, damit sie sich ungestört mit Hank Masters unterhalten können, denn der hat nachweislich einen Anruf von Darryl Sloker erhalten. »Feierabend!«, ruft er. »Alle raus hier. Bedankt euch bei eurem Kameraden da vorn.«

Murren erklingt und Stühlerücken. Mehr als einmal wird der Scherzbold angeraunzt, jemand droht ihm sogar Prügel an und warnt ihn, vorsichtig zu sein, wenn er erst mal draußen ist.

Roberto und Torok lehnen sich an die Theke und lassen die Prozession an sich vorüberziehen. Die Kneipe ist gerade leer, da kommt der Barkeeper durch die Tür hinter der Theke hereingestürzt, gefolgt von einem Mann, der aussieht, als wäre er von einem Panzer überrollt worden. Sein Jackett ist voller Blutflecken, deren Quelle wie ein Tumor aus seinem geschwollenen Gesicht ragt.

»Was ist hier los?«, ruft er, öffnet die Klappe in der Theke und geht hindurch.

»Das sollten besser Sie uns erklären.« Roberto mustert den Geschundenen. »Und am besten fangen Sie damit an, wer Sie sind.«

Der Mann baut sich breitbeinig vor Roberto auf und stemmt die Hände in die Hüften. »Hank Masters«, sagt er. »Mir gehört der Laden, dessen Gäste Sie gerade vertrieben haben.« Lange hält der lädierte Barbesitzer das Imponiergehabe nicht durch. Er presst ein Taschentuch unter das, was einmal seine Nase war.

Roberto beschließt, sofort zum heißen Brei zu kommen. »Haben Sie in letzter Zeit Napalm verkauft?«

Masters prustet und verzieht schmerzgeplagt das Gesicht. »Napalm? Ist das der Name eines neumodischen Cocktails? Bei uns werden hauptsächlich Bourbon und Bier ausgeschenkt.«

Torok lehnt sich vor, aber Roberto gibt ihr mit einer Geste zu verstehen, dass er das Gespräch allein führen will. »Mister Masters«, hebt er an, »wir haben Kenntnis davon, dass Sie Kontakt zu einem gewissen Darryl Sloker haben. Dieser Mann versucht gerade Brandkampfstoff zu kaufen, und sein Auto steht vor Ihrer Bar. Wir wollen beides: Sloker und das Napalm.«

»Sloker?«, näselt Hank Masters. Ein Schwall hellrotes Blut schießt aus seinem linken Nasenloch und läuft über seine Finger. Torok zieht eine Packung Taschentücher aus ihrer Hemdtasche und wirft sie auf die Theke, Masters greift danach, tupft Gesicht und Hände ab. »Dieser verdammte Idiot. Den können Sie haben.«

Roberto legt eine Hand auf die Theke und tippt auf die zerkratzte Oberfläche, dabei macht sein Ehering ein klackendes Geräusch. »Wo ist er?«

»Mal angenommen, ich wüsste es«, krächzt Hank Masters und streicht sich eine Haarsträhne zurück, »was springt dabei für mich raus?«

Roberto lacht auf. »Die Frage lautet eher, wo Sie die nächsten Jahre verbringen werden. Der Mann, nach dem wir suchen, will die Keys in Brand stecken. Wenn ihm das gelingt und Sie eine Verbindung zu ihm haben, werden Sie das Gefängnis vielleicht nie wieder verlassen.«

Masters' Blick fliegt zwischen den beiden Polizisten hin und her. Er atmet aus und sackt ein wenig in sich zusammen. »Sloker war hier und hat nach dem Zeug gefragt. Ist noch gar nicht lange her.«

Roberto vermutet, dass die Kundenanfrage in direktem Bezug zu Masters Zustand steht. »Wann war das genau?«

Der Barbesitzer schaut auf seine blutverschmierten Hände. »Gerade eben.«

Jetzt kann Roberto sich nicht länger beherrschen. Er schnellt vor, packt Masters am Revers seines Jacketts und zieht ihn zu sich heran. »Wo ist er? Haben Sie ihm das Zeug beschafft? Reden Sie!«

Kurz darauf steht Roberto mit Masters vor dem Anbau des Veteranen-Clubs, Torok hat er zu Slokers Wagen geschickt. Der Barbesitzer schaltet eine Lampe an der Wand ein. Insekten fliegen darauf zu und tanzen im gelben Licht. Roberto hofft, dass es hier auf dem Festland nur ganz normale Tiere sind.

Ein großes Rolltor ist zu sehen, daneben eine Metalltür. »Aufmachen«, befiehlt Roberto.

Kaum hat Masters die Stahlfläche berührt, schwingt die Tür nach innen. Sie gehen hindurch und lösen das Aufflackern der Deckenlampen aus. »Tja«, ist alles, was Masters sagt. Er steckt die Hände in die Hosentaschen und lehnt sich mit einer Schulter gegen ein Regal.

Roberto hat schon Waffenlager ausgehoben, die größer waren als dieses hier, damals als Sergeant in Miami. Was dort über den Hafen an Waffenlieferungen in die Stadt kam, hätte genügt, um einen afrikanischen Bürgerkrieg zu gewinnen. Nie zuvor aber hat er einen Panzer im freien Verkauf gesehen.

»Das ist alles mit sofortiger Wirkung beschlagnahmt, und Sie haben ein großes Problem«, sagt Roberto. »Weiter!«

Masters verflucht Sloker und führt Roberto um den Panzer herum. Dahinter türmen sich Waffen und Munition in grauen Blechregalen. Wenn in diesem Lager ein Feuer ausbricht, fliegt vermutlich ganz Florida City in die Luft.

Roberto geht vor einer leeren Stelle zwischen blauen Kanistern in die Knie, auf denen statt einer Beschriftung nur ein rotes Kreuz zu sehen ist, und streicht mit den Fingerspitzen über den Betonboden. Darauf sind rote Streifen zu erkennen.

»Was hat hier gestanden?«, will er wissen.

Hank Masters zuckt mit den Schultern.

Roberto steht auf und folgt den roten Streifen, sie führen zur Tür, durch die in diesem Moment Torok stürmt. »Slokers Wagen ist weg.«

*

Sloker rumpelt in seinem Ford Ranger über einen Feldweg südlich von Florida City. Er hat das Seitenfenster heruntergefahren – scheiß auf die Mücken! Wer so viel Glück hat wie er, der wird nicht an einem läppischen Moskitostich sterben. Er reibt sich über seine Hand, wo ihn vorhin eins der Biester erwischt hat. Na und? Ist er daran etwa verreckt, so wie all die anderen Schwächlinge? Nichts kann ihm was anhaben. Keine Mücke und erst recht keine Polizei.

Sloker hat im Unterholz gehockt, als Hank und der Barkeeper zum Waffenlager gekommen sind. Kaum waren sie weg, wollte Sloker zu seinem Wagen, aber da tauchten auf dem Parkplatz zwei Polizisten auf, einen glaubte er zu kennen – ein Cop aus Key West. Also war er in Deckung geblieben. Eigentlich gehört Abwarten nicht zu seinen Stärken, aber diesmal war es die richtige Wahl. Die Cops waren noch nicht lange in der Bar verschwunden, da ging die Tür auf, und die gesamte Meute kam heraus, offenbar schlechter Laune, denn entweder schlurften die Männer wortlos zu ihren Autos, oder sie beschimpften sich lauthals. Zwei prügelten sich. Genau der passende Moment, um unbemerkt zu seinem Wagen zu gelangen. Sloker hat sich auf den Fahrersitz geschwungen und den Motor angelassen, dann ist er losgefahren, einer von vielen, mit dem Unterschied, dass er nur hinter das Gebäude rangierte.

Und nun hört er durch das offen stehende Fenster die süßeste Musik der Welt, besser noch als Hardrock: das Geräusch der Stahlfässer, die auf der Ladefläche gegeneinanderschlagen.

Der Klang erinnert Sloker an Steel Drums und die Südsee, dort wollte er immer mal hin, und wenn das Napalm in den Fässern noch gut genug sein sollte, um zu zünden, dann wird ihm das auch gelingen.

Jetzt geht es aber erst mal in den Sumpf. Die Everglades sind nah, und um den Nationalpark herum liegen Brachland und Zuckerrohrfelder. Dorthin hat Sloker die Air Tractor geflogen, sie steht inmitten einer großen Plantage, versteckt im Dschungel des Zuckerohrs. Dort kann er unbemerkt seine Vorbereitungen treffen. Und nun muss er nur noch das Flugzeug und die Fässer zusammenbringen, die Zünder montieren, einige Hebel schmieren, und los geht's. Er hofft, dass er das Feuerwerk bald entfachen kann, damit man noch von Miami aus sehen kann, wie Darryl Sloker die Welt rettet.

Der Wagen rumpelt, die Fässer singen, und Darryl ahmt das Jaulen einer E-Gitarre nach.

Kapitel 41

Key West, Town Center

Quito stolpert durch die Nacht. Sein rechtes Bein schmerzt, seit er in der Brandruine gestürzt ist, aber immerhin ist der Schutzanzug heil geblieben.

Dort vorn liegt der Highway! Das verschafft ihm etwas Orientierung. Hilfe ist von dort allerdings nicht zu erwarten, die Straße ist so verlassen wie die Häfen und die Häuser. Bis auf zwei Waschbären bewegt sich dort nichts. Quito hört seine Schritte auf dem warmen Asphalt und sein Atmen unter der Kapuze. Das Laufen trocknet seine Kehle aus, und die Hitze unter dem Anzug ist unerträglich. Wie gern würde er ihn einfach von sich reißen und ins Meer springen, um sich abzukühlen! Der Gedanke treibt ihn an, lenkt ihn ab von dem Schrecken, der an seinen Gliedern zerrt.

Randy Ferris – ein Mörder? Was ist nur in ihn gefahren, dass er es auf Quito abgesehen hat? Hat er etwas mit dem Tod von Emmet Walsh zu tun? Der Mann ist seit ewigen Zeiten Kollege seines Vaters. Die beiden sind sich zwar nie sympathisch gewesen, und Roberto hat oft genug auf den Iren geschimpft, aber dass Ferris über Leichen geht, hätte wohl niemand für möglich gehalten.

Quito erreicht das Ende der Brücke, die nach Key West hineinführt. Er geht hinter einem parkenden Wagen in Deckung und schaut den Weg zurück, den er gekommen ist. Der Mond scheint hell genug, um die ferne Gestalt zu erkennen, die wie er in einem Schutzanzug steckt und mit ungelenken Bewegungen auf ihn zukommt. Ferris verfolgt ihn.

Wie hängt das alles zusammen? Was treibt Ferris an? Der Deputy Chief war gegen die Evakuierung, und Emmet war derjenige, der den ausschlaggebenden Beweis geliefert hat, um Robertos Plan in die Tat umsetzen zu können. Aber bringt man deshalb einen Menschen um?

Der Chevrolet, hinter dem Quito hockt, ist nicht verschlossen. Quito schwingt sich auf den Fahrersitz und tastet auf der Sonnenblende nach dem Schlüssel. Nichts, auch nicht im Handschuhfach. Er hämmert die Faust aufs Lenkrad, steigt wieder aus und läuft weiter, den North Roosevelt Boulevard entlang in Richtung Hilton Haven Road. Dort liegen, wie er weiß, Boote für Hotelgäste, deren Motoren man ohne Schlüssel starten kann. Sein Vater muss wissen, was hier passiert. Quito versucht, im Laufen an sein Telefon zu gelangen, doch das steckt in seiner Hosentasche unter dem Schutzanzug, und den kann er wegen der herumschwirrenden Moskitos nicht ausziehen. Schlafen die eigentlich nie? Das wäre eine Frage an Emmet Walsh. Bei dem Gedanken an ihn schnürt sich Quitos Kehle zusammen. Da fällt ihm das Funkgerät ein, das an einer Schlaufe außen an seinem Anzug hängt. Er klinkt den Apparat ab und dreht den Knopf. Das Rauschen aus dem Lautsprecher hallt durch die leere Straße, rasch regelt er die Lautstärke herunter. Er drückt die Sprechtaste. »Inéz? Inéz, bist du da?« Er flüstert, um Ferris nicht auf sich aufmerksam zu machen, aber genügt das, damit Inéz ihn hören kann?

Während er auf eine Antwort wartet, nimmt er nur das Geräusch der Hosenbeine seines Schutzanzugs wahr, die gegeneinanderreiben. Der Lautsprecher knackt. »Quito?«, kommt es daraus hervor.

»Inéz!«, antwortet er atemlos, muss sich zusammenreißen, nicht zu rufen. Er hält sich das Gerät dicht an den Mund. »Inéz! Du musst meinen Vater erreichen. Randy Ferris hat auf mich geschossen. Vielleicht hat er auch Emmet Walsh getötet, und jetzt ist er hinter mir her. Ich verstehe das alles nicht. Ich versuche mit einem Boot zu entkommen und …« Rauschen aus dem Lautsprecher unterbricht ihn, das Gerät knackt. Quito schüttelt den Apparat im Takt seiner Schritte. Als er wieder darauf schaut, sieht er, dass die rote Leuchtdiode erloschen ist. Das Gerät hat sich ausgeschaltet. Ist der Akku leer?

Er riskiert einen Blick über die Schulter. Sein Verfolger ist nirgendwo zu sehen. Hat Ferris schlapp gemacht? Quito biegt rechts ab und hört Wasser plätschern – der Anleger ist nah. Da ist das dumpfe Geräusch von Holz unter seinen Schuhen und das Knarren von Tauen. Neben diesem Anleger gibt es eine Bar namens »Hudson River«, ihre bunten Lichter schimmern normalerweise auf dem Wasser. Jetzt ist dort nur der Schatten eines Gebäudes zu sehen, aus dem nicht mal mehr die Erinnerung an fröhlichere Zeiten hervordringt. Beim Näherkommen sieht Quito, dass Fenster, Türen und sogar die Veranda der Bar mit Brettern und Spanplatten verrammelt sind. Auch das gehört zu den Vorsichtsmaßnahmen bei einer Evakuierung, da es zu Plünderungen und Vandalismus kommen kann.

So leise wie möglich läuft Quito bis zum Ende des Anlegers, dorthin, wo die offenen Boote liegen, kann aber in der Dunkelheit nicht erkennen, welcher Außenbordmotor mit einem Schlüssel und welcher mit der Zugleine gestartet wird. Deshalb muss er sich auf gut Glück für eines der Boote entscheiden.

Sein Schutzanzug knarzt, als Quito sich auf die Bohlen des Anlegers niederlässt und die Beine über das letzte Boot in der Reihe schwingt. Er wirft das Funkgerät hinein und dann das Tau, mit dem das Boot an einem Pfosten festgemacht ist. Noch einmal schaut er sich um. Wenn Ferris ihn jetzt findet, sitzt er in der Falle. Von hier aus kann er nur noch mit dem Boot entkommen. Quito lauscht. Sein Verfolger ist ein großer, schwerer Mann. Seine Schritte müssten auf den Holzbohlen deutlich zu hören sein, aber da ist nichts. Quito atmet tief durch, dann lässt er sich in das Boot gleiten.

Es gibt einen dumpfen Laut, und das Gefährt wackelt. Er tastet nach dem Motor, findet den Griff und zieht vorsichtig daran. Eine Zugleine kommt hervor. Kein Schlüssel! Jetzt muss nur noch Benzin im Tank sein, dann ist er weg von hier.

»Deputy Chief Ferris?«, schallt eine Stimme über das Wasser.

Quito zieht den Kopf ein. Das ist Mike Haskell, der da spricht. »Ich wollte nur sichergehen, dass wir Ihre Nachricht richtig verstanden haben: Quito Mantezza hat einen Menschen getötet und Sie angegriffen?«

»Haskell, Sie Idiot.« Ferris' Stimme kommt aus der Nähe. Er muss sich angeschlichen haben, ist vielleicht um die Hudson River Bar herumgelaufen. »Hier ist ein 10-80 im Gange. Sie haben doch gehört, was ich gesagt habe. Erledigen Sie Ihren Job.« Das Klicken des Funkgeräts ist zu hören, als Ferris es abschaltet.

In Quitos Mund macht sich ein unangenehmer Geschmack breit. Ferris hat dasselbe getan wie er selbst: Er hat in Key Largo Hilfe angefordert, und so, wie Quito behauptet hat, Ferris habe Emmet Walsh auf dem Gewissen, hat Ferris Quito als den Mörder des Professors hingestellt. Der einzige Unterschied ist, dass Quito nur Inéz etwas mitteilen konnte und nicht mal sicher sein kann, dass sie ihn gehört hat, während Ferris es gelungen ist, die Polizei zu benachrichtigen – und jetzt ist Quito ein Flüchtiger.

Ob es dann noch eine gute Idee ist, nach Key Largo zu fahren, kann er sich nicht mehr überlegen. Quito weiß in diesem Moment nur eins: Er muss raus aus dieser Mausefalle, denn die Katze kommt.

Eine Hand legt er an den Motorzug. Schritte nähern sich. Ferris ist klar, dass er nicht länger herumschleichen muss.

Der Strahl seiner Taschenlampe gleitet über den Anleger. Quito legt sich flach auf den Boden, er spürt die Kühle des Wassers durch das Aluminium hindurch, versucht, den Atem anzuhalten.

»Ich weiß, dass du da bist.« Die Stimme ist nun lauter. Über das Dollbord hinweg sieht er, wie der Lichtstrahl in jedes einzelne Boot hineintupft, um dann zum nächsten zu springen. Kurz denkt er darüber nach, Ferris anzugreifen. Die Überraschung wäre auf seiner Seite. Aber Ferris ist wesentlich kräftiger als er, und er hat eine Pistole. Bevor Quito aus dem Boot geklettert wäre, würde Ferris ihn niederschießen.

Es gibt nur einen Ausweg. Er muss mit dem Boot entkommen. Mit zitternden Fingern umklammert er den Griff des Starterzugs. Er hat nur diesen einen Versuch. Sein Leben hängt an den Fasern eines Metallseils. Er lässt alle Luft aus seiner Lunge entweichen und zieht.

Der Motor tuckert. Die Zündkerzen knistern. Kleine Explosionen setzen die Kolben in Bewegung. Quito streckt eine Hand nach der Ruderstange aus. Dann erstirbt das Geräusch wieder. Die Stille, die sich über das Wasser legt, ist nur von kurzer Dauer: Schüsse krachen, eine Kugel schlägt in die Bordwand ein. »Mantezza!«, brüllt Ferris.

Quito lässt sich ins Wasser fallen. Gegen eine Kugel ist das kein Schutz, aber immerhin gleitet das Licht der Taschenlampe jetzt über ihn hinweg. Er versucht, Wasser zu treten, aber der Schutzanzug schränkt seine Bewegungen ein. Überdies saugt sich das Material voll, wird schwer und droht ihn in die Tiefe zu ziehen. Er streckt eine Hand aus und hält sich am Bootsrand fest. Mit der anderen umklammert er den Starterzug.

Wieder kracht ein Schuss. Ein Stück des Dollbords platzt ab,

Zentimeter von Quitos Fingern entfernt. Also hat Ferris ihn gesehen. Mit aller Kraft ruckt Quito an dem Zug. Davon ist jetzt allerdings nur noch die Hälfte auf der Spule, und der Motor ist schon bei voller Zuglänge nicht angesprungen.

Die Maschine startet mit einem Aufheulen, dann tuckert und brummt sie wie ein schwerfälliges Tier. Wasser gluckert, als die Schraube sich zu drehen beginnt, nur ein wenig, aber doch genug, um dem Boot Antrieb zu verleihen. An der Bordwand hängend, wird Quito durchs Wasser gezogen, er versucht, so tief wie möglich einzutauchen, Wasser dringt durch seinen Gesichtsschutz, er hält den Atem an.

Ferris ruft etwas, aber er schickt Quito keine Kugeln hinterher. Ist ihm die Munition ausgegangen? Quito lässt den Starterzug los, das Kabel wird mit einem Klackern in die Spule zurückgedreht, dann hievt er sich in das Boot. Wasser läuft aus seinem Anzug, und er hat das Gefühl, mit jeder Sekunde ein Kilo Gewicht zu verlieren. Er packt den Hebel, der zugleich für das Ruder und die Benzinzufuhr zuständig ist, und dreht auf.

Das schläfrige Tier verwandelt sich in einen Raubfisch. Das Boot schießt nach vorn, Quito wird gegen die Bordwand gedrückt und muss sich festklammern, um nicht herauszufallen. Der Motor ist laut, trotzdem kann er den Schrei vom Anleger hören, einen Schrei, der von Wut über das Wasser getragen wird. Quito hält aufs offene Meer zu.

Kapitel 42

Umgebung von Florida City

Der östliche Himmel hat die milchige Farbe kurz vor der Dämmerung angenommen. Roberto bedauert, dass der Tag anbricht. Er liebt die Zeit, wenn die Welt schläft, denn dann scheint alles möglich zu sein.

Auch Betty Torok ist eingeschlafen. Zusammengesunken sitzt sie auf dem Beifahrersitz des Polizeiwagens, der Kopf lehnt gegen die Fensterscheibe, die Dienstmütze ist über ihre Augen gerutscht, die verschränkten Arme haben sich im Schlaf gelöst und hängen schlaff herunter. Ein leises Schnorcheln dringt zwischen ihren leicht geöffneten Lippen hervor.

Roberto gönnt der Kollegin die Pause, während er den Wagen über den Highway steuert. Die Nacht war lang und die Arbeit frustrierend. Nach dem Einsatz im Veteranen-Club haben die beiden beschlossen, nicht einfach darauf zu warten, dass Slokers Auto irgendwo auf dem Radar der Polizei auftaucht, denn dieser Radar ist mit Mücken übersät. Stattdessen haben sie die Suche selbst in die Hand genommen und fahren seit Stunden jede Tankstelle und jeden Schnellimbiss im Umkreis an, um zu fragen, ob Sloker dort gesehen worden ist. Das hier ist schlimmer, als die berühmte Nadel im Heuhaufen zu suchen, das hier gleicht dem Versuch, einen Moskito im Regenwald aufzustöbern.

Um Torok nicht zu stören, hat Roberto das Funkgerät für einen Moment abgeschaltet. Das sonore Geräusch des Motors, das Rauschen der Reifen auf dem Asphalt und die Laute vom Beifahrersitz lassen auch ihn schläfrig werden, deshalb nimmt er einen großen Schluck Kaffee aus dem Pappbecher und beißt in den Donut. Angemessene Verpflegung gehört zu den Vorteilen, wenn man an Nachttankstellen nach Verbrechern sucht.

Das Koffein setzt Robertos Gedanken wieder in Gang. Aber das ist nichts Angenehmes. Er hat zu viele offene Fragen zur Invasion der todbringenden Mücken, und wenn Roberto eins nicht ausstehen kann, dann ist das Ungewissheit.

Warum hat der junge Kubaner versucht, ihn und seine Familie zu töten, und woher hatte er den Transportkasten voller Mücken?

Wie sind die Moskitos auf das Frachtschiff gelangt, und warum waren sie ausgerechnet in einem Container voller Altreifen?

Wieso ist das College niedergebrannt? Und wie kommen Quito und Ferris dort zurecht? Sie müssten längst wieder zurück sein, aber bislang haben sich weder Quito noch Mariposa bei ihm gemeldet.

Und die wichtigste Frage von allen: Gibt es ein Mittel, um die Insekten aufzuhalten, und wenn ja, wie lange wird es dauern, es herzustellen?

Napalm wird es jedenfalls nicht sein. Dafür, das hat sich Roberto geschworen, wird er sorgen.

Die Scheinwerfer reißen ein Schild am Straßenrand aus der Nacht: Everglades National Park. Fünftausend Quadratkilometer sumpfige Wildnis, der Garten Eden der Moskitos. Roberto setzt den Blinker und fährt auf die Schnellstraße in die entgegengesetzte Richtung. Der Wagen ruckelt, dabei schlägt Toroks Kopf gegen die Scheibe, und sie wacht auf.

»Wo sind wir?« Sie rückt ihre Dienstmütze zurecht.

»Auf bestem Weg in die Hölle«, brummt Roberto und hält Torok seinen Kaffeebecher hin.

»Da vorn können wir uns neuen holen«, sagt sie, nachdem sie ausgetrunken hat. In einiger Entfernung ist das in der Morgendämmerung verblassende Licht eines blau-weiß-roten Chevron-Zeichens zu erkennen. »Und nach unserem Freund fragen.«

Nachdem sie an der Tankstelle zum Stehen gekommen sind, will Torok aussteigen, doch Roberto bittet sie, sitzen zu bleiben. Es genügt, wenn einer von ihnen womöglich Mücken anlockt. Er eilt im Laufschritt zum Shop. Dies ist die vierzehnte Tankstelle, die sie in dieser Nacht anfahren, und es gibt immer noch keine Spur von Sloker und seiner tödlichen Fracht. Roberto überfällt Mutlosigkeit. Was treibt er hier eigentlich?

Hinter dem Schalter hockt eine füllige junge Frau und tippt auf einem Telefon herum, dabei lächelt sie das Gerät an wie einen Liebhaber. Erst als Roberto sich räuspert, schaut sie hoch. Sie schreckt nicht auf, als sie die Uniform sieht, stattdessen tauscht sie das Lächeln gegen einen Ausdruck von Überdruss. »Ja?«

Roberto fragt nach dem silbergrauen Ford Ranger und dem Fahrer mit Bomberjacke und roter Baseballkappe.

Die junge Frau zuckt mit den Schultern und murmelt, dass sie sich nicht jeden Wagen merken könne, der vorbeikommt. Immerhin schafft sie es noch, Roberto das Wechselgeld für zwei Becher Kaffee herauszugeben, bevor sie sich der nächsten Botschaft auf ihrem Telefon zuwendet.

Auf Toroks fragenden Blick hin schüttelt Roberto nur den Kopf. Er entscheidet, dass sie die Suche abbrechen werden, weil es sinnlos ist, auf diese Art weiter nach Sloker zu fahnden. »Lieutenant«, beginnt er, da meldet sich das Funkgerät mit einem Fauchen.

»Es war abgeschaltet«, Torok dreht am Lautstärkeregler, »ich bin wohl im Schlaf dagegengestoßen.«

Ein Heulen ertönt, darin ist eine leise Stimme zu vernehmen.

»Mantezza hier!« Hoffnung flammt in Roberto auf, heißer als der Kaffee, der durch den Pappbecher gerade seine Finger verbrennt. »Gibt es was von Darryl Sloker?«

Er erwartet die Stimme der Kollegin vom Nachtdienst, stattdessen meldet sich Dixie Hastings. »Deputy Chief, Sie sollten besser sofort herkommen.«

Der zarte Keim der Zuversicht in Roberto wird schockgefrostet. »Was ist los, Sergeant?«

»Gerade kam eine Meldung von Randy Ferris rein.«

Die nun folgende Pause ist mehr, als Roberto vertragen kann. »Reden Sie!«

»Er wollte eine Fahndung nach Quito einleiten. Angeblich hat Ihr Sohn diesen Forscher, Walsh, auf dem Gewissen. Außerdem soll er versucht haben, Ferris zu erschießen. Wir sollen ihn festnehmen, wenn er hier auftaucht. Ich kann das nicht glauben. Warum sollte Quito so etwas tun? Ich wollte Ihnen das nur mitteilen. Tut mir leid, Chief.«

Roberto lässt sich im Fahrersitz zurückfallen, seine Füße tippen rhythmisch auf den Boden. Torok nimmt ihm das Sprechgerät aus der Hand. »Hier spricht Torok. Was ist bei euch los, Hastings? Hat dich eine Mücke am Kopf erwischt?«

»Ich wünschte, es wäre so.« Die Stimme aus dem Lautsprecher scheint von weit her zu kommen, von einem anderen Planeten. Und Roberto wünscht sich, er säße in einer Rakete in Richtung Mars und nicht in einem klapprigen Polizeiwagen und müsste sich nicht von seinen Kollegen anhören, sein eigener Sohn habe jemanden umgebracht.

»Weiß man, wo Quito jetzt ist?« Torok stellt die richtige

Frage, und Roberto ist ihr dankbar dafür, dass sie ihm die Aufgabe abnimmt.

»Laut Ferris ist er zu Fuß in der evakuierten Zone auf der Flucht. Randy ist hinter ihm her, er hat Verstärkung angefordert. Aber wir haben gemeinsam beschlossen, nichts zu unternehmen ohne direkte Order von Deputy Chief Mantezza.«

Ein klein wenig Wärme kehrt in Robertos Brust zurück. Sein Team hält zu ihm, jedenfalls so weit es möglich ist, ohne das Gesetz zu übertreten. Roberto lacht humorlos auf. Eigentlich ist er derjenige, der darauf achtet, dass diese Grenze beachtet wird. Plötzlich liegen seine persönlichen Interessen auf der anderen Seite dieser feinen Linie.

Ein Knacken ist zu hören. »Wo steckt ihr?«, ruft Dixie Hastings. »Es wäre besser, wenn ihr herkommen würdet.«

»Kannst du uns zu Deputy Chief Ferris durchstellen?«, fragt Torok.

Dixie erklärt, Ferris habe den Funk abgeschaltet, weil er in einem 10-80 sei, und das bedeutet, er verfolgt einen Verdächtigen.

Roberto reißt Torok das Funkgerät aus der Hand. »Wenn ich zurückkehre und meinem Sohn auch nur ein Haar gekrümmt wurde …« Er atmet durch und spricht dann in mühsam beherrschtem Ton weiter: »Wir melden uns, wenn wir hier fertig sind.« Dann schaltet er das Funkgerät ab, hängt es ein und holt sein Telefon hervor. Er wählt Quitos Nummer, erhält aber nur die Mitteilung einer Roboterstimme, dass er nicht erreichbar sei.

Roberto will das Telefon zu Boden schmettern, aber in dem engen Wagen ist nicht mal genug Platz, um auszuholen.

»Wir sollten nach Key Largo zurückfahren«, schlägt Torok vor. »Dort können Sie versuchen, mit Ferris Kontakt aufzunehmen. Vielleicht ist das alles nur ein Missverständnis.«

Roberto stützt die Stirn auf den Handballen. »Nein. Sie haben es doch gehört. Quito ist noch immer in der Zone unterwegs. Und Sloker hat das Napalm. Jeden Augenblick kann ein Flugzeug am Himmel erscheinen und alles dort unten in Brand stecken. Wir müssen Sloker finden.«

Roberto lässt den Motor an, langsam rollt der Dodge Charger von der Tankstelle herunter. Dort, wo die Straße beginnt, tritt er auf die Bremse. Soll er nach rechts fahren oder nach links? Er umklammert das Lenkrad mit beiden Händen. Das Licht am Horizont wird allmählich kräftiger, und mit den ersten Sonnenstrahlen des Tages strecken sich lange Schatten über die Landschaft. Wo zuvor Dunkelheit herrschte, modelliert das Licht jeden einzelnen Grashalm heraus. Allmählich sind Details zu erkennen, dazu gehören auch die Reste der Insekten an der Windschutzscheibe, ihre ehemals vibrierenden Körper haben sich in ein Mosaik aus grotesken Farben und Formen verwandelt. Rote, gelbe und grüne Flüssigkeiten vermischen sich zu einem unwirklichen, abstrakten Gemälde. So viele Moskitos. So viele!

Ein Bild steigt in Roberto hoch, da war vorhin etwas am Straßenrand. Er spürt, dass die Lösung ihm den Rücken hinaufkriecht wie ein Tausendfüßer, aber die Stelle liegt so ungünstig, dass er sich dort nicht kratzen kann. »Also los, Torok! Wir brauchen eine Idee. Wo würde niemand nach Sloker suchen? Nicht mal wir?«

Torok schaut nach vorn und tippt mit einem Finger gegen die Windschutzscheibe, an der die Insekten kleben. »Dort, wo besonders viele Mücken sind.«

Das Schild. Roberto hat es im Vorbeifahren gesehen, bevor sie die Tankstelle angesteuert haben. »Die Everglades«, sagt er leise, und die Worte klingen wie eine Beschwörungsformel. »Ich stelle Ihnen frei, mit mir dorthin zu fahren«, sagt er zu Torok. »Es kann sein, dass die Gen-Mücken noch nicht dort hingelangt sind, aber sicher können wir nicht sein. Garantieren kann ich nur eins: In den Sümpfen dort gibt es mehr von den Biestern als in ganz Florida zusammen.«

Torok zögert keine Sekunde. »Geben Sie Gas, Deputy Chief Mantezza.«

Kapitel 43

Golf von Mexico, Westküste der Florida Keys

Das Telefon ist nur noch Elektroschrott. Quito wirft es auf die zu einem Haufen zusammengesunkene Schutzkleidung im Bug des Bootes. Kaum war er außer Sichtweite der Küste, hat er sich aus dem durchweichten Anzug geschält, um an sein Telefon zu gelangen. Wie sich herausstellte, hat das Gerät das Bad im Meer nicht überstanden, als er am Anleger eingetaucht ist. Nun bleibt ihm nichts anderes übrig, als darauf zu hoffen, dass Inéz seinen Funkspruch gehört hat.

Draußen auf dem Meer bläst der Wind und heult in seinen Ohren, unterdrückt den Lärm seiner Gedanken. Das Klopfen seines Herzens lässt sich nicht übertönen. Er wirft einen Blick über die Schulter. Ferris ist nicht zu sehen. Im Osten, auf der anderen Seite der Inseln, geht die Sonne auf. Allmählich zeichnen sich die Silhouetten der Palmen und der Häuser vor dem Horizont ab. Die Dunkelheit versinkt im Meer – und damit auch sein einziger Schutz. In einer Viertelstunde wird er auf der Wasserfläche so gut erkennbar sein wie ein rotes X auf einem Footballfeld.

Er muss so schnell wie möglich von hier fort, aber er zögert, den Motor aufzudrehen. Auf dem Wasser reist der Schall schnell und weit, und wenn Ferris irgendwo auf der Lauer liegt, wird er sofort wissen, wo Quito steckt. Es wäre besser, langsam weiterzutuckern. Aber wohin? Nach Key Largo, um dort verhaftet zu werden?

»Quito? Quito, bist du da?« Inéz' Stimme kommt unter der Sitzbank hervor. Dort liegt das Funkgerät, das er bei der Flucht ins Boot geworfen hat.

»Ja!«, ruft er, schon bevor er es in der Hand hält. Hoffentlich bleibt die Verbindung stabil.

Aus dem Lautsprecher dringt ein Knacken, das sich wie ein Stottern wiederholt. »... in Ordnung mit dir?«, hört er Inéz fragen.

»Ich bin auf einem Boot unterwegs«, teilt er ihr mit, »hast du meine letzte Nachricht gehört?«

»Roberto ... angerufen«, sagt Inéz. »... Polizei sucht ... dir.« Was ist nur mit diesem Apparat los? Auch auf die Gefahr hin, dass er die Verbindung vollends verliert, schüttelt Quito das Gerät. Der nächste Satz kommt so klar aus dem Lautsprecher, als würde Inéz neben ihm sitzen. »Angeblich hast du Emmet Walsh getötet und Deputy Chief Ferris angegriffen.«

»Das ist doch absurd«, blafft Quito. »Warum sollte ich das tun? Stattdessen hat Ferris versucht, mich umzubringen. Er ist mir auf den Fersen.«

»Quito, komm zu uns!« Das ist Mariposas Stimme, auch sie ist deutlich zu hören. Im Hintergrund ruft Inéz etwas, anscheinend hat Quitos Mutter ihr das Funkgerät abgenommen. »Dein Vater und ich werden dafür sorgen, dass dir nichts geschieht, aber du musst herkommen. Es ist zu gefährlich da draußen. Komm her, bitte!«

»Mamacita«, stößt Quito aus alter Gewohnheit hervor.

Aber nun spricht wieder Inéz. »Was ist mit den Beweisen?« Die Frage holt Quito fort von den Ufern überschwappender Gefühle. Logisches Denken. Inéz weiß, was jetzt wichtig ist. »Quito! Die Beweise gegen DNArtists. Wo sind sie?«

»Die Beweise sind zerstört«, sagt er, »verbrannt.«

»War das Ferris?«

»Vielleicht«, sagt Quito. Das Boot schaukelt auf den Wellen. »Aber ich verstehe nicht, warum er ...«

»Weil er mit DNArtists zusammenarbeitet«, kommt es aus dem Lautsprecher. »Es passt alles zusammen.«

»Randy Ferris?«, hört Quito Mariposa rufen. Die nächsten Worte gehen wieder unter in Knistern, Knacken und Rauschen, aber Quito versteht trotzdem, worauf Inéz hinauswill.

Ferris arbeitet für Madeleine Shepherd.

Der Gedanke ist so ungeheuerlich, dass es eines langen Blickes in das noch immer dunkle Wasser bedarf, um die Wirklichkeit in der Tiefe zu erahnen: Gemeinsam ist es Quito und Emmet Walsh gelungen, die Spur von den todbringenden Bakterien zu den Mücken zu verfolgen und die Herkunft dieser Mücken im Labor von DNArtists zu lokalisieren. Jetzt ist Emmet tot, und die Proben sind vernichtet. Nur Quito weiß, wie sie hergestellt worden sind, und könnte den Prozess wiederholen. Deshalb versucht man ihn auszuschalten – und das soll Ferris erledigen.

Er stutzt. Steckt Ferris auch hinter dem Versuch, ihn und seine Familie zu töten? Diego Calavera hat eine Transportbox voller Moskitos in ihrem Haus geöffnet und sein Ziel beinahe erreicht, aber dann wurde er selbst Opfer der Insekten. In dem anschließenden Durcheinander war es nicht möglich, zu klären, woher er die Tiere hatte und wie er auf die Idee gekommen ist, sie so gezielt einzusetzen. Calavera ist tot, und Inéz und Quito waren der Meinung, dass er aus Eifersucht gehandelt hat, so wie er Quito schon in der Nacht zuvor an den Kragen gegangen war. Dabei lag der Fall auf der Hand: Die Mücken stammten von DNArtists und dienten dazu, Quito zu töten. Damit wäre das letzte Risiko für die Firma beseitigt gewesen. Und als das nicht funktionierte, hat sich Ferris angeboten, Quito in die evakuierte Zone zu begleiten, um in der verlassenen Gegend leichtes Spiel zu haben, ihn loszuwerden.

»... zu dir.« Da ist Inéz wieder.

»Was hast du gesagt?«, fragt Quito.

»Ich komme zu dir. Wir besorgen neue Exemplare der Mücken und wiederholen den Versuch. Kannst du zum Schildkrötenhospital kommen? Dort hast du doch die Mückenfallen stehen, und wir können das Labor nutzen. Ich versuche, mit einem Boot dorthin zu gelangen.«

»Inéz! Nein! Das ist zu gefährlich.

»Ich hab schon ganz andere Strecken auf dem Meer zurückgelegt«, sagt sie. »Wann kannst du dort sein?«

»Aber Ferris läuft hier mit einer Waffe rum. Außerdem hast du keinen Schutzanzug.« Er schaut auf die kläglichen Überreste seines eigenen Overalls.

»Ich komme schon klar.«

»Nein«, sagt er in das Funkgerät. »Bleib, wo du bist. Wir treffen uns im Camp. Alles wird gut werden.« Einen Moment lang überlegt er noch, ob er ihr das Versprechen abnehmen soll, nicht in die Zone vorzudringen, doch er ahnt, dass sie es ihm sowieso nicht geben wird.

Es kostet ihn Überwindung, aber er schaltet das Funkgerät ab, noch während ihre Stimme daraus hervorkommt. Er legt den Apparat weg. Inéz hat recht. Quito ist der Einzige, der den Versuch wiederholen kann. Dazu braucht er nicht viel: einige Bakterien tragende Moskitos und ein Labor – beides findet er im Schildkrötenhospital – sowie ein DsRot2-Licht. Die Sonne steht jetzt so hoch, dass sich der Horizont klar vom Meer abzeichnet, nirgendwo ist ein anderes Boot zu sehen. Ob Ferris die Jagd doch aufgegeben hat? Mag sein, aber Quito wird nicht aufgeben. Er lässt den Motor aufheulen und schiebt das Ruder nach Steuerbord, sodass das Boot Richtung Süden dreht, dorthin, wo die Firmenzentrale von DNArtists liegt.

*

»Was? Was hast du gesagt?« Inéz schüttelt das Funkgerät, aber kein weiteres Wort von Quito kommt daraus hervor. Sie wirft Mariposa einen verzweifelten Blick zu, doch von Quitos Mutter kann sie diesmal keine Hilfe erwarten – im Gegenteil: Sie sieht noch verzagter aus, als Inéz sich fühlt. Einem Impuls folgend, schließt Inéz Mariposa in die Arme, und für eine lange stille Minute stehen die beiden Frauen da wie so viele andere an diesem Morgen im Evakuierungscamp. Jetzt gehören auch sie zu denen, die etwas verloren haben. Aber die Hoffnung zählt nicht dazu.

»Ich fahre sofort los!« Inéz löst sich von Mariposa. »Ich werde Quito nicht allein lassen. Gemeinsam werden wir eine Lösung finden.«

»Woher willst du denn ein Boot nehmen?«, fragt Mari. »Und einen Schutzanzug?«

Der Schutzanzug stellt ein Problem dar. Eigentlich sollten einige hundert leichte Overalls für die Evakuierten geliefert werden, aber die sind noch nicht eingetroffen. Ohne Schutzanzug aber ist Inéz den Moskitos ausgesetzt, sobald sie in der Zone an Land gehen wird.

Die blauen Reinigungsoveralls fallen ihr ein, jene Anzüge aus einem knitternden Kunststoff. Bei ihrem gemeinsamen Besuch im Meeresschildkrötenhospital hat Quito behauptet, Mücken könnten mit ihrem Stechrüssel nicht durch die Beschichtung dringen. Aber hat er nicht auch geglaubt, das Netz im Garden Club würde die Biester fernhalten? Außerdem müsste sie erst mal bis zu der Kammer gelangen, in der die Schutzanzüge im Hospital gelagert sind.

Es gibt noch eine andere Möglichkeit, sich zu schützen, eine, die niemand ernsthaft in Betracht ziehen würde, wenn er eine Wahl hat. Aber die hat Inéz nicht.

Sie erklärt Mariposa, was sie vorhat. »Ich werde dich begleiten«, sagt Quitos Mutter. »Wir werden Quito finden und dann Randy Ferris zeigen, dass er sich mit der falschen Familie angelegt hat.«

Mit diesem Vorschlag hat Inéz gerechnet. Nichts anderes würde sie wollen, wenn sie an Maris Stelle wäre. Sie umfasst ihre Hände. »Es wäre besser, wenn du hierbleibst«, erklärt sie. »Wenn dir etwas geschieht ...«

»Unsinn!« Mariposa zieht ihre Hände weg. »Du bist da draußen genauso gefährdet wie ich. Außerdem weiß ich, woher wir ein Boot bekommen können.« Ein siegessicheres Lächeln umspielt ihre Lippen.

»Wenn das rauskommt«, sagt Mike Haskell eine halbe Stunde später, »bin ich meinen Job los, und Deputy Chief Mantezza wird mich eigenhändig in einen Käfig voller Moskitos stecken.« Der Sergeant klammert sich an die Leine, mit der die Jolle am Anleger festgebunden ist. Das kleine Segelboot, ein Sunfish, hat einmal Bill Dotson gehört, dem verstorbenen Polizeichef. Er hat es vor einigen Jahren an Mike verkauft.

»Hört mal!«, ruft er. »Ich mach das nur, weil ihr sagt, dass es Quito helfen könnte. Wenn Deputy Chief Ferris was davon erfährt ...« Er sieht sich suchend um, als könnte Ferris jeden Moment aus dem Unterholz hervorstürmen. »Könnt ihr überhaupt segeln?«

»Ich bin schon mal mit einem Segelboot gefahren«, sagt Inéz und erkennt an Mikes Gesichtsausdruck, dass er verstanden hat, was sie meint. Für einen Moment ist sie überwältigt davon, wie schnell das Schicksal die Karten neu mischt. Vor zwei Tagen erst hat dieser Polizist sie verfolgt, gestern hat er sie in einem Café verhaftet und in eine Zelle gesteckt, und jetzt hilft er Mariposa und ihr mit einem Boot aus.

Inéz wirft ihren Rucksack in den Sunfish. Das Boot ist so klein, dass es mit dem bisschen Fracht schon beinahe voll ist. Sie springt hinterher. Das Boot wackelt, aber nicht stark, der Boden scheint flach zu sein, das bedeutet: Es ist nicht schnell, aber für Anfänger geeignet. Umgekehrt wäre es ihr lieber gewesen, aber Inéz hat keine Wahl.

»Segel und Rigg sind angebracht. Mast und Wanten befestigt«, zählt Mike auf. Inéz glaubt zu wissen, worauf sie achten muss, und prüft, ob alles richtig eingehakt ist. Während sie sich mit den Leinen, Winden und dem Segel vertraut macht, geht Mariposa in die Knie und setzt sich auf den Rand des Anlegers, um in die Jolle zu steigen. Inéz streckt eine Hand aus, will ihr helfen. Da zieht Mike vorschnell die Leine vom Pfosten und wirft sie ins Boot. Das kleine Gefährt schaukelt, es scheint bemerkt zu haben, dass es frei ist, und nun dümpelt es im Hafenwasser einige Zentimeter vom Anleger fort und damit weg von Mariposas Füßen.

»Halt es fest!«, ruft Quitos Mutter.

Inéz' Hand wartet noch immer auf die von Mariposa, doch in der nächsten Sekunde entscheidet sie sich anders. Sie bekommt den Pfosten zu fassen, ballt aber eine Faust und stößt dagegen. Das Boot bekommt einen Schubs und entfernt sich noch ein Stück weiter. Jetzt hängen Maris Füße über dem Wasser.

Die beiden Frauen sehen sich an. »Ich bringe ihn dir zurück«, ruft Inéz. Sie zieht an der Leine, die das Segel anspannt, und hakt sie an der dafür vorgesehenen Stange ein. Sie weiß nicht genau, ob sie alles richtig macht, aber das Segel füllt sich mit Wind, und die Jolle nimmt etwas Fahrt auf. Inéz setzt sich ans Heck und schaut zurück. Mike beugt sich zu Mariposa hinunter, um ihr aufzuhelfen, aber Quitos Mutter rührt sich nicht. Ihr Blick ist auf Inéz gerichtet, und für einen Moment sieht es so aus, als wollte sie ins Wasser springen, um der Jolle hinterherzuschwimmen.

Kapitel 44

Atlantik vor Key West

Die »Culex Sunrise« macht ihrem Namen alle Ehre. Die Sonne schickt ihre Strahlen auf Zehenspitzen über das Meer und taucht das Deck der Jacht in ein warmes, goldenes Glühen. Madeleine streicht sich den grauen Bleistiftrock glatt, richtet ihre weiße Bluse und wirft sich den Blazer über die Schultern. Sie schaut hinaus auf das Meer, wo sich im Osten allmählich die Inseln abzeichnen. Das sanfte Schwappen der Wellen gegen den schlanken Bootskörper hört sich an wie ein Flüstern, mit dem ein Geheimnis zwischen der See und dem Schiff ausgetauscht wird.

Madeleine wird all das hinter sich lassen. Kalifornien wartet auf sie. Lange hat sie gezögert, den zweiten Standort von DN-Artists dort zu eröffnen, aber jetzt ist sie froh, diesen Schritt gegangen zu sein, denn ob die Firma in Key West ihren Betrieb fortsetzen kann, ist ungewiss. Es muss gelingen, alle Verdächtigungen zu zerstreuen, dann können ihre Anwälte dafür sorgen, dass Gras über die Sache wächst.

Das Stammhaus der Firma konnte in der Eile nicht geräumt werden. Auf die Laborausrüstung wird sie verzichten müssen. Um die sündhaft teuren Systeme für Flüssigchromatografie, um die Massenspektrometer und die Bioreaktoren wird sich jemand kümmern, sobald die Keys wieder zugänglich sind. Einige Geräte sind so groß, dass Lastwagen nötig sein werden, um sie abzutransportieren.

Sie schaut auf die Armbanduhr. Wo bleibt der Pilot? Er wird sie von der Jacht zum Flughafen bringen, und am Nachmittag wird sie in San Diego sein.

Der salzige Geruch des Meeres wird durchzogen von dem Aroma frisch aufgebrühten Kaffees. Als die Sonne vollständig über der Linie des Horizonts aufsteigt, steht der Himmel in Flammen, ein loderndes Freudenfeuer in Orange und Pink. Madeleine umfasst die Reling, ihr langes Haar weht im Wind, und sie beobachtet, wie die Sonne immer höher steigt, unaufhaltsam, so wie sie selbst, so wie DNArtists, ihr und Patricks unsterbliches Kind.

»Miss Shepherd?« Pietro, der Kapitän der Jacht, steht mit einem Mal neben ihr und hält ihr eine dampfende Tasse und ein Tablet entgegen. »Ihre Assistentin hat eine Nachricht für Sie.«

Madeleine nimmt das Tablet entgegen. An der Art, wie der Kapitän das Gerät von sich fernhält, kann sie erkennen, dass dem Mann ihre virtuelle Mitarbeiterin nicht geheuer ist. Sie nickt, und er zieht sich zurück.

Der Bildschirm ist in den Standby-Modus gewechselt, und statt Celeste sieht Madeleine ihr eigenes Gesicht wie in einem schwarzen Spiegel. Sie tippt auf die Fläche, und ihr Ebenbild verwandelt sich in das Antlitz von Celeste, perfekt und beinahe leblos. »Was gibt's?«

»Sie haben einen Anruf«, verkündet Celeste.

»Stellen Sie durch«, ordnet Madeleine an. Als das Gesicht von Randy Ferris auf dem Bildschirm auftaucht, verkümmert jegliche Begeisterung für den Sonnenaufgang in ihr. Mit einem Mal fühlt sie sich kalt wie das Meer unter ihren Füßen.

»Er ist weg«, keucht Ferris. Sein Gesicht ist kaum zu erkennen, er trägt eine Kapuze mit einem Netz, aber damit stimmt irgendwas nicht.

Die kurze Nachricht genügt, um Madeleine in Alarmbereitschaft zu versetzen. »Sprechen Sie von Quito Mantezza?« Natürlich tut er das. »Was ist passiert?«

Nachdem Ferris ihr berichtet hat, wie Quito Mantezza zunächst in die Falle getappt, dann aber daraus entkommen ist, wünscht sich Madeleine, ihre Wut an ihm auslassen zu können. Es gelingt ihr, sich zusammenzureißen, unkontrollierte Ausbrüche offenbaren nur Schwäche. »Damit hat sich unsere Lage verschlechtert«, stellt sie fest. »Der junge Mantezza hatte vermutlich noch keinen Verdacht geschöpft, aber jetzt weiß er Bescheid.« Es gelingt ihr, diese kleine Analyse beinahe monoton hervorzubringen.

»Daran habe ich auch schon gedacht«, entgegnet Ferris. »Deshalb habe ich über Funk die Kollegen verständigt und angeordnet, den Burschen festzunehmen, sobald er in Key Largo auftaucht. Ich habe behauptet, Mantezza habe Emmet Walsh ermordet und versucht, mich zu erschießen. Und das ist das Letzte, was ich in dieser Angelegenheit unternommen habe.«

»Wie meinen Sie das?«, fragt Madeleine. In weiter Ferne sieht sie eine Bewegung am Himmel, einen winzigen Punkt, der sich von Norden her nähert, nicht größer als ein Moskito, aber das Geräusch der Rotorblätter verrät den Helikopter schon aus dieser Entfernung.

»Ich steige aus. Zahlen Sie mir den Rest des Geldes, das Sie mir versprochen haben, dann gehen wir getrennte Wege. Ich habe genug getan, sogar schon viel zu viel. Ich habe die Entscheidung für den Einsatz der Gen-Mücken manipuliert, so wie Sie es mit den Insekten getan haben. Okay. Das war Betrug. Aber wir betrügen alle irgendwann mal. Dann sind Menschen an den Stichen gestorben. So was kommt vor. Aber mir war schon klar, dass die vielleicht noch leben würden, wenn ich nicht dabei geholfen hätte, die Moskitos hier herumschwirren zu lassen. Als Nächstes ist dieser Kubaner draufgegangen, um den war's nicht schade. Aber dann haben Sie von mir verlangt, Emmet Walsh auszuschalten. Haben Sie schon mal einen Mann mit einem Polizeiknüppel bewusstlos geschlagen und anschließend dafür gesorgt, dass er an einen Stuhl gefesselt verbrennt?«

»Genug!« Jetzt verliert Madeleine die Contenance. »Sie haben getan, was getan werden musste. Es gibt kein Zurück, Deputy Chief Ferris. Wenn wir nicht weiter vorwärtsgehen, unserem Ziel entgegen, wird uns die Vergangenheit einholen. Sie ist uns dicht auf den Fersen. Wenn Sie auf dem elektrischen Stuhl rösten, werden Sie sich noch wünschen, von einem Moskito erledigt worden zu sein.« Sie saugt Luft ein, die kurz zuvor noch nach Zuversicht geschmeckt hat, aber jetzt ist da nur der Gestank von Algen und von totem Fisch. »Wo ist Quito Mantezza?«, schreit sie.

Ferris zuckt zusammen. »Er ist mit einem Boot entwischt, aber ich wette, er steckt hier noch irgendwo. Wahrscheinlich ist er zu diesem Hospital für Meeresschildkröten unterwegs, dort sollte ich ihn eigentlich absetzen. Er liebt diese Tiere, und wenn noch welche dort sind, wird er vermutlich versuchen, sie aus der Zone herauszuholen. Ich habe gehört, wie er mit seiner Freundin und seinem Vater darüber gesprochen hat.«

»Ist das unser einziger Anhaltspunkt?« Madeleine kann nicht glauben, dass ihre Zukunft von einem Mann wie Randy Ferris abhängt. Sie wünscht sich, Patrick wäre hier, wünscht sich, all das wäre niemals geschehen.

»Ich fürchte ja«, sagt Ferris.

»Machen Sie sich sofort auf den Weg!«, befiehlt sie. »Wenn Sie jetzt aussteigen, erfahren Ihre Kollegen alles. Dann sind Sie erledigt. Wenn Sie aber an Quito Mantezza dranbleiben und ihn aus dem Weg schaffen, drehen wir die Sache so, dass Sie am Ende der Retter der Inseln sind, und ich lege auf unsere vereinbarte Summe einen Firmenanteil für Sie drauf.«

Auf ihrem Tablet wird Ferris' Gesicht zur Seite geschoben, bis er nur noch die Hälfte der Fläche ausfüllt, auf der anderen Hälfte erscheint Celeste. »Anomaliewarnung! Dringende Nachricht! Höchste Priorität! Anomaliewarnung!«

»Was ist denn jetzt schon wieder?«, entfährt es Madeleine.

»Ich empfange Alarmsignale vom Firmengebäude in Key West«, meldet die Assistentin. »Jemand versucht, dort einzudringen. Ich übermittle die Aufzeichnung der Überwachungskamera.«

Madeleine braucht nur Sekunden, um zu begreifen, was da gerade passiert – auch wenn das Bild verschwommen ist. Noch ist es nicht hell in der Stadt, und der Haupteingang der Firmenzentrale liegt im Schatten.

»Ferris?«, fragt sie. »Sind Sie noch da?«

»Wo soll ich sonst sein?«, blafft der Polizist.

»Vergessen Sie dieses alberne Tierkrankenhaus. Quito Mantezza versucht gerade, in meine Firma einzubrechen.«

Kapitel 45

Rand des Everglades National Park

Der Alligator beobachtet Sloker, und Sloker behält den Alligator im Auge. Das Reptil ist schon vor einiger Zeit zwischen dem Zuckerrohr aufgetaucht, jetzt schaut der mächtige Kopf mit dem zahnbewehrten Maul aus dem Grün hervor und lässt die Ausmaße des Körpers erahnen. Drei oder vier Meter, schätzt Sloker, und darunter jede Menge Muskeln.

Darryl arbeitet an der Ladeluke der Air Tractor, in sicherer Entfernung von dem Ungetüm – wenn jeder da bleibt, wo er ist. Natürlich könnte Sloker die Maschine woanders hinfahren, aber die Stelle, die er gefunden hat, ist für seine Zwecke zu gut geeignet, um sie wegen einer dahergelaufenen Echse aufzugeben: Das Flugzeug steht am Rand der Everglades auf einem abgeernteten Stück Feld zwischen zwei hohen Wänden aus Zuckerrohr. Sein Rollfeld ist nur aus der Luft zu erkennen, von dort oben hat Sloker selbst die Stelle ausgemacht. Sie ist das perfekte Versteck.

»Du bist nur eine Verschwendung von Raum, nichts weiter«, ruft Sloker dem Alligator zu. Immerhin taugt das Biest dazu, dass er sich die Zeit damit vertreiben kann, es zu beschimpfen. Bembe wäre auch dazu geeignet gewesen, aber der hat ja gekniffen, dieser kommunistische Feigling.

Sloker klemmt die Zigarette in seinem Mundwinkel fest und kneift die Augen gegen den Qualm zusammen, während er mit dem Schraubenschlüssel die Luke wieder am Bauch des Flugzeugs montiert. Durch diese Öffnung werden die Bomben fallen, deshalb hat er die Mechanik gereinigt, geölt und mit einem Zug versehen, den er vom Cockpit aus bedienen kann. Er schaut zu den roten Fässern hinüber, die unter dem Heck der Air Tractor stehen. War nicht einfach, sie allein aus dem Ranger dorthin zu verfrachten, vor allem nicht mit dem gefährlichen Inhalt. Er hat schon vor Hanks Waffenlager am Veteranen-Club Blut und Wasser geschwitzt, als er die vier Behälter über die Rampe auf die Ladefläche seines Wagens befördert hat. Dabei hat ihm die Motorwinde des Ford Ranger gute Dienste geleistet. Es hat geklappt. Er hat die Nerven behalten, obwohl ihm Hank the Tank und zwei Cops im Nacken saßen. Klar! Er lacht. Sonst wäre er jetzt nicht hier.

»Und wir wären uns nie begegnet, du hässlicher Flachschädel.« Sloker wundert sich darüber, dass dem Alligator das Maul halb offen steht. »Glaubst wohl, ich würde von selbst in deine Futterluke reinspazieren.«

Er lässt den Schraubenschlüssel fallen, prüft den Sitz und die Beweglichkeit der Klappe. Perfekt! Wer braucht da noch einen Mechaniker aus Kuba?

Punkt eins ist abgehakt. Der nächste Schritt ist ungleich schwieriger. Und gefährlich. Sloker muss sich um die Zündmechanismen für die Fässer kümmern. Er stemmt die Hände auf den Rücken und drückt die Wirbelsäule durch. Eine Brise fährt durch das Zuckerrohr und lässt die Blätter flüstern. Sloker atmet tief ein, nimmt den erdigen Geruch wahr und ein Aroma wie von Getreide, das sich mit dem Duft von Flugbenzin und Maschinenfett mischt. Die Spitzen der Pflanzen wiegen sich im Wind, und die Sonne zaubert einen goldenen Schimmer auf die Blätter. Er reibt sich die ölverschmierten Hände. Wenn ein solches Feld in Flammen steht, glüht der ganze Himmel.

Er schaut auf das zerkratzte Glas seiner Armbanduhr und schnaubt. Eine Entscheidung steht an, und im Entscheidungenfällen war er noch nie gut.

Wirft er die Bomben in der Nacht ab oder tagsüber?

Wenn er bis zum Einbruch der Dunkelheit wartet, ist das Spektakel größer. Dann können wahrscheinlich noch die Typen in Washington sehen, wie Darryl Sloker Probleme löst. Wahrscheinlich schlagen sie ihn dann zum Präsidenten vor.

Oder soll er lieber so schnell wie möglich starten?

Sloker schätzt, dass er die Zünder in ein oder zwei Stunden befestigt haben wird. Dann muss er die Bomben noch in die Maschine bekommen, ohne dabei in die Luft zu fliegen, und schon kann es losgehen.

Seine Hände sind feucht, und das liegt nicht an dem Schmieröl. Er weiß, es wäre besser, bis zum Einbruch der Dunkelheit zu warten, aber ihm ist auch klar, dass ihm dafür die Geduld fehlt. Darryl Sloker ist nicht der Typ, der warten kann. Warum den Kuchen in Stücke schneiden, wenn man ihn sich auf einmal in den Mund stopfen kann? »Sei doch vernünftig«, hat seine Mutter immer zu ihm gesagt. Vernunft! Hat ihr die etwa geholfen, als sie diese verfluchte Krankheit bekam?

Darryl wird losfliegen, so schnell er kann. Das ist doch mal eine klare Entscheidung! Er ist stolz auf sich.

Der Alligator hat sich nicht gerührt. Wie lange können diese Viecher regungslos ausharren? Er wird es nicht erfahren, denn der gute alte Darryl Sloker wird so schnell aus diesem Sumpf verschwinden, dass die Höllenkreatur dort drüben nur noch einen Kondensstreifen sehen wird.

Er zieht eine Holzkiste heran, setzt sich drauf und stellt das Transistorradio an. Sein Hardrock-Sender fängt an zu plärren, aber Sloker sucht WEO. Was er jetzt dringender braucht als jaulende E-Gitarren, sind Informationen. Außerdem weiß er nicht, ob der Alligator auf AC/DC steht, und er hat nicht vor, ihn wütend zu machen.

»Das war das Neueste aus dem Evakuierungslager im John Pennekamp State Park«, sagt eine Sprecherin. »Wir bleiben dran. Es folgt ein Interview mit dem Insektenkundler Professor Emmet Walsh vom Florida Keys Community College, aufgezeichnet im vergangenen Jahr. Professor Walsh gibt uns darin Einblicke in die Welt der Moskitos, die heute von großer Bedeutung sind.«

Zu spät! Die Nachrichten sind schon durch. Statt auf das Gelaber eines Forschers hat Sloker auf Neuigkeiten von den Behörden gehofft, er muss wissen, ob die Keys immer noch Sperrgebiet sind. Aber solange es das Camp noch gibt, wird das wohl so sein. Schließlich will er Mücken grillen, keine Menschen. Das hat er in Vietnam getan, und manchmal glaubt er, der Gestank hinge ihm immer noch in der Nase.

Er langt nach dem flachen Koffer neben dem Radio, beugt sich darüber, lässt die Schlösser aufschnappen und hebt den Deckel an. Im grauen Schaumstoff liegen sechs Handgranaten aus dem Waffenlager von Hank the Tank. Sie sehen heutzutage anders aus als seinerzeit. Er nimmt eine heraus und schließt die Finger darum, spürt das Gewicht und das kalte Metall. Er streicht mit dem Daumen über den Ring, mit dem der Stift herausgezogen werden kann, die Sicherung für den Zünder.

»Professor Walsh«, dröhnt eine Stimme aus dem Radio, »können Sie uns erklären, seit wann es Mücken auf den Keys gibt?« Eine andere Stimme antwortet. »Vermutlich seit 1647. Die Mücken kamen damals mit den ersten Sklavenschiffen aus Afrika hierher. Sie brachten auch schon Erreger mit. Heute reisen sie vielleicht andersherum: von Florida aus mit dem Schiff in andere Erdteile. Vielleicht auch mit dem Flugzeug.«

Mücken in Flugzeugen – bestimmt nicht, solange Darryl

Sloker der Pilot ist. Er nimmt die Rolle Klebeband und dreht die Handgranate mit langsamen Bewegungen darin ein. Als der Sprengstoff vollständig von dem silbernen Band umwickelt ist, legt Darryl ihn auf eines der Fässer mit dem Napalm. Dann beginnt er, die Granate mit dem Klebeband an dem Fass zu befestigen, wickelt Fass und Granate mit dem Band zusammen. Nach einer Weile ist nur noch ein Buckel zu sehen, ein Buckel, aus dem ein Metallring herausragt.

Während Sloker den Prozess mit den anderen drei Fässern wiederholt, lauscht er den Ausführungen aus dem kleinen Radio. Auch der Alligator findet den Moskito-Unterricht ganz unterhaltsam, jedenfalls schaut er interessiert herüber. Werden diese Echsen eigentlich von Mücken gestochen?, fragt sich Sloker, und wenn ja, wie kratzen sie sich?

»Bei diesen Überfahrten«, fährt der Wissenschaftler im Radio fort, »konnte es passieren, dass die Mücken ihre Erreger an die Gefangenen im Schiffsbauch abgaben oder an jemanden von der Besatzung weiter oben im Schiff. Auch deshalb sind bei diesen Reisen viele Menschen gestorben. Sie kennen doch sicher die Legende vom Fliegenden Holländer.«

»Der Kapitän, der dazu verdammt ist, mit einem Geisterschiff über das Meer zu fahren?«, fragt die Moderatorin.

»Genau«, bestätigt der Professor. »Wie viele andere Sagen, hat auch diese einen realen Hintergrund. Im 17. Jahrhundert gab es solche Schiffe, sie trieben führungslos über das Meer, von der Besatzung waren nur Skelette übrig – weil sie Krankheiten übertragende Mücken an Bord hatten.«

Sloker schiebt seine Sitzkiste unter die Luke der Air Tractor, steigt darauf und zieht sich hoch, um ins Innere des Flugzeugs zu gelangen. Hier hat er bereits den Seilzug gespannt, ein sechsfaseriges Drahtseil, das über die gesamte Länge des Frachtraums verläuft. Mit zwei Fingern prüft Darryl die Spannung. Sie wird ausreichen. Noch einmal beglückwünscht er sich zu dieser Konstruktion, geht in Gedanken alles durch.

Er wird das Napalm in den Frachtraum hieven. Den Seilzug wird er durch die Metallringe der Handgranaten führen und an der Wand der Air Tractor einhaken. Wenn er über das Zielgebiet fliegt, muss er bloß die Frachtluke öffnen, und die Schwerkraft wird den Rest besorgen: Die Napalmfässer werden aus der Maschine rutschen, und die Stifte, die am Seil hängen bleiben, aus den Handgranaten gezogen. Die Zünder werden nach zehn Sekunden aktiv, dann explodieren die Fässer in der Luft, und eine brennende, klebrige Masse regnet über den Keys ab. Das Napalm wird sehr lange in Flammen stehen und mit der Mückeninvasion aufräumen.

Jetzt muss er bloß noch diese Fässer ins Flugzeug bekommen.

»… zweitausendsiebenhundert Arten auf der Welt. Achtzig davon kommen in Florida vor«, erzählt der Forscher im Radio.

Sloker schlägt gegen seinen Unterarm und schaut auf das daran klebende Insekt. »Und zu welcher Art gehörst du wohl?«, fragt er, klemmt ein abstehendes Insektenbein zwischen die Spitzen von Daumen und Zeigefinger und hält das Vieh in die Luft. Er mustert das, was von dem Moskito übrig geblieben ist, pustet dagegen und lässt es davontrudeln auf seinem letzten Flug.

»Wir können nie vor Infektionen sicher sein«, erklärt der Mann im Radio. »Schauen Sie: Dengue-Fieber war von den Florida Keys verschwunden. Dann kehrte es vor einigen Jahren zurück. Aus unerklärlichen Gründen. Ich kann von mir behaupten, mich mit Moskitos auszukennen, aber die Wege der Natur sind sogar für mich mitunter unergründlich.«

Sloker schluckt. Seine Kehle ist trocken. Jetzt könnte er einen Drink brauchen. Er hofft, dass sich die Killermücken noch nicht bis in das Sumpfgebiet ausgebreitet haben, in die Metropole der fliegenden Biester, ins Miami der Moskitos, um sich dort zu paaren und fortzupflanzen, bis über dem ganzen verdammten Sumpf eine Glocke aus summenden, sirrenden Insekten schwebt.

»Dann geht es dir auch an den Kragen, mein Freund«, ruft Sloker aus der Luke heraus. Er beugt sich vor, um zu sehen, ob der Alligator noch da ist.

Das ist er. Allerdings hockt er jetzt unter der Ladeluke.

Und er hat einen Kumpel mitgebracht.

Die zweite Echse kommt aus dem Zuckerrohrfeld auf die Air Tractor zu. Die beiden Tiere grunzen sich an.

Sloker schiebt seine Kappe zurück. Hier oben im Flugzeug ist er vor den Reptilien sicher. Er muss nur warten, bis es den Besuchern langweilig wird und sie dahin zurückkehren, woher sie gekommen sind. Warten. Sein größtes Talent!

Da fällt sein Blick auf die Bomben. Die Fässer stehen aufrecht, die Handgranaten sind daran festgeklebt. Einer der Alligatoren gleitet zwischen dem Napalm hindurch. Sein massiger Leib reibt an dem rot lackierten Metall entlang, dass es einen ratschenden Laut gibt. Sloker springt weiter ins Flugzeug hinein und ärgert sich im nächsten Moment über sich selbst. Wie konnte er nur so blöd sein? Denk nach, wenn du nicht selbst von dem Napalm geröstet werden willst!, befiehlt er sich. Ins Cockpit zu klettern, die Maschine zu starten und loszurollen, bis die Alligatoren weit hinter ihm sind, oder besser noch unter den Rädern, fällt leider aus. Dummerweise hat er zwei der Fässer direkt vor dem Fahrwerk der Air Tractor abgestellt. Wer rechnet schon mit Alligatoren, die ein Flugzeug überfallen?

Wie lange halten es Alligatoren überhaupt außerhalb von Wasser aus? Müssen die nicht ab und zu untertauchen? Hätte er sein Mobiltelefon, könnte er das im Internet nachsehen, aber das Gerät liegt auf der Polizeiwache. Er schreit vor Jähzorn auf.

Hat sich denn die ganze Welt gegen ihn verschworen? Gerade eben noch schien es doch, als wäre er der König von Florida, der zukünftige Präsident der Vereinigten Staaten. Jetzt ist er nichts weiter als Alligatorfutter.

Aber so schnell wird sich Darryl Sloker nicht unterkriegen lassen. Er kramt in der Werkzeugkiste und findet ein Brecheisen, wiegt es in der Hand. Tarzan hat schließlich auch gegen Krokodile gekämpft, und der hatte nur ein Messer.

Sloker packt das Brecheisen mit festem Griff, und der kühle Stahl wird heiß in seiner Faust. Erschreckt erkennt er, dass die Spitze zittert. Zweimal, dreimal atmet er tief durch, doch das Zittern bleibt, es kommt aus seinem Arm, aus seinen Eingeweiden. Er klappt das untere Fach der Werkzeugkiste auf. Die Flasche Bourbon ist fast leer, aber für zwei, drei Schlucke wird es noch reichen. Sloker dreht den Verschluss auf, setzt die Flasche an die Lippen und lässt das flüssige Gold durch seine Kehle laufen. Er schließt die Augen und wartet einen Moment, bis die Wärme in seinem Innern explodiert und die Zuversicht dorthin zurückkehrt, wo sie hingehört: in seine Fäuste. Er setzt sich in die Luke und lässt die Beine baumeln, wartet, bis die zwei Besucher so weit wie möglich von ihm entfernt sind, dann lässt er sich fallen.

Kapitel 46

Golf von Mexiko, Westküste der Florida Keys

Inéz rutscht auf der schmalen Holzbank hin und her. Hält sie die Pinne des Ruders fest, um das kleine Boot zu lenken, oder klammert sie sich daran? Sie weiß es nicht. Ohne Mariposa loszufahren ist ihr schwergefallen, aber sie hat das Richtige getan. Schlimm genug, dass Quito in dieser von den Moskitos verseuchten Zone unterwegs ist, da muss sich nicht auch noch seine Mutter in Lebensgefahr begeben. Besser, jemand wie Inéz macht sich auf den Weg, eine junge Frau, deren Familie sie nicht vermissen wird, sollte sie nicht zurückkehren.

Aber so einfach ist die Fahrt in dem kleinen Sunfish nicht. Das liegt zum einen an ihren mangelnden nautischen Fähigkeiten: Mehr als einmal dreht sich das Segel so in den Wind, dass es herumschwenkt und Inéz aus dem Boot zu stoßen droht; mehr als einmal liegt das Boot so in der Dünung, dass der Bug über die Wellenkämme hüpft und Inéz sich wie eine Rodeoreiterin festklammern muss, um nicht ins Wasser geworfen zu werden. Die Erinnerung an die Überfahrt in dem Boot aus Planken und Styropor erwischt sie kalt, an die Angst, ertrinken zu müssen, an das Entsetzen, als Antonio und Gustavo über Bord gingen, an den Hai, der nach ihren Füßen schnappte – und an Diego.

Diego Calavera ist tot. Er ist mit der Miliz der Kommunisten fertiggeworden, er hat gegen einen Hai gekämpft und ist einem

Trupp Polizisten entkommen. Aber gegen eine Mücke hatte er keine Chance. Diego ist in einem fremden Land gestorben, in dem er nicht willkommen war, in dem das Einzige, was ihm Halt gab, seine Liebe zu Inéz war, und diese Liebe konnte sie nicht erwidern. Sie spürt einen Anflug von Melancholie und Bedauern. Was hätte sie tun sollen? Ihm Liebe vorheucheln, bis er von selbst darauf gekommen wäre, dass auf den Lippen, die er küssen wollte, Lügen lagen? Inéz schüttelt den Kopf, Wassertropfen fliegen aus ihren Haaren. Diego war die letzte Verbindung zu ihrer alten Heimat, und wie Kuba selbst, so stellte auch er etwas zugleich Vertrautes und Fremdes dar.

Das Boot legt sich so weit auf die Seite, dass ihr Rucksack über Bord zu fallen droht. Sie greift mit beiden Händen danach und erhält von der Ruderpinne, die sie losgelassen hat, einen Schlag in die Seite. Der Rucksack dämpft den Sturz auf die Sitzbank. Inéz rappelt sich auf, und es gelingt ihr, den Bug des Sunfish wieder nach Süden auszurichten und auf einen Kurs zu bringen, der sie parallel zur Küste führt. Sie ist weit genug vom Land entfernt, um vor den Moskitos sicher zu sein, und nah genug, um sich an Einzelheiten orientieren zu können.

Die Häuser von Marathon sind vorübergezogen, irgendwo links von ihr liegt das Meeresschildkrötenhospital. Der Sunfish gleitet – und hüpft – an einem unbebauten Küstenstreifen vorüber, Inéz kann Palmenhaine sehen und menschenleere Strände, sie erkennt Sonnenschirme und Strandliegen, Grillstationen und Erfrischungsbuden. Möwen kreisen über den Anlagen und schreien ihre Empörung darüber hinaus, dass es nichts mehr zu holen gibt.

Die Sonne steigt höher, und Inéz ist froh über die wärmenden Strahlen. Weiter vorn kann sie ein Schild in den Himmel ragen sehen, eine Leuchtreklame, und obwohl es viel zu weit entfernt ist, um Einzelheiten zu erkennen, weiß sie doch, dass darauf eine Schildkröte mit ausgebreiteten Beinen in den Himmel zu fliegen scheint.

Ihr Herz schlägt schneller. Sie zieht die Leine straffer, schert sich nicht darum, dass das Boot bockt und schlingert. Hauptsache, es nimmt Fahrt auf.

*

Quito steht im Boot und hält den Schutzanzug hoch. Der Riss im Stoff klafft auseinander. Das Salzwasser hat das Klebeband abgelöst, der Anzug ist nutzlos, er war es von Anfang an. Quito lässt ihn fallen.

Geht das auch auf Ferris' Konto? Randy Ferris hat ihm den Anzug gegeben, mit einer ausgerissenen Naht, einer Einladung für die Gen-Mücken. Ausgerechnet am Rücken, wo Quito den Riss nicht bemerkt hätte. Zum Glück war Simon, der Polizist, so aufmerksam. Ob Ferris ihn und den anderen Kollegen auch schon auf Quito angesetzt hat?

In der Nähe des Ufers fühlt er sich schutzlos in dem kleinen Boot. Er schaut nach oben. Die beiden gläsernen Türme von DNArtists ragen über ihm auf wie zwei gigantische Reagenzgläser. Vor der demonstrativen Macht der Firma schrumpft er auf die Größe eines Moskitos – aber das macht nichts, denn er wird Madeleine Shepherds Unternehmen einen tödlichen Stich versetzen, wenn er es nur erst mal geschafft hat, in das Gebäude hineinzukommen.

Die Spitzen der Türme reflektieren die Morgensonne, er muss die Augen zusammenkneifen. Zwischen dem Ufer und dem Eingang liegen etwa zweihundert Meter offenes Gelände. Wenn es ihm gelingt, die zurückzulegen, ohne gestochen zu werden, dann steht er vor der Tür des Firmensitzes, den Madeleine Shepherd bestimmt gut gesichert hat.

Es gibt kein Zurück. Die Proben sind vernichtet. Wenn er nicht dafür sorgt, die Beweiskette wiederherzustellen, besteht keine Hoffnung für die Keys und die Menschen, die auf den Inseln leben. Nur wenn bekannt ist, was in den Moskitos steckt, besteht die Chance, ein Mittel gegen das Übel zu finden.

Was er braucht, um die Tiere zu identifizieren und ihre Herkunft aus der Firma von Madeleine Shepherd belegen zu können, ist die Lampe mit DsRot2-Licht von DNArtists. Das Exemplar, das er bekommen hatte, ist im College zerschmolzen. In den Türmen über ihm muss es weitere geben, und er ist entschlossen, sie zu finden.

Quito steuert das Boot ans Ufer, bis sich der Kiel knirschend in den Sand drückt. Kurz schaut er sich nach einem Strauch um, dessen Saft Mücken fernhält, aber hier wachsen nur Palmen und Gumbo-Limbo-Bäume, der Rest der Fläche bis zum Firmeneingang besteht aus Wegen und Parkplätzen. Ihm bleibt nichts anderes übrig, als zu rennen. Er springt aus dem Boot, hebt ein großes Stück Holz auf, läuft weiter, reibt sich mit einer Hand den Hals und schwingt mit der anderen das Holz. Er hört das Sirren anschwellen und abklingen, während er auf den linken Turm zurennt, dort, das weiß er von seinem ersten Besuch, liegt der Haupteingang der Firma – allerdings auf der anderen Gebäudeseite.

Seine Flipflops klatschen einen verlorenen Applaus auf dem Asphalt. Er läuft um den Turm herum, klopft sich blindlings auf Nacken und Schulter, fährt durch sein Haar. Er ist ein Elefant im Kampf gegen Mücken, und er droht zu unterliegen. Vor der gläsernen Eingangstür bleibt er stehen und versucht zu Atem zu kommen. Dann schlägt er mit einer Hand gegen das Glas, bringt sein verzerrtes Ebenbild zum Erzittern. Im Innern ist eine Bewegung zu sehen. Ist doch noch jemand da drin? Quito kneift die Augen zusammen. Doch was sich da rührt, ist nur eine Überwachungskamera, die im Empfangsbereich hin- und herschwenkt und ihn nun anzustarren scheint.

Er umfasst das Holzstück mit beiden Händen. Er holt aus, ignoriert das Sirren um sich herum und das Stechen in seiner Wade. Da hört er ein summendes Geräusch, das viel lauter ist als das, was ihn umgibt. Die Türen öffnen sich.

Kapitel 47

Atlantik vor Key West

»Und jetzt schließ die Türen wieder, Celeste. Sorg dafür, dass er nicht entkommen kann.« Madeleine starrt auf das Tablet, das ihr gerade in bewegten Bildern ein Märchen erzählt hat: das Märchen von Quito Mantezza, der in eine Falle getappt ist, die er sich selbst gestellt hat. Sie lacht auf.

Der Wind zerrt an ihrem Haar, und sie ist eingehüllt in den Lärm von Rotorblättern. Der Helikopter setzt auf der Landeplattform der Jacht auf. Langsam kommen die Rotoren zum Stillstand, so wie auch diese unangenehme Geschichte bald nicht mehr durch Madeleines Gedanken kreiseln wird.

Randy Ferris ist auf dem Weg zur Firma. Dieser korrupte Cop hatte die Hosen voll und wollte sich zurückziehen, aber sie hat ihm Beine gemacht. In Kürze werden sich die Türen von DNArtists noch einmal öffnen, damit Ferris ins Gebäude hineingelangt. Was er mit Mantezza anstellen soll, steht nicht auf dem Dienstplan der Polizei.

*

Quito fährt herum. Die Türen gleiten zu. In der nächsten Sekunde bilden sie wieder eine einzige Fläche, in deren Mitte kein Spalt erkennbar ist – und keine Möglichkeit zur Flucht.

Er prüft nicht mal, ob sich die Türen wieder öffnen lassen. Mit diesem Problem wird er sich beschäftigen, wenn er hier fertig ist.

Sein Bein schmerzt und pocht. Hinter dem Empfangsschalter findet er einen Stuhl und lässt sich darauf fallen. Er legt den linken Knöchel auf den rechten Oberschenkel und sieht einen Einstich in der linken Wade. Was hat Emmet gesagt? Vier Prozent aller Mückenstiche transportieren Erreger? Gilt diese Zahl noch? Die Welt hat sich verändert und damit auch die Chance, in ihr zu überleben.

Der Stich hat sich noch nicht verfärbt. Wie schnell würde das gehen? Wie lange brauchen Bakterien, um Muskelfleisch so stark zu zersetzen, dass die daraus resultierende Blutvergiftung sichtbar wird? Er denkt an Josh Mangiardi, der innerhalb von Minuten tot zusammengebrochen ist. An Joshs Hals war die Beule schon aufgetaucht, kurz nachdem er nach dem Moskito geschlagen hatte. Aber dieser Einstich lag an einer empfindlicheren Stelle, die Bakterien müssen durch die Halsschlagader direkt in den Blutkreislauf gelangt sein. Vielleicht ist das hier anders. Hoffentlich.

Wenn er Streptokokken oder Vibrionen in sich trägt, muss er verhindern, dass sie sich in ihm ausbreiten. Er zieht sein T-Shirt aus und zerreißt es, zerteilt dabei die Aufschrift »Key West Garden Club«, bindet das Bein unterhalb des Knies ab und knotet die losen Enden fest. Wird das genügen? Probehalber tritt er auf, spürt, wie sich das Blut an seinem Knie staut, wie das Gelenk unbeweglich und der Unterschenkel taub wird. Er versucht, nicht daran zu denken, was sich gerade in seinem Körper abspielen könnte.

Sein Blick fällt auf den Empfangsschalter. In einer Schale liegen Kugelschreiber, Büroklammern und eine Schere. Sie sieht beinahe sauber aus.

*

»Was macht der da?«, ruft Madeleine und verfolgt über den Bildschirm, wie Quito Mantezza versucht, sich mit einer Schere das Bein aufzuschneiden. Sie verzieht das Gesicht. Er muss von einer Mücke gestochen worden sein und will nun Schadensbegrenzung betreiben. Durch das Auge der Kamera meint sie zu erkennen, wie seine Hand zittert, als er die Klinge auf seine Wade setzt. Das Bein hat er abgebunden. Das wird nicht genügen. Er wird verbluten.

Auf dem Bildschirm ist am linken unteren Rand eine Bewegung zu erkennen. Die Kamera folgt dem Geschehen, und auch Mantezza starrt zum Eingang hinüber, vor dem jetzt Ferris steht, in seinem Schutzanzug ist der bullige Cop eine unheimliche Erscheinung. »Öffne die Tür, Celeste«, ruft Madeleine, und im nächsten Moment ist Ferris im Innern der Firmenzentrale. Der Polizist und Mantezza starren sich über den Empfangsschalter hinweg an. Ein Glücksgefühl durchströmt Madeleine. Gleich ist es vorbei! Diese ganze Geschichte endet mit dem plötzlichen Verschwinden eines jungen Mannes, der ihr so lange Schwierigkeiten bereitet hat. Er hätte es beinahe geschafft, ihren wasserdichten Plan zu durchkreuzen, aber eben nur beinahe.

*

Inéz holt das Segel ein. Der Sunfish verliert Fahrt, sie nutzt den letzten Schwung, um das Boot in Richtung Ufer zu steuern, wo ein größeres Motorboot an einem Anleger festgemacht ist. »Ambulanz« steht auf einem orangefarbenen Streifen an der Seite, daneben ist das Logo des Meeresschildkrötenhospitals zu sehen.

Der Sunfish läuft auf den Grund. Ohne die Balance, die der Kiel im Wasser hat, neigt sich der Einhandsegler auf die Seite. Inéz steigt aus und steht bis zu den Knien im Wasser, ihre Schuhe saugen sich voll, Wellen schlagen gegen ihre Beine und durchnässen ihre Hose. In einiger Entfernung kann sie die Tanks mit den Meeresschildkröten sehen und die Gebäude des umfunktionierten Motels. Im Licht der höher steigenden Sonne flirren Insektenpunkte durch die Luft, aber sie kann nicht erkennen, ob es Moskitos sind.

Der Rucksack ist trocken geblieben. Sie drückt ihn an sich. Im Innern sind die Zigarren, ihre Zukunft, sie sind alles, was sie von Kuba mitgebracht hat.

Mit einem Ruck zieht sie den Reißverschluss auf, greift hinein und ertastet die Plastikfolie. Sie holt die damit geschützte Holzkiste hervor, streift die Gummibänder ab und wickelt die Folie Schicht um Schicht ab. Energisch zerdrückt sie das Plastik und stopft es in den Rucksack. Mit einer sanften Bewegung streicht sie über den Deckel der Kiste, spürt die Maserung des Zedernholzes und schaut auf den goldenen Schriftzug: »Cohiba Behike« – das ist das Erbe ihrer Großmuter. Als Floramaria gestorben war, hat sie jedem Mitglied der Familie eine solche Kiste hinterlassen. Sie musste sie aus ihrer Zeit als Gattin eines Zigarrenfabrikanten aufbewahrt haben, vermutlich eigens zu dem Zweck, sie zu vererben. Sogar Inéz, die wegen ihrer Aufsässigkeit in Ungnade gefallen war, bekam eine der Kisten. Und jetzt steht sie im Begriff, die letzte Erinnerung an Floramaria zu zerstören.

Inéz klappt die Kiste auf, der Duft von Tabak steigt ihr in die Nase, ein männlicher Duft, der sogar den Geruch des Salzwassers und der Algen übertönt. Sie nimmt die vier Cohibas, schiebt drei in ihre Hosentasche und behält eine in der Hand.

Sie zerdrückt die Zigarre zu Krümeln. Das dabei entstehende Geräusch ist kaum zu hören, trotzdem erscheint es Inéz, als rolle Donner über sie hinweg. Sie sammelt Speichel in ihrem Mund, spuckt in die Hand und befeuchtet den Tabak damit, reibt alles zusammen. Die getrockneten Blätter saugen die Feuchtigkeit auf, aber es ist noch nicht genug, also spuckt sie noch ein paarmal, bis sich ihr Mund anfühlt, als hätte sie Sand gegessen. Ihre Handflächen sind jetzt mit einem braunen Brei bedeckt, den sie sich über die Arme reibt, über den Hals, das Gesicht, sogar die Haare streicht sie damit ein und verteilt den Rest unter ihrem T-Shirt. Die Beine muss sie freilassen, sie hofft darauf, dass ihre Jeans und die alten Converse-Imitate ein wenig Schutz bieten, vor allem, wenn sie in Bewegung bleibt, denn für eine weitere Zigarre hat sie nicht genügend Spucke, und ob das Ganze mit Meerwasser funktioniert, weiß sie nicht. Vielleicht hilft das alles ohnehin nicht, vielleicht ist das alte Rezept, Mücken mit diesem Gemisch aus Tabak und Speichel abschrecken zu können, nur ein Hokuspokus kubanischer Landarbeiter. Gleich wird Inéz es herausfinden.

Kapitel 48

Everglades National Park

Der Dodge Chaser zerteilt den Dunst, der vom Boden aufsteigt, als die Morgensonne die kühle Nachtluft erwärmt. In einiger Entfernung taucht das Kassenhäuschen des Everglades National Park auf, es steht mitten auf der Straße und scheint auf dem Nebel zu schweben. Man sieht der Bude an, dass sie gegen die Feuchtigkeit des Sumpfgebiets ankämpfen muss: Der Anstrich blättert ab, und die Metallschienen des Fensters sind verrostet.

Roberto stoppt den Polizeiwagen neben dem Schalter und lässt die Scheibe herunter, er atmet den typischen Everglades-Geruch ein, eine Symphonie aus feuchtem Gras und nasser Erde.

Im Fenster des Kassenhäuschens erscheint das Gesicht einer etwa fünfzigjährigen Frau in der hellbraunen Uniform der Parkangestellten. Wie ihre Hütte scheint auch sie selbst schon lange Zeit dem Wetter ausgesetzt zu sein, davon erzählen die hellen Linien in ihrem braun gebrannten Gesicht. Ihr Haar ist zu einem Zopf gebunden, aus dem sich Strähnen gelöst haben, die wie Strahlen von ihrem Kopf abstehen. Trotz der frühen Stunde blitzen ihre Augen, und sie begrüßt die beiden Ankömmlinge, als hätte sie die ganze Nacht auf sie gewartet.

»Guten Morgen, Officers, mein Name ist Josepha. Wie kann ich Ihnen helfen? Was führt Sie zu dieser frühen Stunde in die Everglades?«

Roberto nickt ihr zu. »Wir suchen einen Mann, um die sechzig, hager, dunkelhaarig, trägt eine Bomberjacke und eine rote Baseballkappe. Er fährt einen silbergrauen Ford Ranger. Auf dem Nummernschild steht Hanoi69. Ist der hier durchgekommen?«

Josephas Miene verfinstert sich. »Ja, so ein Auto ist hier durchgekommen.« Sie beugt sich ein Stück durch das Fenster, die Haarsträhnen leuchten in der Morgensonne. »Einfach durchgerauscht ist der, ohne zu bezahlen. Ich habe sofort die Ranger benachrichtigt, damit sie den Kerl anhalten, aber die haben ihn nicht gefunden.«

Roberto wirft Torok einen triumphierenden Blick zu. Die Kollegin deutet durch die Windschutzscheibe nach vorn. »Warum steht die Schranke offen?«

»Die ist verrostet«, erklärt die Parkangestellte. »Die Feuchtigkeit in der Luft frisst Metall schneller auf, als ein Alligator eine Schildkröte verspeist.«

»Dieser Wagen«, sagt Roberto, »wann war der hier?«

Josepha muss nicht lange überlegen. »Gestern Abend. Es war schon dunkel. Ich weiß das genau, denn der Park war längst geschlossen. Im Moment ist kaum was los. Wegen dieser Moskito-Sache auf den Keys traut sich kaum noch einer her. Ich war noch mit einem Kollegen hier, um Dienstpläne aufzustellen und die neuen Broschüren einzuräumen.«

»Haben Sie etwas auf der Ladefläche des Rangers gesehen?«, will Roberto wissen.

»So schnell, wie der hier im Dunkeln durchgerauscht ist?« Die Parkangestellte schüttelt den Kopf.

»Hat er den Park wieder verlassen?«, will Torok wissen.

»Schätzchen«, erwidert Josepha, »die Everglades sind die größte tropische Wildnis in unserem schönen Land, die lässt sich nicht abschließen wie eine Polizeiwache, und der Eingang hier ist in der Nacht nicht besetzt. Woher soll ich das wissen?«

»Der Mann in dem Wagen ist gefährlich«, erklärt Roberto. »Möglicherweise plant er einen Anschlag. Wir müssen ihn finden.«

»Viel Glück!« Jospeha lacht, ihr Zopf hüpft hin und her. »Wenn er noch im Park ist, müssen Sie nur fünftausend Quadratkilometer Gelände durchkämmen: Sumpfgrasprärie, Mangrovenwald, Zypressensümpfe, Küstenlagunen.« Sie kneift die Augen zusammen. »Mit der Karre werden Sie nicht weit kommen. Vielleicht suchen Sie den Kerl besser aus der Luft. Und wenn Sie ihn schnappen, ziehen Sie die dreißig Dollar Eintrittsgeld von ihm ein, die er mir schuldig ist.«

»Ein Flugzeug«, murmelt Roberto, »das ist genau das, was wir suchen.« Laut sagt er: »Könnte man mit einem kleinen Flugzeug irgendwo in den Everglades landen?«

»Kommt drauf an«, sagt die Frau in der Bude.

»Worauf?«, fragt Roberto.

»Ob man mit der Maschine wieder starten will. Hier sind schon etliche Flugzeuge runtergekommen und dann im sumpfigen Gelände stecken geblieben.«

»Starten wäre ein wichtige Option«, erklärt Torok vom Beifahrersitz.

»Keine Chance. Der Boden ist bei uns in den Everglades zu weich, schließlich ist das Ganze hier ein riesiger Fluss, der sehr, sehr langsam fließt und fälschlicherweise als Sumpf bezeichnet wird. Kein Pilot kommt da durch. Entweder steht man im Wasser, oder der Bewuchs ist zu dicht.«

Roberto schüttelt den Kopf. »Unser Mann muss irgendwo ein Flugzeug versteckt haben. Sonst wäre er nicht hierhergekommen. Es muss eine Stelle geben, von der aus man mit dem Flugzeug starten kann.«

»Am Flughafen von Miami, würde ich sagen.« Als Jospeha merkt, dass die beiden Polizisten nicht zum Scherzen aufgelegt sind, kratzt sie sich an der Stirn. »Mal überlegen. Also: Wir sind ein Nationalpark, und das heißt, hier darf alles wachsen, wie es will. Es gibt kein Eingreifen in die Natur und damit auch keine Landebahnen.«

Roberto ballt die Fäuste und will lauthals fluchen, aber da ist plötzlich Toroks Hand auf seinem Arm. »Schsch«, zischt sie ihm zu.

Die Parkangestellte kramt ein gefaltetes Papier hervor, breitet es aus und hält es hoch: eine Landkarte. Ihr Zeigefinger fährt in Linien darüber. »Das hier sind die Everglades«, erklärt sie. »Wir sind hier. Und hier liegt das Besucherzentrum.« Der Finger tippt gegen das Papier. »Aber dort, dort und dort – sehen Sie die schraffierten Flächen?«

Roberto nickt.

»Am Rand des Parks werden Feldfrüchte angebaut. Der Boden ist fruchtbar, die Landwirte ziehen Tomaten, Wassermelonen, Kartoffeln und Zuckerrohr. Im Boden der Felder liegen Drainagen, durch die das Wasser abläuft, sonst kämen die Landmaschinen nicht durch. Vielleicht kann man mit einem kleinen Flugzeug auf einem abgemähten Feld starten und landen. Geerntet wird das meiste allerdings erst im Oktober.«

»Das Grünzeug in Slokers Wagen«, sagt Torok, und Roberto stimmt zu. »Vielleicht war das Zuckerrohr«, sagt er, und zu Josepha gewandt: »Wie kommen wir zu diesen Feldern?«

»Das ist ein großes Anbaugebiet an der Ostseite der Everglades.« Die Parkangestellte deutet die Straße entlang nach vorn. »Nehmen Sie die zweite Abzweigung links, dann kommen Sie nach einer Weile dorthin, wo die Gerätehallen der Farmer stehen. Dahinter beginnen die Felder.« Sie reicht Roberto die Karte, so, wie sie es vermutlich mehrere hundert Mal am Tag macht, wenn Touristen herkommen. Er nimmt sie und reicht sie an Torok weiter. »Danke, Josepha.«

»Viel Glück, Officers«, sagt sie. »Und sollten Sie unterwegs Hunger bekommen: Kurz vor den Feldern liegt der Gator Grill. Dort servieren sie die besten Alligatorschwänze westlich des Paradieses.«

Kapitel 49

Marathon, Meeresschildkrötenhospital

Das Gelände zwischen dem Ufer und den Tanks ist viel weitläufiger, als Inéz es in Erinnerung hat. Mit ausholenden Schritten läuft sie über eine Rasenfläche, nimmt den stechenden Geruch schon von ferne war. Er geht von den Tanks aus, die womöglich seit Tagen nicht gereinigt worden sind.

Mücken umschwirren sie. Der Gedanke, dass der Tabak keine Wirkung zeigen könnte, droht sie zu lähmen, aber Inéz schiebt ihn beiseite, läuft weiter. Die Jeans, vom Salzwasser durchtränkt, scheuern über ihre Haut. In Bewegung bleiben bedeutet, am Leben zu bleiben.

Sie umrundet die Tanks. Der Gestank ist Übelkeit erregend, aber Inéz kann den Atem jetzt nicht anhalten, sie braucht jedes Quantum Luft. In einem Becken bewegt sich etwas, sie erkennt die flachen Buckel von zwei Meeresschildkröten. Die Tiere sind noch hier. »Donald?«, ruft sie. »Ist hier jemand?« Keine Antwort. Niemand ist zu sehen. Wo ist der Leiter des Hospitals?

Hinter den Tanks kommen die türkis gestrichenen Gebäude des ehemaligen Motels in Sicht, zwei Reihen lang gestreckter Bauten. Tür reiht sich an Tür. Sie muss den Raum mit den Reinigungsmitteln wiederfinden, denn dort hatte Donald die Schutzanzüge gelagert, die sie jetzt dringend braucht.

Die Tür mit der Nummer dreizehn könnte es sei, Inéz versucht sie zu öffnen, doch sie ist verschlossen, Nummer zwölf ebenfalls, und auch Nummer elf. Gegen die Tür mit der Nummer zehn schlägt und tritt Inéz, so fest sie kann, ohne Erfolg. Als sie kurz innehält, landen zwei Moskitos auf ihrer Hand. Bevor sie nach ihnen schlagen kann, fliegen die Insekten davon. Ob ihr selbst hergestellter Mückenschutz tatsächlich funktioniert? Schreckt der Duft der Cohibas die Tiere ab?

Darauf will sie sich nicht verlassen, sie braucht den Schutzanzug. Am Ende der Motelzimmer liegt Donalds Büro, dorthin rennt sie, doch auch diese Tür ist verschlossen. Sie trommelt mit der Faust dagegen und ruft seinen Namen. Dann kommt Inéz ein entsetzlicher Gedanke. Sie ahnt, wo sie Donald Delane finden kann.

Sie kehrt zu den Tanks zurück. Der Geruch, von dem sie glaubte, er stamme von den ungereinigten Wasserbecken, leitet sie. Von Donald sieht sie zuerst die Schuhe, die zwischen den Becken für die Jungschildkröten hervorragen. Der Leiter des Meeresschildkrötenhospitals liegt auf dem Beton. Um seinen Körper herum hat sich der helle Boden dunkel gefärbt. Das, was Hitze und Insekten von seiner leblosen grauen Haut übrig gelassen haben, ist mit tiefblauen Beulen übersät, dem Merkmal der Moskitostiche.

Mit einer Hand vor Mund und Nase beugt sich Inéz zu dem Leichnam hinunter und tastet die Taschen seiner Hose ab. Sie spürt Tränen in sich aufsteigen. Dieser Mann hat sein Leben in den Dienst hilfebedürftiger Lebewesen gestellt. Die Vorstellung, dass er auf diese Weise sterben musste, allein und voller Entsetzen und Schmerzen, ist mehr, als sie ertragen kann.

Unter ihren Fingern klirrt etwas. Sie zieht Donalds Schlüsselbund hervor. Es fällt ihr schwer, den Toten einfach liegen zu lassen, doch vor allem anderen muss sie jetzt die Reinigungsanzüge finden, um sich besser zu schützen. Danach kann sie sich um den Toten kümmern. Im Stillen betet sie darum, dass Quito am Leben ist.

*

Ferris' Gesicht ist eine Fratze. Für Quito war es noch nie ein willkommener Anblick, denn immer wenn Randy Ferris auftauchte, bedeutete das Ärger. Jetzt sind seine Züge verzerrt und geben den Blick frei auf das Innere dieses Mannes, auf Hass und Triumph, für eine solche Vorstellung muss ein Schauspieler lange vor dem Spiegel üben. Ferris ist ein Naturtalent des Zorns.

»Weiter kommst du nicht«, zischt er und legt die Mündung seiner Waffe auf Quito an.

Bevor er abdrücken kann, lässt sich Quito von dem Stuhl fallen und rutscht unter die Tischplatte. Seine Beine zittern, als er sie zu sich heranzieht, aus dem linken sickert Blut.

Ferris lacht auf und kommt um den Tisch herum, bis er unmittelbar vor Quito steht. Er mustert das Bein. »Das sieht übel aus«, höhnt er. »Soll ich dich verbluten lassen? Oder willst du lieber eine Kugel in den Kopf?«

»Mein Vater wird Sie zur Rechenschaft ziehen für das, was Sie getan haben«, stößt Quito hervor.

»Roberto Mantezza ist ein Idiot«, erwidert Ferris. »Er wird sich für den Rest seines erbärmlichen Lebens darüber grämen, dass sein Sohn spurlos verschwunden ist.«

Quito presst sich mit dem Rücken gegen das Pult. Er bemerkt eine Bewegung an der Wand. Die Sicherheitskamera, die er schon von draußen gesehen hat, dreht sich zu ihm und Ferris. Der Polizist schaut ebenfalls hoch. Er bewegt nur die Augen, ein Reflex, aber der genügt.

Quito rammt die Schere mit aller Kraft in Ferris' Schuh. Die

Klingen verschwinden darin, etwas zerreißt, und ein Knacken ist zu hören. Ferris schreit auf, kippt zur Seite und kann sich gerade noch am Empfangstisch abstützen.

Mit einem Satz kommt Quito unter dem Pult hervor, drängt an Ferris vorbei und humpelt los, wohin, weiß er nicht, einfach tiefer in das Foyer hinein. Hinter ihm brüllt Ferris etwas Unverständliches, die Worte scheinen keiner auf der Erde bekannten Sprache entnommen zu sein.

Ein helles Zing ist zu hören, als eine Kugel aus Ferris' Pistole auf eine Wandkachel trifft. Geduckt läuft Quito vorbei an den Fahrstühlen auf der linken und einer Sitzgruppe auf der rechten Seite, er wird von einem weiteren Projektil verfolgt und zuckt zusammen, als er ein Splittern hört. Ferris hat eine gläserne Wand getroffen, auf die Quito zusteuert, auf der Scheibe scheint eine Spinne im Bruchteil einer Sekunde das Meisterwerk eines Netzes gewebt zu haben. In der Mitte wird ein Spalt sichtbar, das ist eine der Türen, die sich automatisch öffnen – allerdings nicht in diesem Moment.

Quito nimmt Anlauf und springt mit vor dem Kopf verschränkten Armen dagegen. Das Glas bricht entzwei. In einem Regen aus Scherben landet er auf der anderen Seite. Er spürt, wie Splitter in seine Knie und seine Hände eindringen, rutscht auf dem scharfen Bodenbelag herum, bis es ihm gelingt, wieder auf die Beine zu kommen. Er ist im Treppenhaus des Turms gelandet. Mit zusammengebissenen Zähnen greift er nach dem Geländer und zieht sich vorwärts. Sein Ziel liegt im vierten Stock.

*

Madeleine steht wie angewurzelt vor dem Helikopter. Die Maschine ist auf der Jacht gelandet, die Rotorblätter stehen still, doch der Motor tuckert noch. Die Kanzel ist bereit, die Passagierin aufzunehmen und zum Flughafen von Miami zu bringen. Aber das, was Madeleine auf dem Bildschirm ihres Tablets sieht, lässt sie nicht los. Sie beugt sich in den Helikopter hinein und gibt den Befehl, den Motor abzuschalten, drückt dem Piloten ihre Reisetasche in die Hand und kehrt zum Bug der »Culex Sunrise« zurück. Mittlerweile hat die Sonne die Spitze des Schiffs erreicht, und das Meer hat seine Farbe von Nachtschwarz zu Türkis gewechselt. Madeleine schaut abwechselnd auf die in weiter Ferne sichtbare Küste und auf den Monitor in ihrer Hand.

Ferris ist nach dem Handgemenge immer noch im Foyer. Was macht der Mann bloß? Er ist doch ein erfahrener Polizist. Und da kann er sich nicht gegen einen unbewaffneten Studenten durchsetzen?

Jetzt erkennt sie, dass er seinen Schutzanzug ablegt. Die Uniform klebt ihm am Leib, er hält eine Pistole in der einen und eine Schere in der anderen Hand. Hinkend läuft er los, Mantezza hat ihn offenbar verletzt. Madeleine streicht sich mit einer Hand über das Haar. Es kann nichts schiefgehen. Aber sie wäre nicht die Leiterin eines erfolgreichen Unternehmens, wenn sie nicht auch mit dem Unwahrscheinlichen rechnen würde. Sollte Mantezza entkommen, muss sich Madeleine keinerlei Illusionen über ihr Schicksal machen. Dann wartet das Gefängnis auf sie. Nicht nur wegen der Gen-Moskitos. Die Liste ihrer Machenschaften ist länger, als selbst Ferris es weiß. Wenn er versagt, muss Madeleine verschwinden. Und zwar rasch.

Zurück am Helikopter legt sie eine Hand gegen die Tür und spürt die Nieten und Schweißnähte auf dem kühlen Metall. Die Maschine soll sie nach Miami bringen, und von dort will sie mit dem Flugzeug nach Kalifornien. Aber … Sie tritt zurück und geht hinüber zur Südseite der Jacht, schaut über den Golf von Mexiko – dorthin, wo Kuba liegt.

Kapitel 50

Rand des Everglades National Park

Als Roberto noch ein Kind war, auf Kuba, dachte er, Zuckerrohr sei eine Pflanze mit roten und weißen Streifen, am Kopf gebogen wie ein Spazierstock, und man müsse nur daran lecken, um das Glück auf der Zunge zu spüren. Am Tag, als er die Wahrheit erfuhr, verlor die Natur für ihn einen gewissen Reiz. Daran muss er jetzt denken, während er den Dodge zwischen den Feldern entlangsteuert. Rechts und links der Straße ragen die Pflanzen wie grüne Wände in den Himmel, und das geht nun schon eine halbe Stunde so. Wie groß sind diese Felder? Roberto muss an seine Ausbildung denken, für die er einige Zeit in Chicago gearbeitet hat. Damals flog er mit seinen Kollegen über die Maisfelder im Westen der Metropole und konnte deren Ende aus der Luft nicht erkennen. Zwar sitzt er jetzt in einem Auto, aber der Eindruck, den er von den Plantagen hat, ist derselbe.

Die Blattspitzen der Zuckerrohrpflanzen flattern im Wind. Roberto kommt es vor, als ob diese endlosen Felder leben – Darryl Sloker scheinen sie verschluckt zu haben.

»Fordern Sie Luftunterstützung an«, sagt Roberto, und Betty Torok stellt über Funk eine Verbindung zur Station her. Es dauert länger als eine Minute, bis sich eine Kollegin meldet und mitteilt, dass die Aufklärungsflugzeuge gerade über den Keys unterwegs seien, aber in ein oder zwei Stunden eines zur Verfügung stehe.

»Wie sollen wir Sloker in diesem Dickicht finden – wenn er überhaupt hier ist?«, fragt Torok, und Roberto nimmt etwas Ungewohntes an ihr wahr: Nervosität. Nicht dass das verwunderlich ist angesichts der Lage, Roberto spürt selbst wieder das Gefühl von Ratlosigkeit in sich aufsteigen. Er überlegt, wie er trotzdem Zuversicht äußern kann, da taucht etwas über den Spitzen des Zuckerrohrs auf, wird größer und entpuppt sich als Leuchtreklame. »Gator Grill« ist darauf zu lesen.

»Hungrig?«, fragt Roberto. Er könnte einen Alligator mitsamt Zähnen vertilgen.

Torok verzieht das Gesicht. »Nein danke. Aber wir sollten dort nach Sloker fragen. Vielleicht mag der Echse nach Art des Hauses.«

Roberto steuert den Dodge auf den kleinen verlassenen Parkplatz. Das Lokal ist kaum größer als eine Garage und scheint mit einer Machete in das Zuckerrohr hineingehauen zu sein. Schon sind die Pflanzen dabei, sich den Freiraum zurückzuerobern, ihre Blätter recken sich wie Arme bis zu den Fenstern. Die Tür ist geschlossen, doch das »Geöffnet«-Schild aus rotem Neonlicht blinkt.

»Fertig?«, fragt er, und Torok nickt. Zeitgleich stoßen sie die Türen auf und eilen im Laufschritt auf den Eingang zu, um kein Ziel für Moskitos zu bilden. Roberto öffnet und lässt Torok zuerst eintreten, dann wirft er die Tür hinter sich zu.

Ein warmer Hauch von Grillfleischduft steigt ihm in die Nase. Alligator oder nicht – sofort fangen die Drüsen in seinem Mund an zu arbeiten. Der Appetit vergeht ihm wieder, als er die ausgestopften Köpfe von Alligatoren an den Wänden sieht. Sie sind mit offen stehenden Kiefern präsentiert und zeigen Reihen furchteinflößender Zähne.

»Schauen Sie genau hin«, sagt jemand, die Stimme ist von dem zischenden Geräusch bratenden Fleisches unterlegt. »Die Tiere würden auch keine Sekunde zögern, Sie zu verspeisen. Zurückhaltung ist also unnötig.« Ein etwa vierzigjähriger Mann in einem weißen T-Shirt, mit weißer Schürze und einem weißen Papierhütchen auf den schwarzen Haaren steht in einem Durchgang, hinter dem die Küche liegen muss. »Ich bin Ted. Willkommen im Gator Grill.« Er scheint erst jetzt die Uniformen wahrzunehmen, denn er setzt nach einer kurzen Pause hinzu: »Oder sind Sie gar nicht zum Essen hier?«

»Wir warten«, entscheidet Roberto, und zum ersten Mal, seit er mit ihr unterwegs ist, widerspricht Betty Torok.

»Dass Sloker hier war, bedeutet nicht, dass er wieder herkommen wird. In diesem Moment könnte er die Fässer in seine Maschine laden. Was machen wir, wenn er losfliegt? Dann können wir ihn nicht mal durch die Luftwaffe vom Himmel schießen lassen, weil das Napalm niederregnen würde. Wir müssen ihn schnappen, bevor er abhebt, Roberto.«

Dies ist auch das erste Mal, dass Torok ihn beim Vornamen nennt, und Roberto weiß nicht, was ihm mehr zusetzt: die Kollegin, die an seiner Entscheidung zweifelt, oder das Gefühl, innehalten zu wollen, obwohl er das Bedürfnis verspürt, immerzu rennen zu müssen.

Darryl Sloker war im Gator Grill. Ted konnte sich an ihn erinnern. »Er behauptete, von Alligatoren angegriffen worden zu sein und einen von ihnen mit einem Brecheisen erschlagen zu haben.« Als Ted ihm das nicht glauben wollte, sei der Kerl unangenehm geworden. »Da habe ich ihn gebeten, das Lokal zu verlassen.«

Leider wusste der Wirt nicht, wohin Sloker gefahren ist. »Ich hoffe, er lässt sich hier nicht noch mal sehen. Ein richtiger Aufschneider. Hat in den grellsten Farben ausgemalt, wie er gegen die Alligatoren gekämpft hat. Zum Totlachen. Vermutlich ist die Echse deshalb gestorben.«

»Haben Sie ihm das gesagt?«, hat Roberto gefragt, und Ted hat erzählt, dass er gar nicht anders konnte. Daraufhin sei Sloker abgerauscht, »mit quietschenden Reifen. Der war richtig sauer.«

Das Angebot des Wirts, etwas zu sich zu nehmen – gegrillten Alligatorschwanz mit Dips oder Würstchen aus Alligatorfleisch mit Paprika und Kreuzkümmel – haben die Polizisten ausgeschlagen. Jetzt sitzen sie wieder in ihrem Wagen vor dem Gator Grill, und Roberto hat die Landkarte auf dem Armaturenbrett ausgebreitet, während Torok mit dem Navigationsgerät hantiert, doch rings um den roten Punkt, der darauf ihren Wagen darstellt, ist nur eine ausgedehnte grüne Fläche zu sehen.

»Sie meinen, dass wir weiterfahren sollen? Dann verraten Sie mir mal, wie wir Sloker da drin aufstöbern sollen.« Roberto schlägt mit dem Handrücken auf die Papierkarte, dass es knallt, dann zerknüllt er den Plan in der Faust und wirft ihn gegen die Windschutzscheibe.

Torok liest das Papier auf und beginnt, es langsam wieder zu entfalten. »Sehen Sie das hier?« Sie tippt auf die Karte, die nun einige Knicke aufweist, sie sehen wie Gebirge aus, die Rocky Mountains in Florida. »Die landwirtschaftlichen Wege bilden eine Art Gitternetz in den Feldern. Wenn wir die abfahren, haben wir eine Chance, auf eine Spur von Sloker und seinem Flugzeug zu stoßen.«

»Wie hoch soll diese Chance denn sein?«, blafft Roberto. »Sollen wir Fährtenleser spielen, an abgeknickten Blättern schnüffeln und mit den Fingern über Reifenspuren streichen?«

Zwei Linien entstehen an Toroks Mundwinkeln, als sie die Lippen zusammenpresst.

»Tut mir leid, Lieutenant«, sagt Roberto. »Aber ich möchte

weniger systematisch vorgehen. Darryl Sloker ist unberechenbar – und zugleich einfach zu durchschauen. Deshalb setzen wir auf Psychologie.«

»Und warten ab? Was ist daran psychologisch?«

»Sloker ist ein Angeber«, erklärt Roberto. »Das wissen wir von Dixie Hastings. Er prahlt gern mit seinen Abenteuern. Wir wissen aber auch, dass sich Darryl seine Aufschneidereien nicht ausdenkt, sondern alles tatsächlich erlebt hat. Er mag ein Großmaul sein, aber ein Lügner ist er nicht.«

»Also hat er diesen Alligator tatsächlich mit einem Brecheisen getötet«, sagt Torok. »Na und?«

»Der Wirt hat ihm das nicht geglaubt. Er hat ihn sogar ausgelacht. Sloker lässt so was nicht auf sich sitzen.«

Toroks Miene hellt sich ein wenig auf. »Sie glauben, er kehrt hierher zurück und wirft Ted zum Beweis einen Alligator vor die Füße?«

»Und das blutige Brecheisen gleich dazu.« Roberto schürzt die Lippen und drückt seinen Oberlippenbart gegen seine Nase.

Torok schaltet die Klimaanlage an. »Da vorn ist eine Schneise im Feld. Da können wir uns auf die Lauer legen.«

*

Im Osten ziehen graue Wolken am Himmel auf. Darryl steht auf der rechten Tragfläche der Air Tractor und schiebt sich die Kappe in den Nacken. Die schwüle Hitze hat seinen Körper mit einem Schweißfilm überzogen, und der Schmutz auf seiner Haut kriecht in Rinnsalen an seinen Armen, seinem Rücken und seinem Hals herunter. Die Mücken feiern Thanksgiving auf seinem Leib. Er hat es aufgegeben, nach ihnen zu schlagen. Wenn sie ihn umbringen, wenn er so enden sollte wie Camillo und so viele andere, dann ist das eben so. Aber Darryl Sloker wird sterben wie ein Mann und nicht wild um sich schlagend wie ein Ertrinkender.

Die Wolken kündigen Gewitter an. Er ist schon bei Sturm geflogen, aber ein Vergnügen war das nicht. Immerhin wird der Regen den Flammen nichts ausmachen, Napalm brennt sogar im Wasser. Trotzdem: Er sollte sich beeilen, um das Risiko so gering wie möglich zu halten.

Ha! Hat er da gerade wirklich über Risikominimierung nachgedacht? Du wirst alt, sagt er zu sich selbst, und: Wird allmählich Zeit, dass du mal wieder abhebst – in jeder Beziehung.

Die Fässer sind verstaut, das Drahtseil ist durch die Ösen der Handgranaten gefädelt, die Ladeluke ist geschlossen und bereit, mit einem Handgriff geöffnet zu werden. Sloker hat errechnet, wie hoch er fliegen muss, damit die Ladung über ein möglichst großes Gebiet verteilt wird. Vielleicht wird er Islamorada nicht vollständig treffen, aber Vaca Key mit Marathon und die südlich davon liegenden Inseln mit Key West wird er erwischen. Das Napalm wird Brandherde entstehen lassen, die nicht wieder verlöschen, und die Flammen werden immer neue Nahrung finden. Was anschließend noch von den Mücken übrig ist, werden Fledermäuse und Vögel erledigen. Allerdings gibt es die dann ja auch nicht mehr. Er zuckt mit den Schultern. Darum soll sich die Polizei kümmern oder wer sonst für diesen Mist zuständig ist. Er ist hier nur der Mann fürs Grobe. Aufräumen müssen andere.

Bei dem Gedanken fällt sein Blick auf den toten Alligator am Rand des Zuckerrohrfelds. Er hat den Echsen gezeigt, was einen erwartet, wenn man Darryl Sloker zum Frühstück verspeisen will. Mit dem Eisen in der Faust ist er einfach zwischen sie gesprungen und hat gebrüllt, dass die Streben unter den Tragflächen gebebt haben. Eins der Biester ist sofort zwischen den Pflanzen verschwunden, das andere hat den Kampf aufgenommen. Darryl hat nie zuvor gegen einen Alligator gekämpft, nicht mal in Vietnam, aber er hat Berichte gehört von Kameraden, die erzählten, wie man sich verhalten sollte, wenn man im Reisfeld auf ein Siam-Krokodil trifft. Ausbildung an der Theke nennt man so was, das ist der Ort, an dem man wirklich was fürs Leben lernt. Er hat im Gedächtnis behalten, dass Krokodile vor allem auf ihrer langen Schnauze empfindlich sind und dass man, wenn man von einem gepackt wird, mit der Faust darauf hämmern soll, bis es loslässt.

Auf die Faust hat Sloker verzichtet, er hatte ja das Brecheisen.

Der Alligator war hartnäckig. Erst hat er versucht, Darryl mit einem Schwanzschlag von den Beinen zu holen, doch er konnte sich hinter die Napalmfässer retten. Der Treffer hat die Stahlbehälter ins Trudeln gebracht, und für einen Moment sah Darryl sich und das Reptil in einer Explosion bis zum Mars fliegen, doch die Fässer blieben stehen. Danach hat der Alligator nach Darryls Bein geschnappt, aber nur die Hose erwischt. Dabei ist er nah genug herangekommen, um nun seinerseits einen Schlag mit dem Brecheisen zu kassieren. Beim zweiten Treffer ist die gebogene scharfe Kante des Werkzeugs in der Schnauze stecken geblieben und hat das Tier paralysiert. Nach dem vierten Hieb hat es sich nicht mehr gerührt.

Danach war Darryls Kehle trocken, und sein gesamter Körper verlangte nach einem Drink. Aber sein Bourbonvorrat war aufgebraucht, er hatte den letzten Rest hinuntergestürzt, um sich für den Kampf mit den Alligatoren Mut anzutrinken. Zum Glück lag ein kleines Restaurant in der Nähe, und Darryl ist losgefahren, um sich dort für die nächste, größere Aufgabe zu stärken.

Dann ist er diesem überheblichen Wirt begegnet.

Was hat sich dieser Kerl eigentlich gedacht? Erst hat er Darryl nicht geglaubt, dann hat er ihn auch noch ausgelacht. Immerhin hatte er Bourbon, auch wenn der wie Alligatorpisse schmeckte.

Darryl springt von der Tragfläche herunter. Das Flugzeug kann starten. Er könnte in Hochstimmung sein. Er hat alle Hürden genommen, hat 'ne Menge riskiert für diesen Flug, er hat gegen Waffenhändler gekämpft und gegen Riesenechsen. Jetzt ist es endlich so weit. Aber da ist noch etwas, das an seinen Eingeweiden nagt.

Das hämische Grinsen in der Fresse des Wirts geht ihm nicht aus dem Sinn. Er hätte Lust, dem Mann zu zeigen, was er mit einem Brecheisen anstellen kann, und sein blödes Lachen um zwei Zoll zu erweitern.

Er geht zu dem Kadaver hinüber. Der Alligator liegt dort, wo er gestorben ist, am Rand des Zuckerrohrfelds. Seine Augen sind offen und glanzlos, seine Schnauze geschlossen. Zähne ragen an den Seiten hervor, und Blut ist auf der Reptilienhaut angetrocknet. Sloker tritt dem Kadaver in die Seite und spürt den Widerstand schmerzhaft in seinem Knöchel. Er könnte ein Foto machen und es an den Gator Grill schicken: Darryl Sloker mit einem Bein auf der Echse, dabei würde er versuchen, das Maul des Tiers mit dem Brecheisen hochzuziehen. Was würde der Wirt dann wohl sagen? Niemand würde Darryl Sloker dann noch einen Lügner und Angeber nennen, niemand würde ihn auslachen. Für solche Heldentaten werden einem Drinks spendiert.

Das Problem ist, dass er nicht mal mehr ein Mobiltelefon hat, um ein Foto zu machen und zu versenden. Er wirft einen Blick zur Air Tractor hinüber. Er hat ohnehin Wichtigeres zu tun. Seine Kumpel aus dem Havana Rick's, alle Menschen von den Keys zählen auf ihn, auch wenn sie das noch gar nicht wissen. Er klettert in das Flugzeug, schließt die Tür und verriegelt sie, dann geht er geduckt in die Kanzel und lässt sich in den Pilotensitz fallen. Das Kunstleder knarzt. Er prüft die Beweglichkeit des Steuerhebels, der Öldruck ist in Ordnung, genug Benzin ist auch im Tank, und die Instrumente sehen gut aus, nur der Höhenmesser hat Feuchtigkeit gezogen, sodass die Anzeige hinter einer Schicht Kondenswasser kaum abzulesen ist, aber damit wird Darryl klarkommen. Er hat schon immer ein Gefühl dafür gehabt, wann seine Höhenflüge gefährlich werden. Er lacht in sich hinein und startet den Motor. Der Propeller beginnt sich zu drehen. Doch dann zieht Sloker den Schlüssel wieder ab. Das Blubbern der Maschine erstirbt.

Darryl wischt sich über das Gesicht. Alles ist bereit für den großen Flug, aber er ist es nicht, denn er hat noch eine Rechnung offen. Er wird diesem überheblichen Kerl in der Grillbude zeigen, was er mit Leuten macht, die ihn einen Lügner nennen, wird den Alligator am Schwanz in den Gator Grill schleifen und freundlich kundtun, dass er eine Entschuldigung in Form einer Kiste Bourbon akzeptieren würde.

Darryl springt aus dem Flugzeug, und das Rascheln der Blätter auf den Zuckerrohrfeldern klingt wie Applaus in seinen Ohren.

Kapitel 51

Key West, Firmensitz DNArtists

Blut tropft auf den weißen Kachelboden im Korridor der vierten Etage. Quito knotet das um seine Wade gewickelte T-Shirt fester, kann aber nicht verhindern, dass er eine schmierige Spur hinter sich herzieht. Zu seiner Rechten gibt die Glasfront des Turms den Blick über Key West frei. Da ist der markante Giebel des Gerichts, wo alles angefangen hat, weiter hinten die Ruine des Martello Towers und im Osten das Meer der bunten Wohnhäuser, wo Quito zu Hause ist. Ein Gefühl von Verlust schnürt ihm die Kehle zu, Frustration droht ihn zu überschwemmen, die Art von Frustration, die zu Wut führt.

Er wendet den Blick ab und läuft weiter. Er braucht einen kühlen Kopf, deshalb konzentriert er sich auf den Schmerz in seiner Wade. Er kommt an eine Abzweigung – wo lag das Labor mit den Handlampen? Es gibt keine Hinweise darauf, wo er sich befindet, keine Bilder an den Wänden, keine Pflanzen auf dem Boden, nur Glas und Kacheln, so steril, dass man ein einzelnes Gen darauf mit bloßem Augen erkennen könnte.

Ein auffälliger und unpassender Geruch dringt in seine Nase: Urin, Kot, Angst – der Geruch eingesperrter Tiere. Quito erinnert sich, dass er an dieser Stelle entlanggekommen ist und sich so hitzig mit dem Assistenten von Madeleine Shepherd wegen der Versuchstiere gestritten hat, dass sein Vater dazwischengehen musste. Zwei Türen weiter war der Assistent übel gelaunt in einem Raum verschwunden und mit dem DsRot2-Licht wieder herausgekommen.

Er ist ganz nah dran.

Und Ferris auch.

Quito hört die schlurfenden Schritte seines Verfolgers. Aber noch ist Ferris nicht zu sehen.

Die zweite Tür. 44PaSh349, der Name des Mückenprojekts, steht darauf. Quito streckt die Hand nach dem Türknauf aus. Dann zieht er sie wieder zurück und wendet sich dem Eingang zu dem Labor mit den Versuchstieren zu.

Quito dreht den Knopf, und die Tür springt auf. Er weiß, er macht einen Fehler, aber er kann nicht einfach vorbeigehen.

Ein Bewegungsmelder tickt, und im nächsten Moment ist der Raum in kühles Licht getaucht. Käfige reihen sich an den Wänden, große, kleine, lange, schmale, flache, hohe – die Konfektionsgrößen der Gefangenschaft. Wie Bauklötze sind sie aufeinandergestapelt, die Gitterstäbe verschwimmen einem Moirémuster gleich vor Quitos Augen. Alle Käfige sind leer. Nur Stroh und die Überreste von Mahlzeiten lassen darauf schließen, dass sie bis vor Kurzem benutzt worden sind.

Die Tiere müssen evakuiert worden sein, als Madeleine Shepherd die Firma räumen lassen musste. Schon will Quito sich abwenden, da sieht er die Spritzen. Ein Dutzend oder mehr liegt herum, durchsichtige Plastikröhrchen mit gelben Köpfen am einen und nadelspitzen Kanülen am anderen Ende, »Nembutal« steht auf den Etiketten. Das ist ein Mittel zum Einschläfern von Tieren, er kennt es aus dem Meeresschildkrötenhospital. Die Firmenchefin hat die Versuchstiere töten und die Kadaver entsorgen lassen. Der Lärm, den die Ratten, Mäuse und Kaninchen, die Katzen, Affen und Hunde gemacht haben, als er an der Tür zum Labor vorbeigegangen ist, kommt Quito in den Sinn. Jetzt klingt die Stille in diesem Raum umso lauter, hinterlässt eine Leere in ihm, in die Bitterkeit und Entrüstung hineinspülen. Er greift nach einer der Spritzen.

Das Quietschen einer Schuhsohle lässt ihn herumfahren. Randy Ferris taucht in der Tür auf. Sein Gesicht ist schweißüberströmt. Er grinst nicht mehr, er zögert nicht mehr, er hebt die Waffe und drückt ab. Nur ein Klicken ist zu hören.

Rage katapultiert Quito nach vorn. Er prallt gegen Ferris, der mit der Pistole ausholt. Mitten in der Bewegung hält der kräftige Cop inne und starrt auf seinen Arm. Darin steckt die Spritze, die Quito in der Hand gehalten hat. Ferris stößt ihn weg, bricht die Nadel ab und drischt ihm den Lauf der Pistole ins Gesicht. Quitos Kopf fliegt zurück. Wieder schlägt Ferris zu. Er ist kräftig. Der von den Schüssen heiß gewordene Stahl reißt Quitos Lippen auf. Etwas knirscht in seinem Mund.

Während Quito zu Boden geht, fällt sein Blick auf Ferris' blutigen Schuh, er bäumt sich mit letzter Kraft auf und tritt zu. Er trägt nur Flipflops, aber die genügen, um Ferris an die Begegnung mit der Schere zu erinnern. Der Polizist stöhnt auf.

Quito läuft, zumindest glaubt er das, bis er nach vier Schritten ins Taumeln gerät und gegen eine Wand prallt. Ferris hat ihn übel erwischt. Sein Blick verschwimmt, er versucht, die Balance zu halten, indem er sich abstützt, aber die Wand kippt weg. Während er fällt, wird ihm klar, dass er sich gegen eine Tür gelehnt hat. Unter den Händen spürt er nun einen Fußboden aus Metall, keine Kacheln mehr. Er kommt auf die Füße, heißes Blut läuft ihm aus dem Mund.

An einer Arbeitsplatte aus Edelstahl zieht er sich hoch. Seine Knie zittern.

»Verdammt, Mantezza. Du ziehst die Scheiße an wie das Licht die Mücken.« Zwei Ausgaben von Randy Ferris stehen in der Tür, die sich ebenfalls verdoppelt hat. Quito wischt sich über das Gesicht, aber seine Augen lassen sich nicht synchronisieren, er tastet über die Arbeitsfläche, stößt Behälter um, bekommt den Griff von etwas zu fassen, zieht es zu sich heran.

Ferris bricht in Gelächter aus. »Damit willst du mich fertigmachen?«

Jetzt erkennt Quito, was er da in der Hand hält. Es ist eines der DsRot2-Lichter, ein Werkzeug aus Plastik in der Form einer Pistole. Kein Wunder, dass Ferris lacht.

Rote Punkte tanzen vor seinen Augen. Nein, nicht vor seinen Augen: Sie tanzen über den Boden.

»Was zum Teufel?«, fragen die beiden Versionen von Ferris. Jetzt schieben sie sich wieder zu einem einzigen Menschen zusammen. Quitos Blick klart auf. Vor seinen Füßen liegen zwei Behälter aus klarem Kunststoff, an ihren Seiten verlaufen Leitungen und Kabel, und im Innern bewegt sich etwas, schwirrt zuckend umher. Moskitos. Wie viele das sind! In den Behältern schwirrt es, und der Resonanzkörper der kleinen Tanks verstärkt das Summen und Sirren, füllt das gesamte Labor aus. Es ist in Quitos Kopf, in seinen Gliedmaßen, sogar der Boden scheint zu vibrieren.

Das hier muss der Ort sein, an dem DNArtists die gentechnischen Veränderungen an den Mücken vorgenommen haben. Quito steht mitten in dem Brutkasten der Krise, die über die Inselwelt Floridas und ihre Bewohner gekommen ist, in dem Nest, aus dem der Tod herausgeflogen ist.

Wo das Licht aus der Lampe die winzigen Körper berührt, leuchtet es rot auf. Das scheint die Insekten verrückt zu machen, denn sie fliegen gegen die Wände der Kästen, prallen gegeneinander, sind außer sich. Dann begreift Quito, dass es nicht das Licht ist, das die Tiere zu diesem Verhalten treibt. Es ist sein Blut. Die Moskitos können es wahrnehmen, durch die Behälter hindurch – und sie sind hungrig.

Quito tritt gegen einen der Kästen, dabei verliert er den sicheren Stand, denn sein verletztes Bein kann das Gewicht seines Körpers nicht halten. Der Deckel springt ab, die Mücken schwirren heraus. Quito klammert sich an der Arbeitsplatte fest und hämmert eine Faust gegen die Wand, dort, wo der Lichtschalter ist.

Im nächsten Moment ist es dunkel. Quito lässt sich fallen. Dann beginnt Ferris zu schreien. Er schlägt in die Luft, mit beiden Armen zerteilt er den Schwarm, der seinen Kopf einhüllt. Die Tiere werden vom Licht angelockt, und Ferris steht im Korridor, durch dessen Glaswände die Sonne scheint.

Quito umklammert das DsRot2-Licht. Als er aus dem Labor humpelt, wirft er dem Mann am entfernten Ende des Gangs einen letzten Blick zu. Sirrender Flügelschlag nähert sich nun auch Quitos Ohr, und er spürt, wie sich etwas auf seine Haut setzt, dort, wo die Schulterblätter sind. Die Mücken scheinen genau zu wissen, dass Menschen sie an dieser Stelle nicht erreichen können. Also lässt er zu, dass der Moskito von seinem Blut trinkt, auf die fünf Milligramm wird es nicht ankommen nach allem, was er durchgemacht hat.

Er findet die Treppe, begleitet von einer emotionslosen Frauenstimme, die vor »potenzieller Biogefahr« warnt und kundgibt, dass alle Türen des Gebäude für fünfzehn Minuten offen stehen, um die Belegschaft zu evakuieren. Die Belegschaft. Das sind in diesem Fall Quito Mantezza und Randy Ferris, und so, wie es aussieht, wird nur einer von beiden rechtzeitig hinausgelangen. Der andere …

Ferris wird mit dem Schrecken davonkommen. Die Mücken im Labor von DNArtists gehören zu jenen genmanipulierten Exemplaren, die aus den Brutbehältern in die freie Wildbahn entlassen worden sind. Erst die Kreuzung dieser Tiere mit ihren wilden Artgenossen hat die tödliche Version hervorgebracht.

Aber das scheint Randy Ferris nicht zu wissen. Er wird noch eine Weile denken, dass er um sein Leben kämpft. Wenn er endlich versteht, dass er einem Trick aufgesessen ist, wird Quito Key West verlassen haben.

Der Moskito auf seinem Rücken hat sein Mahl beendet. Das Anticoagulans beginnt zu jucken. Und zum ersten Mal, seit diese unselige Geschichte begonnen hat, stört es Quito nicht.

Kapitel 52

Rand des Everglades National Park

Sloker hätte nicht gedacht, dass ein Alligator so schwer sein kann. Dieser wiegt so viel wie ein Pferd – obwohl Darryl noch nie ein totes Pferd am Schwanz hinter sich hergezogen hat. Zum Glück muss er das Monstrum nur ein wenig drehen. Den Ford Ranger hat er bereits in Position gebracht, nun öffnet er die Heckklappe und fährt die Rampe herunter. Auf dem hinteren Teil der Ladefläche ist eine Seilwinde befestigt, damit hat er schon die Fässer mit dem Napalm auf den Wagen gezogen. Er nimmt den roten Haken und zieht ihn bis vor das Schwanzende des Alligators, wickelt das Stahlseil mehrmals um die Echse und wirft die Winde an. Dabei achtet er darauf, nicht zu viel Zug zu geben, damit das Vieh in einem Stück auf die Ladefläche kommt.

Die Winde quietscht, jault und klappert, als der Alligator die Rampe hinaufgezogen wird. Für einen Moment sieht es so aus, als lebte die Echse noch, als würden ihre kurzen Beine zucken und sie von selbst im Rückwärtsgang auf den Wagen kriechen. Schließlich liegt sie auf dem Blech. Sloker wirft sich auf den Fahrersitz und gibt Gas. Der Alligator-Express rollt.

Regentropfen klatschen gegen die Windschutzscheibe. Das Licht, zwischen den Pflanzen ohnehin gedämpft, schwindet, als sich die Wolken vor die Sonne schieben.

Er braucht keine fünfzehn Minuten, um zu dem Grill zu

gelangen. Leider ist der Parkplatz leer. Ein Lokal voller Gäste wäre besser gewesen, wenn Darryl seinen großen Auftritt hinlegt. Er steigt aus und öffnet die Heckklappe, dabei berührt er die Schnauze des Alligators. Unwillkürlich zuckt Sloker zurück. Wenn das Vieh noch am Leben wäre, hätte er jetzt eine Hand weniger.

»Mister Gator?«, ruft er, als er das Lokal mit in den Gürtel verhakten Daumen betritt.

Der Wirt sitzt an einem der Tische und blättert durch einen Aktenordner. Was auch immer da drin zu lesen ist, scheint ihn nicht sonderlich froh zu stimmen, und als er Sloker das Gesicht zuwendet, verdüstert sich seine Miene noch mehr. »Was willst du denn schon wieder hier?«, raunzt der Mann.

Natürlich hat Sloker nicht damit gerechnet, dass er mit offenen Armen empfangen wird, aber ein bisschen Freundlichkeit hat noch niemandem geschadet. Deshalb entscheidet er sich für Höflichkeit, nimmt die Kappe ab und streicht sich das Haar zurück. »Mister Gator, ich hab den Alligator mitgebracht. Du wolltest mir ja nicht glauben.« Er deutet mit dem Daumen über die linke Schulter. »Liegt auf der Ladefläche. Wenn du willst, kannst du ihn haben. Sagen wir, zwei Kisten braunes Gold?« Eine Kiste Bourbon wäre genug, aber der Kerl ist Geschäftsmann und wird versuchen, den Preis runterzuhandeln, es ist immer klüger, von vornherein hundert Prozent aufzuschlagen. Kann ja sein, dass der Bursche sich darauf einlässt, wenn er erst mal den Alligator sieht. »Ich wette, du kannst hundert Steaks aus dem Vieh machen«, fügt Sloker noch hinzu.

Warum schaut der so mürrisch? »Zwei Kisten sind nicht zu viel«, bringt Sloker hervor. »Ich habe den Alligator mit einem Brecheisen erlegt. Da steckt nicht mal ’ne Kugel drin, die du erst rausholen müsstest.« Er zögert. »Eineinhalb Kisten?«

Der Wirt hämmert den Kugelschreiber auf den Aktenordner, schiebt scharrend den Stuhl zurück und steht auf. Dicht vor Sloker bleibt er stehen und wirft einen Blick aus dem Fenster. »Was auch immer du da angeschleppt hast: Nimm es und verzieh dich! Die Polizei war hier. Sie suchen nach dir. Und wenn sie dich finden, mit einem illegal erlegten Alligator vor meinem Restaurant, bin ich die längste Zeit Inhaber dieses Lokals gewesen. Also hau ab!«

»Die Bullen?« Sloker boxt in seine Kappe. »Wegen mir?« Irgendwie bekommt er das nicht zusammen. »Haben sie gesagt, was sie von mir wollen?«

»Sie suchen nach dir, mehr weiß ich nicht. Und jetzt verschwinde mit deinem Alligator, und zwar so plötzlich wie ein Schluckauf.«

Das Bild einer Kiste voller Bourbon verblasst. Die Cops sind hinter ihm her. Ist nicht schwer zu erraten, warum. Die wissen, was er vorhat, und wollen es verhindern. Irgendjemand hat ihn verpfiffen! Hank the Tank oder Bembe – miese Ratten kennt Darryl genug. Aber wie konnten ihm die Cops bis in die Everglades folgen? Sogar bis hierher in die Zuckerrohrfelder?

»Vielleicht suchen sie jemanden, der mir ähnlich sieht.« Sloker muss bei diesen Worten grinsen, mit dem Resultat, dass der Wirt ihn an den Schultern fasst, um die Achse dreht und zur Tür hinüberschiebt. »Raus!«, ruft er.

Unter anderen Umständen hätte Darryl das als Aufforderung zu einer kleinen Prügelei verstanden, aber ihn überfällt ein Gefühl der Dringlichkeit, dieselbe Art Unruhe, die einen überkommt, wenn man auf eine Kreuzung zufährt und schon von Weitem sieht, dass die Ampel noch Grün zeigt.

Als er aus dem Grill herauskommt, stehen zwei Polizisten neben seinem Wagen, eine Frau und … das ist der Cop aus der Polizeistation, derselbe, dem er das Angebot mit dem Napalm unterbreitet hat. Darryl zuckt zusammen und schiebt das auf den Knall der hinter ihm zuschlagenden Tür. »Officers!«, grüßt er, setzt sich die Kappe wieder auf und tippt an den Sonnenschutz, der jetzt zu einem Regenschutz wird. Tropfen laufen vor seinem Gesicht herab. Mit kleinen Schritten geht er auf die Polizisten zu.

»Mister Sloker«, sagt die Polizistin – gut sieht die aus, ein bisschen herb, aber nach Slokers Geschmack. »Wir müssen Sie bitten, uns aufs Revier zu begleiten.«

»Wegen des Alligators?« Sloker beschließt, den Ahnungslosen zu spielen. »Der lag am Straßenrand, und ich dachte, der Chefkoch in dem Lokal hier hätte vielleicht Interesse daran.«

Der Cop mit dem Schnauzbart ist offenbar nicht für Spielchen zu haben, denn er schlägt mit der Faust gegen die Ladefläche des Rangers, dass es kracht. »Darryl Sloker! Sie stehen unter Verdacht, einen Anschlag auf die Florida Keys verüben zu wollen. Wo haben Sie das Napalm versteckt?«

»Wieso fragen Sie? Wollen Sie den Deal etwa doch noch?«

Die Hand des Polizisten gleitet in Richtung der Handschellen an seinem Gürtel. Von der Seite nähert sich seine Kollegin. Sloker weicht einen Schritt zurück. Die Hand des Bullen schnellt vor, die Finger des Mannes legen sich wie Schraubzwingen um Darryls Handgelenk und pressen es auf die Heckklappe. Er versucht sich zu befreien, aber der Polizist hat Kraft. Da kommt die Schnauze des Alligators hoch. Die Kiefer klappen mit dem Geräusch einer sehr großen Schere zusammen. Ein Rumpeln ist zu hören, die Echse versucht, aus dem Wagen zu kommen.

Die Polizisten springen mit einem Aufschrei zurück. Slokers Hand kommt frei. Er läuft um den Wagen herum, reißt die Tür auf und wirft sich hinters Steuer. Die Reifen des Rangers schleudern Dreck in die Luft. Im Rückspiegel sieht er, wie die Cops hinter ihm herlaufen und dann, als er Gas gibt, in die andere Richtung eilen. Dort steht vermutlich ihr Wagen. Zu spät, Leute! Zu langsam! Sloker dreht das Lenkrad so weit herum, dass der Ranger auf der rechten Seite aufsetzt, und fährt in das Zuckerrohr hinein. Auf der Ladefläche rumpelt es, und ein Brüllen ist zu hören. Er dreht sich um, durch das kleine Fenster am Heck der Kabine sieht er den Alligator toben. Der Schwanz des an die Winde gebundenen Tiers hämmert nach links, nach rechts, schlägt Beulen in das Blech. Wenn die Bullen ihn einholen sollten, wird er dafür sorgen, dass ihnen das Biest auf die Motorhaube fliegt.

Er tritt das Gaspedal durch. Der Ranger mäht durch das Zuckerrohr. Die Pflanzen fallen um wie Zinnsoldaten, und mit einem Mal scheint es, als wäre er überhaupt nicht mehr in Florida, in den USA und auf der Nordhalbkugel der Erde, sondern in der dampfenden grünen Hölle Südostasiens.

*

»Da ist er rein!«, ruft Torok und zeigt auf die Schneise im Zuckerrohr, die Slokers Ranger hineingebrochen hat. Die dicht stehenden Pflanzen neigen sich bereits in die Lücke hinein. Roberto rauscht an der Stelle vorbei. Mit der Linken wirbelt er das Steuer herum, mit der Rechten zieht er die Handbremse. Das Heck des Dodge dreht sich um die Vorderräder, dann lässt er die Bremse los und tritt aufs Gas. Der Wagen schießt nach vorn in die Lücke, und jetzt ist nur noch Grün vor der Windschutzscheibe zu sehen. Hunderttausend Händen gleich klatschen die Blätter gegen das Glas.

Der Regen läuft in Streifen an der Scheibe herunter. »Ein Alligator …« Roberto gerät ins Stocken. »Ich habe ja schon viel erlebt, aber … ein Alligator.«

An Toroks Schweigen kann Roberto erkennen, dass sie den Schock auch verdauen muss. Noch immer hat er die grün-gelbe

Schnauze des Reptils vor Augen, wie sie von Slokers Ladefläche emporschießt und nach seiner Hand schnappt. Wie hat dieser Wahnsinnige einen lebenden Alligator auf seinen Wagen bekommen?

»Wir kriegen ihn«, presst Roberto hervor, »diesmal kriegen wir ihn.« In seinem Ford Ranger ist Sloker zwar im Vorteil – er ist schneller, und die Reifen des Polizeiwagens mahlen durch den Ackerboden und drehen dabei öfter durch –, aber Sloker zieht eine Spur durch das Feld, der ein blindes Krokodil folgen könnte.

Roberto lässt den Wagen durch das Zuckerrohr brechen wie ein wildes Tier, er hört die Stangen der Pflanzen unter den Reifen knacken. Mit Wucht tritt er das Gaspedal durch. Warum fährt diese Karre nicht schneller?

Aus dem Augenwinkel sieht Roberto, dass Betty Torok zum Himmel schaut. »Wir werden ihn erwischen, bevor er startet. Das verspreche ich Ihnen, Lieutenant!« Roberto mangelt das Lenkrad in den Fäusten. Im nächsten Augenblick gibt es einen Ruck, und Roberto und Torok werden in die Sicherheitsgurte gedrückt. Der Dodge dreht sich. Schlamm spritzt gegen die Fenster. Torok schreit auf. Dann bleibt der Wagen stehen.

Roberto ist als Erster im Freien, versinkt bis zu den Waden im Matsch. »Ein Sumpfloch«, stellt er nach einem raschen Blick auf die Reifen fest, die, wie er selbst, im Schlamm stecken. In der Ferne ist ein Automotor zu hören, der rasch leiser wird.

Nach mehreren erfolglosen Versuchen, den Wagen aus dem Schlamm zu schieben, ist klar, dass die Jagd zu Ende ist. Roberto stützt beide Hände auf die Motorhaube. »Wir waren so nah dran!«

Betty Torok wedelt mit der Dienstmütze durch die Luft, um die Moskitos zu vertreiben. »Wir sollten jetzt nicht aufgeben, Roberto. Wir können immer noch zu Fuß weiter.«

Zu Fuß? Roberto richtet sich auf. Sinnlos, aber immer noch besser, als hier rumzustehen und langsam in Matsch und Hoffnungslosigkeit zu versinken. Er schaut Torok mit so viel Zuversicht an, wie er aufbringen kann. »Jetzt können Sie beweisen, dass Sie regelmäßig zum Dienstsport gegangen sind, Lieutenant.«

Kapitel 53

Marathon, Meeresschildkrötenhospital

Der Reinigungsanzug knistert, als Inéz zum letzten der Tanks hinübergeht, dem von Brianne. Alle anderen Meeresschildkröten hat sie versorgt, mit Trockenfutter aus den kleinen roten Containern neben den Becken, die Fische und Krebse waren nicht mehr zu gebrauchen. Soweit sie das beurteilen kann, vor allem anhand der zügigen Schwimmbewegungen, mit denen sich die Tiere auf das Futter gestürzt haben, sind alle Patienten wohlauf. Das Wasser in den Becken riecht unangenehm, aber Inéz weiß nicht, wie es gewechselt wird. Wenn Quito doch hier wäre!

Bei ihrem letzten Gespräch über Funk hat sie vorgeschlagen, sich im Meeresschildkrötenhospital zu treffen. Quito weiß, dass Inéz hergefahren ist – und er wird herkommen.

Wenn ihm nur nichts geschehen ist.

Immer wenn sie ein Geräusch aus Richtung Ufer hört, läuft sie zum Rand der Becken, von wo aus sie aufs Meer hinaussehen kann, und mit jedem Mal läuft sie schneller. Sie ist froh darüber, dass es so viel Arbeit mit den Tieren gibt, andernfalls würde sie noch verrückt werden. Ein wenig hilft es, mit Brianne zusammen zu sein. Auch wenn die Leatherback-Schildkröte mit dem Sternenhimmel auf dem Rückenpanzer abgetaucht ist und Inéz ab und zu feindselige Blicke zuwirft, so ist es doch beruhigend, jemanden bei sich zu wissen, dem Quito ebenfalls etwas bedeutet.

Schließlich hält sie es auch in der Gesellschaft der Meeresschildkröte nicht länger aus. Sie wedelt Moskitos beiseite, die versuchen, in den blauen Anzug zu gelangen, und geht zum Anleger hinunter.

Das Meer ist türkis und leer, ein schmaler Teppich aus Algen treibt ans Ufer, und es riecht nach Salz und Fisch. Gleich neben dem Ambulanzboot mit dem Zeichen des Meeresschildkrötenhospitals hockt sich Inéz auf die Holzbohlen und schaut aufs Wasser hinaus.

Seit sie ein Teenager war, hat sie mit dem Risiko zusammengelebt. Sie hat das Glück ihrer Familie aufs Spiel gesetzt und ihr eigenes, als sie begonnen hat, die Kommunisten herauszufordern. Sie ist über das Meer gefahren mit dem Tod an Bord, und sie hat sich, nur mit einem alten Rezept gegen Mücken geschützt, todbringenden Insekten ausgesetzt. Jedes Mal waren ihr die möglichen Konsequenzen ihres Verhaltens bewusst, und sie hat sie akzeptiert, stets war sie beflügelt von dem Wissen, dass alles gut ausgehen kann. Jetzt drängt die Vorstellung, dass Quito nicht zu ihr zurückkehren könnte, alle Hoffnung beiseite.

Da ist eine Bewegung auf dem Wasser, etwas Großes schwimmt dicht unter der Dünung, eine Schwanzflosse taucht auf, um mit einem Spritzer sofort wieder zu verschwinden. Für einen Wal ist es nicht groß genug, und ein Delphin bewegt sich anders durch die Wellen. Sie kneift die Augen zusammen, erkennt etwas Helles, Längliches unter Wasser, es sieht aus wie eine riesige Zigarre: ein Manati, eine Seekuh, einer der friedlichsten Bewohner des karibischen Meeres. Inéz kennt diese Tiere von Kuba. Sie leben in den Küstengewässern, wo sie sich von Pflanzen ernähren.

Sie steht auf und beugt sich vor. Der Manati ist allein. Behäbig gleitet er umher, scheint von Eile noch nie gehört zu haben. Da taucht ein zweiter auf und ein dritter. Die kleine Herde gleitet majestätisch an Inéz vorbei und verschwindet im dicht mit Mangroven bewachsenen Ufer.

Mit einem Mal versteht Inéz, warum Quito die Natur seiner Heimat über alles andere geht und was er empfindet, wenn Menschen versuchen, in die Ordnung zwischen Tieren und Pflanzen einzugreifen.

Aus ihren Muskeln rieselt die Anspannung heraus, und sie fühlt sich so gelassen wie der einsetzende Regen, der das Wasser kämmt. Sie hört die Tropfen auf der Kapuze und spürt die Spritzer, die durch das Netz vor ihrem Gesicht auf ihre Haut fallen. Erst ist es nur ein sachtes Klopfen, dann wächst sich das Geräusch zu einem Trommeln aus. Nun prasselt Wasser auf sie nieder und zaubert Muster auf die Meeresoberfläche.

Unter dem Klopfen ist ein Brummen zu hören. Als sie den Blick nach Süden wendet, sieht sie ein Boot auf sich zukommen. Darin sitzt eine Gestalt in einem Schutzanzug.

Inéz krallt ihre Finger in Quitos Rücken und spürt seinen Atem in ihrem Gesicht, doppelt gefiltert durch die Netze an den Kapuzen, aber es ist sein Atem, warm und voll von seinem Geruch. Der Regen umspült sie, und aus dem Augenwinkel sieht Inéz, wie das Boot, mit dem Quito gekommen ist, davontreibt.

»Donald ist tot«, bringt sie schließlich hervor. In diesem Moment schnürt ihr etwas die Kehle zu, und es ist nicht mehr allein der Regen, der an ihren Wangen herunterrinnt.

Quito drückt sie an sich, und sie spürt ein Zittern.

»Die Schildkröten sind noch hier«, sagt sie nach einer Weile. »Sie haben es einigermaßen gut überstanden.«

»Lass uns nach ihnen sehen.«

Auf dem Weg zu den Tanks muss sie ihn stützen. Mehrmals

knickt er beim Gehen ein. In knappen Worten berichtet er, dass ihn eine Mücke am Bein erwischt und er versucht habe, das möglicherweise infizierte Gewebe zu entfernen. Inéz will ihren Ohren nicht trauen, als sie hört, wie Quito sich selbst operiert hat und anschließend vor Randy Ferris, diesem Ungeheuer in Uniform, durch das Firmengebäude von DNArtists geflohen ist.

»Wir müssen die Wunde versorgen«, sagt sie. »Im Hospital finden wir alles Nötige.«

»Später«, erwidert Quito. »Wo ist Donald?«

Sie haben die Tanks erreicht. Der Regen dringt tröpfchenweise durch die über den Becken hängenden Sonnenschutznetze und rinnt in Fäden an den Seiten herab.

Inéz führt ihn zu der Stelle, an der Donald Delane liegt. Sie hat eine Plane über ihn ausgebreitet, auch davon rinnt Regen herab und sammelt sich in Pfützen um die reglose Gestalt. Quito verzichtet darauf, sie anzuheben. Seine Stimme ist tonlos, als er vorschlägt, Donald und die Schildkröten auf das Ambulanzboot zu schaffen und in Richtung Key Largo loszufahren.

»Aber dort wird man dich verhaften«, sagt Inéz.

Quito nickt. »Deshalb müssen wir zuerst das Experiment mit den Gen-Mücken wiederholen. Wenn wir beweisen können, dass der Freilandversuch von DNArtists und Madeleine Shepherd für die Katastrophe verantwortlich sind, wird mir nichts passieren.« Er zieht den Reißverschluss seines Anzugs ein kleines Stück auf – es ist der Anzug, den Randy Ferris im Foyer der Firma zurückgelassen hat, wie Quito berichtet –, greift hinein und holt eine Art Spielzeugpistole aus Plastik hervor. »Das ist das DsRot2-Licht, mit dem wir die tödlichen Insekten erkennen können. Wir haben dieses Gerät, wir haben ein Labor; alles, was wir jetzt noch brauchen, sind die Moskitos.«

»Die Flaschenfalle«, sagt Inéz.

»Sehen wir nach, ob sie noch funktioniert.«

Hinter dem Tank von Brianne steht die präparierte Flasche, darin quillt der Bodensatz aus Zucker und Hefe. Er ist bedeckt mit toten Insekten, die meisten davon sind Mücken.

Quito hält die Falle in die Höhe und schaut hinein. »Das sollte genügen.«

Etwas daran ist merkwürdig, da ist ein Gedanke, der in Inéz' Kopf Gestalt annimmt, er wird zu einem Gedankenballon und steigt an einer langen Schnur in die Luft. Dort schwebt er und lässt sich nicht greifen. Sie bringen die Flasche zum alten Motelgebäude, Quito weiß, hinter welcher Tür das Labor liegt, Inéz sperrt auf.

»Zeig mir erst deine Verletzung«, verlangt sie, und Quito lässt sich auf einen Stuhl fallen, um sich aus dem Anzug herauszuschälen. Unterhalb seiner Bermudas ist sein linkes Bein weiß und gelb, verkrustetes Blut klebt an der Haut, um die linke Wade ist ein Stück Stoff gebunden. »Die Blutung hat aufgehört«, stellt er fest. Er tastet mit den Fingern über den provisorischen Verband, zuckt bei der leisesten Berührung zurück.

Inéz sieht sich um und entdeckt einen Verbandskasten an der Wand.

»Lass uns erst die Moskitos untersuchen«, sagt Quito, als sie das Schränkchen öffnen will. »Ich habe es bis hierher geschafft, dann wird es auch noch ein bisschen weiter gehen.«

»Aber das muss desinfiziert und neu verbunden werden«, protestiert Inéz. »Was da an deiner Wade klebt, ist vermutlich mit mehr Bakterien verseucht, als sämtliche Moskitos um uns herum in sich tragen.«

Quito schüttelt den Kopf. »Wir müssen zuerst den Versuch wiederholen. Sonst war vielleicht alles umsonst.«

Widerwillig lässt Inéz zu, dass Quito mit dem Stuhl an den Arbeitstisch heranrollt. Das Kristallviolett ist noch dort, wo sie es beim letzten Mal stehen gelassen haben. Ein wehmütiges Lächeln spielt um ihre Lippen, als sie daran denkt, wie Donald Quito immer wieder ermahnt hat aufzuräumen. Sie schaut zu, wie Quito die Flaschenfalle öffnet und mit einer Pipette versucht, die reglosen Insekten herauszunehmen.

»Warum sind sie tot?«, fragt sie.

Quito scheint sie nicht zu hören, er versucht, mit dem Unterdruck in der Pipette eine Mücke festzuhalten, aber sie fällt wieder zurück in die Flasche. Seine Bewegungen sind unsicher. Inéz nimmt ihm beides aus der Hand. Es gelingt ihr, ein Insekt aufzunehmen, aus der Flasche zu ziehen und auf einen Objektträger zu legen. Quito schaltet das Licht am Mikroskop an.

Inéz wiederholt ihre Frage.

»Ich weiß es nicht«, sagt Quito und beugt sich über das Okular. »Vielleicht vertragen sie die Hefe nicht.«

»Mücken, die Hefe und Zucker nicht vertragen? Dann hätte man niemals DDT versprühen müssen.«

Quito dreht an einer Stellschraube des Mikroskops. »Worauf willst du hinaus?«

»Etwas stimmt nicht.« Inéz nimmt die Flasche auf und schaut hinein. Hinter dem bläulichen Plastik kann sie die spinnwebfeinen Beine der Moskitos sehen. »Sie können nicht wegen der Hefe verenden, und genug Luft ist auch in der Flasche.«

Quito schaut auf und runzelt die Stirn. »Sie sterben halt einfach.«

»Niemand stirbt einfach so. Auch keine Insekten. Wer von uns beiden studiert Biologie?« Sie greift mit einer abrupten Bewegung nach seiner Schulter. »Quito! Auch die Mücken in der Falle neulich waren tot. Dafür muss es einen Grund geben.«

Kapitel 54

Rand des Everglades National Park

Eins ist klar: Es gibt keine Gen-Moskitos in den Everglades. Die Viecher haben es definitiv noch nicht so weit nach Norden geschafft, sonst lägen Betty Torok und Roberto längst tot im Schlamm. Erleichterung verschafft diese Erkenntnis aber nicht, denn die beiden Polizisten haben in der kurzen Zeit, die sie durch die Felder laufen, so viele Stiche abbekommen, dass es sie Überwindung kostet, nicht stehen zu bleiben und sich am ganzen Körper zu kratzen.

Roberto klebt das Hemd am Leib, und der Regen läuft ihm über das Gesicht. Wie er aussehen muss, kann er an Betty Torok ausmachen. Das Wasser rinnt ihr über die Dienstmütze, ihr Gesicht ist gerötet und ihre Uniform schlammbespritzt. Dennoch hält sich die Polizistin gut. Einmal mehr ist Roberto froh, keinen der anderen Kollegen mitgenommen zu haben, denn so sehr er Mike Haskell, Dixie Hastings und die anderen schätzt, so weiß er doch, dass sie Klagelieder gesungen hätten, wo Torok einfach die Zähne zusammenbeißt.

»Augenblick!«, sagt sie und hält Roberto am Arm fest. Das Schmatzen ihrer Schritte verstummt, das Prasseln des Regens auf den Blättern der Pflanzen bleibt. »Hören Sie das?«, fragt Torok.

Roberto legt den Kopf schief. In dem Rauschen ist kaum etwas anderes wahrzunehmen. Da bricht ein Brüllen durch das Zuckerrohr, ein Geschrei, das Schmerzen in der Brust verursacht, ein kehliges Gebell – der Ruf nach Rache.

Ein Alligator! Gleichzeitig ziehen Roberto und Torok die Pistolen aus den Halftern. Können die winzigen Kugeln überhaupt etwas gegen eine Panzerechse ausrichten, außer noch mehr Aggression in ihr zu wecken?

»Kommt das von dem Tier auf Slokers Wagen?«

»Ich hoffe es«, sagt Roberto, »denn auf weitere Bekanntschaften dieser Art verzichte ich.« Er achtet darauf, von jetzt an vor Betty Torok zu gehen. Schritt für Schritt folgen sie der Schneise von Slokers Wagen, langsam, um nicht plötzlich auf etwas zu stoßen, das durch das Zuckerrohr kriecht – etwas mit Zähnen und einer Scheißwut im Bauch. Die Anspannung lässt Robertos Armmuskeln verkrampfen. »Wenn wir Sloker erwischen, werde ich dafür sorgen, dass sein eigener Schwanz beim Gator Grill verarbeitet wird.« Erst als die Worte schon heraus sind, fällt ihm ein, dass er mit einer Frau unterwegs ist. Von Torok kommt ein kehliges Lachen. Wieder ist das Brüllen zu hören.

»Wir sollten dem Geräusch folgen«, sagt Roberto, »es ist unser einziger Anhaltspunkt.« Er wirft Torok einen besorgten Blick zu. Sie schenkt ihm das, was unter diesen Umständen als Lächeln zu bezeichnen wäre.

Kurz darauf wird klar, dass Darryl Sloker zwar ein Trunkenbold ist, seine grauen Zellen darunter aber nicht gelitten haben. Die Spur, die er mit dem Ranger in das Feld gemäht hat, beschreibt eine Kurve, dann noch eine und wieder eine, schließlich wird den beiden Polizisten klar, dass sie im Kreis herumlaufen. Sloker ist nach Belieben durch das Zuckerrohr mäandert und hat sie an der Nase herumgeführt.

Zum Glück gibt es den Alligator. Alle paar Atemzüge brüllt er seine Empörung heraus über die Behandlung, die ihm zuteilgeworden ist. Roberto und Torok beschließen, alles auf eine Karte zu setzen, den von Sloker vorgezeichneten Weg zu verlassen und auf ihr Gehör zu vertrauen – so wie auf ihre Pistolen. Sie zwängen sich zwischen den Pflanzen hindurch. Immer wieder raschelt es verräterisch in der Nähe.

Dann finden sie den Ranger. Der Wagen steht inmitten des Felds, und die Schnauze des Alligators ragt über der Heckklappe hervor. Die Haut der Echse glänzt im Regen. Blech scheppert, wenn das Tier mit seinem Schwanz gegen die Wände seines Gefängnisses schlägt. Darryl Sloker ist nirgendwo zu sehen.

Der verletzte Alligator ist gefährlich. Wenn jetzt die Ladeklappe nachgibt ... Roberto zielt mit der Pistole auf den Kopf des Reptils.

»Was tun Sie da?«, fragt er, als er sieht, dass Betty Torok auf ihrem Mobiltelefon herumtippt.

»Ich speichere die Koordinaten«, erklärt sie. »Was auch immer heute noch geschieht: Jemand muss sich um dieses Tier kümmern. Oder wollen Sie zulassen, dass es da verendet?« In ihrem Blick liegt der Anflug eines Vorwurfs. Mit dem Hund vor dem Veteranen-Club hätte sie kurzen Prozess gemacht, und um diese Bestie kümmert sie sich, denkt Roberto, aber das eine war ein Angreifer, und dies hier ist ein Opfer. Allerdings kein wehrloses. Die Waffe lässt er nicht sinken.

In weitem Bogen geht er um den Wagen herum und schaut in die Fahrerkabine. Auch dort ist Sloker nicht.

»Warum hat er den Wagen stehen gelassen?«, fragt Torok und zuckt zusammen, als der Alligator wieder brüllt.

»Damit wir ihm nicht bis zum Flugzeug folgen können. Er ist zu Fuß weiter.«

»Wir dürfen seine Spur nicht verlieren.« Torok sieht sich hektisch um. »Aber woran sollen wir uns orientieren?«

Das Klingeln seines Telefons ist der unpassendste Laut, den

sich Roberto in dieser Lage vorstellen kann. Er zieht das Gerät aus der Hosentasche. Ein unbekannter Anrufer. »Mantezza hier!«

Das Brüllen des Alligators ertönt gleichzeitig mit Quitos Stimme, und Roberto presst sich das Telefon ans Ohr. »Quito! Geht es dir gut? Wo steckst du?«

»Papá! Ich bin im Meeresschildkrötenhospital. Inéz ist bei mir. Wir …« Die Verbindung bricht ab. Roberto flucht. »… Mittel gegen die Moskitos gefunden. Randy Ferris hat …«

»Was ist los? Was ist mit Ferris?«

Dann ist Quitos Stimme mit einem Mal klar und deutlich zu hören. Was er in knappen Worten berichtet, ist mehr, als Roberto glauben kann, viel mehr. »Ferris?«, stöhnt er, und Betty Torok wirft ihm einen Blick voller Fragen zu.

Roberto stellt den Lautsprecher an, damit Torok mithören kann. Wasser läuft über das Display.

»Inéz und ich fahren mit dem Boot nach Key Largo«, dröhnt Quitos Stimme aus dem Gerät. »Dort wird man mich sicher verhaften. Dann liegt alles in deiner Hand. Du musst dafür sorgen, dass das, was wir hier gefunden haben, gegen die Moskitos eingesetzt wird.«

»Natürlich«, sagt Roberto. »Ich kümmere mich darum.«

»So einfach ist das nicht«, ruft Quito. »Was wir entdeckt haben, tötet die Insekten, aber es gibt Nebenwirkungen. Verständige das CDC, und wenn sie sich weigern, es zu verwenden, ist es an dir, sie vom Gegenteil zu überzeugen. Es ist unsere einzige Chance, die Keys zurückzugewinnen.«

»Ich werde die Leute von der Behörde schon überzeugen. Aber … was sind das für Nebenwirkungen?«

Quitos nun folgender Bericht lässt Roberto zweifeln.

»Du musst es trotzdem versuchen.« Quito hat noch nie so eindringlich geklungen.

»Ja«, sagt Roberto, »das werde ich.«

Ein Knall ertönt. Über den Feldern steigt eine Rauchsäule auf.

»Da ist er!«, ruft Betty Torok und läuft los. »Da ist Sloker!«

Das Geräusch ähnelt einem Menschen, der unter Wasser Atem ausstößt. Trotzdem ist sich Roberto sicher, dass die Laute von Slokers Maschine kommen. Er schickt ein Stoßgebet zu der heiligen Jungfrau von Cobre. Jetzt hat sie Gelegenheit, gleich Zehntausenden Menschen zu helfen. »Wir werden alles regeln«, sagt er ins Telefon. »Und … ich bin froh, dass es dir und Inéz gut geht«, fügt er hastig hinzu, unterbricht die Verbindung und setzt hinter Torok her.

Für einen Moment kann er sie nicht mehr sehen, dann bricht er durch eine Wand aus Blättern und findet sich auf einer freien Fläche wieder. Zwischen zwei Zuckerrohrfeldern ist eine Schneise frei, darauf steht ein Flugzeug mit roten Streifen an Rumpf und Tragflächen. Der Propeller dreht sich so langsam, als hingen Zentnergewichte an den Blättern. Rauch steigt aus der Schnauze der Maschine auf, und im Cockpit ist das wutverzerrte Gesicht von Darryl Sloker zu erkennen. Seine Lippen bewegen sich wie rasend.

Torok brüllt etwas und richtet die Mündung der Waffe auf das Flugzeug. In diesem Moment gibt es wieder einen Knall, eine Explosion aus dem Motor des Flugzeugs. Die Maschine macht einen Satz und beginnt anzurollen.

Diesmal ist Roberto schneller als seine Kollegin. Sein schwerer Leib bietet die letzten Reserven auf, er ist jenseits von Schmerz und Erschöpfung, dort, wo der Körper in einem Schlaraffenland Unmengen von Adrenalin schlürft. Er brüllt Befehle. Es ist ihm egal, ob Sloker ihn hört. Bevor er schießen darf, muss er den Verdächtigen gewarnt haben, und das ist hiermit erledigt.

Die Reifen des Flugzeugs wühlen durch den weichen Untergrund. Erdreich bleibt daran haften und schleudert hoch, landet in Robertos Gesicht, als er an der Maschine vorbeiläuft. Er ist schneller als das Flugzeug, irgendetwas stimmt damit nicht. Vorbei am Cockpit, vorbei an dem Propeller. Noch ein Stück, fünfzig Meter, hundert, dann fliegt Roberto herum, stellt sich breitbeinig in eine Pfütze und hält die Pistole an ausgestreckten Armen in den Fäusten. Die Mündung ist direkt auf Slokers Gesicht gerichtet, sie zittert nicht.

»Stehen bleiben!«, brüllt Roberto. Jetzt gibt es nur noch zwei Möglichkeiten: Entweder hält Sloker an, oder er fährt ihn über den Haufen, zur Seite springen kommt nicht infrage.

Das Flugzeug erwacht zum Leben. Was auch immer verhindert hat, dass es losfliegt, scheint behoben zu sein. Die Propeller drehen sich so schnell, dass die stumpfe Schnauze dahinter sichtbar wird.

In diesem Augenblick erkennt Roberto, dass er im Begriff ist, einen Fehler zu machen. Quito hat eine Lösung gefunden. Sie können die Gen-Mücken aus der Welt schaffen. Was da jetzt auf Roberto zurast, ist nicht nur ein Flugzeug mit einem verrückt gewordenen Piloten, es ist das, was Quito und er brauchen, um gemeinsam eine Rettungsaktion für die Florida Keys zu starten.

Roberto schluckt schwer. Wenn er schießt, wird er Sloker verlieren und die Maschine möglicherweise dazu. Wenn er nicht schießt, wird Sloker ihn überfahren und davonfliegen.

Die Air Tractor wird größer. Die Tragflächen säbeln die Spitzen des Zuckerrohrs an den Rändern der beiden Felder ab. Das Geräusch, das dabei entsteht, hört sich an wie das Ticken einer Stoppuhr.

Roberto legt den Sicherungsbügel der Pistole vor. Dann wirft er die Waffe mit einer weit ausholenden Geste von sich. Er selbst bleibt, wo er ist. Kalter Schlamm läuft in seine Schuhe.

*

Was macht der Kerl da? Gerade noch wollte er ihn erschießen, und jetzt schleudert er seine Knarre weg? Der hat weniger Hirn im Schädel als ein Alligator – und deshalb wird es ihm ebenso schlecht ergehen wie seinem geschuppten Kollegen.

Sloker umklammert den Steuerhebel. Die Air Tractor ruckt. Der verdammte Regen hat den Boden aufgeweicht. Aber die Maschine wird schnell genug werden, da ist er sich sicher. Sloker ist schon auf ganz anderen Rollfeldern abgehoben.

Der Cop steht einfach da. Wird schon zur Seite springen, wenn der Propeller ihm den Bart rasiert. Slokers Hand liegt auf dem Gashebel, zieht ihn weiter nach hinten. Der Propeller heult, dicke Regentropfen klatschen gegen die Scheibe. Er blinzelt und meint die Augen des Cops erkennen zu können. Der Luftzug des Propellers lässt Hemd und Hosenbeine des Bullen flattern.

Die Blicke der beiden Männer treffen sich. Die des anderen sind angefüllt mit etwas, das Sloker schon einmal im Leben gesehen hat – in den Augen der Menschen, gegen die er in Vietnam gekämpft hat. Entschlossenheit. Mit einem Mal weiß er: Der Polizist wird nicht zur Seite springen. Eher wird er sich von dem Propeller zerfetzen lassen. Er sieht aus wie jemand, der ein Ziel hat, und wie einer, der bereit ist, alles dafür aufs Spiel zu setzen. Der Mann da vorn, das erkennt Darryl Sloker, ist ein Soldat wie er selbst.

Kapitel 55

Marathon, Overseas Highway

»Da sind sie.« Inéz streckt eine Hand in Richtung Norden aus. Am Himmel ist eine Bewegung zu sehen, das leise Brummen eines Motors zu hören. In dem dicht fallenden Regen ist die Sicht schlecht.

Quito und Inéz stehen vor dem Meeresschildkrötenhospital, am Rand des US Highway 1. In wenigen Augenblicken wird die schnurgerade Straße zu einer Landebahn werden. Quitos Herz schlägt wie rasend, als er verfolgt, wie das Flugzeug sich neigt, dann zur Landung ansetzt, nur knapp das Werbeschild des Wooden-Spoon-Diner auf der anderen Straßenseite verfehlt, wie die Räder mit einem Krachen auf dem Asphalt aufsetzen und Spritzwasser hochfliegt. Als die Maschine an Inéz und ihm vorbeirollt, zerrt der Luftzug an seinem Schutzanzug. Hinter der Scheibe des Cockpits taucht das Gesicht seines Vaters auf.

Vor einer Stunde hat sich Roberto noch einmal im Meeresschildkrötenhospital gemeldet. Er hat Quito darum gebeten, noch nicht nach Key Largo zu fahren, sondern auf ihn zu warten. Er werde mit einem Flugzeug kommen, mit einem Agrarflieger, dazu ausgelegt, Insektizide zu versprühen. »Du willst das CDC davon überzeugen, die eigenen Regeln zu missachten?«, hat Roberto gesagt. »Dann bringst du eher den Papst dazu, dem

Teufel einen Bruderkuss zu geben. Die Behörde wird diese Gegenmaßnahme nicht genehmigen, jedenfalls nicht schnell genug, um die weitere Ausbreitung der Moskitos zu verhindern. Diesmal regeln wir das selbst.«

Quito läuft los, dem langsamer werdenden Flugzeug hinterher, er versucht, die Taubheit in seinem linken Bein zu ignorieren, stürzt. Inéz hilft ihm auf, und so legen sie gemeinsam die letzten Meter zurück.

Eine Tür an der Flanke der Maschine springt auf, Hände recken sich ihnen entgegen und ziehen sie ins Innere. Schon bevor die Tür zufällt, ist Quito von Robertos Armen umklammert. Betty Torok hilft Inéz, sich aus der Kapuze zu befreien. Aus dem Cockpit schaut das unrasierte Gesicht eines Mannes mit roter Kappe hervor. »Verdammt«, sagt er, »wenn ich meinen Kumpels erzähle, dass ich auf dem Overseas Highway runtergegangen bin, halten die mich für verrückt.«

»Sie müssen Mister Sloker sein«, sagt Quito und lässt sich auf einen Klappsitz fallen. »Wie viel Liter Flüssigkeit kann dieses Flugzeug aufnehmen?«

»Genug, um einen kleinen Wolkenbruch über den Inseln abregnen zu lassen.«

»Moment mal.« Roberto hebt die Hand und sieht Quito durchdringend an. »Bevor wir loslegen, erklärst du uns bitte noch mal genau, wovon wir hier sprechen.«

»Inéz und ich haben etwas bei den Meeresschildkröten entdeckt«, berichtet Quito. »Wir sind auf tote Mücken gestoßen, in Mineralwasserflaschen.« Dann sprudelt es aus ihm heraus, zwischen seinen Worten ist kaum Platz zum Atemholen. Er erzählt, wie sie untersucht haben, aus welchem Grund die Insekten in den Fallen gestorben sind. »Erst glaubten wir, dass vielleicht die Sonneneinstrahlung etwas aus dem Kunstoff der Flaschen gelöst hat. Aber das war unmöglich.«

Betty Torok und Roberto schauen ihn an wie einen Verdächtigen, der gerade dabei ist, ein Geständnis abzulegen.

»Dann wurde mir klar, was die Flaschen enthielten. Sie werden im Meeresschildkrötenhospital benutzt, um Proben aus den Becken zu entnehmen. Damit bestimmen wir die Wasserqualität und entscheiden dann, ob das Wasser gewechselt werden muss. Als ich die Flaschen zu Moskitofallen umfunktioniert habe, waren wohl noch Rückstände aus den Tanks darin.«

»Moskitos sterben nicht an Wasser«, wendet Roberto ein.

»Die Biester muss man verbrennen«, ruft der Pilot aus der Kanzel und erntet einen bösen Blick von Betty Torok.

Quito schüttelt den Kopf. »Natürlich lag es nicht am Wasser selbst, sondern an dem, was darin herumschwamm. Wir haben eine Probe aus einem Becken genommen, einen Tropfen unter dem Mikroskop untersucht und einen Klebestreifen …«

»Schon gut«, unterbricht ihn Roberto, »heb dir das für später auf. Was hast du herausgefunden?«

»Darin sind Fadenwürmer. Wir haben ihre Eier gesehen.«

Der Pilot macht ein unappetitliches Geräusch und verzieht das Gesicht. »Würmer?«

»Das ist ganz normal. Die Schildkröten sind von Parasiten befallen, wenn sie eingeliefert werden. Deren Eier und auch die Parasiten selbst scheiden sie aus. Aber das ist nicht das Entscheidende.« Er holt tief Luft. »Die Würmer sondern ihrerseits etwas ab: ein Peptid namens Darobactin. Das konnte ich mit den begrenzten Mitteln hier nicht nachweisen, aber es ist aus anderen Untersuchungen bekannt.«

»Ich komme nicht mehr mit«, beschwert sich Roberto. »Was hat das alles mit Mücken zu tun?«

»Einige Peptide sind gegen gramnegative Bakterien wirksam. Sie töten sie ab. Kurz gesagt: Wir haben eine Sprühflasche mit

Wasser aus Briannes Tank gefüllt und damit einige der Moskitos eingenebelt, die um uns herumflogen.«

»Und?«, fragt Betty Torok. »Raus damit!«

»Sie sind tot zu Boden getrudelt.«

Schweigen füllt das kleine Flugzeug.

»Einfach abgeschmiert?«, fragt der Pilot. »Wegen Schildkrötenscheiße?«

Quito nickt. »Es funktioniert. Während wir hier auf euch gewartet haben, konnten wir weitere Test durchführen, alle erbrachten dasselbe Ergebnis. Wir haben nicht nur eine Chance, die Keys von der Plage zu befreien, uns steht sogar eine große Menge dieser Flüssigkeit zur Verfügung. In den Tanks sind zig tausend Liter Wasser.«

»Wasser«, kommt es von vorn, »dabei wollte ich es Feuer regnen lassen.«

»Halten Sie den Mund, Sloker!«, bellt Roberto. Er legt beide Hände auf Quitos Schultern. »Am Telefon hast du von Nebenwirkungen gesprochen.«

Quito nickt. »Das ist das Problem. Die Peptide würden nicht nur die Mücken töten, sondern auch viele andere Insekten. Außerdem entziehen sie dem Wasser Sauerstoff, es kann zu einer Algenpest kommen, und die Böden könnten versauern.«

»Sind das Möglichkeiten oder steht das fest?«, will Roberto wissen.

Quito lehnt sich zurück und stößt die Luft aus. »Die Wahrscheinlichkeit ist ziemlich hoch. Was wir vorhaben, würde das Leben auf den Inseln verändern. Wir hätten lange mit den Folgen für die Umwelt zu kämpfen.« Er senkt den Blick.

»Ich weiß, wie viel Überwindung dich das kostet«, sagt Roberto. »Du bist der Letzte, der einen Eingriff in die Natur befürworten würde. Warum bist du überhaupt dazu bereit?«

»Weil es keine andere Möglichkeit gibt«, sagt Quito. »Wenn

wir warten, bis irgendein anderes Gegenmittel entwickelt worden ist, riskieren wir, dass sich die Moskitos in andere Weltgegenden ausbreiten.«

»Das wäre beinahe schon geschehen«, wirft Roberto ein und berichtet von dem Frachtschiff, das mit seiner tödlichen Ladung auf dem Weg nach Kanada gewesen war.

Quito steht auf, der Sitz klappt zu. »Wenn wir diese Plage nicht augenblicklich bekämpfen, wird sie nicht mehr aufzuhalten sein. Wir können die Keys zurückerobern. Aber zu einem Preis. Madeleine Shepherd hat die Büchse der Pandora über den Inseln geöffnet. Jetzt liegt es an uns, sie wieder zu schließen, aber die Zeit können wir nicht zurückdrehen. Was wir hier tun, hilft den Menschen, die ihr Zuhause verlassen mussten, und Tausenden, denen etwas Ähnliches passieren könnte.« Er senkt die Stimme. »Vielleicht können wir damit etwas verändern. Unsere Krise wird die Gefahren von Freilandversuchen mit genetisch manipulierten Lebewesen weltweit bekannt machen. Es wird strengere Auflagen geben. Mehr Kontrollmechanismen. Vielleicht werden diese Versuche sogar verboten. Das ist es, was wir erreichen können, wenn wir jetzt losfliegen. Dafür würde ich auch ins Gefängnis gehen, wenn es sein muss.«

Roberto sieht sich um. Sein Blick streift Inéz, Betty Torok, den Piloten und bleibt schließlich an Quito hängen. »Diese Entscheidung treffen wir nur gemeinsam. Jeder hier macht sich strafbar. Deshalb bleibt alles, was heute geschieht, unter uns. Einverstanden?«

Kapitel 56

Key West, Havana Rick's Bar

Manches wird einem erst dann lieb und teuer, wenn man es eine Weile vermisst hat. Zum Beispiel einen Platz an der Theke im Havana Rick's, ein Glas Bourbon und die staunenden Gesichter der Gäste, wenn sie eine gute Geschichte zu hören bekommen.

Darryl Sloker schaut sich um. Die Bar ist bis auf den letzten Platz besetzt. Die ersten Touristen sind auch schon wieder da, von den Keys angelockt wie die Mücken vom Licht.

»Komm schon, Darryl!«, ruft Ben, der Barmann. »Wie geht es weiter? Erzähl uns, wie du die Welt gerettet hast.«

»Würd ich ja«, sagt Darryl in verschwörerischem Ton, »aber meine Kehle ist so verdammt trocken.«

Hat er jemals so schnell einen spendierten Drink serviert bekommen? Er stürzt ihn hinunter, der Alkohol prickelt auf der Zunge. »Die beiden jungen Leute und die beiden Cops haben also Schutzanzüge aus dem Schildkrötenkrankenhaus besorgt, dann haben sie das Flugzeug mithilfe von Schläuchen betankt, und ich bin losgeflogen und hab den Schildkrötenmist über den Inseln versprüht. Hat den ganzen Tag gedauert. War natürlich nicht so spektakulär wie mein ursprünglicher Plan, die Moskitos mit Napalm zu beseitigen, aber gewirkt hat es ja wohl auch. Sonst säßen wir jetzt nicht hier.«

Zwei Wochen sind seit jenem denkwürdigen Tag vergangen, an dem Darryl gegen einen Alligator gekämpft, sich mit zwei Polizisten eine Jagd durch Zuckerrohrfelder geliefert, auf dem Overseas Highway ein Flugzeug gelandet und, als Kirsche auf dem Kuchen, die Florida Keys gerettet hat. Er ist verdammt stolz auf sich. Warum gibt es dafür eigentlich keinen Orden?

»Danach hat die Polizei mit einer Handvoll Wissenschaftler zwei Tage lang die Lage gepeilt. Die Mücken waren erledigt. Den Rest kennt ihr aus dem Fernsehen. Die Evakuierung wurde aufgehoben, die Leute sind in ihre Häuser zurück, und von dem ganzen Spuk bleibt nicht viel mehr als eine Brandnarbe auf einer Brücke.«

»Was ist mit den Umweltschäden?«, fragt einer an der Bar, ein dicker Kerl. Er kommt Sloker bekannt vor, aber er weiß nicht, wo er die widerliche Visage hinstecken soll.

»Was für Umweltschäden?«, blafft Darryl.

»Es sind ja nicht nur die Moskitos verschwunden, sondern auch die meisten anderen Insekten.«

»Sei doch froh, dass du keine Wanzen mehr hast«, ruft Darryl.

»Die einzige Wanze hier bist du, Sloker«, gibt der Dicke zurück. »Und du lebst auf dem Rücken des riesengroßen Bären, den du uns hier aufbinden willst, damit wir dir Drinks spendieren. Bislang waren die Märchen über deine Heldentaten in Vietnam ja noch unterhaltsam, aber dass du jetzt mit einem Flugzeug voller Schildkrötenscheiße die Killermoskitos beseitigt haben willst, ist doch mehr, als man mit echtem kubanischem Rum schlucken kann.«

Das Gelächter aus der Bar, von genau den Leuten, die gerade noch gebannt zugehört haben, bereitet Darryl körperliche Schmerzen. Er gleitet von dem Barhocker herunter und sieht aus dem Augenwinkel, wie Ben das Spültuch beiseitewirft und sich bereit macht, Darryl abzufangen wie ein Quarterback den gegnerischen Spieler beim Football.

»Hallo, Mister Sloker«, ertönt da eine Stimme vom Eingang her. Kein Grund für Darryl innezuhalten. Die Hand, die sich plötzlich wie ein Schraubstock um seinen Arm legt, ist das hingegen schon. Roberto Mantezza zieht Darryl zurück zu seinem Platz. Normalerweise würde er sich das nicht gefallen lassen, nicht er, Darryl Sloker, aber dort, wo er gerade gesessen hat, ist das Bourbonglas wie durch Zauberhand wieder gefüllt und zwinkert ihm verführerisch zu.

»Hat er wieder erzählt, dass er die Keys gerettet hat?«, fragt der Polizist in die Runde. Er trägt Uniform, das aschgraue Haar ist frisch geschnitten und der Bart gekämmt. Sieht insgesamt besser aus als beim letzten Mal, da war er über und über mit Schlamm bespritzt, und geheult hat er wohl auch einmal kurz, wenn Darryl sich richtig erinnert. Dann fällt ihm noch etwas ein: dass er Mantezza versprochen hat, von dem Versprühen des Wassers aus den Schildkrötentanks niemandem etwas zu erzählen.

»Ein bisschen Aufschneiderei wird ja wohl erlaubt sein.« Darryl richtet seine Baseballkappe.

»Was stimmt denn nun?«, fragt der Dicke an der Bar. »Key TV hat berichtet, dass die Biester einfach eingegangen sind. So was gibt's doch gar nicht.«

Der Polizist zuckt mit den Schultern. »Das müssen Sie die Wissenschaftler fragen. Soviel ich weiß, vermuten die, dass die gentechnisch veränderten Moskitos von selbst gestorben sind. Das, was man ihnen eingepflanzt hat, muss wohl wie eine Art Zeitbombe gewirkt haben.«

Der Gast lässt nicht locker. »Und all die anderen Insekten?«

»Haben Sie nicht die Rotalgen an den Stränden gesehen?«, gibt Mantezza zurück. »Die sorgen für massenhaftes Artensterben. Auf uns kommen langfristig Probleme zu.«

Der Dicke hat noch eine Frage, aber jetzt wendet der Polizist ihm den breiten Rücken zu, zieht etwas aus der Hosentasche und knallt es vor Darryl auf die Theke. »Ich hab was für Sie, Sloker.« Darryl greift danach, aber der Cop lässt seine Hand auf dem zusammengefalteten Papier liegen. »Das ist die Verlängerung Ihrer Fluglizenz, und es gibt ein Jobangebot für Sie. Die Parkbehörde der Everglades sucht einen zuverlässigen Piloten, der das Gelände kontrolliert und nach Bränden Ausschau hält. Ich hab ein Wort für Sie eingelegt, Sie könnten nächste Woche anfangen.«

Darryl spürt, wie ihm ein Grinsen das Gesicht verzerrt. Das mag er nicht, denn dann sind seine Stummelzähne sichtbar, aber jetzt kann er nicht anders. Er lugt auf das Dokument, auf die massige Hand des Cops. »Die suchen nach einem wie mir, was?«, sagt er. »Kann ich verstehen. Ich werd drüber nachdenken.« Er versucht, grimmig dreinzuschauen, aber dieses verdammte Grinsen will einfach nicht verschwinden.

Mantezzas Stimme sinkt in den Keller. »Die Frage, die ich mir stelle, ist: Sind Sie wirklich ein zuverlässiger Pilot? Oder bleiben Sie einer, der den halben Tag lang betrunken an der Bar hockt, Prügeleien anzettelt und Geschichten erzählt, die ihm ohnehin niemand glaubt? Denn dann kann das mit der Lizenz schnell wieder rückgängig gemacht werden.« Er nimmt die Hand von dem Papier und tippt mit dem Finger darauf. »Ihre Entscheidung, Sloker!«

Darryl schaut Roberto an, und in den Augen der beiden Männer spiegelt sich noch einmal der Moment des Einverständnisses, als sie mit der Air Tractor gestartet sind und die Moskitos von den Keys gefegt haben. Sloker mag diesen Cop. Er wird dem Officer einen Gefallen tun. »Ich mach's, wie Sie's sagen. Aber dann sind Sie mir was schuldig, verstanden?«

Kapitel 57

Key West, Polizeistation

»Sir, ich bin nicht sicher, ob das wirklich eine gute Idee ist.« Betty Torok steht neben Roberto im Untergeschoss der Polizeistation von Key West.

»Halten Sie den Mund, und halten Sie den Nagel fest.« Roberto hebt den Hammer und schlägt zu, verfehlt knapp die Finger der Kollegin. Der Nagel verschwindet zur Hälfte in der Wand. Er schmunzelt. Hätte er Torok getroffen, wäre das jetzt mit einer Entschuldigung und einem Pflaster erledigt, in einer Stunde aber könnte sie ihm dafür ein Verfahren anhängen. Wegen eines Angriffs auf eine Vorgesetzte.

»Sehen Sie? War doch gar nicht so schwer.« Roberto liebt es, wenn er Kollegen den Nerv raubt.

»Ich meinte nicht den Nagel«, entgegnet Torok, »und das wissen Sie genau.«

»Sie werden eine hervorragende Polizeichefin abgeben, Lieutenant. Die beste, die Monroe County je gehabt hat.« Er hebt die Linke und hängt das gerahmte Porträt an die Wand.

»Ich wäre ja auch die erste Frau auf dem Posten.« Sie betrachtet das Bild. »Die rechte Kante muss etwas weiter nach unten«, bemerkt sie, und Roberto schiebt das Bild in die gewünschte Richtung. »Sehen Sie?«, sagt er. »Sie haben mir gerade den ersten Befehl erteilt. War gar nicht so schwer, oder?«

Dann fällt sein Blick auf Bill Dotsons Porträt, und er verstummt. Er vermisst Bill, so wie er viele andere vermisst, die in den vergangenen Wochen gestorben sind. Da ist es irgendwie unpassend, dass Dotson von der Memorial Wall herablächelt, als wäre er irgendwo im Urlaub. Vielleicht, denkt Roberto, ist es ja so.

Was auch immer in den nächsten Jahren für Probleme auf die Keys zukommen, Betty Torok ist diejenige, die mit jeder Situation fertigwerden wird, davon ist Roberto überzeugt. Deshalb hat er sie als Nachfolgerin von Bill Dotson vorgeschlagen. Alle Kolleginnen und Kollegen waren dafür, sogar Mike Haskell, obwohl seine Unterstützung vermutlich daher rührt, dass der Sergeant hofft, auf den frei werdenden Platz des Lieutenant aufrücken zu können.

Natürlich stand die Frage im Raum, ob nicht Roberto Dotsons Aufgaben übernehmen wolle. Das Angebot hat er schneller abgelehnt, als er eine Mücke erschlagen kann – und darin hat er in letzter Zeit ziemlich viel Übung bekommen. Er hat genug Aufregung hinter sich, das reicht für den Rest seiner Dienstzeit. Was er jetzt will, ist ein ruhiger Posten am Schreibtisch, um Betty Torok von dort aus zu unterstützen, und dann kommt, endlich, der Ruhestand. Allerdings werden die folgenden Jahre mit Mariposa alles andere als ruhig werden.

»Warum lächeln Sie, Roberto?«, fragt Torok.

Tut er das wirklich? Sie hat ihn dabei erwischt, wie er Bill Dotsons Lächeln erwidert. Das ist etwas, das der gute alte Bill noch immer fertigbringt, sogar über die Kluft der Existenz hinweg.

»Gibt es schon was Neues von Randy Ferris?«, wechselt Roberto rasch das Thema und wird wieder ernst. Ferris. Der Name hinterlässt einen bitteren Geschmack auf seiner Zunge. Noch immer sieht er das Bild des ehemaligen Deputy Chief vor sich:

wie er hinter dem Empfangspult im Foyer von DNArtists sitzt – die Ruine eines Polizisten. Zwei Tage nach dem Versprühen der Peptide waren Roberto und ein Dutzend Kollegen zu einer Expedition aufgebrochen, um die Lage auf den Inseln in Augenschein zu nehmen. Schnell war klar, dass sie keine Schutzanzüge mehr tragen mussten. Die Moskitos waren verschwunden – alle. Aber Randy Ferris war noch da. Seine rote Haut war mit Insektenstichen übersät, und er schaute ihnen aus Augen entgegen, die in einen Abgrund geblickt hatten.

Ferris war bei dem Versuch, Quito zu töten, von Gen-Mücken angegriffen worden und hatte überlebt, weil die Moskitos, die Quito gegen ihn eingesetzt hatte, keine Bakterien in sich trugen. Aber das wusste Ferris nicht. Er musste befürchten, durch die zahlreichen Stiche mit fleischfressenden Bakterien infiziert worden zu sein, und hatte voller Angst erwartet, dass sich sein Körper zersetzen würde. Als nichts dergleichen geschah, wagte er sich nicht ins Freie, denn den einzigen Schutzanzug hatte Quito mitgenommen, als er aus der Firma entkommen war. Ferris, der seine selbst gewählte Gefangenschaft mit Vorräten aus der Firmenkantine überstand, ließ sich widerstandslos festnehmen. Er brachte nicht einmal mehr eine bissige Bemerkung zustande. Der Polizist, der Ferris noch wenige Tage zuvor gewesen war, war verschwunden, ausgetauscht gegen einen Menschen, der den Tod anderer verursacht und dem eigenen ins Gesicht geblickt hatte. An niemandem, nicht mal an einem wie ihm, geht so etwas spurlos vorüber.

»Wir haben noch keine Nachricht vom Staatsanwalt«, sagt Betty Torok. »Das kann sich hinziehen. Es gibt juristisch viel aufzuräumen, bevor man sich mit Ferris beschäftigen wird. Die wickeln erst mal den Fall DNArtists ab.«

Roberto nickt. Randy Ferris ist wegen mehrfachen Mordes, Mordversuchs, Betrugs, Bestechlichkeit und weiterer Vergehen angeklagt, alle hängen mit dem Fall der Gen-Moskitos zusammen. Trotzdem ist er nur ein Rädchen im Getriebe. Die Maschine selbst wurde von jemand anderem gesteuert.

Madeleine Shepherd hatte sich mit ihrer Jacht nach Kuba abgesetzt. Dort soll sie versucht haben, die offiziellen Stellen mit ihrem Vermögen davon zu überzeugen, sie unbehelligt zu lassen. Doch die Regierung des Inselstaates hat dafür gesorgt, dass Madeleine an die US-Behörden ausgeliefert wurde, allerdings erst, nachdem die Firmenchefin den Großteil ihres Reichtums nach Kuba hatte transferieren lassen. Der Vorfall soll in einem seltenen beiderseitigen Einvernehmen der Länder keine Auswirkungen auf die diplomatischen Beziehungen haben.

Gern hätte Roberto miterlebt, wie die Kollegen vom FBI Miss Shepherd bei ihrer Ankunft in Miami verhaftet haben. Die neue Filiale von DNArtists in Kalifornien wird wohl nicht mehr ihrer Bestimmung übergeben werden. Jetzt gibt es zwei gewaltige leer stehende Gebäudekomplexe in den USA, je eines an der West- und der Ostküste, zwei Pole, zwischen denen ein Strom des Wissens hin- und herfließen sollte, die aber nun vom Netz genommen worden sind. Und dafür hat ausgerechnet Randy Ferris gesorgt.

Während Ferris sich im Firmengebäude in Key West verschanzt hatte, saß er nicht einfach untätig herum. Er hat den Server des Unternehmens gesucht, gefunden und abgeschaltet. Er ahnte: Sobald Madeleine Shepherd etwas von seiner Niederlage und Quitos Flucht erfahren würde, würde sie alle Daten über die Gen-Moskitos löschen, ebenso wie alle Gespräche zwischen ihr und Ferris, die von ihrer virtuellen Assistentin Celeste aufgezeichnet worden waren. Ferris war ohnehin geliefert. Aber als Polizist kannte er sich mit Deals aus, und er wusste, dass er sich mit belastendem Material über seine Komplizin beim Staatsanwalt einschmeicheln konnte. Was aus den Datenspeichern der Firmenserver hervorkam, genügt, um Miss Shepherd für die nächsten hundert Jahre im Gefängnis schmoren zu lassen.

Anstiftung zum Mord ist noch ihr geringstes Vergehen. Was die Aufzeichnungen enthalten, ist so ungeheuerlich, dass es Roberto die Sprache verschlug, sogar nach allem, was er in den vergangenen Wochen hatte erfahren müssen. Bei einer Anhörung in Miami berichtete Madeleine Shepherds virtuelle Assistentin Celeste alles, was die Staatsanwaltschaft von ihr wissen wollte. Informatikern war es gelungen, aus der elektronischen Mitarbeiterin eine Zeugin oder besser: aus der Maschine ein Beweismittel zu machen. Das diente dazu, schnell die Daten-Spreu vom Weizen zu trennen – und dieses Getreide war bis in die Wurzeln hinein verkommen.

Madeleine Shepherd hatte gemeinsam mit ihrem Mann Patrick den Plan entwickelt, Gentechnik gegen Krankheitserreger einzusetzen. Malaria, Dengue-Fieber, Gelbfieber, Zika-Virus und eine Reihe weiterer Krankheiten sollten von den Florida Keys verschwinden. Während Patrick Shepherd bei der Forschung den medizinischen Nutzen für die Menschen im Sinn hatte, verlangte es seine Frau vor allem nach Reichtum und Macht. Diese unterschiedlichen Interessen haben die beiden beruflich und privat entzweit, doch das ist nur Robertos Interpretation der Ereignisse. Celeste, eine Maschine mit einem Gesicht, wusste über die Gefühle der Shepherds zueinander nichts zu berichten, wohl aber über die Strategien der Firma.

Schon vor sechs Jahren entwickelten die Shepherds ihre Methode, um die Ausbreitung von Moskitos einzudämmen. DNArtists suchten nach einem Territorium für einen Freilandversuch und fanden es in Brasilien, wo sie ihre Gen-Moskitos freiließen. Ohne messbaren Erfolg, denn die Insekten und ihre Nachkommen verschwanden in den endlosen Regenwäldern und wurden nie wieder gesehen. Um der Welt zu beweisen, wie wirksam ihre Erfindung war, brauchten Patrick und Madeleine Shepherd einen überschaubaren geografischen Raum – wie die Inselwelt der Florida Keys.

In den Jahren 2017 und 2018 tauchte in Florida Dengue-Fieber auf, nachdem es über siebzig Jahre lang keinen einzigen Fall mehr gegeben hatte. Zunächst litten achtundachtzig Menschen an den typischen Symptomen der Krankheit: Erbrechen, Übelkeit, Hautausschlägen und jenen starken Gliederschmerzen, die der Erkrankung den Namen »Knochenbrecherfieber« eingetragen haben. Fortan gehörte Dengue-Fieber zu den Infektionen, vor denen Touristen bei einem Besuch auf den Keys gewarnt wurden.

Das Fieber war nicht zufällig zurückgekehrt. Madeleine Shepherd hatte Moskitos, die den Erreger in sich trugen, auf den Inseln aussetzen lassen. Ihr Mann scheint versucht zu haben, sie davon abzubringen. Mit welchen Mitteln und wie hartnäckig er sich gegen die Pläne seiner Frau zur Wehr setzte, war nicht herauszubekommen. Patrick Shepherd starb im Jahr 2020 an den Folgen von Dengue-Fieber – als Opfer der Skrupellosigkeit seiner Frau.

Die Beweislast ist erdrückend. Madeleine Shepherd wird versuchter Totschlag in vierzigtausend Fällen vorgeworfen, so viele Menschen leben auf den südlichen Keys. Selbst ein sehr gutes Anwaltsteam wird sie nicht vor dem Gefängnis bewahren können.

»Kommt ihr endlich?«, ruft Dixie Hastings von oben, und Roberto wird bewusst, dass er noch immer das Bild von Bill Dotson festhält.

»Ich glaube, Sie können das jetzt loslassen, Roberto«, sagt Betty Torok.

Es fällt ihm schwer, und er ist froh über seine dunkle Haut, auf der niemand außer Mariposa erkennt, wenn er errötet.

»Dann mal los, Torok, sonst verpassen Sie noch Ihre eigene Vereidigung.«

Die Schulterklappen mit den goldenen Sternen stehen Chief Torok hervorragend. Roberto hört von der hinteren Reihe der Kollegen aus zu, wie die frisch gebackene Polizeichefin eine Ansprache hält. Ihre Worte sind frei von Humor. Betty Torok hat andere Qualitäten, als Witze zu reißen, das hat er in den vergangenen Wochen mehr als einmal erlebt.

Ein Telefon läutet. Bevor es Torok aus dem Konzept bringen kann, hebt Roberto den nächstbesten Hörer ab und tippt die Taste für Durchstellen. »Polizeistation Key West«, meldet er sich mit leiser Stimme. »Mantezza am Apparat.«

Am anderen Ende der Leitung meldet sich eine Frauenstimme aus dem Büro des Gouverneurs. Es gehe um einen Frachtcontainer von der »SSC Valencia«, sie wolle mit dem Leiter der Dienststelle sprechen.

Roberto wirft Betty Torok einen Blick zu. Die Polizistin erklärt ihren Kollegen gerade, dass sie frauenfeindliches Verhalten in ihrer Dienststelle nicht dulden wird. »Chief Torok ist beschäftigt. Ich bin ihr Stellvertreter. Was gibt's Neues?«

»Mantezza? Waren Sie nicht derjenige, der uns verständigt hat, weil er glaubte, Altreifen seien für die Mückenplage an Bord des Frachters verantwortlich?«

»Ja, das war ich.« Eigentlich war es Darryl Sloker, der den entscheidenden Hinweis dafür geliefert hat, dass sich die Mücken in einem Container voller Altreifen in einem Frachtschiff vermehrt hatten. Vor zwei Wochen, als Sloker mit seinem Flugzeug wieder und wieder über die Inseln flog und das Wasser aus den Schildkrötentanks versprühte, wäre die Maschine zwischenzeitlich beinahe fluguntauglich geworden. Einer der Reifen war aus der Form geraten. Bei dem Versuch, den Flieger wieder flottzubekommen, war Roberto aufgefallen, dass Erbsen aus den Rissen des Reifens hervorquollen. »Das war Bembe«, hatte Sloker erklärt und berichtet, wie Bembe Hernandez das Flugzeug mit improvisierten Mitteln startklar gemacht hatte. Dazu zählte auch ein Trick, von dem Roberto noch nie gehört hatte: einen maroden Reifen mit Trockenerbsen zu füllen. Nun quollen die Hülsenfrüchte aus den breiter gewordenen Rissen im Gummi hervor, denn sie waren feucht geworden. Und noch etwas kam heraus: Moskitos. Bei Roberto begannen die Alarmsirenen zu schrillen. Moskitos waren auch aus dem Container voller Reifen auf der »SSC Valencia« hervorgekommen. Bislang war die Frage, wie das hatte geschehen können, ständig in Robertos Kopf herumgeschwirrt. Als er vor Slokers Flugzeug hockte und sah, wie die Insekten aus dem Gummi hervorbrachen, hatte er endlich die Antwort.

Er bog den Riss im Reifen mit zwei Schraubenschlüsseln auseinander. Im Innern sah er die Erbsen und darunter eine Wasserlache. Wasser war auch in den Reifen gewesen, die vor dem Veteranen-Club in Florida City gelegen hatten, ein Hund hatte den Kopf hineingesteckt und davon getrunken. Wasser. Und Mücken.

»Sind Sie noch da, Mantezza?« Die Stimme am anderen Ende der Leitung klingt verärgert. »Sie haben uns mit Ihrer Vermutung ganz schön auf Trab gehalten. Aber Sie hatten recht. In den Altreifen sammelt sich Regenwasser, es entstehen Lachen, darin legen Mücken ihre Eier ab. Es dauert eine Weile, bis sie schlüpfen, niemand merkt etwas davon, während die Reifen verladen und verschifft werden. Wenn die Biester schließlich bereit sind, loszufliegen, starten sie weitab von ihrer Heimat und verbreiten sich über die Welt.«

Roberto zieht sich einen Stuhl heran und lässt sich darauf fallen. »Haben Sie etwas unternehmen können?«

»Wir haben sämtliche Frachter, die seit dem Beginn des Freilandversuchs von Key Largo aus gestartet sind, identifizieren können. Zweiundzwanzig hatten Altreifen an Bord, zwanzig haben wir gestoppt, bevor sie ihren Bestimmungsort erreichten. Die Container wurden von der Besatzung im Meer versenkt.«

»Und die anderen beiden?«

»Deren Ladung war bereits gelöscht. Einer in Liberia, der andere in Indonesien. Die Spuren verlieren sich im Landesinnern. Die Behörden sind informiert, aber allzu große Hoffnung, die Fracht zu finden, würde ich mir nicht machen. Außerdem müssen auch nicht in allen Altreifen Moskitos gewesen sein. Vielleicht haben wir Glück.«

Glück? Roberto hat das Gefühl, den Vorrat an Glück, der ihm in seinem Leben zusteht, in den vergangenen Wochen aufgebraucht zu haben. »Halten Sie mich über die Entwicklung auf dem Laufenden.« Er legt auf und wendet sich wieder Betty Torok zu, versucht, sich auf ihre Worte zu konzentrieren, aber immer wieder schweifen seine Gedanken ab, immer wieder fragt er sich, ob er die Behörden davon überzeugen könnte, Wasser wie solches aus den Tanks der Meeresschildkröten nach Afrika und Indonesien zu bringen. Man wird ihn für verrückt erklären, für einen alten Spinner halten, dem dreißig Jahre bei der Polizei den Verstand gekostet haben. Bis es Tote geben wird. Quito hat recht behalten: Wenn die Büchse der Pandora einmal offen steht, lässt sich das, was daraus hervorgekommen ist, nicht wieder darin einsperren.

Erst als er zwei polierte Schuhspitzen vor sich sieht, merkt Roberto, dass er das Muster des grauen Teppichbodens studiert hat. Eine Hand erscheint in seinem Blickfeld, Betty Toroks Hand. »Danke, Roberto«, sagt sie, und er erhebt sich, ergreift ihre Rechte, zieht seine neue Chefin zu sich heran und drückt sie kurz, aber herzlich an sich. »Zeigen Sie es ihnen, Torok«, sagt er. »Sorgen Sie dafür, dass das Lächeln auf Bill Dotsons Porträt niemals erlischt.«

»Hallo?«, ruft jemand durch den Beifall der Kolleginnen und Kollegen. Ein Mann mit einem Papierhut auf den dunklen Haaren und weißem T-Shirt ist im Eingang aufgetaucht. »Ich bin Ted. Hat hier jemand achtzig Gator-Burger bestellt?«

Kapitel 58

Key West, Monroe County Courthouse

Durch die Fenster des Gerichtssaals von Monroe County fallen die Strahlen der Morgensonne und malen die Fensterkreuze als Schatten auf dem Boden ab. Staub flirrt durch die Luft, aufgewirbelt von der Klimaanlage. Ihr Summen ist der einzige Laut in dem hohen Raum, gelegentlich mischt sich das Rascheln von Papier darunter, wenn Richterin van Beuren in ihren Unterlagen blättert. Nach einer endlos scheinenden Zeit hebt sie den Kopf und schaut die drei Menschen hinter dem Anwaltstisch an. »Ich bin zu einer Entscheidung gekommen.«

Quito spürt einen Kloß in seiner Kehle. Er streicht sich eine Fluse von seinem Jackett und zupft seine Bermudas glatt. War das gerade ein Sirren an seinem rechten Ohr? Als er sich in die Richtung wendet, ist Inéz' Gesicht ganz nah, ihr warmer Atem berührt ihn ebenso wie ihr Lächeln. Unter dem Tisch greift er nach ihrer Hand und hält sie fest. Der Moment ist gekommen.

Quito, Inéz und Osvaldo Perez stehen auf. Señor Perez ist der Leiter des San Carlos Instituts in Key West und hat sich in seiner Eigenschaft als Rechtsanwalt dazu bereit erklärt, Inéz' Fall zu übernehmen. Nun werden sie erfahren, wie die Richterin über ihren Aufenthaltsstatus entschieden hat.

Es gelingt Quito, äußerlich reglos zu bleiben. Er mustert die Richterin. Vor mehr als zwei Wochen war sie unter den ersten

Opfern der Gen-Moskitos, hat einen Stich abbekommen und war hinter dem Richtertisch zusammengebrochen. Quito hatte ihr den Arm abgebunden, offenbar rechtzeitig, denn die Hand, die aus dem weiten Talar hervorschaut, ist aus Fleisch und Blut. Van Beuren scheint mit dem Schrecken davongekommen zu sein. Für viele andere gilt das nicht. Der fehlgeschlagene Freilandversuch von DNArtists hat über siebenhundert Todesopfer gefordert, so viele Menschen sind in den vergangenen zwei Wochen an den Folgen der Stiche gestorben. Dreimal so viele wurden schwer verletzt. Quito schluckt. Es hätten mehr werden können. Viel mehr.

Die Gefahr durch die todbringenden Moskitos ist weitgehend abgewendet, und die Verantwortlichen werden hoffentlich im Gefängnis landen. Trotzdem hat Quito nicht das Gefühl, durchs Ziel gelaufen zu sein. Er steht wieder am Startblock, und es liegt eine neue Bahn vor ihm – ein Projekt am Institut für Insektenkunde, das die Ereignisse rund um den Freilandversuch von DNArtists erforscht und die Folgen auslotet. Quito ist sich sicher: Im Naturschutz auf den Florida Keys steht künftig nicht der Erhalt, sondern der Aufbau und die Anpassung an neue Gegebenheiten an oberster Stelle.

»Miss Barrera.« Die Stimme von Richterin van Beuren schneidet durch den Saal. »Sie beantragen Aufenthaltsrecht in den Vereinigten Staaten von Amerika und geben als Grund an, in ihrer Heimat Kuba politisch verfolgt zu sein. Ihr Anwalt, Mister Perez, hat Belege dafür vorgelegt, dass Ihre Angaben der Wahrheit entsprechen.«

Quitos Herz fühlt sich an, als wäre ein Moskito darin eingeschlossen.

»Diese Belege sind allerdings nicht ausreichend«, fährt van Beuren fort. »Überdies sind Sie illegal ins Land gekommen und haben sich den Anordnungen der Einwanderungsbehörde widersetzt, als Ihnen kein Asyl gewährt wurde. Das wiegt schwer auf der Gegenseite.« Sie räuspert sich in die Stille hinein und hebt einen Bogen Papier vor ihr Gesicht. »Dann haben wir noch Folgendes: Sie haben eine Aufenthaltsgenehmigung an die Behörden zurückgegeben, die auf Ihren Namen ausgestellt war. Ihr Anwalt hat mich unterrichtet, was es damit auf sich hat. Das Dokument stammt aus einer illegalen Quelle. Sie haben darauf verzichtet, es zu Ihrem Vorteil zu verwenden. Das rechne ich Ihnen an.«

Die Mücke in Quitos Brustkorb bekommt Zuwachs, ein Schwarm brummt in ihm herum.

»Natürlich ist das kein Grund, Ihnen das Aufenthaltsrecht zu erteilen«, fährt die Richterin fort. »Ebenso wenig wie die Zusage des San Carlos Instituts, sie dort als Musiklehrerin anzustellen. Außerdem wollen Sie ehrenamtlich in einem Tierkrankenhaus arbeiten, das künftig von Quito Mantezza betrieben wird.« Sie hält sich das Papier dicht vor die Augen. »Im Donald Delane Krankenhaus für Schildkröten.«

»Meeresschildkröten«, verbessert Quito. »Und den Namen muss es erst noch erhalten.« Inéz' Ellenbogen bohrt sich in seine Seite.

Die Richterin lässt das Papier sinken. »Mister Mantezza. Bringen Sie mich bitte nicht in die Verlegenheit, meinen Lebensretter zur Ordnung rufen zu müssen.« Sie macht eine Pause. »Schauen Sie: Das ist einer der Gründe, warum kein normaler Mensch den Beruf einer Richterin ausüben sollte«, fährt sie fort. »Die persönliche Meinung über ein Verfahren hat manchmal nichts mit dem zu tun, was das Gesetz verlangt.« Sie seufzt. »Miss Barrera«, fährt die Richterin fort, »ich muss Ihren Antrag leider ablehnen.«

Inéz' Hand erschlafft zwischen Quitos Fingern.

»Warten Sie!«, ruft er und stürzt nach vorn zum Richtertisch.

Er hört kaum, wie der Stuhl hinter ihm zu Boden fällt, wie Osvaldo Perez hinter ihm herruft. Schon steht er vor van Beuren und flüstert ihr etwas zu. Und auf dem ewig ernsten Gesicht der Justizbeamtin erscheint für die Dauer eines Insektenflügelschlags ein Lächeln. Quito dreht sich zu Inéz um. In diesem Moment ist alles so, wie es sein soll. Dann platzen die Worte einfach aus ihm heraus.

Nachwort

Sie ist das gefährlichste Tier der Welt. Die Mücke ist für den Tod von etwa achthunderttausend Menschen im Jahr verantwortlich. Löwen töten jährlich etwa zweihundertfünfzig, den gefürchteten Haiangriffen fallen im selben Zeitraum durchschnittlich zehn Menschen zum Opfer. Dass die Mücke die Statistik des Schreckens anführt, liegt an der Fähigkeit bestimmter weiblicher Stechmücken, Krankheiten zu übertragen.

Sie ist kleiner als ein Knopf und so alt wie die Dinosaurier. Die Mücke gibt es seit fünfzig Millionen Jahren. Ihre Gestalt und ihr Verhalten musste sie in dieser langen Zeit nur geringfügig verändern, um überleben zu können. In der Geschichte der menschlichen Zivilisation haben Mücken immer wieder eine Rolle gespielt. Die untersucht der US-Historiker Timothy C. Winegard in seinem Buch »The Mosquito«, und er spürt sirrende Flügelschläge an vielen Orten auf, an denen Geschichte geschrieben wurde: im antiken Rom, das in einem Sumpf errichtet wurde, bis hin zu den Kolonialreichen der Europäer, deren schlimmste Feinde in Afrika, Indien und Südostasien so klein und schnell waren, dass man sie erst dann sehen konnte, wenn sie schon zugestochen hatten. Auch könnte es der Stich eines Moskitos gewesen sein, der den antiken Feldherrn Alexander den Großen mit dem West-Nil-Virus infizierte und tötete, nachdem er die gesamte damals bekannte Welt erobert hatte.

Im Kreislauf der Natur nimmt die Mücke einen wichtigen

Platz ein. Fische und Amphibien fressen ihre Larven, als erwachsenes Tier ist sie Nahrungsmittel für Vögel, Fledermäuse und andere Insekten. Die Mücke selbst verzehrt den Nektar von Pflanzen und setzt die darin enthaltenen Zuckermoleküle in Energie um, damit sie fliegen kann. Dabei hilft sie – wie Bienen – Pflanzen zu bestäuben.

Weiblichen Stechmücken dient das Blut von Menschen und Tieren zur Fortpflanzung, sie benötigen die darin enthaltenen Proteine zur Aufzucht ihrer Eier. Der Stich ist für sie überlebenswichtig, für Menschen und Tiere kann er jedoch bisweilen tödlich sein. Denn mit dem Blut nehmen einige Stechmücken auch Erreger auf, wenn ihr Opfer erkrankt ist. Viren und Bakterien vermehren sich in ihrem Innern, bis die fliegende Spritze beim nächsten Stich die volle Ladung weitergibt. Zum Arsenal dieser Stechmückenarten gehören über einhundert verschiedene Viren, Bakterien und Pilze und zwanzig parasitische Würmer. Die dabei am häufigsten übertragenen Krankheiten sind Malaria, Gelbfieber, Dengue-, Zika- und Chikungunya-Fieber, Mayaro, mehrere Formen von Encephalitis (Gehirnentzündung) sowie das West-Nil-Virus. Nicht in allen Fällen gibt es Impfstoffe oder Heilmittel.

Um sich vor Mückenstichen zu schützen, setzt der Mensch bislang vor allem auf den Einsatz chemischer Mittel – mit mäßigem Erfolg. Gegen die meisten Wirkstoffe von Insektiziden haben die Tiere bereits Resistenzen entwickelt. Einige Arten sind sogar schon multiresistent, widerstehen also gleich mehreren chemischen Keulen. Die geläufigen und noch wirksamen Mittel wie Pyrethroide und Organophosphate stehen hingegen im Verdacht, umweltschädlich zu sein, und werden mit dem weltweiten Rückgang vieler Insektenarten in Verbindung gebracht.

Neue Methoden im Kampf gegen Moskitos sind in Genlaboren entstanden. Im Jahr 2021 startete im US-Bundesstaat

Florida der Versuch, die Mückenpopulation durch gentechnisch veränderte Moskitos einzudämmen. Dabei wurden in mehreren Etappen bis zu eine Milliarde Mücken ausgesetzt, die zuvor im Genlabor einen Marker eingesetzt bekommen hatten. Paaren sich die damit ausgestatteten Männchen mit wild lebenden Weibchen, so benötigen die daraus hervorgehenden Larven ein Antibiotikum, um sich zu erwachsenen Tieren zu entwickeln. Da dieser Stoff in der Natur nicht vorkommt, gehen die Wissenschaftler davon aus, dass die Larven sterben und die Mückenplage auf diese Weise kontrollierbar wird. Um die Tiere zählen zu können, wurde ihnen überdies ein Markergen eingepflanzt, das sie aufleuchten lässt, wenn sie mit einem speziellen Fluoreszenzlicht angestrahlt werden. Mit der Methode hofft die Regierung des US-Bundesstaates, insbesondere Gelbfieber von den Florida Keys zu verbannen. Gegner des Freilandversuchs befürchten, dass durch die gentechnisch veränderten Moskitos neue Gefahren in der Natur entstehen könnten. Ein Beleg für den Erfolg der Maßnahme steht aus.

Mücken gibt es fast überall. Nur in der Antarktis und auf einigen Inseln Französisch-Polynesiens sind sie bislang nicht aufgetaucht. Auf allen anderen Erdteilen schwirren Moskitos umher. Die meisten von ihnen sind für den Menschen harmlos, und jene Arten, die Krankheiten übertragen, waren bislang auf tropische Klimazonen beschränkt. Doch das hat sich in den vergangenen Jahren verändert.

Mücken reisen. Schon im 17. Jahrhundert gelangten Erreger tragende Exemplare mit Sklavenschiffen von Afrika nach Nordamerika. Auch heute noch sind Mücken blinde Passagiere auf Frachtern, wenn diese zum Beispiel Autoreifen transportieren, in denen sich Wasser sammelt, das Moskitos eine Brutstätte bietet. Vermutlich kam auf diese Weise auch die Tigermücke, *Aedes albopictus*, von Asien über den Nahen Osten bis nach Frankreich und Italien, wo sie Anfang der 2000er-Jahre zum ersten Mal registriert wurde. Seither verbreitet sie sich in Europa. Mittlerweile ist sie bis in die Schweiz und nach Deutschland vorgedrungen, wo sie sich vor allem am Oberrheingraben und im Taunus wohlfühlt. Auch in Berlin, Jena und Fürth wurden die Insekten mit den gestreiften Beinen gesichtet.

Anders als ihre heimischen Verwandten ist die Tigermücke für den Menschen gefährlich, denn sie kann mehr als zwanzig Krankheiten übertragen. Überdies ist sie tagaktiv und findet dadurch mehr Opfer als ihre Artgenossen, die vermehrt in der Dämmerung und nachts erscheinen. Globalisierung und Tourismus zählen zu den Gründen dafür, dass die Tiere in Mitteleuropa heimisch werden, denn sie tauchen meist entlang der großen Verkehrsrouten auf.

Forschende und Freiwillige beobachten in verschiedenen Projekten die Ausbreitung der Mücken in Deutschland. Die einen stellen Daten von Mückenfängen und Erregerfunden in Spenderblut zusammen und vergleichen sie mit Satellitenaufzeichnungen der Erdoberfläche, mit Angaben zu deren Temperatur und Feuchtigkeit, um Vorkommen zu lokalisieren. Die anderen sammeln Mücken und bestimmen die Art des Tieres, um Vorkommen kartieren und eine Datenbank erstellen zu können. Neben der Erforschung wird auf Aufklärung gesetzt, sobald für den Menschen gefährliche Stechmücken auftauchen. Denn dort, wo die Insekten stehende Wasserflächen finden, können sie sich ausbreiten: in Regentonnen, Blumenuntersetzern, Gießkannen, Sonnenschirmständern, Gartenteichen und Blumenkästen.

Seit einiger Zeit hat die Tigermücke in Europa Gesellschaft bekommen: von der Asiatischen Buschmücke, *Aedes japanicus*, die ebenfalls ein Krankheitsüberträger ist. Noch 2012 war sie in Deutschland nur in einer Handvoll Landkreisen zu finden, seit 2021 lebt sie in sechs Bundesländern, in dreien davon wird sie flächendeckend registriert. Forschende der Universität Bayreuth vermuten, dass sich Insekten, die Krankheitserreger übertragen, mit dem Klimawandel zunehmend in Europa verbreiten und bis zum Jahr 2100 in Afrika und Indien verschwunden sein werden.

Wie jeder Organismus, so haben auch Mücken natürliche Feinde. Eine Fledermaus vertilgt an einem Abend etwa siebenhundert Exemplare. Den Appetit der Nachtschwärmer versuchte im frühen 20. Jahrhundert der US-amerikanische Bakteriologe Charles Campbell zu nutzen und entwickelte einen etwa zehn Meter hohen Holzturm mitsamt Ködern, um Fledermäuse anzulocken. Die Tiere sollten in dem Bau nisten und die umliegende Region von Mücken freihalten. Achtzehn seiner Fledermaustürme wurden aufgestellt, einer davon 1929 auf den Florida Keys. Fledermäuse zogen jedoch niemals dort ein. Der Turm auf der Insel Sugarloaf Key brach 2017 im Wirbelsturm »Irma« zusammen – und damit auch die Idee Campbells, auf natürliche Weise gegen die von Moskitos verbreiteten Krankheiten vorzugehen.

Die Community für alle, die Bücher lieben

Das Gefühl, wenn man ein Buch in einer einzigen Nacht verschlingt – teile es mit der Community

In der Lesejury kannst du

★ Bücher lesen und rezensieren, die noch nicht erschienen sind
★ Gemeinsam mit anderen buchbegeisterten Menschen in Leserunden diskutieren
★ Autoren persönlich kennenlernen
★ An exklusiven Gewinnspielen und Aktionen teilnehmen
★ Bonuspunkte sammeln und diese gegen tolle Prämien eintauschen

Jetzt kostenlos registrieren: www.lesejury.de

Folge uns auf Instagram & Facebook:
www.instagram.com/lesejury
www.facebook.com/lesejury